鲁迅研究新视野

寄意寒星荃不察

——比较文化研究中的鲁迅

张铁荣　著

南开大学出版社
天　津

图书在版编目(CIP)数据

寄意寒星荃不察 ：比较文化研究中的鲁迅 / 张铁荣著. —天津：南开大学出版社，2017.6
(鲁迅研究新视野)
ISBN 978-7-310-05402-2

Ⅰ. ①寄… Ⅱ. ①张… Ⅲ. ①鲁迅著作研究—文集 Ⅳ. ①I210.97—53

中国版本图书馆 CIP 数据核字(2017)第 134629 号

南开大学出版社出版发行
出版人:刘立松
地址:天津市南开区卫津路 94 号　邮政编码:300071
营销部电话:(022)23508339　23500755
营销部传真:(022)23508542　邮购部电话:(022)23502200
*
天津午阳印刷有限公司印刷
全国各地新华书店经销
*
2017 年 6 月第 1 版　2017 年 6 月第 1 次印刷
230×155 毫米　16 开本　23.5 印张　2 插页　325 千字
定价:69.00 元

如遇图书印装质量问题,请与本社营销部联系调换,电话:(022)23507125

序　言

这是一本鲁迅研究的书，初版本曾于2003年7月由南开大学出版社出版，因受到学生和一些读者的欢迎，于是就有了2006年1月的第2次印刷，但时过境迁现在已经很难买到了。南开大学出版社刘运峰总编辑筹划了一个选题，叫作“鲁迅研究新视野”，将此书增订本也列入其中，对此我感到十分荣幸。

书中的文章虽然时间跨度较大，但由于写作态度真诚、资料性强，受到不少年轻读者的喜爱，一些老朋友也说它至今还有可读性，且尚不过时。本书中的不少篇章，多是有关鲁迅与中外作家的比较研究，其他一些当然也离不开鲁迅与中国文化的比较，故原书命名为《比较文化研究中的鲁迅》，我对此前这个书名还是比较满意的。

张彤编审在邮件中提出将原书名作为副标题，她说还希望有一个总的题目，因为这一套书的体例都是这样的。这令我颇费思量，于是就冥思苦想。

长期以来一直有个疑问使我困惑：那就是鲁迅的心与他周围的人，包括他的亲弟弟，也包括他后来参加的“左联”，为什么总是会产生某种不协调，好像他是天生的走背字，使得鲁迅时常陷入精神痛苦之中。每当想到这种经历时，就会想起他早年写的那首被称为《自题小像》的诗：“灵台无计逃神矢，风雨如磐暗故园。寄意寒星荃不察，我以我血荐轩辕。”这是鲁迅极端痛苦之时的心灵表述。这首作于1903年的诗，先后被鲁迅重抄过5次。他为什么多次重抄这首诗，重抄这首诗时的心情究竟是怎样的？从鲁迅一生来看，“荃不察”的阴影，可能一直都笼罩在他的心头，那种欲说还休的苦闷，也许没有多少人能知道，这似乎成了他一直无法摆脱的宿命。我四十年前喜欢的名句是“我以我血荐轩辕”，自己觉得这警句简直太经典了，表现的正是一种年轻人的豪情壮志；现在我则更喜欢这前一句“寄意寒星荃不察”，它是苦恋的一种倾诉，内涵中有一些欲说还休的感觉，然而周围却和他产生了那么大的反差。我感到，正因为如此才会有文学。这里有我们民族文化的积淀，既是智者的寂寞，又是一种伟大的孤独。为此我还专门写了一篇文章，这是我过去一直想写而没有写成的。扩大之，在生活中我们也有许多的遗憾，不被理解是常常发生的事情。就文章来说，也并不是你认为好，别人也都会跟着说好的。现在把这句诗移过来，作为本书的书名我以为是最合适不过。

本书收录了40余篇有关鲁迅与中外作家、中国文化的比较研究的文章，共分为“南开视野”“宏观散论”“比较研究”“鲁学探微”“史料梳理”“文坛述往”和“读书偶得”等7个板块，含有一定的理论性、资料性和新观点。本书中的一些旧作在保持原貌的基础上，又重新做了一些修改，个中经纬在原版序跋文中已有详尽的说明，这里从略。

新增的文章都是在近些年写成的，其中《鲁迅与周作人对五四新文化运动的贡献》一文，是在纪念五四运动90周年前，刘家鸣教授给我出的题目，因为他的激励我才试着写这篇宏观性很强的研究论文，过去我真的不敢写这么长的文章，此文在《广东社会科学》杂志发表后，我才感受到刘先生的宏大视野和思想远见。《鲁迅与周作人女性观之比较》，是在台湾大学的一次学术报告会上的发言，为了那次发表，赵新定君还帮助我制作了电脑课件，那次报告效果自然是好的。《鲁迅杂文中的两个关键词》，是参加在上海举行的鲁迅研究年会的论文，在大会上报告后，由于切入点好引起了一些朋友的重视。那一次的学术会我介绍了我的同学、日本东北大学王新敏教授参加，他专门讲了鲁迅留学期间的经济状况，给莅会的专家学者留下了很深的印象。《鲁迅周作人兄弟失和原因新探》本来是写给《今晚报》的，但因该报此前恰巧有一相同内容的文章刚刚发表，故在拖了三个多月之后，深知编辑们很为难，为了不给他们添麻烦，才同意由祝晓风兄推荐改在《中华读书报》上发表。因此深觉对不住王振良兄和为此付出编辑劳动的彭博兄，为了能够得到他们二位的原谅，我专门给他们写了一组别的文章。在此我要感谢祝晓风兄的鼎力帮助。除此文以外，他还在《读书》杂志上发表了我的关于鲁迅与“左联”关系的小文，题目改成《鲁迅答徐懋庸公开信的前前后后》就是他的点睛之笔，我觉得真的是不错，体现了“题者文之目也”。关于鲁迅来天津的文章，是应《天津日报》罗文华兄几次相约写成的，我又根据旧日记，进行了仔细的核对，才成为现在的这个样子。“文坛述往”中的文章都是以前写给报纸的，因为那时版面有限，发表以后颇不尽兴；此次重新整理，增加了一些内容，补充了遗憾之处，有的也不惜全文推倒来重新改写。

鲁迅研究是我的老本行，从学生期间就读鲁迅，自 1979 年发表文章至今，已经近四十年了。第一篇文章就是经过李何林先生亲笔修改后发表的，后来我的老师们都指导过我写文章，一些草稿上还保留着他们的笔迹。每每翻读现存手稿，看到这些被改动的痕迹，心中总是会产生无比的感动，即刻会产生出一种奋发向上的激情。对这些改过的手稿我将永久珍藏，我想这也是园丁们对我的希望。自从改用电脑打字以后，手稿就不多了。我以为只有在手稿上的笔记，才能显示出那个时代和人心的温度，因此就更觉得弥足珍贵。后来转向研究周作人，这方面的专门文章才写得少了，但读书作文也还是离不开鲁迅。

我深知不了解鲁迅，也就不能很好地理解周作人；研究现当代文学亦是如此，因为鲁迅是中国现代文学之父。现当代文学研究界一直以来都把鲁迅研究看成是很“高大上”的，以致许多急于出成果的青年学者均视之如畏途。我以为鲁迅研究是从事现当代文学研究的基本功，从鲁迅这里出发应该是一条正路。时间长了你将体会到一种理论的力量，产生一种思想的清朗和内心深处的感动，隐约中还会浮现出“一览众山小”的感觉。

本书代表了作者学术生涯的发展进程，它反映着一个普通学人学术追求的痕迹，当然也是自己过去的生命记录；它还标志着一个研究方向，以激励我不断努力、与时俱进、奋然前行。

如果说新写的文章较过去有一些长进的话，那也是不断追求的结果，是本来应该达到的目标。因为，南开的校训是“允公允能，日新月异”，这是最能体现南开精神的两句话。我常常这样想，你是一个普通的劳动者，譬如一个木匠，你钉板凳钉了三四十年，如果和刚刚学会做木匠活儿的人完全一样，那还需要你干什么？所以这本书里的一些文章，即使比以前有了很大的进步，也没有什么值得夸耀的；其他人如果有和我一样的经历，一定会做得比我好。

这本书能再次在南开大学出版社出版，真的是一个缘分。感谢南开大学出版社的刘运峰总编辑，是他的出版远见和精心策划才有本书的增订版；感谢张彤主任编审的热情鼓励和严谨工作；感谢文学院文学实验中心的刘帅老师，是他不厌其烦帮助扫描了大部分的文章；感谢我的学生赵新定君，帮助将大部分扫描稿转换成现在这样的文章，并进行了认真校对；感谢我们教研室的博士研究生吕彦霖君帮助再次进行了文稿校对；感谢本书的责任编辑于飞君，没有他们的帮忙，恐怕此书的出版不会有这么快。

作者愿意把这本书献给抚育我成长的南开大学，献给我尊敬的李何林先生，献给不断关心我、指导我的前辈教授，献给南开文学院的老师们、同事们，献给从南开走向全国鲁迅研究界的老师们，献给我的同学和从事鲁迅研究的朋友们，献给我教过的各类学生们，献给一切喜欢鲁迅作品的人们。希望我们一起再次读点鲁迅，并期盼着得到批评指正。

这是现实与历史和未来的对话，也是继承南开精神的体会，还是一个南开人的奋斗足迹和他的鲁迅研究梦。

是为序。

张铁荣

2017 年 5 月 15 日，于南开园。

目　录

南开视野

比较研究

宏观散论

鲁学探微

史料梳理

文坛述往

读书偶得

南开视野

鲁迅与南开

鲁迅生前虽然从未到过南开，也没有跟南开发生过其他直接的关系，但是他曾经多次谈到南开。通过他的杂文、日记、书信，我们可以看到鲁迅曾支持南开学生的进步活动，并关注南开发生过的事情。这无疑是南开校史上的佳话。

《鲁迅日记》1917 年 12 月 26 日写道："午后捐南开中学水灾赈四元。"这是最早出现在鲁迅笔下的关于南开的记载。南开学校是南开大学的前身。1917 年夏秋之交，淫雨兼旬，东北、河北等地同时发生数十年罕见的水灾，地势低洼的天津受灾最重。据当时的《北京时报》报道："南运河决口三处，天津所属岌岌可危，粮食薪炭饮水等，一概缺乏"；"天津各河之水陡涨，沿河一带村庄田亩尽成泽国。"当时在北京的鲁迅看到了这些消息，十分同情灾区人民，愿意为解救灾民的痛苦贡献自己的一点微力。查阅当时的《鲁迅日记》，便可以看到他连续为灾民捐款的记载："捐顺直水灾银二元"（9 月 27 日）；"赈直隶水灾十一元"（10 月 26 日）。两个月以后，南开学生募捐救灾，他又一次捐款 4 元。这不仅表达了鲁迅对灾区人民的深切同情，同时也反映出他对南开学生活动的积极支持。

1919 年 6 月 19 日的《鲁迅日记》上还有这样一段记载："晚与二弟同至第一舞台观学生演剧，计《终身大事》一幕，胡适之作，《新村正》四幕，南开学校本也。夜半归。"这次的新剧演出会是北京中等以上学校学生联合会为筹募经费而举办的。话剧《新村正》的演出在当时非常轰动，这出话剧是周恩来在南开亲自参与编写和演出的。剧本通过作恶多端的恶霸地主吴绅在辛亥革命以后当上新村正的故事，反映了农民和封建地主的尖锐矛盾，表现了对弱势群体的同情。这出戏一演出，便受到了鲁迅的重视和欢迎，他特意同周作人一起去观看。此前，北京大学为徐悲鸿任主任的画法研究会筹集资金，曾于1919年2月2、3两日举办春节游艺会，会上演出的就是《新村正》。1919年2月2日的《鲁迅日记》写道："午后同二弟往大学游艺会，晚归。"由此可见，在这次游艺会上，鲁迅就看过《新村正》了；4个月以后，他在第一舞台又第二次看这出戏。众所周知，鲁迅一生中娱乐的时间是很少的，一出戏连续看两遍的例子更是绝无仅有。鲁迅两次观看《新村正》，表明了他对南开这个剧本的肯定和赞扬。

鲁迅对于南开大学发生的事情也是十分关注的。1923年底，范文澜（当时南开大学国文系教授）在南开大学发表了题为《整理国故》的讲演，对顾颉刚关于大禹是一条虫的考证很不以为然。为了证实大禹的存在，范文澜先生说："一个人谁是眼睁睁看明自己从母腹出来，难道可以怀疑父母么？"为了进一步驳倒顾颉刚，范文澜先生在指出古人著书的两种方式时，举了吕不韦将孕妇送给秦国公子异人生下秦始皇的例子。而这个例子正好说明父母是可以怀疑的，这样就和他前面的论点产生了矛盾。众所周知，鲁迅与顾颉刚在关于禹考证上的看法是不同的，他当然对于范文澜的讲演高度重视。1924年1月7日，鲁迅用"风声"的笔名，在《晨报副刊》上发表了《对于"笑话"的笑话》，善意地指出了范文澜先生在南开演讲中自相矛盾的地方，并且也跟范先生开了一个小玩笑，在轻松愉快中帮助了朋友。

从很早开始，鲁迅对南开学生的进步活动就予以支持；但对学校当局查禁学生读物、禁锢学生思想的措施以及校内存在的腐败情形，多次表示过不满。1926年10月23日，鲁迅在厦门大学给许广平和章廷谦分别写了信，谈到他对厦门大学的看法，两封信都以南开大学作例子。当时，厦门大学教职员中，以金钱为中枢，媚上欺下、互相倾轧。鲁迅在写给许广平的信中说："此校大约颇与南开相象，而有些教授，则惟校长之喜怒是伺，妒别科之出风头，中伤挑眼，无所不至，妾妇之道也。”他还在致章廷谦的信中说：“学校的精神似乎很像南开，但压迫学生却没有那么厉害。”应该指出，教育状况与当时的政治状态以及社会情形是相关联的。鲁迅对当时的专制政治的不满，也是对南开大学学生的深切同情和关注。

李何林先生的鲁迅研究

在鲁迅研究的历史长河中，后来的研究者也许永远也忘不了一个正直而有风骨的研究专家，他就是李何林先生。先生凭借对于鲁迅的敬仰和爱戴，在中国学校的讲台上首次讲解鲁迅的作品，弘扬鲁迅的精神。在治学过程中，他不尚空谈，注重资料，认真扎实，实事求是，开创了鲁迅研究史上一个新的学派——李何林实证学派，并成为这个学派的旗帜。这既是他的人格魅力使然，同时也是他学术精神的集中体现。

一、"回到鲁迅那里去"——李何林实证派的研究基础

大家都知道，李何林先生的鲁迅研究是从文本出发，注重实证的。凡接近李何林先生的人或者是熟读了他的著作的人，都会深有感触。他经常倡导学生读原著、查字典、找资料，并身体力行，以他自己的榜样影响着后来的学者踏踏实实做学问。

李何林先生的《鲁迅〈野草〉注解》堪称文本实证派做学问的楷模。先生研究鲁迅的《野草》，除了详细的注释以外，就是一段一段地详细解读，逐段逐句地串讲，最后还要加上他自己的点评。他说："这种逐段逐句的串讲是否合适？是否比脱离原文句段的讲解分析它的思想和艺术要好一些？哪一种对一般读者读懂原文较有帮助？我的串讲不一定准确，不过这种串讲方法行不行？尤其对《野草》这样的作品。"[①] 这是扎扎实实的下苦功夫的研究，尽管他的观点代表了一个时代，但是他的那种把鲁迅的思想原原本本交给读

---

① 李何林：《鲁迅〈野草〉注解》，《李何林全集》（第2卷），河北教育出版社2003年11月版，第50页。

者的朴素唯物主义研究方式，为越来越多的研究者所认同、所敬佩。有评论说：“李先生的《鲁迅〈野草〉注解》虽然意在普及，为读者扫清阅读障碍的，但是却在资料的丰富上、难点的诠释上以及他的见解的精当独到上，都表现了其不可忽视的学术价值。”[①]

“文化大革命”后期，“四人帮”对文艺、教育横加干涉疯狂至极，到处都弥漫着一股强烈的政治空气。李先生就是凭借着从鲁迅那里出发的理念，进行《野草》研究的。他指出，“《野草》的形式和内容都是多方面的”，“像《野草》这样思想和艺术性高度统一的散文，在中国现代文学史上也只有这一本。它在作者的思想发展史上也占着很重要的地位”。在论述了《秋夜》《雪》和《好的故事》等三篇散文以后，他说：鲁迅“不仅仅是一位抒情的大师，而且是善于写景的能手。而且是景中有情，景中有意，三者融合为一，不是为写风花雪月而写风花雪月”。紧接着他引用了鲁迅《厦门通信》中的“我对于自然美，自恨并无敏感，所以恭逢良辰美景，也不甚感动”的话，接着李何林先生写道：“从以上各篇的自然美描写看，作者对自然美是很敏感的，他写的不但自己感动，也令读者很感动。”这就是他的解读和在解读中表现出来的智慧。

众所周知，“文化大革命”后期在研究方法上到处盛行着的是现实主义和浪漫主义（前面必须加上“革命”二字）两种固定模式，李何林先生在解读《过客》一文时最后这样写道：“背景，人物的年龄，衣服的颜色，都不仅仅显示它们本身的意义，而都有所象征。全篇更是富于哲理的象征诗。在生活思想感情的现实土壤里，产生了用象征手法表现的这一枝艺术花朵；塑造了一个当时奋勇前进的战士形象，并没有象征主义作品的悲观和厌世，相反的，表现了深刻的思想意义和战斗精神。”实际上就是肯定了鲁迅所用的象征主义手法的进步意义。

《颓败线的颤动》是一篇很难讲解的作品，在当时也颇为敏感。

---

① 周葱秀：《试谈李何林对鲁迅研究的贡献》，《李何林先生纪念集》，天津人民出版社 1996 年 4 月版。

因为这是一种复仇——向亲人们的复仇。李何林先生说："情调有些寂寞荒凉，而又庄严神圣；给人以崇高的感情和令人钦敬的反抗精神，作者用'力透纸背'的诗的语言，也同是磅礴于天地之间的雄伟的气派和深沉博大的感情，对被侮辱与被损害者写下了这一首瑰奇优美的赞歌。……她是较《孤独者》中的魏连殳远为可悯可敬的英雄！"作者认为这是一篇对于旧中国妇女悲惨命运怀抱着深刻同情的作品，同时他也不反对有人认为这篇是鲁迅过去养活周作人一家，反被他们所欺侮而产生反抗思想的作品。他这样写道："以上两方面，或者都和这篇散文诗的写作有关；但作者选取了旧社会千百万被侮辱和蹂躏的妇女，来表现她们的反抗复仇，其意义似乎不在仅仅反映他自己。"既清楚地说明了问题，同时又给读者以较大的信息量和思考空间。

解读《立论》后，他告诉读者："我们要说真话，说老实话，不能做'骑墙派'、'随风倒'、'持中论'者"。

在解读《聪明人和傻子和奴才》中，他指出："作者继承了所谓闻其声即如见其人的中国古典小说如《红楼梦》等的表现方法，无需借助于人物外貌种种的描写。就这样，创造了带有历史性的三个典型人物。"强调了写作方法的传承关系。

在肯定《野草》的同时，李何林不同意有些研究者过分强调《野草》的战斗精神，他指出："《野草》究竟有灰色的调子，不少地方存在着黑暗势力的重压。"这一点正是从鲁迅那里来的，因为鲁迅说过："我的那一本《野草》，技术并不算坏，但心情太颓唐了，因为那是我碰了许多钉子之后写出来的。"[①]

李何林还强调研究《野草》要有开放的大视野，指出："要扣紧创作的时代背景与作者的思想感情，抓住矛盾的特殊性，不能随意引证鲁迅后期著作中的词句来解释《野草》，也不能用分析小说、杂文的方法来分析散文诗；而要特别重视它的美学特征，从艺术感受

① 鲁迅：《致萧军》，1934年10月9日，《鲁迅全集》（第12卷），人民文学出版社1981年版，第532页。

出发，深入体会作者的思想感情，切忌穿凿附会、庸俗曲解。不仅要从政治的、社会的角度，还要进行哲学、道德、历史、美学、心理等多方面的考察，把微观研究与宏观研究结合起来，开阔视野，开拓《野草》研究的新局面。”[①]

回到鲁迅那里去，就是从鲁迅的思想和创作实际出发，既不拔高也不贬低，实事求是地进行文本研究。在《阿Q正传》研究中李何林先生也是遵循这一原则的。

李先生的《〈阿Q正传〉论析》写于1972年，那也是一个多事之秋。工农兵占领着文艺主导地位，“四人帮”掌握着思想文艺领域的话语权，按照当时的所谓主流话语行事似乎天经地义。而李何林先生不是这样，他认为鲁迅的这篇小说的主题是“批判一些人的‘精神胜利法’和其他落后思想”，并直截了当地指出：“国民性是国民中比较多的人具有的某种思想性格……它是在一定的历史时期内的一部分国民的精神状态，阿Q的‘精神胜利法’和其他落后的思想是来自统治阶级思想的影响，而且是被压迫被剥削而尚未觉悟的结果；它的表现形式和发展，都具有贫雇农阿Q的个性和阶级性的特点，同时也在一部分人中有一定的普遍性。”

讲劳动人民身上缺点的普遍性，现在看来似乎没有什么，可在当时就算是胆大包天了。但是由于李先生广征博引，竟然也没有人敢于批判到鲁迅那里去，这是他的研究智慧。在本文的最后他更进一步指出：“‘精神胜利法’和其他落后思想，还是具有相当普遍的典型意义，因而阿Q也就成为中外古今文学作品中著名的典型之一。它既有个性、阶级性，也有普遍性。普遍性是通过阶级性、个性表现出来的。”讲“精神胜利法”的普遍性，是一度颇为忌讳的话题，讲农民身上的缺点而且还指出是带有普遍性的，在当时是需要勇气的。进而他指出：“《阿Q正传》的主要思想就在批判国民劣根性，批判这种劣根性，目的在提高国民觉悟，以摆脱被压迫被剥削的地

---

① 李何林：《〈野草〉〈故事新编〉的争鸣》，《李何林全集》（第2卷），河北教育出版社2003年11版，第215页。

位，改变国家的落后状况。”这是非常精当的总结，在当时确实是很不简单的。因为那是一个全民激动、理论颠倒的年代，在主流话语中毛泽东关于“农民思想最干净，知识分子思想最肮脏”的语录已成定论，阿Q身上的一切坏毛病一时间都成了统治阶级的，工农兵只能是学习的楷模（对农民身上的缺点最多也就是教育），不能批评和讽刺的时候，阿Q的各种各样毛病是很难进行深入研究的。而李何林先生是无所畏惧的，他在当时似乎忘记了自己曾经因为探讨文艺理论中的一个小问题而受到过大批判。因为他最了解鲁迅，他认为从鲁迅那里出发是永远也不会错的。因此他在这篇文章的结尾处再次重申：“对于‘精神胜利法’则轻描淡写地一笔带过，我以为这不符合作品的思想实际，也不符合作者的创作意图，是主次颠倒了。”

在那些不正常的日子里，李何林先生的鲁迅研究应该说是独树一帜的，先生刚直不阿，从不跟风趋时，凡事总要问一个为什么，因为他深深地知道鲁迅的精神是不可歪曲的。无论什么形势都改变不了他的实事求是精神。正是因为有了这种精神，在他的周围团结了一批研究力量，涌现出一批正直的学者，形成了一个注重实证的学派。20世纪90年代出现的鲁迅经典作品细读和后来的“回到鲁迅那里去”的研究理念，都是和李何林先生的实证派研究有着千丝万缕的联系，或者说都是从他这里发源的。因为其中的很多研究者都是他的学生。

二、“同时代人研究”——李何林实证派的研究视野

在解析李何林先生的鲁迅研究时，我们发现除了鲁迅之外他还十分关注鲁迅周围的作家，关注鲁迅对他们的看法以及他们对鲁迅的态度，因此他的研究是全方位的，视野是很开放的。

早在1939年写作《近二十年中国文艺思潮论》的时候，李何林先生就注意到鲁迅和他的战友瞿秋白，首次把他们并称为“现代中国两大文艺思想家”，此后他的鲁迅研究始终是和中国现代文学史、文艺思潮史联系在一起的。在他的《鲁迅论》一书中不但收录了茅盾、冯雪峰等人的文章，同时还收录了废名、张定璜、尚钺、黎锦

明、王任叔、郑振铎等多人的文章。除此之外，在其他的有关现代文学研究中，李先生还着重论述过冯雪峰、胡风、聂绀弩、闻一多、许寿裳、李霁野、曹靖华、王冶秋、胡适、夏衍和周作人等。这既表现了他视野开放的客观研究态度，又反映了他对鲁迅同时代人的关注。

李何林先生第一个关注的是瞿秋白和他的《〈鲁迅杂感选集〉序言》，他对这篇序言极为赞赏，认为它和以前的评论文章相比具有划时代的意义：首先是运用马克思主义基本原理和历史唯物主义方法来评价鲁迅，其次是将鲁迅的杂文价值放到政治斗争和思想斗争的高度，第三是瞿秋白的文章反映了博学多识、清新俊逸的文风[①]。此外，他还说：瞿秋白有"博大精深的哲学、社会科学和文学的知识"，以及在"政治社会文化斗争的实践"，所以李何林认为瞿秋白"在现代中国的文化批评、社会批评和文艺批评上，和鲁迅占着同等重要的地位。他的文章风格虽有一部分和鲁迅不同，但他二人的学识、思想、文章，在现代的中国实在可称双璧"[②]！这是中国现代文学史上最早而且是最高的对瞿秋白的评价，除了研究者的高瞻远瞩之外，在当时还需要有一定的胆量。

先生对于冯雪峰的注重也是年代久远，早在写《近二十年中国文艺思潮论》的时候，就收录了冯雪峰（画室）的意见，后来他又替冯雪峰和胡风辩诬，实事求是地指出他们在20世纪30年代对于鲁迅研究和革命文学的贡献。这些细节论述起来可能要占很大的篇幅。

这里我想说说李何林先生对于与他意见相左的同时代人的看法。先生批评最早的人是叶公超教授。鲁迅逝世以后叶氏在当时的《北平晨报》上发表文章，说鲁迅"专一攻击一种对象的时候，他的文章多半是坏的"，"他那反抗的咆哮，无情的暴露只能充实一时的

---

① 李何林：《〈鲁迅杂感选集·序言〉的划时代意义》，《李何林全集》（第1卷），河北教育出版社2003年11版，281页。

② 李何林：《〈近二十年中国文艺思潮论〉序》，《李何林全集》（第3卷），河北教育出版社2003年11月版，第6页。

空虚，有时还能给我们一种膨胀的感觉”，“鲁迅在文章里比较容易生气，动怒，因此也就容易从开头的冷静的讽刺而流入漫骂与戏谑的境界”。更有甚者，叶先生居然从鲁迅的小说里读出了“丑角的色彩”和“杂耍的成分”，真是越说越不像话了。因为当时正值鲁迅逝世的悲痛日子里，李先生看到这篇文章后义愤填膺，当即奋笔疾书，写了《叶公超教授对鲁迅的漫骂》，发表在北京的《文化动向》上。文章从四个方面对叶公超进行了批驳，先生的这篇文章火气很大，是因为他最看不惯对死者的谩骂和诬蔑，他要为鲁迅辩诬。李何林的这篇文章写得如此之快，是因为他对于鲁迅的作品太熟悉、读得太认真，所以能够有理有据，读来令人痛快淋漓。这是李何林先生首次为鲁迅辩诬雪谤。

1985 年 7 月夏衍出版了他的回忆录《懒寻旧梦录》，在谈到“两个口号”论争及和鲁迅的关系时，夏衍狠批胡风，并向冯雪峰泼污水，在某些方面也对鲁迅进行了曲解。李先生当然不能等闲视之，他一连写了好几篇文章，回忆历史事实进行文本对照研究，捍卫鲁迅的尊严。这些文章分别是《为鲁迅、冯雪峰答辩》《悼鲁迅的亲密战友胡风同志》《冯雪峰在革命文学论争中保卫鲁迅》等。

其中最重要的文章是《为鲁迅、冯雪峰答辩》，这篇文章的副题是“读夏衍的《懒寻旧梦录》、纪念鲁迅逝世五十周年、雪峰逝世十周年”。李先生文章最突出的特点是不惜下苦功夫，他列举夏衍原文说了什么，在这个问题上鲁迅当时是怎么说的，冯雪峰是怎么说的，胡风是怎么说的，徐懋庸等青年作家是怎么说的，当时的杂志旁证又是怎么说的等等，最后再说我们应该怎么看。他总是用事实说话，不到关键时候很少发表自己的主观评论。首先，李何林批评了夏衍似是而非的辩解。比如夏衍说他不知道“民族革命战争中的大众文学”这一口号是鲁迅提出来的，他始终认为是胡风提出来的，“假如胡风的文章中说明这个新口号曾得到鲁迅的同意，或者说，他的这篇文章是鲁迅要他写的，那么，这场争论也许可以避免的”[①]。这

① 夏衍：《懒寻旧梦录》，生活 • 读书 • 新知三联书店 1985 年 7 月版。

就是夏衍的不对了，因为鲁迅在《答徐懋庸并关于抗日统一战线问题》中已经说了："这口号不是胡风提的，胡风作过一篇文章是事实，但那是我请他做的，他的文章解释得不清楚也是事实。这口号，也不是我一个人的标新立异，是几个人大家经过一番商议的。"李何林引用鲁迅的文章来和夏衍的回忆对照，让材料证明：他们早就知道这口号的提出者是鲁迅，却把论争的责任推到了胡风的身上，对鲁迅的文章充耳不闻，可见表面上对鲁迅的尊重也是假的。其次，李何林先生引用了胡愈之的回忆文章，说明冯雪峰在"文化大革命"中没有诬陷过任何人（包括整过他的人）的崇高品质[①]，以此对照夏衍 1957 年 8 月 17 日批判冯雪峰并导致冯被错划成右派的那次爆炸性发言，再对照现在这篇文章对冯雪峰的不实之词，足以引人深思、发人深省。鉴于夏衍的宗派主义情绪和对鲁迅与冯雪峰的不实之词，在鲁迅与冯雪峰无法辩驳的情况下，李先生敢于挺身而出用史实和夏衍商榷，充分反映了他作为正直学者的一贯风格，这种风格其实就是鲁迅精神的真实体现。

此前李先生曾在一次演讲中说，夏衍在《一些早该忘却而未能忘却的往事》一文中有许多说法是不值一驳的。比如夏衍说"四条汉子"就是指"四个男人"，李何林先生说："四条汉子"的含义并不像夏衍说的等于"四个男人"，"这是从上下文可以体会出来的"[②]，因为在鲁迅那里这么说是有特定含义和情绪在内的。他就是这么倔强，容不得任何人的造假和歪理邪说。

许多对李先生不了解的人可能以为李何林保守，其实这是不对的。由于他的实证派研究方式，使得他在一些研究领域还走到了当时一般人的前面。比如他曾积极支持鲁迅与同时代人的专题研究，马蹄疾在他的《鲁迅和他的同时代人》一书中就提及曾得到过李何林先生的帮助[③]。

① 胡愈之：《我所知道的冯雪峰》，《新文学史料》1985 年第 4 期。

② 李何林：《敢不敢用历史唯物主义研究鲁迅》，《李何林全集》（第 1 卷），河北教育出版社 2003 年 11 月版，第 80 页。

③ 马蹄疾：《〈鲁迅和他的同时代人〉后记》，春风文艺出版社 1985 年 7 月第1版。

在解读鲁迅作品时，他还提到周作人的观点可供人们参考。他认为曹聚仁的有些观点是从周作人那里来的，曹聚仁的《鲁迅手册》和《鲁迅年谱》及《鲁迅评传》都是可以商榷和争鸣的。在《鲁迅〈野草〉注解》关于《颓败线的颤动》一文的解释中，他说："也有人说，这篇是作者过去养活周作人一家，反被他们所欺侮，而产生的反抗思想的极为曲折的反映。"李何林认为可能是有一些关系[①]。

我们南开大学的周作人研究，在开始时根本无从下手，是李何林先生首先破例批准我们查阅当时在鲁迅博物馆保存的全部《周作人日记》，研究工作才得以顺利进行；确切地说如果没有李何林先生的支持，就不会有后来《周作人研究资料》和《周作人年谱》的出版。他还应邀为《周作人年谱》写了序言。他在序言中说："周作人在中国现代文学史上是一个比较复杂而且有过好的和坏的影响的作家。"他认为五四时代的周作人是"以一个反封建的战士形象出现于文坛，可以说和鲁迅并驾齐驱，被誉为周氏兄弟而闻名于当时"。他说从《周作人年谱》中可以使读者对周作人有比较全面的了解，以此为线索，进一步进行"周作人研究"会使后来的研究者省去许多力量。可见从20世纪80年代起，他就对周作人研究给予帮助并表示出支持的态度了。

但是，李何林先生对周作人的研究始终是有原则的，他对周作人不同时期的看法是以历史事实和文本说话。在一次关于周作人出任伪职的学术讨论会上，他说，"周作人之终于做汉奸的主要原因，是他一生思想的逐渐蜕化变质，他的日本妻子和环境的逼迫是次要的"，并且旗帜鲜明地指出："周作人这样的人，怎么可能接受地下党的领导，潜伏在敌人内部为我做工作呢？我认为中共北平特委动员周作人出任伪督办一说根据是不足的。"[②]这就是实证派力量，显示出大家的风范。完全是再现实事求是之风，没有丝毫的哗众取宠

① 李何林：《鲁迅〈野草〉注解》，《李何林全集》（第2卷），河北教育出版社2003年11月版，第142页。

② 李何林：《我对周作人的看法》，《李何林全集》（第4卷），河北教育出版社2003年11月版，第329、331页。

之意。直到今天，我们仍然认为他的结论是正确的。

有研究者说李何林先生的鲁迅研究，是“文化大革命”中鲁迅研究务实派的最高代表。“他在那样的政治气氛中，刚直不阿，一身正气，始终坚持基础性研究，不写一句空话，给后人留下了坚实的学术成果。”[①]这个评价对于李何林先生来说是当之无愧的。

① 张梦阳：《中国鲁迅学通史》，广东教育出版社 2001 年 8 月版，第 522 页。

《近二十年中国文艺思潮论》校读记

李何林先生曾任南开大学中文系主任，为我国著名的教育家、鲁迅研究专家，现代文学研究专家。

李何林，1904 年 1 月 31 日生于安徽省霍邱县，曾用名有李延年、李振发、李昨非、李竹年等。

他 10 岁入私塾，12 岁转入小学；16 岁考入安徽省立第三师范学校，此时期受到“五四”新文化运动的影响，阅读了大量的进步文学刊物；20 岁考入南京国立东南大学生物系。两年后他受革命影响，投笔从戎，1926 年参加北伐军。他先在武昌编辑《学兵日报》，1927 年春调至北伐军第 11 军 25 师政治部从事宣传工作，不久经李硕勋介绍加入中国共产党；后升任宣传科科长，同年 8 月参加著名的“八一”南昌起义。起义失败后他回到家乡霍邱，任城内高等小学校长。1928 年夏，他参加“霍邱暴动”，失败后逃到北京，避居于鲁迅先生组织领导的未名社。在未名社期间他编写了《中国文艺论战》和《鲁迅论》两本书，遂投身革命文艺运动。

1929 年至 1945 年，李何林先后在天津女子师范学院、北平慕贞中学、汇文中学、中法大学、河南焦作工学院、太原国民师范学校、太原师范学校、太原女子师范学校、济南高等中学、北平高级商业职业学校、阜阳（颍州）师范学校、云南大理华中大学等学校任教。因思想进步，宣传鲁迅，屡受排挤迫害。

1946 年李何林到台湾，先后在台湾省编译馆和台湾大学工作。1948 年鲁迅的好友许寿裳遭到暗害以后，被国民党特务监视，李何林只身逃回大陆，由北平进入华北解放区，出任华北大学国文系主任。

1949 年 3 月，李何林随华北大学进入北平，7 月参加全国第一届文代会，当选为候补理事，后调中央教育部任秘书长兼行政处处长。1950 年 10 月他调北京师范大学中文系任教，1952 年任北京师范大学中文系代主任，同年 9 月在教育部院系调整中出任南开大学中文系主任。同时兼任南开大学校务委员会委员、南开大学学术委员会委员。在南开大学期间，他曾被评为天津市先进教师，当选为全国人大代表。1959 年他率先为南开大学开设“鲁迅研究”专题课，成为全国大学开设鲁迅研究课的先行者之一。同年秋，他应《新港》杂志编辑部之约，撰写了《十年来文学理论和批评上的一个小问题》一文，强调“政治性和艺术性都来源于真实性”的主张，在文章尚未发表时，便受到了来自上层的批判，后来又遭到全国范围的大批判。

“文化大革命”中被污蔑“反革命修正主义分子”“资产阶级反动学术权威”“中文系黑帮大头目”等不实罪名，受到不公正待遇。

1972 年他刚刚被宣布“解放”，就迫不及待地赶写《教学改革方案》。

李何林在南开大学中文系执教 24 年，任系主任 15 载。他后半生的重要著作：《关于中国现代文学》《鲁迅〈野草〉注解》《鲁迅小说选注解》《中学语文鲁迅作品答疑》等，都是在南开大学中文系工作期间写成的。

1975 年 12 月根据毛泽东对周海婴来信建议的批示，调李何林进京任鲁迅研究室主任、北京鲁迅博物馆馆长。1988 年 11 月 9 日先生因病在北京逝世，终年 85 岁。

《近二十年中国文艺思潮论》是李何林前期的一部有代表性的重要学术著作。

本书至今已经出版了很多个版本（据李何林说，此书上海版以后曾经出版过香港版、桂林版、重庆版、东北版等），我们能够看到的就是 1940 年生活书店的初版本、1982 年陕西人民出版社的新版横排本、2003 年河北教育出版社《李何林全集》第 3 卷（《近二十年文艺思潮论》收入本卷）。现在南开大学出版社的这本书，应当是目前最新的一个版本。

受南开大学出版社刘运峰总编辑的委托，我专门抽出一段时间参加了本书第二个校次的工作，又重新认认真真读先生的这本书，虽然时间过去了将尽80年，但这本书的魅力依然不减。它的观点之正确与资料之详实，依然会使得今天的我们感到震撼。在此，我愿意将校读感想报告给各位。

一、李何林是令人尊敬的革命家。他是以革命家的身份走进文学界和教育界的，因此他的眼光是远大而有前瞻性的。他关注“五四”以来的社会变革，重视各种文献资料和历史背景，进而发现了鲁迅、发现了瞿秋白，充分肯定他们在中国现代思想史上的重要作用和历史价值。李何林是一个有胆有识的人，他敢于在那个年代里，在瞿秋白被杀害不过三四年，就把瞿秋白（何林先生用的是瞿秋白的笔名“宋阳”）的铜板照片和鲁迅的照片一起放在这本书前，并且标明他们是“现代中国两大文艺思想家”，读者通过他的序言当然会知道“宋阳”是何许人，这在当时的环境下是非常犯忌的。这个举动反映了他的慧眼同时也是他的个性，无论在当时还是在后来的“文革”中，都给他带来了危险。果然书刚出版一年就遭到当局的查禁；在“文革”中，发现这样评价瞿秋白的书也是非常麻烦的事。

他的原则还表现在对于“五四”传统的坚持；对于“五卅”到“九一八”的文艺思潮发展趋势的评估；对于新文学社团的分析；对于“革命文学论争”和“两个口号论争”等理论问题的评论。今天看来，他当时的这些观点基本都还是正确的。特别使我诧异的是，在鲁迅和“左联”青年领导人的论争中，李何林从一开始就坚定地站在鲁迅一边。细细想来，在那个时候李何林刚刚30岁出头，他和“左联”的一帮年轻人年龄相仿，也是进步的革命青年，但竟然不是跟着所谓主流走，而且有着自己的独立观点立场，不站在左翼成员徐懋庸等人一边，居然坚定地站在已是“老人”的鲁迅一边。这在当时是怎样的一种眼光！众所周知，后来的历史证明了他的选择是正确的。尽管因为这种选择也给他带来了一些麻烦，但他始终是坚持真理、固执己见、无怨无悔。这就是现代文学和鲁迅研究界公认的“李何林精神”。

二、李何林是视野宽阔的学者型资料专家。在这本书中，他引用了许多重要的第一手文献资料。我们不能不钦佩他的细致和认真，试想先生当年，生活艰辛且在辗转途中，身在四川江津的白沙镇编这本书的时候，资料之匮乏、环境之艰苦、信息之闭塞都是无法想象的。他携带、选购、保存所能得到的资料；在搜集整理、剪贴、归类中，将有限的资料珍藏利用，是何等的不容易。没有毅力谈何成功！就是在如此的条件下，李何林编辑写作了这样的一本专业性极强的大书。资料是历史现场的初始记录，是走向研究的第一步。任何有成就的学者都不会忽视资料，正是这些当年积累的宝贵资料支撑了李何林的观点，使他做起学问来理直气壮、刚正不阿、自成一家。以资料为根据是有实力的表现。他的治学特点是采用摆事实讲道理的方法，把反映各方面观点的文章都原原本本地保留下来，或引全文，或摘重点，让材料本身说话。在此基础上才是他自己的评论，这些评论就是摆在当事人面前，在时过境迁以后你不承认都不行，这就是李何林做学问的方式。何林先生绝不是那种高谈空泛理论之人，但他也不是不重视理论，他坚信以鲁迅、瞿秋白为代表的科学的文艺论，因为这才是最明快的哲学。他重视资料，但绝不是盲目地堆砌资料，他在书中引用资料的同时有许多属于他自己的分析，这些分析当然是在事实的基础上得来的。他刚正不阿，从不趋势跟风，凡事总要问一个为什么，无论什么形势都改变不了他的实事求是精神，这就是李何林实证派的最初表现。这本书现在翻检起来，我们不能不佩服他的丰富和全面，因为其中的一些资料，就是今天找起来也是相当困难的。

三、李何林是我国出色的现代文学学科奠基人。他非常注意现代文学史料的积累，为现代文学教学奠定基础。他学习鲁迅的经典作品，保卫鲁迅的战斗传统，发掘鲁迅的思想资源，并以此为出发点和立脚点，来分析中国现代文学发生发展的路向，紧紧抓住中国现代文学教学研究之纲，也有意无意为后来的文学史、思想史研究开辟了广阔的道路，打下了坚实的基础。大家知道在这本书出版之前，仅有胡适的《五十年来中国之文学》、陈子展的《最近三十年中国文学史》、张若英的《中国新文学运动史资料》和《中国新文学大系》等，数量寥寥，还没有一本独立的、以“五四”新文学为开端直到30年代的“中国新文学史”，或者“中国新文艺思潮史”。李何林编著的这本书对于前书的超越性贡献在于，它是最为集中地创建了以反帝反封建为理论标志的、全新的资料性研究型著作。李何林自己说，他编写此书的时候，“还没有一本《中国新文学史》或《中国新文艺思潮史》，系统地给一般读者一个中国新文学发展的概况”[①]。因此，他的工作是具有填补空白的奠基性创举。思潮史无疑是文学史的纲，后来的文学史几乎无不受这本书的影响，思想史的教学和研究也无不以这本书为重要参照系，因为它是一座很难逾越的高山。《近二十年中国文艺思潮论》成了中国现代文学史研究的奠基之作，后来各种文学史的基本框架，文学社团、文学现象等评论也很少能跳出这本书所囊括的范畴，这也是该书的真实价值之所在。

四、李何林是我国最著名的鲁迅研究专家。先生自20年代起就读鲁迅的书，崇拜鲁迅的伟大人格、追随鲁迅的足迹。鲁迅在世时，李何林还编辑了著名的《鲁迅论》《中国文艺论战》等书，曾提议为纪念鲁迅从事创作活动30年刊印鲁迅著作。1936年鲁迅逝世后，李何林针对报刊上的各种文章，第一个站出来批判污蔑鲁迅的不实报道，保卫鲁迅。这成了他后来延续一生的工作，在关键时期他总是挺身而出替鲁迅辩诬，保卫鲁迅的战斗传统。在这本书中，鲁迅的观点和作品是他引用最多的部分。他指出：“有人说，孔夫子是封建社会的圣人，鲁迅则是新中国的圣人。那么，我们可以说，埋葬鲁迅的地方是中国新文学界的耶路撒冷，《鲁迅全集》中的文艺论文也就是中国新文学的《圣经》。”这是何等的高瞻远瞩之言！他强调了鲁迅在中国现代文艺思想史和文学史上的突出地位，今天读来，我们还是能够感觉到李何林特有的那种对鲁迅的深情。这是我国第一代鲁迅研究专家的突出特征。

五、关于此次校读工作的说明。本次校读参照了前面所说的三

---

① 见本书《〈近二十年中国文艺思潮论〉校读记》。

个版本，对本书个别文字进行了修正。先生当年资料匮乏，生活辗转，印刷校对手民之误在所难免，其中有些资料誊抄、剪贴或排版时会小有瑕疵。为了使得资料更准确，阅读更方便，引文部分还参照上海教育出版社 1979 年出版的《中国现代文学史参考资料·文学运动史料选》第 1-3 卷中的相关文章，进行了重新校对；关于鲁迅文章的引文，李何林先生当年依据的是 1938 年版的《鲁迅全集》，此次校读均按照人民文学出版社 1981 年版的《鲁迅全集》进行了重新校对，我始终以为这是目前最好的一个版本。在此次重校过程中难免会有遗漏，可能还会有缺点和瑕疵，希望读者和专家不吝指正。

在南开大学成立百年前夕，出版南开著名教授的代表作，是秉持校训、继往开来工作的一个重要组成部分。继承南开传统，弘扬南开先贤们的精神业绩，做好我们现实的工作，就是对于他们和我们这个学科与我们这个学校的最好纪念。

2016 年 4 月 10 日

刘家鸣先生的鲁迅研究

——《中国现代文学先驱者论集》鲁迅研究部分读后

《中国现代文学先驱者论集》（刘家鸣著，南开大学出版社2011年1月第1版），是一本厚重的学术性著作。这是刘家鸣教授重要研究论文的精选，其中既有经典的鲁迅研究，有精当的冰心研究、又有独特的李何林研究，还有郁达夫、曹禺和鲁藜研究。这些充满扎实理论功底和细致文学分析的文章，是论者数十年特别是改革开放以来的重要学术成果。现在经过精选编辑有了这本有分量的书。细读各辑中的具体篇章，我想起了李何林曾经对刘家鸣先生的评价，李何林曾经说：对于鲁迅小说的艺术性分析"颇能显示家鸣同志做学问的特点：扎实细致"，"还可以看出他治学的勤奋、认真和严谨"。

如果从李何林、王瑶、唐弢算起，刘家鸣应该属于中国第二代的鲁迅研究者。他是李何林培养的第一批现代文学的研究生，长期在南开大学任教授，特别是自李何林调往北京出任鲁迅研究室主任和鲁迅博物馆馆长以后，刘家鸣就成了南开鲁迅研究的领军人物。多年来，专心致志进行以鲁迅研究为主的现当代文学研究，写出了一些专著和许多高质量的论文。本书的理论素养主要表现在鲁迅研究中。

20世纪90年代初期，刘家鸣曾有《鲁迅小说的艺术》一书，被列入陕西人民出版社的"鲁迅研究丛书"出版，影响很大。特别应该指出，刘先生的鲁迅小说研究方式是很独特的，他不是那种简单的作品分析研究，而是将鲁迅小说作为一个整体进行宏观与微观相结合的立体研究。他常常把鲁迅小说中的各种人物进行分类，然后进行比较，从而找出带有规律性的东西。这正是鲁迅所提倡的治学方式，鲁迅曾说："分类有助于揣摩文章，编年有利于明白时事。"这就要求在对鲁迅小说进行艺术分析时，研究应是细致入微的。

比如，《鲁迅小说"闲人"形象的深沉意蕴》，就是非常重要的文章，在这篇文章中作者把鲁迅全部现代小说中的各种"闲人"集中起来，分解其中群像和个像、具体形象和朦胧形象，将此进行综合分析，从而找出了与主人公密切相关的闲人具象和闲人看客两种类型，有说服力地证实了鲁迅的"什么都要从新做过"的改造国民性论断。刘先生是一个理论思维很强的学者，他曾经讲授过文学理论的课程，多年来仔细阅读过相当多的东西方文学理论著作。有了这样扎实的根底，再加上他对于鲁迅小说阅读之细致，写出来的文章，既有理论深度又生动感人。正是这些理论素养支撑着他的研究，所以写出的文章总是能够令人常读常新，感叹其高屋建瓴。

再如《鲁迅小说艺术形象的文化批判内涵》一文，从民主革命时期的时代精神出发 ，去寻找鲁迅小说对于当时社会生活实际、普通民众的具体言行表现等方面的文化反思痕迹。通过对具体作品的细微解读，指出从辛亥革命前到五四运动后的20年代中期，鲁迅小说的文化批判内涵是：长期生活在封建皇权统治下 ，普通民众的守旧、盲从、迷信、麻木、冷漠的文化心理积淀；鲁迅对封建传统文化的批判，既体现在劳动者形象身上，又体现在知识分子形象的塑造上，批判的实质是一样的，而采取的批判视角则各不相同。刘先生还更进一步指出鲁迅小说的深刻性在于：鲁迅不但写出了封建传统文化对觉醒了的知识分子的摧残挤压，而且还深入揭示了这些叛逆者灵魂深处隐藏的传统文化因素，这是一种二律背反的双重矛盾。以这个理论来分析来解读魏连殳、分析狂人、走近吕纬甫以及多次出现的"我"，就可以找出那种在鲜明的自我剖析、自我反思的批判性质下的深刻思考，同时还可以看出鲁迅在文化批判中，所包含着的对于民族振兴的文化理想和追求。我以为，这就是那种典型的"知人论世"，了解作家分析作品需要丰富的积累、读书的悟性和明快精当的表达，在这里刘家鸣先生都做到了。

进入新时期以来，刘家鸣先生把鲁迅研究的重点从小说转移到了杂文。收在本书中这方面的文章，基本都是对于鲁迅杂文的解析，细读各篇我总是感觉到作者仿佛在寻找着什么，这里有一个整体的思路在引领研究，这就是鲁迅思想的精髓：“立人”和“不甘为奴”。刘家鸣先生非常注意鲁迅作品的时代针对性和鲁迅生活的一贯性；注意鲁迅的一句话、一篇文章和一套全集之间关系的潜在精神联系，这样刘家鸣先生的研究就抓住了精髓。《“收纳新潮，脱离旧套”——鲁迅在五四时期的文艺观》是一篇非常重要的论文。研究鲁迅文艺观的文章很多，但是本文却能够独辟蹊径，既注意到鲁迅独特的“为人生而且要改良这人生”的自身创作宗旨，同时又注意到当时鲁迅同新文化运动先驱者一起的阵线意识。不少论者把鲁迅对传统文化的批判误解为是简单的抛弃和全盘否定，刘先生认为这是对于鲁迅的一种表面化的认识和误解。他举出《青年必读书》一文，认为对此要从历史的语境中进行分析，他从鲁迅早期的《文化偏至论》中对本国文化的肯定，联系到五四时期对于《嵇康集》的校勘和《中国小说史略》的写作。令人信服地指出鲁迅对传统文化的批判，是集中在“吃人”和有看客的那一部分，鲁迅号召青年要脱离这部分“旧套”，没有否定我国丰富的古典文学的精华和传统，并且还赞赏古代文学传统中的艺术构思与文学语言表现方式。一般人的论述至此可谓交代清楚，便会戛然而止，但是本文却还不满足这样的论述，论者笔锋一转联系到鲁迅关于小说创作借鉴和摆脱外国作家影响的历史过程，以此和中国传统文学的评论相对照，引用鲁迅自己的话说，他的小说《狂人日记》比果戈理的“忧愤深广”，也没有尼采那样的“超人渺茫”，看来鲁迅就是鲁迅，五四时期是一个融化中西文化艺术的自由时期，对西方文化有借鉴当然也有扬弃，本文清晰地解析了鲁迅创作经验和创新过程。

《鲁迅杂文创作两次高峰期试探》一文，根据鲁迅的创作实际，认真分析了从 1917 至 1935 年底，18 年间杂文创作的两次高峰的形成经过，以具体篇章为例展示了鲁迅杂文从攻击时弊到解剖自己，从现实给予他的写作动力到对于“中间物”的论述，既发掘了鲁迅杂文的现实战斗性，又论及了鲁迅杂文的历史穿透力。《关于鲁迅杂文研究的思考》和《不废江河万古流——评“鲁迅过时了”》是两篇综合性的研究论文。前者分析出鲁迅杂文研究“之”字形的曲折路程，后者以鲁迅的“立人”思想为宗旨，指出终结“人的奴隶制时代”是鲁迅锲而不舍的抗争目标。此外还有一些解读具体篇目的研究文章，也都是闪烁着论者的智慧之光。

在重读《论睁了眼看》的研究文章中，作者把鲁迅的这篇文章分成三个部分，指出鲁迅在文章中揭示两种文艺观和两种创作方法的对立，指出鲁迅的文章“在章法结构上并非平板直线地展开说理，而是首尾相应，同时常有穿插化，生动活泼，摇曳多姿”。在《文艺的大众化》重读感言中，他特别强调：“鲁迅语重心长地告诫：文艺的大众化 ，必须于大众有益，不应该降低思想和艺术水平去俯就和迎合大众，媚悦大众。”他还深刻地指出：当今某些号称大众化的文艺作品，在文学语言上完全重复鲁迅所批评的弊病，大肆滥用某个特定地域的方言土语，故意迎合一些民众的不健康心理，满纸流氓腔，通篇痞子话，把文艺大众化推向邪门歪道。重读鲁迅的这篇文章之时，他呼吁有远见卓识的作家，奋起倡导文学作品的语言的“三化”：即净化、优化和美化。作者特意把这篇文章的标题命名为《远见卓识的真切告诫》。《变戏法・看客・国民性——重读〈现代史〉》是一篇最能代表作者鲁迅观的文章，他在全面分析了文章的创作背景以后这样写道：“如果说这篇杂文就是把批判的笔锋指向剥夺人民的军阀政客们，那还不能说完全通晓了全文的旨意。这篇杂文还有另外一面的用意，在于通过续写围观变戏法的观众的麻木与健忘的表现，来批判国民劣根性。这恰恰是本文的又一层深刻意蕴。”刘家鸣先生认为这是一篇体现双向批判的杂文杰作，既有对统治人民的新军阀与政客的批判，也有对于麻木健忘的看客的批判，批判了民众身上存留的国民劣根性，重读这篇文章的现实警示作用是很强的。

刘家鸣先生的鲁迅论，有着他的一以贯之的宗旨，那就是他读着鲁迅杂文，想着它的时代性和针对性，同时更注重鲁迅生活和性格的一贯性，所以他能够在学理和事理两个方面进行综合解读，许多篇章中常常注意到既是矛盾的又是统一的。在这些研究文章中，他特别着重指出鲁迅所反对的到底是什么，聪明的读者会常常注意到，论者不断强调的鲁迅“要当主人，不当奴隶”的独特个性，这可谓抓住了鲁迅杂文的神韵。为什么说阿Q当政也不行？为什么要反对“奴隶总管”？为什么要注重“立人”思想等等，他的这些深度思考，是建立在辩证唯物主义的文艺理论基础之上的，所以他总是能够从鲁迅那里找出“防被欺”，注意历史的天空，注意矛盾的同一性与特殊性等。同时，这些还是建筑在对文本的严肃把握之上的。他的研究始终以作品说话，特别注意文本的艺术性，将艺术特色放在中国文化的大背景下进行分类研究，因为他强调小说和散文的文学性，文学毕竟不是宣传。

通读这本书是一个深入学习、丰富知识、提升学养的过程。读刘家鸣先生的书，这就仿佛走进了他的课堂，聆听高屋建瓴、丰富厚重的鲁迅研究，会使我们受益匪浅。

本文是读《中国现代文学先驱者论集》书评的第一部分，原稿的节选部分曾经发表在《鲁迅研究月刊》上，全文编入笔者《灯下录》一书，读者可以参看。

《鲁迅自选集》解读

《鲁迅自选集》是鲁迅亲自编订，1933 年 3 月由上海天马书店出版的。该书曾经两次再版、七次印刷，一直受到读者的欢迎。可惜的是由于各种原因，多年来对这个由鲁迅自己编辑的选本研究甚少。在后来编辑的各种《鲁迅选集》中，大家似乎也淡忘了鲁迅亲自编的这本自选集，研究者对这本自选集的重视程度也非常不够。

鲁迅小说散文选本的印行历来不是小数目，《鲁迅自选集》无疑是一个最好的阅读鲁迅作品的版本，其中的 22 篇小说、散文和散文诗涵盖了最有可读性的《呐喊》《彷徨》《野草》《朝花夕拾》和《故事新编》中的经典作品，同时也是鲁迅自己认为“材料、写法，略有些不同，可供读者参考的东西”，反映了鲁迅生前对自己文章的取舍标准，当年他就是把这个版本奉献给广大读者的。

一、“听将令”之我见

鲁迅参与新文化运动的动机是十分复杂的，他从一个悲观主义者转化成一个冲锋陷阵的战士，就在转瞬之间。那原因是他的进化论思想和反抗绝望的意识，他不想把自己的悲观传染给当时的正做着好梦的青年，他认为在没有找到一条好路可走之前，就把别人唤醒是最不应该的。在他父亲临终前，由于他和弟弟的哭喊，给弥留之际的父亲造成的巨大精神痛苦，一直留在他的印象中，成为一个挥之不去的阴影。另外，他还有学习过现代医学的经验。我以前曾在文章中指出过：人们长期以来都跟着某些人说鲁迅写“遵命文学”，但是大家知其然而不知其所以然。

比如在《〈呐喊〉自序》中，他说初期写小说是“听将令”的，而当时找他约稿的人是钱玄同，钱作为鲁迅小说的催生者功不可没。

鲁迅当时并非思想界的战士或是文学革命的主将，反而思想比较悲观，辛亥革命后的一切“依旧”使他大失所望，对于当时正在兴起的“文学革命”，他也没有怎样的热情，老朋友范爱农的非正常死亡，使他陷入“我亦等轻尘”[①]的悲观苦闷中，甚至还有些消极和颓唐；他在北洋政府教育部心情也很不愉快，“枯坐终日，极无聊赖”（鲁迅1912年5月10日记），他自己说整天在绍兴会馆的大槐树下抄古碑，钱玄同就是在这个时候找到鲁迅的。

钱玄同参与《新青年》后，是个激进的文学革命倡导者，他说过不少过头的话，如为了反对老人的保守，他甚至说出“人过四十该枪毙”这样离谱至极的话。据他的学生黎锦熙先生回忆：“他也不甚爱看新的小说戏剧等作品和翻译品；对于鲁迅作风的深刻冷峭，以及后来小品文和幽默文学的提倡，他都有微词，说容易引导青年走上冷酷或颓废的路。”[②]读了这段话，我们便可知道当年夹着大皮包常去找鲁迅约稿的钱玄同的思想了，所以他的有些想法必然会在约稿时转达给鲁迅。

鲁迅早期的作品深受俄罗斯作家果戈理和安特莱夫的影响，格式特别且忧愤深广，当然也会有些阴冷，所以他和钱玄同的交流不能不谈到这些。查当时的《鲁迅日记》“晚钱玄同来”“夜钱玄同来”的记录屡见不鲜，据统计多达近百处。由此可见那时他们之间接触频繁、交谈甚多，由于钱玄同找鲁迅的主要目的是约稿，彼此之间围绕小说的商讨对话是可以想见的。

正是因为鲁迅在执笔中“不暇顾及”，他的作品里自然会流露出“未能忘怀于当日自己的寂寞的悲哀”的痕迹，而钱玄同当时不主张悲观消极，他“对鲁迅作风的深刻冷峭”“有微词”，为人耿直坦率的钱玄同必然会对鲁迅有所表露。于是他说“那时的主将是不主张悲观的”，他们认为将来还是有希望的，鲁迅说：“我虽然自有我的确信，然而说到希望，却是不能抹杀的，因为希望是在于将来，决

---

① 鲁迅：《哀范君三章》，《鲁迅全集》（第7卷），人民文学出版社1981年版，第425页。
② 见《钱玄同先生传》，此件现藏北京鲁迅博物馆。

不能以我之必无的证明，来折服了他之所谓可有，于是我终于答应他也做文章了”。“在我自己，本以为现在是已经并非一个切迫而不能已于言的人了，但或者也还未能忘怀于当日自己的寂寞的悲哀罢，所以有时候仍不免呐喊几声，聊以慰藉那正在寂寞里奔驰的猛士，使他不惮于前驱。”所以鲁迅又这样写道：“既然是呐喊，则当然须听将令的了，所以我往往不恤用了曲笔，在《药》的瑜儿的坟上平空添上一个花环，在《明天》里也不叙单四嫂子竟没有做到看见儿子的梦，因为那时的主将是不主张消极的。”[①]

从上下文来看，我以为鲁迅讲的“听将令”“那时的主将”“朋友们的嘱托”“在寂寞里奔驰的猛士”等均为同义词，是特指来约稿的钱玄同，扩而大之是对钱玄同、陈独秀等《新青年》编委们的一种尊称，同时也是鲁迅的一种自谦之词。他并没有把这种改动当回事，因为他最不愿意破灭别人的希望。他在《〈自选集〉自序》中强调说：“不过我所遵奉的，是那时在压迫之下的革命的前驱者的命令，也是我自己本来愿意遵奉的命令，决不是皇上的圣旨，也不是金元和真的指挥刀。”后来该文收入《南腔北调集》的时候，将“在压迫之下”几个字删去了。

1933 年出版的《鲁迅自选集》中，《药》和《明天》并没有被收录进去。我想原因当然是多方面的，可是不应排除“花环”是“不恤平空添上”去的，为了增加作品的若干亮色，平白无故地在坟上加上一个花圈，表达对于革命先烈的纪念，这就使作品有了若干亮色，使大家看到了希望。试想如果没有这个“花环”，又会是怎样地震撼人心！先烈慷慨壮烈地牺牲了，愚昧的百姓却吃蘸着他们鲜血的馒头，而在那样的中国，人们对于先烈也忘记了纪念，这种震撼力量该是多么的强烈！另外，不写单四嫂子没有做成见到儿子的梦，使作品减少了反差的对比和阴冷，再试想如果在单四嫂子死去了唯一的儿子之后，梦里竟然也不能和儿子团圆，这应该是怎样的悲哀？不仅增加了小说的阴冷与悲哀气氛，而且在思想上也会更有深度。

---

① 鲁迅：《〈呐喊〉自序》，《鲁迅全集》（第 1 卷），人民文学出版社 1981 年版，第 415 页。

鲁迅当时在创作上深受俄罗斯作家安特莱夫的影响，但他为了符合以陈独秀、钱玄同等一批《新青年》“主将”的要求，不惜在作品中用了“曲笔”，打破了自己原来的构思，从而遏制了自己流畅的创作思路的尽情发挥，使得作品“比较的显出若干亮色”，给小说增加了一条光明的尾巴，同时也给自己的作品带来某些遗憾和缺失。这就是他“听将令”的结果。

所以鲁迅在这里（“听将令”的后面）特别写道：“至于自己，却也并不愿将自己以为苦的寂寞，再来传染给也如我那年轻时候的正做着好梦的青年。”这句话可以看作是对钱玄同的答复，是“听将令”的结果，也是作者对于“用曲笔”的解释。

因此在1933年出版《鲁迅自选集》时，他仅仅从《呐喊》中选取了自己最满意的《孔乙己》《一件小事》《故乡》《阿Q正传》和《鸭的喜剧》等五篇小说。作者自己并没有把这两篇“听将令”的代表作《药》和《明天》选进去，这大概可以证明他所说的“听将令”是一种自谦和托词，也可以看出他对这两篇“听将令”最具体、最直接的作品不甚满意。

如果没有《鲁迅自选集》的出版，我们就很难知道来自作者的这一心灵深处的信息，虽然鲁迅也说过，他写的每一篇作品都是认真尽力的。

二、1933年鲁迅心境解析

从《彷徨》中选取的5篇小说也应该引起我们的重视，这里面删去了《兄弟》《孤独者》和《祝福》等几篇很有代表性的作品，就很值得研究。仔细揣摩，我以为起码说明此时的鲁迅生活开始逐渐安定，随着幼子海婴的成长，给鲁迅的家庭生活带来了许多快慰。情绪上可以看出他已经从兄弟失和的阴影中解脱，另外在心结上也和“彷徨”时代完全不同了。

当然从《故事新编》中只选取了两篇，就是《奔月》和《铸剑》。这里面充满了深意是不言自明的，因为这是最符合鲁迅“复仇”精神的作品。至于为何删去了《补天》（最初发表时名为《不周山》），就很值得对1933年的鲁迅进行具体分析。那是他创作精力最旺盛的年代，但同时也伴随着许多的不如意。那时他和“左联”中的一些人有许多的不愉快，他发现一些青年人还是犯过去的宗派主义老毛病，并没有真正和他联合起来组成这一坚强的阵线，甚至有人还时不时化名在背后攻击他，使他的心境很烦躁。他百思不得其解这些年轻人终将要做些什么？当然成仿吾以前曾经赞扬过的《不周山》（即后来改称的《补天》）就另当别论了。

于细微处见精神。细读《鲁迅自选集》，我们不难发现鲁迅的精微高妙之处，研究者也会从中获益良多。因为这是一个不可或缺的版本，是鲁迅对于自己的作品进行的唯一的一次选择，对此研究者不可不注意。

如果说继承鲁迅精神，回到鲁迅那里去，我们所能做的就是应该体现鲁迅的意志。重视这本被鲁迅自己认可的书，对这个版本进行认真的研究，不仅会了解鲁迅文学创作的精华，从中找到鲁迅的为文为人之道，还可以接近和理解一个真实的鲁迅。

《鲁迅自选集》的序言与后来收在《南腔北调集》里的同一篇序言相比，在文字标点上有很多的不同，他后来又进行了一些改动，我们如果找来两个版本进行核对，从中可以看出鲁迅对于这本《自选集》是非常重视的。当然在收录的名篇中也有改动的痕迹，比如《阿Q正传》就有明显改动的实例：如将原来的锣声“镗镗”改为“铛铛”；将原文中的“革命党就是造反”，改为“革命就是造反”等，内容和文字都更加精确了，诸如此类的改动还很多。这些改动，如果不细心地读是很难发现的。鲁迅的这些改动，足以说明了他自己对于这个选本的重视程度。

目前，我们对于鲁迅著作版本所涉及内容的专题研究，还是太少了。从这个意义上讲，我以为出版各种版本的《鲁迅选集》，都不如出版鲁迅自己编辑的《鲁迅自选集》更好。天津人民出版社最近出版了刘运峰先生校注的新版《鲁迅自选集》，对于读书人和研究界来说，都是一件很值得称道的事情。

比较研究

鲁迅和叶圣陶小说比较

在中国文学史和世界文学史上，杰出的艺术大师们的作品往往都是相互影响、相互启发的。有时你受我的作品影响，也有时我受你的作品启发；有时你的作品思想性比我深，也有时我的作品艺术性比你高。这些在各国文学作品中是很自然的事情，有些还传为美谈。因为他们都是同时代的人。尽管他们的思想和生活经历不同，但他们共同受着当时进步思潮的影响，同时又不可避免地受着那个时代的局限。当然，有的人思想进步得快一些，也有人进步得不那么快，这也是很正常的事情。从他们的作品中，找出相似的故事，进行比较研究，分析各自不同的风格，对于我们了解作家的创作脉络及其思想发展，无疑是有帮助的。

在这里我们不妨以鲁迅的《祝福》与叶圣陶的《这也是一个人？》为例，进行一下比较分析。

由于《祝福》是为读者所熟知的故事，这里从略。为了便于分析比较，我们简单介绍一下叶圣陶的《这也是一个人？》的故事梗概。

女主人公“她”（她连名字都没有）生在一个贫穷的农家。15岁时，父母为了节省衣食零用，便把她嫁了。夫家因为田务忙碌，要雇人帮助，也同意早些把她娶了。不上一年，她生了个男孩，孩子不到半岁就死了，婆婆公公说她“命硬”，骂她“可恨”。丈夫是个赌徒，输了钱便卖掉了她嫁时所带的几件青布大袄。吃丈夫的巴掌对于她来说早就习以为常。她一哭，婆婆就动了怒，拉起捣衣的杵打她。在一个天没亮的早晨，她逃进了城。荐头把她荐到一家大家做佣妇，虽一天到晚操作，她也觉得眼前的境地舒服。一天她到市上买东西时，碰上了村里的邻居，不到三天她公公来寻人，因期限不满主人不放地走。不久她丈夫害病死了，主人便让她回去，到家后公婆把她卖了二十吊钱，用她的身价充丈夫的殓费，这便是她所尽的最后的义务！

《这也是一个人？》和《祝福》一样，都是描写妇女悲惨命运的作品。细分析，它们是相似的故事。祥林嫂和女主人公“她”都是从婆家逃出来做工的。一个是从乡下逃“进了城”，一个是从乡下逃到了“鲁镇”。

她们逃出来后，工作都很努力，生活也暂时安定了，也就是进入“做稳了奴隶”的阶段。叶圣陶是这样描写女主人公“她”的：

> 她从此得了新生活了。虽也是一天到晚的操作，却没下回这样费力。又没人说她骂她打她。她便觉得眼前的境地舒服，永远不愿更换了。

鲁迅在叙述祥林嫂的处境时是这样写的：

> 日子很快的过去了，她的做工却毫没有懈，食物不论，力气是不惜的。人们都说鲁四老爷家里雇着了女工，实在比勤快的男人还勤快。到年底，扫尘，洗地，杀鸡，宰鹅，彻夜的煮福礼，全是一人担当，竟没有添短工。然而她反满足，口角边渐渐的有了笑影，脸上也白胖了。

这是多么可怜的满足啊！但好景不长，她们都是在外出干活儿时，被熟人发现了。

叶圣陶这样描写了“她”的被发现：

> 一天，她到市上买东西，碰见个人，心里就老大不自在。这个人是村里的邻居。不到三天，就发生影响了。

鲁迅描述祥林嫂的被发现是这样写的：

新年才过，她从河边淘米回来时，忽而失了色，说刚才远远地看见一个男人在对岸徘徊，很像夫家的堂伯，恐怕是正为寻她而来的。

她们的结果当然是很可悲的。因为出走，在当时的封建家庭被认为是大逆不道的事情，这种自由是绝不肯给她们的。“她”是由公公来寻，祥林嫂则是由婆婆来领。回到家后，“她”被公婆卖了二十吊钱，以她的身价充了她丈夫的殓费；祥林嫂被婆婆卖了八十吊钱，以她的身价充了小叔子的婚费。再就是她们都思念自己的孩子。“她”是在当上佣妇之后，“惟一的不快，就是半夜梦醒时，思念她已死的孩子”；祥林嫂则是在第二次到鲁镇后，反复地向人们述说阿毛惨死的故事。

还有一点是，这两篇小说所表现的群众大都是麻木的（这符合那个时代的情况）。如女主人公的丈夫只知道喝酒、赌钱；她逃上船后，船上的那些乘客非但对她不同情，反而拿她取笑；丈夫死后，所遇到的人没有一个不叫她回到婆家去；当她被婆家卖掉时，甚至连她的父亲“都以为这个办法是应当的”。《祝福》中出现的麻木群众：有帮助婆家抢祥林嫂的两个男人，有喝得“醉醺醺”的卫老婆子，有无意宣传了封建神权思想的柳妈，还有多次听过祥林嫂讲阿毛不幸故事、不但失去了同情反而拿她取笑的鲁镇人。

这两篇作品为什么有如此之多的相似之处呢？我认为鲁迅在写《祝福》以前，受了叶圣陶《这也是一个人？》的影响，并且产生了强烈的共鸣。

叶圣陶的《这也是一个人？》发表在1919年3月1日出版的《新潮》第1卷第3期上。同情被压迫被损害者，在当时是相当进步的文学主题。从这篇作品中可以看出，作为文学研究会发起人之一的叶圣陶，早在1919年初的作品中，就对文艺如何为人生这一问题进行了大胆的探索和尝试。鲁迅对新潮社及其刊物十分关注，当《新潮》第1卷第1期刚刚出版时，他便立即寄给老友许寿裳一份，向他推荐这份刊物。他还在致许寿裳的信中说：“近来出杂志一种曰《新潮》，颇强人意。”[1]鲁迅看到《新潮》1卷3期上发表的叶绍钧等人的小说后，很是兴奋。他在1919年4月16日致新潮社负责人傅斯年的信中说：“《新潮》里的《雪夜》，《这也是一个人？》，《是爱情还是苦痛》（起首有点小毛病），都是好的。上海的小说家梦里也没有想到过。这样下去，创作很有点希望。”由此可以看出，鲁迅对这几篇小说很是推崇的，他从这里看到了创作的希望，同时对鸳鸯蝴蝶派给予极大的蔑视。到鲁迅写《祝福》的时候，已经是1924年的春节以后了。虽然时间过去了将尽五个年头，但从《祝福》和《这也是一个人？》这两篇小说的对比来看，故事竟是这样地相似。可见，叶圣陶的这篇小说在鲁迅头脑中的印象是相当深刻的。

虽然是相同的故事，但是它们却有着各自不同的风格。

冷静客观是叶圣陶的小说的基本风格。《这也是一个人？》在叙述到女主人公“她”为被邻居发现而焦急不安的时候，有一段主人替她想办法的描写：

> 主人知道她的情况，心想如今法律，请求离婚，并不烦难。便问她道：“可情愿和夫家断绝关系？”她答道：“求之不得，那有不愿！”主人便替她草了个呈子，把种种事实，和如今心愿，都叙个明白；预备呈请县长替她作主，主妇却说道：“你替她请求离婚，但她不定永久做我家帮佣的。一旦她离开了我家，又没别人家雇她，那时她便怎样？论情呢，母家原该收留她，但是她的母家，可能办到？”主人听了主妇的话，把一腔侠情冷了下来，说一声“无可奈何！”

这段文字是十分深刻的，它客观地告诉人们：在那个黑暗的时代，被压在社会最底层的劳动妇女，即使逃得出家庭的牢笼；也逃不出社会的桎梏。正如鲁迅在后来的讲演中所指出的那样：“娜拉或

① 鲁迅：《致许寿裳》1919年1月16日，《鲁迅全集》（第11卷），人民文学出版社1981年版，第357页。

者也实在只有两条路：不是堕落，就是回来。”[①]《这也是一个人？》标题后面有个问号，它醒目地告诉人们，在那样黑暗的社会里，广大劳动妇女的命运是连牛马都不如的，她们哪里有做人的自由呢？茅盾对叶圣陶早期的作品给予很高的评价，他说：“冷静地谛视人生，客观的，写实的，描写着灰色卑琐人生的，是叶绍钧。他的初期作品（小说集《隔膜》）大多有点‘问题’小说的倾向。”[②]

忧愤深广则是鲁迅小说的主要风格。《祝福》所揭示的思想内容是相当深刻的。它不仅指出劳动妇女在经济上所受的剥削，而且还尖锐地揭示了封建宗法制度在精神上对她们的奴役。当祥林嫂第二次作为寡妇出现在鲁四老爷家的时候，她就已经被看作是“不干不净”之人了，不仅丧失了参加祭祀摆放供品权利，而且还受到了死后被阎王锯开分成两半的恐吓。即使捐过了门槛，也无济于事。她是带着可怕的精神负担，贫困交加、悲愤欲绝地在鲁镇的一片祝福声中死去的。鲁迅描绘给人们的这幅图画是阴冷、凄惨的，但它给我们的启示却是深刻、难忘的。

祥林嫂和《这也是一个人？》中的“她”，虽然同样是不幸者，但是在表现主人公内心痛苦的时候，手法是不同的。叶绍钧虽然也写了女主人公的内心痛苦，如在挨打后想到将来所感到的“害怕”、半夜醒来时思念自己死去的孩子等，但由于人物形象欠丰满，“她”还是过于表面化的，当然，这也能激起人们的同情。鲁迅在表现祥林嫂的内心痛苦时，不是从表现人物形象的感受而写的，而是从刺激人物的心灵来写的，他十分巧妙地用了柳妈的一句话：“你将来到阴司去，那两个死鬼的男人还要争，你给了谁好呢？阎罗大王只好把你锯开来，分给他们，我想，这真是……”这句话立刻使祥林嫂“脸上就显出恐怖的神色来”。当然在她捐了门槛以后，四婶的一句话“你放着罢，祥林嫂！”使她的手像是“受了炮烙”，脸“变作灰

---

① 鲁迅：《娜拉走后怎样》，《鲁迅全集》（第1卷），人民文学出版社1981年版，第425页。

② 茅盾：《〈中国新文学大系〉小说一集导言》，刘运峰编《中国新文学大系导言集》，天津人民出版社2009年5月版，第69页。

黑”，她的一切希望都破灭了。

祥林嫂所受的痛苦是灵魂深处的痛苦，不是那些表面的痛苦所完全能够包容的，然而这种痛苦是相当可怕的。因此我们读了《祝福》以后，除了对祥林嫂的命运寄予同情外，还使人想到改变广大劳动妇女的现实生活地位、割断套在她们头上的四条绳索，已经到了刻不容缓的地步。

叶圣陶笔下的女主人公是麻木的，虽然她也逃出了婆家。她莫名其妙地出嫁，生孩子，吃丈夫的巴掌感到“习以为常”，甚至在重压下，她“心想这番必定应该回去了”。在被卖时，她也“没有自己的主见”。从人物形象来看，“她”还显得单薄，由于篇幅的关系，主人公的性格特征还没有深入展开，性格也是不明显的。

鲁迅笔下的祥林嫂虽然也是愚昧的，但她还是有反抗性的（尽管有些人不一定同意这种看法）。她不甘忍受婆婆的摆布毅然出走；婆婆把她卖进深山，她头碰桌角以死抗争；她不甘心受命运的左右，自己苦苦挣扎；甚至对灵魂的有无提出了大胆的怀疑。尽管如此，在那个强大的宗法制度面前，她还是没有能够改变自己的不幸命运，从而表现了祥林嫂悲剧的深广社会内容。展示出小说的主题是深刻的，祥林嫂的人物形象是丰满的，内心的性格特征也是完整的。

这两个女主人公的不同点还是：

首先，“她”是瞒着丈夫及婆家人逃到城里来做工的，而祥林嫂则是在死了丈夫后作为寡妇逃到鲁镇的，尤其是在死了第二个丈夫以后，就更为封建卫道士所看不起；“她”是写到被卖掉便完了，而祥林嫂是一直到悲惨地死去；“她”所受的只是夫家的打骂和经济压迫，而祥林嫂所遭受的却是封建政治、经济、精神的重重摧残。

其次，这两篇小说所描写的主人也是不同的。《这也是一个人？》中的主人，愿意为佣妇写呈子告状，怀有“一腔侠气”；而《祝福》中的鲁四老爷，不但对祥林嫂冷若冰霜，而且知道她是寡妇后还“皱眉头”；第二次丧夫的祥林嫂在他的眼里，简直就成了“败坏风俗”的“不干不净”的人；甚至当祥林嫂在雪地里死去时，他还大骂她是“谬种”，不应该在祝福的时候死。鲁迅通过鲁四老爷这个人物，反映了封建统治阶级对劳动妇女的无情戕害，揭露了封建统治、封建迷信的残酷性。

再次，则是两位文学家小说中展现出的不同乡土风情。叶圣陶在《这也是一个人？》中，表现出一些江苏农村的乡土气息。如“稻稿”“摇篮”“青布大袄”“捣衣的杵”等。而鲁迅在《祝福》中，描写鲁镇“福兴楼的清炖鱼翅”、淘米的“河边”、祥林嫂用的“荸荠式的圆篮”，祝福的“鞭炮声”以及所用的“福礼”“祭器”等，显然带着浓郁的绍兴地方特色。

叶圣陶对鲁迅的作品非常赞叹，他曾说：“鲁迅先生用他的笔，对封建礼教，对现实政治，对内外敌人进行斗争，真可以说针锋相对，坚强无比，勇猛无比。”①

从以上比较可以看出：叶圣陶重于叙述，“她”的形象还显得呆板，缺乏生动性；鲁迅则侧重人物描写，通过“眼睛”的变化，反映了祥林嫂的心理状态，以情感人。

鲁迅写《祝福》的时候，在时间上比叶绍钧的《这也是一个人？》晚了将近五年，然而在故事情节上，这两篇小说竟如此地相似，这是很值得我们深思的。五年前，当叶圣陶的这篇小说一问世，鲁迅便给予了高度的评价。那时候在鲁迅的文章和作品中，涉及妇女问题的还很少。1919 年 10 月（也就是在叶圣陶的这篇小说发表七个月以后），鲁迅在《新潮》2 卷 1 号上发表了他的第一篇描写妇女题材的作品——《明天》，反映了劳动妇女单四嫂子的悲惨处境。随后，他又写了一系列杂文，对妇女问题进行探讨。在《娜拉走后怎样》一文中，鲁迅明确地提出了经济权的问题。这在当时是非常难能可贵的。我们可以从中看出，鲁迅在探索中的那种艰难的努力。很显然，叶圣陶的这篇小说给鲁迅以极大的影响，使他更加注重这一题材，激发了他的创作热情。看了《这也是一个人？》以后，鲁迅想

---

① 叶圣陶：《相濡以沫》，《鲁迅回忆录》一集，上海文艺出版社 1978 年 1 月版，第 80 页。

到了故乡的长妈妈以及远房本家的老伯母，或者说开始了《祝福》的构思也说不定，可能后来有什么事情又放下了。我认为这就是《祝福》与五年前的《这也是一个人？》相似的原因所在。这个故事一直在鲁迅的脑海里挥之不去，腹稿构思得久了，所以一挥而就；可见以前印象太深了，因此故事便十分相似。

“五四”新文化运动，开辟了一个新的时期。鲁迅写《祝福》的时候，社会矛盾十分尖锐，一切基本问题都表现得非常突出，广大的人民群众特别是农民过着极其痛苦的生活，大革命的风暴还没有到来。随着新文化统一战线的分化，使鲁迅不断地加强了对真理的求索和对社会问题的探讨，并开始接触各种思潮。他从同情劳动妇女的悲惨命运，发展到对妇女问题予以足够的重视，并进行了一定的探讨。这是他向封建旧势力战斗、为新事物“呐喊”的一个重要组成部分。瞿秋白曾经说过，“五四”以后，鲁迅渐渐地了解到封建的等级制度和中国社会里的层层压榨；从1924年开始，他的作品“包含着猛烈的攻击阶级统治的火焰”①。由此看来，收在《彷徨》里的第一篇小说《祝福》，则是要给那个黑暗社会致命一击。这也许就是《祝福》思想性之深的原因所在。

叶圣陶的《这也是一个人？》毕竟是作者的早期作品，它与鲁迅的《祝福》比较起来，显然是尚有距离的。不仅在思想性上存有不足，而且在艺术性上也显得粗糙一些。但如果我们把这部作品放在当时的历史环境内，便可以看出小说的进步意义与作者的大胆尝试，以及它对鲁迅的积极影响是不可低估的。

笔者曾经为此事致信叶圣陶先生，先生在回复我的信中说：“我以为社会情形既为彼此所共见闻，感而有作，自必有同且有异。鲁翁深至，我何能及，今闻高论，更增愧赧矣。”②

---

① 瞿秋白：《〈鲁迅杂感选集〉序言》，《瞿秋白选集》，人民文学出版社1959年4月版，第316页。

② 叶圣陶先生致笔者信。

鲁迅的《祝福》比叶圣陶的《这也是一个人？》深刻了许多，这也是十分正常的事。因为时代在发展，历史在前进，人们的认识也是随着时间的推移而不断地提高的。到了1924年，也就是在鲁迅写完《祝福》后不久，叶圣陶又写了《潘先生在难中》，这说明叶圣陶的思想和创作也在不断地发展前进，并没有停留在原来的水平上。

鲁迅和许钦文小说比较

鲁迅的小说受到当时作家创作的影响，有一例便是《幸福的家庭》。大家知道，鲁迅在《幸福的家庭》这个题目下边，还写了一个副题："——拟许钦文"。所谓拟，就是模仿、仿照，当然绝不是简单地照搬照抄。但鲁迅并不回避这个问题。

许钦文是五四运动以后涌现出来的青年作家，原名许绳尧，1897年出生，浙江绍兴人。他1920年曾在北京大学旁听过鲁迅的课，后经孙伏园介绍与鲁迅相识。其后在创作方面得到过鲁迅的很多帮助，他的小说集《故乡》就是由鲁迅帮助选编，并请陶元庆制作封面出版的。

许钦文的小说以描写青年知识分子的心理活动见长，在当时也是有影响的作家。据当时的评论文章说，他的短篇小说中"乡村的描写，感情的流露，心理的分析，人间的真实性，都是向来所不易看见过的"[①]。许钦文的小说创作，很快地引起了鲁迅的注意。据回忆文章披露，鲁迅见到《晨报副刊》上发表的署名"钦文"的小说后，曾向该刊编辑孙伏园打听"钦文是谁"[②]。可见他对这位有前途的作者的重视。他们相识以后，鲁迅曾多次为出版许钦文的小说而奔走，并在小说的选编问题上花费了许多心血。他在1924年1月11日致孙伏园的信中说："钦文兄小说已看过两遍，以写学生社会者为最好，乡村生活者次之，写工人之两篇，则近于失败。如加淘汰，可存二十六七篇，更严则可存一十三四篇。现在先存廿七篇，兄可先以交起孟，问其可收入《文艺丛书》否？而于阴历年底取回

① 高长虹：《〈故乡〉小引》，《故乡》，北新书局1926年版。

② 钦文：《鲁迅先生和青年》，《鲁迅回忆录》二集，上海文艺出版社1979年6月版，第141页。

交我，我可于是后再加订正之。”翌年 9 月 30 日在致许钦文的信中又说：“《故乡》（系许钦文短篇小说集——引者注）稿已交去，选而又选，存卅一篇，大约有三百页。”不久，鲁迅便把许钦文的短篇小说集《故乡》，列入自己所编的“乌合丛书”，交北新书局出版。为了培植青年作家，避开同乡关系，鲁迅还特意委托高长虹给许钦文的小说作序。他曾对许钦文说：“序文，特地叫长虹写，我不写，避开同乡关系；免得人家多说话。”①据高长虹回忆说：“一天，鲁迅先生把这《故乡》的原稿交给了我，要我选一下；如可以时，并且写一篇分析的序。”②高长虹把小说稿子及自己写的序文交给鲁迅时，他们相互交换了对这本小说的看法。鲁迅说：“我常以为在描写乡村生活上，作者不及我，在青年心理上，我写不过作者；但我又常常怀疑是感情作用……”高长虹也承认“现在形成的这个选本，则大半是鲁迅先生的工作”③。

许钦文的《理想的伴侣》，是针对 1923 年 8 月《妇女杂志》刊出的“我之理想的配偶”征文启事，而写的一篇讽刺小说，发表于 1923 年 9 月 9 日北京《晨报副刊》上。鲁迅的《幸福的家庭》，写于 1924 年 2 月 18 日，中间相隔 5 个月多一点时间。鲁迅在这篇小说的《附记》中这样说：

> 我于去年在《晨报副镌》上看到许钦文君的《理想的伴侣》的时候，就忽而想到这一篇的大意，且以为倘用了他的笔法来写，倒是很合式的；然而也不过单是这样想。到昨天，又忽而想起来，又适值没有别的事，于是就这样的写下来了。只是到了末后，又似乎渐渐的出了轨，因为过于沉闷些。我觉得他的作品的收束，大抵是不至于如此沉闷的。但就大体而言，也仍然不能说不是“拟”。二月十八日灯下，在北京记。

① 许钦文：《〈彷徨〉分析》，中国青年出版社 1958 年版。

② 高长虹：《〈故乡〉小引》，《故乡》，北新书局 1926 年版。

③ 高长虹：《〈故乡〉小引》，《故乡》，北新书局 1926 年版。

可见早在鲁迅读《理想的伴侣》的时候，一个新的创作想法便在他的头脑中产生了。由于腹稿积累得久了，所以五个月以后便一挥而就。虽然许广平、许钦文两位都说过，这是鲁迅在为青年作家做广告，但也应看到，鲁迅的这篇小说确是在读了许钦文的小说后，针对社会上的一些现实有感而写的。从这里便可看出，青年作家的作品对鲁迅也是有影响的。

许钦文的《理想的伴侣》，是针对当时《妇女杂志》上刊出“我之理想的配偶”的征文启事，觉得可笑而发的。这篇小说，讽刺了小资产阶级知识分子不切实际的对理想的伴侣的要求，批判了他们虚伪、轻佻的幻想。

如果说许钦文的《理想的伴侣》所描写的，是小资产阶级知识分子结婚前头脑中盘旋的一支狂想曲的话；那么鲁迅的《幸福的家庭》，则是描写了他们结婚后在现实生活中演出的一幕小悲剧。由此可见，鲁迅是将许钦文的小说进行了仔细的研究，并经过深思熟虑之后，才动笔写《幸福的家庭》的，鲁迅是将许钦文的终点作为自己小说的起点。

许钦文的《理想的伴侣》，叙述了那个小资产阶级知识分子的许多脱离现实的要求后，还接着写了这样一段话：

> 其实国文与口才究属非必要，只要有钱就是了，钱多，有了八弦的古琴又可以买钢琴，校长不做何妨，反正无论你的国文与口才怎样好，要募经费总非向有钱的“浇麻油”，“戴高帽子”不可。至于有钱，当然是要她的父亲有钱。嫁资田、压箱钱当然是要她的父亲给她的。可怜我们中国有钱的人实在太少了，这一层恐怕非从督军，巡阅使的女儿们着想不可了。我并不是甘为军阀的女婿，只是要有钱的老婆，请你不要误会！

作者是面对现实的，军阀或阔人们的小姐当然是不会跟穷知识分子结合的，所以理想的伴侣是根本无法找到的，尤其是在那样的一个社会。作者在这里进行了双重的讽刺。

鲁迅的《幸福的家庭》也是无处不讲经济问题。如主人公家庭贫困才想靠卖稿维持生活，为了得到较丰的“润笔”才投幸福月报社之所好。再就是“胃里空虚”，房间窄小，女人发脾气，孩子挨打……所谓幸福的家庭何在？简直就像书中的作者在构思时确定不了它的具体地点一样。故事虽然完全变了，但鲁迅还是说，就大体而言，也仍然不能不说是“拟”。我觉得，这里不能只理解为是鲁迅的谦虚，或者是“给青年作家做个广告”。

许钦文的《理想的伴侣》全篇采用的都是讽刺的手法，用了很多反语，对逃避现实的小资产阶级知识分子进行了尖锐的讥讽。鲁迅的《幸福的家庭》虽然用的也是讽刺的笔调，但他所讽刺的绝不仅是那个脱离现实、梦想走进一个幸福的家庭的青年作者，而是相当一部分对现实抱有幻想的小资产阶级知识分子；还批判了资产阶级的幸福观，进而扩大到抨击整个半封建半殖民地的中国社会。在作品的思想性上，鲁迅超过了许钦文；在写作手法上，鲁迅又受了许钦文这篇小说的影响。正如鲁迅自己所说：“用了他的笔法来写，倒是很合适的。”尽管如此，鲁迅的《幸福的家庭》比起许钦文的《理想的伴侣》来，仍然是显得深刻、老练得多了。

从作品中两个主人公的比较来看：许钦文的小说对他的主人公是讽刺、批判进而否定的。如这位青年在提出了种种要求后，在最后说：“结婚以后不过三年她就须死掉。……俗谚说得好‘三年不死老婆大晦气’，难道理想的伴侣可以使我挨晦气的么？”从中可以看出他的轻佻低级；而鲁迅在自己的小说中，虽然也讽刺了主入公不切实际的幻想，批判了他逃避现实的态度，但鲁迅对这个人物是带有同情的，如小说后面的撕稿纸、逗孩子的描写。通过这样一比较，我们便可以看出：二者虽然都是针砭黑暗的社会，但是后者的矛头所向则更直接、更深刻。

小资产阶级知识分子的出路是什么？他们到底应该怎么办？鲁迅在这篇小说中还没有给我们指明，这是历史的局限。但他是经常注视这一问题的，他用现实主义的创作方法，把这个问题庄严地摆在读者的面前，显示出他在“彷徨”时期所独有的那种上下求索、艰苦找寻答案的探索精神。

《理想的伴侣》是讽刺一直贯穿到底；而《幸福的家庭》的结尾，则夹杂着很多的同情和“沉闷”。鲁迅自己说，《幸福的家庭》写到末后，“似乎渐渐的出了轨，因为过于沉闷些”。许钦文把这“沉闷”解释为：“是指对于孩子有些抱歉，目送着她独自茕茕的出去和耳朵里听得木片声等。”[①]我觉得这是许钦文先生把“末后”二字，理解为小说的最后一段的缘故。如果说这就是“沉闷”的话，那小说从一开始便都是“沉闷”的，这样的解释未免欠妥当。我认为这“末后”，可以理解为小说的后一部分，也就是小说的倒数第二个自然段。青年作者看到了流泪的女儿那通红的嘴唇，便想到了自己五年前的妻子，然而由于生活所迫，现在完全变了。倒数第二个自然段便接着这样写道：

> 他也忽然惊醒，一定睛，只见孩子还是挂着眼泪，而且张开了通红的嘴唇对他看。“嘴唇……”他向旁边一瞥，劈柴正在进来，“……恐怕将来也就是五五二十五，九九八十一！……而且两只眼睛阴凄凄的……”他想着，随即粗暴的抓起那写着一行题目和一堆算草的绿格纸来，揉了几揉，又展开来给她拭去了眼泪和鼻涕。“好孩子，自己玩去罢。”他一面推开她，说；一面就将纸团用力的掷在纸篓里。

我们知道，由于进化论的影响，鲁迅是寄希望于孩子的。希望他们将来不像前一辈人那样辛苦，应该有他们自己的新的生活。他说：“自己背着因袭的重担，肩住了黑暗的闸门，放他们（孩子）到宽阔光明的地方去；此后幸福的度日，合理的做人。”[②]《幸福的家庭》末后，青年作者看到孩子而想到恐怕将来也跟她的母亲一样的这段描写，本来是不符合鲁迅的一贯的进化论思想的，所以他才觉

① 钦文：《谈〈幸福的家庭〉》，《解放军文艺》第六期，1957 年。

② 鲁迅：《我们现在怎样做父亲》，《鲁迅全集》（第 1 卷），人民文学出版社 1981 年版，第 129 页。

得“沉闷”。

此外，我认为鲁迅的《幸福的家庭》还有一些情节，恰巧与许钦文的另一篇小说《口约三章》是差不多的。如《口约三章》中写了稻福与亚青这一对年轻夫妇，他们之间根本就没有什么爱情，但开口闭口是什么“亲爱的”“我的亲爱的”;《幸福的家庭》中的青年作者所设想的小说里的年轻夫妇，在吃饭时也是互相说着“我亲爱的，请”“你请先吃，我亲爱的”。因为在散步时，稻福盯住了另一个女人，引起了亚青的气愤，于是他们便订立了虚伪的口约三章；《幸福的家庭》中那个青年作者也设想出：在“幸福的家庭”里，年轻夫妇“订有四十多条条约，非常详细，非常平等，十分自由”。这些相似的地方，虽然有针对当时的社会风气进行讽刺的成分，但不能说没有一点儿模拟的痕迹。何况在此之前，鲁迅曾几次审阅过许钦文的短篇小说集《故乡》呢？

许钦文写作《理想的伴侣》的时候，还是一个年仅 26 岁的刚刚走到文学界的青年，而鲁迅则已是久负盛名、颇有影响的作家了。虽说鲁迅是将许钦文的表现终点作为自己的创作起点，可是鲁迅非但毫不居功自傲，反而更加谦虚谨慎，他对同时代的作家们是相当尊重的。他一面扶植培养着青年，一面又虚心地向青年学习；用他自己的榜样，鼓励青年们前进。

作于一九八五年秋

鲁迅和王鲁彦小说比较

美国作家埃德加·斯诺在《鲁迅——白话大师》一文中，引用了一位评论家的话说："鲁迅写的乡土生活小说，以及许多杂文选集……对青年一代的思想起了引导作用"，"现在很多人在模仿他"。王鲁彦就是追踪着鲁迅的足迹、模仿鲁迅的小说走到文学队伍中来的。

王鲁彦原名王衡，浙江镇海大使头乡人，文学研究会会员，因师法鲁迅，特以鲁彦为笔名。他曾到北京大学旁听过鲁迅讲授的中国小说史课，后来他怀着感激的心情说，是鲁迅在创作上为他指出了"一条宽阔无边的大道"①。王鲁彦的译作《敏捷的译者》发表于《莽原》周刊第8期，鲁迅在"附记"中，将这位20多岁的文学青年亲切地称为"吾家彦弟"。当王鲁彦从好友台静农处听到了鲁迅对他作品的称赞时，竟欣喜若狂地约台静农同去作鲁迅先生的"晚间来客"。

从1925年至1926年的《鲁迅日记》中，我们可以看到王鲁彦与鲁迅的频繁交往。在创作上，王鲁彦受鲁迅的影响很大，连当时的一些评论也把王鲁彦等人称为"鲁迅派"作家。现将鲁迅与王鲁彦的小说进行研究比较，也许从中会看出青年作家如何师承鲁迅，鲁迅又怎样影响着青年作家的一些轨迹。

一、在选材上王鲁彦和鲁迅是相似的

"五四"时代是狂飙突进的思想解放时代，这一时代的文学是震撼人们心灵的文学。鲁迅的小说是这一时代激动人心的号角。茅盾

① 王鲁彦：《活在人类的心里》，《中流》第1卷第5号，1936年11月15日。

在《〈中国新文学大系〉小说一集导论》中说："鲁迅的《狂人日记》在《新青年》上出现的时候，也还没有第二个同样惹人注意的作家，更其找不出同样成功的第二篇创作小说。"后来《孔乙己》《药》等小说陆续出现了，几乎一篇有一篇的形式，一反中国旧小说的陈俗。在鲁迅这里，半封建半殖民地人民的不幸生活成为创作的主要题材，反封建战士、小知识分子、普通农民等成了小说的主人公。这对于当时的文坛不能不说是一个极大的震动，用鲁迅自己的话说，就是"颇激动了一部分青年读者的心"[①]。王鲁彦的出现，与鲁迅小说的影响就有着很大的关系。

王鲁彦的创作是从1923年11月在《东方杂志》上发表《秋夜》开始的。1926年10月他的第一本短篇小说集《柚子》在上海出版；不久即引起了鲁迅、茅盾等作家的注意。此后他又写了《黄金》《童年的悲哀》《小小的心》等八九本小说。由于他的作品有着浓郁的地方色彩，因而被公认为师承鲁迅的"乡土文学"作家。从选材上看，王鲁彦与鲁迅是相似的，这主要表现在如下几个方面：

首先，描写农民的不幸与麻木。

把农民作为文学作品的主人公，认真地观察他们的生活，反映出他们的不幸与麻木，这是乡土文学的一个特征。王鲁彦小说表现农民生活题材的小说，有《阿长贼骨头》《童年的悲哀》《乡下》等。

《阿长贼骨头》是写易家村的农民阿长，在贫困落后的旧农村中，由一个普通的愚昧的农民变成了一个特殊的油滑小偷的故事，展示了他畸形发展的智慧和扭曲到近似无赖的性格发展过程。阿长原本是一个很能干的农民，"他的手会掘地，会种菜，会砻谷，会舂米，会磨粉，会划船，会砍柴……"，但贫困的生活与精神上的压抑，使他成为农村中的一个消极人物。他偷过别人家"发光的锡瓶"，骗过小孩儿的"银项圈"。他爱上了农村姑娘阿梅，但不久便发生了恋爱的悲剧。他不安于劳动，"喜欢摸摸牌"，不正派地侮辱调笑妇女。

---

① 鲁迅：《〈中国新文学大系〉小说二集序》，《鲁迅全集》（第6卷），人民文学出版社1981年版，第238页。

人们骂他、打他、奚落他……他用放火烧人家草垛的方式进行报复。他与别人结伴去盗墓，得到了“红绫的棉被、金戒指、银手镯、玉簪、缎衣……”，因而连累他的傻妻子被抓去游街示众。阿长在易家村住不下去了，只好在夜间空手离乡，沦落异地。

鲁彦的这篇小说，描述了浙江农村农民的不幸，反映了作者强烈的人道主义思想，可以说他对阿长这样的农民也是“哀其不幸，怒其不争”的。明显地看出，这是模仿《阿Q正传》写成的作品。但是，如果将《阿长贼骨头》与《阿Q正传》作一比较，我们只能说：这篇小说仅仅学到了《阿Q正传》的皮毛。像《阿Q正传》所囊括的社会容量、阿Q形象的典型意义及其所展示的“沉默的国人的魂灵”、作者的思想高度与深度等，都是《阿长贼骨头》所无法比拟的。

《童年的悲哀》与鲁迅的《故乡》都是怀念纯朴可爱的农民朋友的小说。王鲁彦的《童年的悲哀》，记述了“我”（一个大家出身的学生）与农村中雇工阿成哥的友谊。在“我”的眼中，阿成哥是一个多才多艺的人，他和“我”一起玩儿打铜钱，为小朋友们抱打不平，教“我”唱歌、拉胡琴……阿成哥什么都会，什么事也难不倒他。但不幸的是阿成哥被疯狗咬伤，后来他痛苦地死去了。“就在他死后的第二年，我离开了故乡，一直到现在还是在外面漂流着。”两年后，“我”回到故乡，母亲又拿出了儿时的胡琴，从而又唤起“我”童年时做过的甜蜜的音乐之梦……作者认为：“即使是童年的悲哀也比青年的欢乐来得梦幻，来得甜蜜。”读完这篇小说，我们会很自然地想到鲁迅的《故乡》。对故乡的怀念、对少年时代朋友的回忆、对现实衰败冷落的慨叹等，杂糅成一股“伤感的故乡风”，向我们迎面吹来。《童年的悲哀》中的“我”和阿成哥结成的纯朴友谊，与《故乡》中的“我”对闰土的真挚情感竟是那样地相似！尽管阿成哥是二十岁的青年雇工，但在他身上我们能够找到少年闰土那样的纯真可爱，以及闰土式的勤劳勇敢。使人感到不足的是，作者太注重怀念过去了，作品缺乏对理想生活的追求，也看不出“我”与阿成哥的思想变化。由于在这些关键的地方没能深化主题，因此《童年的悲哀》没有像《故乡》那样闪现出它应有的光辉。但是通过比较，我们能够看出，作者为全力向鲁迅学习所做的努力。

茅盾在《王鲁彦论》中，将鲁彦作品中的人物与鲁迅的小说人物进行了比较分析，指出："我总觉得他们与鲁迅作品里的人物有些差别；后者是本色的老中国的儿女，而前者却是多少已经感受着外来工业文明的波动。"这正是时代打在作家头脑中的烙印，虽然王鲁彦力求追踪鲁迅的足迹，但他不能摆脱不断发展着的时代的影响。有人说"王鲁彦的乡土小说也没有描写真正的农民，他写的多是农村的小有产者"，这是受了茅盾《王鲁彦论》的影响的一种看法。茅盾写《王鲁彦论》的时候，正值王鲁彦创作的前期，他仅看到了王鲁彦的第一本小说集《柚子》与散见在《小说月报》上的少数作品。茅盾的文章发表后，王鲁彦又写出了六七本小说集，如果我们今天仍用茅盾当时的观点分析王鲁彦的全部作品，就显得有些以偏概全了。

其次，以身边平常事为题材的小说。

王鲁彦与鲁迅一样，也是十分注重身边平凡小事的作家，他将生活中的一隅一角撷取到自己的作品中，透过这些生活中的平凡事，反映出中国的大人生。翻开王鲁彦的小说，展示在我们面前的故事都是些极平常的，也可以说是很普通的生活场景。如：与爱罗先珂等人的一次郊游（《狗》）、一场普通的梦幻（《秋夜》）、妇女的头发变化（《美丽的头发》）、街上乞讨的伤兵（《祝福》）、故乡的农民朋友（《童年的悲哀》）、都市被拐卖的儿童（《小小的心》）、乡间愚昧而麻木的农民（《阿长贼骨头》）、甚至浙江农村的迷信风俗（《菊英的出嫁》）、婆媳之间的误会与冲突（《屋顶下》）等等。

我们知道，在鲁迅的作品中也是没有令人震惊的大事件的，他写的是普通人的平常事，是那些人们习以为常的生活场面。但就在这平常与普通的人物和事件中，人们看到了那个时代人们的痛苦与悲哀。通过这些特殊的"小人物"，人们看到了当时中国的大人生。

因而达到了“揭出病苦，引起疗救的注意”[1]之目的。

鲁迅正是以他那深刻的写实手法，开创了新文学的现实主义道路。王鲁彦就是跟着鲁迅的方向走的，在描写身边平凡生活题材的作品中，我们可以找到他追寻的足迹。

王鲁彦的《美丽的头发》与鲁迅的《头发的故事》，都是以头发为线索，发泄对黑暗现实不满的作品。这两篇小说以同样的手法批判了封建势力的顽固保守，揭示出辛亥革命的软弱、妥协和不彻底性；同时又表现出“对专制不平，但又向自由冷笑”的思想。鲁迅在《头发的故事》中，借用 N 的话说：“你可知道头发是我们中国人的宝贝和冤家，古今来多少人在这上头吃些毫无价值的苦啊！”“造物的皮鞭没有到中国的脊梁上时，中国便永远是这一样的中国，决不肯自己改变一支毫毛!”这里有作者的痛苦、激愤与探索，同时也流露出一种无能为力的悲哀。王鲁彦在《美丽的头发》中这样写道：“十二年前为了这个问题流了多少血。革命，剪辫子，剪辫子，革命，牺牲了无数的生命，一直到现在还是一个这样的中国。……造物主故意要给我们人类以永久的苦恼……”他的这段话与鲁迅上面的那段话表现的是一样的感情，在王鲁彦的脑海中翻腾着的是与鲁迅当年一样的痛苦波涛。然而鲁迅写《头发的故事》的时候是 1920 年，那时社会上有一种复辟倒退的逆流，封建专制的高压使有觉悟的知识分子闷得透不过气来，正是在这种条件下，鲁迅的小说使人们产生了共鸣，得到了启示。王鲁彦的这篇小说创作于大革命高潮到来的 1925 年，形势已经发生了极大的变化，此时再抒发那种苦闷与失望之情，就会给读者带来消极落伍之感了。

《李妈》是描写农村妇女到都市里做佣人的故事。天灾人祸使李妈失去了丈夫，她忍痛离别了幼小的儿子到城里做帮工。她勤快地工作着，而得到的却是冷眼、辱骂和不信任。我们读到这里，会很自然地想到鲁迅《祝福》中的祥林嫂，她们有着相同的痛苦经历。

---

① 鲁迅：《我怎么做起小说来》，《鲁迅全集》（第 4 卷），人民文学出版社 1981 年版，第 511 页。

祥林嫂带着沉重的精神压力死去了，而李妈却还活着，她用偷窃、讥讽、狡辩来反抗着，然而她的性格被扭曲了。这是社会造成的。从作品中我们可以看到：王鲁彦试图改变一下祥林嫂那悲惨的结局，但可惜的是他并没有为李妈找到一条可行的路，因而李妈的形象，远不如祥林嫂那样使人感到“战栗”，那样催人泪下、促人深思。

《惠泽公公》是描写两代人之间隔膜的小说，在如何对待孙子阿毛上学的问题上，惠泽公公与儿子英华存在着很大的分歧。惠泽公公整天总是唠唠叨叨地说着：“真是一代不如一代！从前考进士，只晓得读四书五经，现在什么唱歌游戏还不够，竟想出那些危险的花样（指荡秋千等——引者注）来啦!你反对私塾，你不怕危险吗？”由惠泽公公身上，我们可以感觉到九斤老太那犹在的遗风。

《一个危险的人物》与《药》都是描写叔叔告发自己亲侄儿，致使革命青年被当局者杀害的故事。革命青年子平由于叔父惠明的告密惨死于警察的枪下，惠明借机霸占了子平父亲留下的财产；夏三爷因为告发了做革命党的侄子夏瑜，而得到了二十五两白银的赏钱。两个不同时代的人物，竟是同样狠毒的心肠、同样丑恶的嘴脸，这就是现实的中国。

王鲁彦的《祝福》，描写了血气方刚的青年学生陈允才为救国救民，投笔从戎，出生入死，流血流汗……可是当他重病在身、流落在上海街头的时候，人们并不理解他，根本没有人帮助他，一些人还嘲笑他，于是他不再给人们祝福，反而向人们报复了。《毒药》写作家冯介的稿件长期无人采用，第一本书出版时又受了出版商的欺骗；冯介成名之后，许多出版商来奉承他、恭维他，此时，他无情地向这些人施行报复。从陈允才、冯介身上我们看到了一个活着的魏连殳，那种因不被人理解而产生的悲愤，那种报复以后带来的更新、更大的苦恼，像沉重的石头一样撞击着读者的心。他们到底是胜利了还是失败了？这不能不引起我们的思考。陈允才在报复中饶恕了孩子，他有着魏连殳初期那样的感情：“只有孩子们是无罪的，不该受诅咒。”他觉得孩子们应该有一个好的命运，好的将来。冯介报复了出版商以后，感到“痛快了一阵，他又觉得索然无味了”。这是与魏连殳相同的痛苦。王鲁彦的这两篇小说，十分明显地反映出作家从鲁迅的《孤独者》那里得到的启示。王鲁彦写与鲁迅小说相同的题材，一方面是想从鲁迅的小说中学到一些技巧，再一个原因是他当时缺乏生活。王鲁彦自己曾说过，“使我的创作少，最大的原因是觉得生活少”[①]，“我还想再求实生活的充实，现在所写的只能当做尝试与学习看”[②]。

鲁迅小说中所写的，大部分都是普通人的平常事，他曾说：“这些极平常的，或者简直近于没有事情的悲剧，正如无声的言语一样，非由诗人画出它的形象来，是很不容易觉察的。然而人们灭亡于英雄的特别的悲剧者少，消灭于极平常的，或者简直近于没有事情的悲剧者却多。”[③]王鲁彦正是看到了这种悲剧一经鲁迅写出，便使作品就更带有普遍性，因而他才全力模仿鲁迅。另外，王鲁彦当时的思想与鲁迅前期的人道主义思想比较接近，这也是他致力于学习鲁迅创作方法的一个因素。

第三，描写人与人之间隔膜与冷漠的小说。

鲁迅一向认为，没有什么比群众的麻木与冷漠更为悲哀的了。所以他的创作目的是要唤醒那些沉睡的人们，改变他们的精神，以促进改革。所以他同情那些可怜的麻木者，嘲讽那些无聊的看客，痛斥那些悲哀的制造者。只要我们打开《呐喊》《彷徨》，这类题材的作品比比皆是。在王鲁彦的作品中，此类题材的作品也是相当多的。如：

《柚子》描写了看杀头的那种场面：拥挤的人群簇拥着一个殉难者，“大家都一堆一堆的在坟尖上站住”，“二十年后又是一条好汉!”的叫喊声，刀起头落的叫“好”声……这与阿Q游街示众的“大团圆”场面，竟是那样的相似。

---

① 王鲁彦：《关于我的创作》，《鲁彦散文集》，开明书店1947年版。

② 王鲁彦：《〈屋顶下〉自序》，《文学》第1卷第4期，1933年10月1日；《屋顶下》，现代书局1934年版。

③ 鲁迅：《几乎无事的悲剧》，《鲁迅全集》（第6卷），人民文学出版社1981年版，第371页。

《阿卓呆子》中的阿卓，家中连遭不幸，在贫困与悲痛中精神受到极大刺激，阿卓发了呆。走在街上人们非但不同情他，一些无聊的人还追着打他，使他再次蒙受痛苦。在阿卓身上，我们可以看到重复着那种孔乙己的痛苦与祥林嫂的悲哀。

《黄金》中如史伯由于好久没有接到儿子的汇款，陈四桥的人们便对他另眼相待了。一向德高望重的如史伯每每被人视为上宾，此时吃酒席却坐到了下位，狗也被人杀死，女儿在学校不断受委屈，甚至连讨饭的阿水也来欺负他。在《许是还不至于罢》里，王阿虞家办喜事时人们来吃酒，他家着了火，半夜敲锣，同村人们听见了也不去救，但第二天这些人却争着到王家来“慰问”。类似的场景描写，我们从鲁迅的《明天》《孤独者》等小说中都可以找到。

王鲁彦的这些小说，明显地反映出是深受鲁迅创作之影响的。它们与鲁迅描写愚弱的国民性的小说是一致的，在揭示旧社会的病苦上，我们可以看到王鲁彦完全是按照鲁迅所选择的题材展现的，而鲁迅的那种问题看得透彻而思想并不悲观的特点，又是王鲁彦所难以企及的。

一个作家既要接受前人的影响，又要有自己的独创性，也就是说继承贵在革新。通过题材上的比较我们可以看出，王鲁彦十分注意选择鲁迅用过的题材，但可惜变革并不大。时代前进了，他的作品不仅没能像鲁迅那样，反映出一些“亮色”，同读者共同杀出一条血路，而是与不幸的主人公们一起唱着悲哀的调子。无论从当时还是从今天的角度来看，都显出落后于时代之感。

尽管如此，我们从中还是看到了作者注重题材的多样化，把着眼点转向被压迫与被损害者，抨击旧中国社会种种恶习的那种不懈的努力。因此，我们可以说，王鲁彦是继承了“五四”文学革命传统，沿着鲁迅开辟的文学道路努力进取的作家。

二、在描写手法上与鲁迅的异同

在描写手法上，王鲁彦也是十分注意向鲁迅学习的，并取得了一定的成绩。总结起来有如下几个方面：

第一，朴素自然。

王鲁彦的小说具有朴素自然的特点，这也是他作为乡土文学家所特有的风格。翻开他的小说，仿佛有一股纯朴的乡土之风迎面吹来，作者“把乡间的死生，泥土的气息，移到纸上”[①]，地方色彩相当浓厚。《童年的悲哀》中对正月故乡的描写，反映出江浙农村纯朴的古风，饱藏着作者对故乡人们深切的爱。看到这里，鲁迅《祝福》里腊月大忙的景象，就会重新浮现在我们的眼前。《童年的悲哀》里，“我”与众多的小朋友们玩打钱的游戏，小朋友之间的那种纯真感情，也会使我们很自然地想到《社戏》中的那一群活泼可爱的小伙伴儿。

王鲁彦的小说，并不去编造那些耸人听闻的离奇情节，而是着意刻画人们司空见惯的生活场景，善于在矛盾冲突中展示人物性格，栩栩如生地描绘出人们内心深处的东西，在自然和朴素的风格中，显示出其应有的艺术深度。《屋顶下》的矛盾冲突是在饭桌边展开的，由于彼此的不理解与两代人思想的隔膜，致使阿芝婶与本德婆婆的心不能相通，以至发展到不能再生活在同一个屋顶下的程度。这场悲剧在农村是极为平常的事情，“因为极平常，所以和我们更密切，更有大关系”[②]。鲁迅的《风波》也是在饭桌边展开矛盾的。《屋顶下》正是借用了鲁迅的这种白描手法，才使情节发展得那样自然、朴素。

第二，轻松诙谐。

轻松诙谐的讽刺手法在鲁迅小说中是屡见不鲜的，在王鲁彦的作品中也时常出现。

《许是不至于罢》揭示了土财主王阿虞狡猾的处世哲学及阴暗心理。在上海、宁波风声很紧，“那里的人每天有不少搬到乡间来”的时候，王阿虞的三儿子要结婚了。佳期愈近，他的心中愈慌。为了

---

① 鲁迅:《〈中国新文学大系〉小说二集序》,《鲁迅全集》(第 6 卷)，人民文学出版社 1981 年版，第 249 页。

② 鲁迅，《叶紫作〈丰收〉序》,《鲁迅全集》(第 6 卷)，人民文学出版社 1981 年版，第 219 页。

安全起见，他借来了四个警察；尽管他白天有说有笑故作镇静，夜里却睡不着觉，充分表现出剥削者伪善、心虚的内心世界。王阿虞的这种不安与《阿Q正传》中赵太爷在听说革命党进了城的忐忑心情，有着异曲同工之妙。他们的种种可笑动作，表现出了一种不可告人的忧虑。在描写上明显地反映出用笔的诙谐。只是王鲁彦的笔端过多地流露出了同情，以致影响了这种讽刺手法的更好发挥，这不能不说是个遗憾。

《他们恋爱了》对夏先生的卑劣灵魂进行了辛辣的嘲讽，运笔轻松自如，读来十分诙谐。平南中学一对师生的恋爱引起了夏先生的不满，他与几个学生一起准备联名写一份“哀的美敦书”（拉丁文ultimatum）向那对恋人提出警告。就在研究起草警告书的过程中，已有家室的夏先生却和一位联名的女学生恋爱了。然而他在警告书中却大言不惭地批判别人“爱一个、丢一个，恐怕是在故意和女士们开玩笑”。看了这段描写，我们会立刻想到鲁迅的《肥皂》中的四铭、何道统、卜薇园之流，一边看“孝女”说淫亵言辞，一边写《恭拟全国人民合词吁请贵大总统特颁明令专重圣经崇祀孟母以挽颓风而存国粹文》，这样的情节安排讽刺意味十足。冠冕堂皇的文章与内心的邪念形成鲜明对照，以达到人物本身的不协调，形成强有力的讽刺，读来实在令人发笑。这两篇小说所运用的手法，可以说是一致的。

再有一类作品是悲喜剧交织的讽刺。《阿长贼骨头》中，王鲁彦对阿长的描写采用的是漫画式的手法。我们看到阿长“头顶一支篾编的圆盘”沿街叫卖和挨了打后，直挺挺地躺在地上，翻着白眼，口吐白沫，人们以为他要死了，马上住了手，谁知不一会儿，他却跳将起来迅速逃走的情景。阿长那种被压迫被损害而不觉悟的痛苦境遇，实在令人发笑；但是在笑过之后，又会使人感到辛酸，促人深思。《阿Q正传》中的那位可怜的主人公，给我们的印象不也是如此吗？笑过阿Q之后，一股凄凉的悲哀，不也向我们袭来吗？阿长的境遇的确可笑又可悲，简直可以说阿长是阿Q的兄弟，他只是没有阿Q向吴妈下跪那样的机会罢了。

王鲁彦十分注重讽刺的作用，他在谈到自己的讽刺小说时说：“这里所写的都是些很滑稽的事情，足以叫人发笑。但是拨开那些笑料，还有一些别的。我是一个和别人一样的凡人，别人发笑的时候，不能不发笑，但在笑的时候，有时也许生出一种相反的感觉。”[①]这段话是很深刻的。在他轻松诙谐的讽刺小说中，包含着悲剧性与喜剧性的融合统一。应该说王鲁彦对鲁迅的小说理解，还是较为深刻的；我们不妨把他的这段话，当作作者读鲁迅小说的体会来看。

第三，冷中见热。

初读王鲁彦的小说我们会感觉平平，有些篇章还会感到过于冷漠、尖刻，甚至会觉得作者是玩世不恭。但是仔细读来，我们会感觉到有一股强烈的感情热浪向你扑来，作者与读者的心会很快得到交流，对作者的这种“冷”你会重新认识。这种“冷”实际上是热，是鲁迅式的那种热到发“冷”的程度。

最有说服力的便是王鲁彦的代表作《柚子》。小说通过人们看杀头前后的议论，反映了群众的麻木和缺乏同情心，揭露了封建军阀视人命如草芥的惨无人道的行径。作者在小说的结尾处悲愤地写道：“湖南的柚子呀!湖南人的头呀!”“这样便宜的湖南的柚子呀!”表面上冷气嗖嗖，实际上饱藏着作者那炽热的愤激之情。由于王鲁彦在前面对于“我”的描写过于玩世，使人不易看出作者的悲愤与极大的同情心。鲁迅曾评价说：“《柚子》一篇，虽然为湘中的作者所不满，但在玩世的衣裳下，还闪露着地上的愤懑，在王鲁彦的作品里，我以为倒是最为热烈的了。”[②]关于看杀头的描写，在鲁迅的小说中也多次出现，鲁迅无情地揭露了那些无聊看客的丑态。由于情真意切再加上笔法纯熟，鲁迅的作品显得既辛辣有力又深刻感人，反映出一种特有的明快与机智，这一点则是王鲁彦所不及的。

通过对王鲁彦作品的分析考察，并将他与鲁迅的小说进行比较分析，我们可以看出鲁迅作品在当时所产生的巨大而积极的影响。

---

① 王鲁彦：《关于我的创作》，《鲁彦散文集》，开明书店 1947 年版。

② 鲁迅：《〈中国新文学大系〉小说二集序》，《鲁迅全集》（第 6 卷），人民文学出版社 1981 年版，第 249 页。

鲁迅所说的“颇激动了一部分青年读者的心”，确实没有丝毫的夸张。

王鲁彦之所以接受鲁迅的影响，有其主观的原因。首先，王鲁彦十分敬佩鲁迅的伟大人格。他曾说：“还没有见过谁将自己的一生献给全人类，做着刺穿现实的黑暗和显示未来的光明的伟大的工作……只有鲁迅先生。”[①]其次，王鲁彦也是浙江人，他对鲁迅作品中的风土人情，有着故乡人深刻的理解，“在这些小说里面，他看见了自己的希望和失望，快乐和痛苦，泪和血，人格与灵魂”[②]。再有，王鲁彦是个有进取心的作家，他的创作态度严肃，绝不肯粗制滥造，在艺术上有所追求，因此他积极地接受了鲁迅的影响。

鲁迅留给青年作家的遗产和话题是多方面的。

作于一九八五年十月

① 王鲁彦：《活在人类的心里》，《中流》第1卷第5号，1936年11月15日。

② 王鲁彦：《黄金·毒药》，上海新生命书局1929年7月版。

鲁迅和周作人新诗比较

新文学运动初期，鲁迅与周作人是引人注目的两员战将，在文坛上被人们称为“周氏兄弟”。他们的作品影响了当时的一代知识分子。

新诗是文学革命的产物。在新文学的尝试期间，他们都在胡适的倡议和感召下，在新诗创作方面做出了自己的贡献。虽然新诗在他们的整个写作中所占的比例不大，但影响还是相当深远的。

鲁迅最初发表新诗，是在 1918 年 5 月出版的《新青年》4 卷 5 号上。与著名的《狂人日记》同时，这一期杂志刊载了他以“唐俟”为笔名的《梦》《爱之神》和《桃花》3 首新诗。后来《他们的花园》《人与时》《他》等也陆续在《新青年》上与读者见面了。一般研究者都认为鲁迅的新诗仅有以上 6 首，其实《〈野草〉题辞》《我的失恋》《〈而已集〉题辞》《好东西歌》《公民科歌》等，都是应该归在新诗里的。

周作人的新诗创作比鲁迅稍晚，1919 年 2 月出版的《新青年》6 卷 2 号上，发表了他的第一首新诗《小河》。后来出版的新诗集《雪朝》第 2 集中，收进了他的《两个扫雪的人》《背枪的人》等 26 首新诗。到了 1929 年 8 月，周作人又将自己的新诗进行整理，在以前《雪朝》的基础上，又加进了《高楼》《饮酒》《花》《昼梦》《寻路的人》《一个乡民的死》《买汽水的人》等 7 首，共 30 多首（其实《一个乡民的死》《买汽水的人》两篇严格地说应为抒情性记叙散文，是不能算作新诗的），出版了诗集《过去的生命》。他在这本书的序言中写道：“这里所收集的三十多篇东西，是我所写的诗的一切。”

鲁迅创作新诗的目的是很明确的，就是为新文学呐喊助威，用自己的行动来影响更多的人参加战斗。他曾说：“我其实是不喜欢作新诗的，——但也不喜欢作古诗，——只因为那时文坛寂寞，所以打打边鼓，凑些热闹；待到称为诗人的一出现，就洗手不作了。”[1]周作人当时的态度跟鲁迅几乎是一致的：“他的工作只是打杂砍柴打水扫地一类的工作。如关于歌谣……都高兴来帮一手，但这在真是缺少人工的时候才行，如各门已有了专攻的人，他就只得溜了出来，另去做扫地砍柴的勾当去了。”[2]鲁迅的“打打边鼓”与周作人的“帮一手”，繁荣了当时的新诗创作，为后来的新诗发展起到了引路的作用，在我国新诗的发展史上写下了重要的篇章。

一、鲁迅与周作人的新诗面对现实、贴近生活

文艺作品是社会生活在作家头脑中的反映，诗歌则是敏感着时代的神经。鲁迅与周作人的新诗都采用现实主义的创作方法，表现了时代，反映了社会，感动了青年。

五四运动以后，各种新思潮大量传入中国。提倡民主科学，反对封建专制，激动着当时的进步知识分子，中国思想界异常活跃。鲁迅与周作人是这批知识分子中较早的觉醒者，他们在自己的诗章中必然要呼喊出觉醒者的声音。因而他们的作品是面对现实的，真实而生动地反映了时代的风貌。

鲁迅的新诗在反映现实生活时，摄取广阔的社会背景，及时准确地把握着时代的脉搏，因而具有很强的艺术概括能力。《他们的花园》《人与时》表现了对外来新思想、新文化的正确态度，反映出对封建复古派——这些现在的屠杀者的愤恨。这两首新诗与鲁迅当时发表的“随感录”一样，深刻地揭露了封建复古派逆时代潮流而动，攻击白话文、用封建思想扼杀现在、断送民族前途的思想本质，发挥了新诗应有的战斗作用。

此外像《梦》《桃花》《爱之神》《他》等诗，也都拨响时代的琴

---

① 鲁迅：《〈集外集〉序言》，《鲁迅全集》（第 7 卷），人民文学出版社 1981 年版，第 4 页。

② 周作人：《周作人自述》，钟叔河编订《周作人散文全集》（第 6 卷），广西师范大学出版社 2009 年 4 月版，第 433-434 页。

弦，唱出了有志青年的高亢雄壮音调。

新诗既反映时代，又反映处在转折时代的诗人本身的思想。“四一二”反革命政变以后，鲁迅写了《〈野草〉题辞》《〈而已集〉题辞》，表现出对“用钢刀的，用软刀的”国民党反动当局的憎恶，反映出他继续寻找真理的那种艰苦执着的努力精神。他深知“地火在地下运行，奔突”，从诗中我们可以看出他昂扬的战斗激情。

鲁迅是现实主义作家，同时也是现实主义诗人。1931 年，他写了《好东西之歌》《公民科歌》。这两首新诗的取材，都是根据当时的报上消息，他忠实于生活，稍加点染，便把国民党当局的新军阀与官僚政客的丑恶嘴脸暴露在光天化日之下，控诉了他们的残酷统治和给人民带来的深重灾难。这两首对当时黑暗社会高度概括的新诗，表现了诗人强烈的爱憎。

诗歌是战斗的。鲁迅的这些新诗，以新的形式来表现新的内容，像燃烧着的炽热的火焰，直逼魑魅魍魉的黑暗角落，同时也照亮了青年前进的路，温暖着青年读者的心。

周作人的新诗也是用现实主义的手法描绘社会生活的。他的新诗《小河》在《新青年》6 卷 2 号上破天荒地作为头条通栏排印（在此之前是没有先例的），被胡适称为“新诗中的第一首杰作”[①]。这首诗一发表便不胫而走，为知识界广为流传。全诗共 57 行，描写一条小河被人先用土堵住，后来又砌上石堰，河水在上涨，形成了一股可怕的力量。河岸边的稻子、桑树，田里的小草、蛤蟆都很焦急，它们的安全受到严重威胁，水还在不停地升高乱转，而筑堰的人却不知去向何方。全诗充满了忧虑意识。

诗中这样写道：

水要保他的生命，总须流动，便只在堰前乱转。
堰下的土逐渐淘去，成了深潭。
水也不怨这堰，——便只想流动，

① 胡适：《胡适文存·谈新诗》，《胡适文集》，北京大学出版社 1998 年版。

想同从前一般，稳稳的向前流动。

……

作者把当时的中国社会暗喻为被石堰堵住的小河，它的崩溃是必然的。在这一点上周作人看得是比较清楚的，他看出了当时社会的种种危机，深知覆巢之下无完卵的道理，岸边稻子与桑树的忧虑也是他的忧虑，他陷入一种不能自拔的痛苦之中。从新文学战士的角度看问题，他希望群众觉醒，同情群众的不幸遭遇；从他自已本身士大夫的立场出发，他又害怕群众的暴力革命，害怕自己被浪潮淹没。所以表现出知识阶级"古老的忧惧"。也可以说前者是"流氓鬼"在他思想中起作用，后者是"绅士鬼"在起作用了。他的思想当时就是处在这样的矛盾之中。正如周作人自己所说："大抵忧惧的分子在我的诗文里由来已久，最好的例是那篇《小河》……鄙人是中国东南水乡的人民，对于水很有情分，可是也十分知道水的利害，《小河》的题材即由此而出。古人云，民犹水也，水能载舟，亦能覆舟。"[①]这是一首可以永存的新诗，它的思想意义和艺术价值都应该是文学史上的精品。

1919年10月，陈独秀被释放出狱，《新青年》同人写诗表示欢迎，周作人写了《爱与憎》。陈独秀的被捕与出狱一事，引起了他的深思，本诗也反映出他当时的矛盾心情。

从人道主义思想出发，同情被压迫与被损害的劳动人民，是"五四"新诗的一个特点，周作人是"人的文学"与"平民的文学"的提倡者同时也是实践者，他曾说："我与张三李四或彼得约翰虽姓名不同，籍贯不同，但同是人类之一，同具感觉性情。他以为苦的，在我也必以为苦。这苦会降在他身上，也未必不能降在我的身上。因为人类的运命是同一的，所以我要顾虑我的命运，便同时须顾虑人类共同的运命。"[②]这方面周作人写了《两个扫雪的人》《背枪的

① 周作人：《老虎桥杂诗·苦茶庵打油诗》，《多士》第4卷第6期，1960年。

② 周作人：《人的文学》，《新青年》第5卷第6号。

人》《所见》等。天安门外，身穿“粗麻布”衣服的人，在风雪中不停歇地打扫着；西株市上，穷苦的背枪人指挥着交通；三座门底下，便衣特务用绳子捆着被捉的人；皇城根河边，孩子们在玩骑马的游戏……这些平民的日常生活，在他的诗中都有体现。一种日常的没有轰轰烈烈的、来自民间的悲哀，充斥在字里行间。

此外，周作人还写了批判愚昧落后国民性的新诗《中国人的悲哀》。

诗中是这样写的：

中国人的悲哀啊，
我说的是做中国人的悲哀啊。
也不是因为外国人欺侮了我，
也不是因为本国人迫压了我；
他并不指着姓名要打我，
也并不喊着姓名来骂我。
他只是对面向我走来，
嘴里哼着些什么曲调，一直过去了。
我睡在家里的时候，
他又在墙外的他的院子里，
放起双响的爆竹来了。

全诗揭示出社会的病苦，对于麻木中的群众进行了鞭挞，反映出当时一个觉悟的改革者的急切心情。

在周作人的新诗中，我们还可以看到他思想苦闷时，暴露自我意识的作品，如《歧路》《梦想者的悲哀》《过去的生命》《她们》《饮酒》《寻路的人》等。这些新诗较为真实地反映了他当时的思想波动与情结，对于我们理解他这一时期的诗歌创作是有帮助的。

纵观鲁迅与周作人的诗歌创作，我们可以看出，他们都是遵循现实主义的创作原则，自觉而又及时地反映现实的社会生活。他们对于有害的事物立即给予反响与抗争，在诗中表现出反对封建传统文化、不满于现实的不断追求进取的思想感情，反映出“五四”新文学的战斗风格和雄壮气势。从创作角度来看，鲁迅更关注大题材的深入挖掘，越到后期诗歌的战斗性就越强；而周作人则侧重对社会现象的表面描写，“五四”高潮过后他便没有什么新诗了。

二、鲁迅与周作人新诗思想内容之异同

鲁迅与周作人有着相同的出身，“五四”时期他们又都是《新青年》里的战士，由于人物性格、思想发展上存在着区别，造成了他们诗作中所反映的思想深度不同；即使同类题材的作品，也存在着差距。

例如同是描写梦的作品，鲁迅的《梦》与周作人的《昼梦》《梦想者的悲哀》比较起来，前者充满了疑问、追求，而后者却表现了彷徨和无奈。鲁迅在《梦》中这样写道：

很多的梦，趁黄昏起哄。
前梦才挤却大前梦时，后梦又赶走了前梦。
去的前梦黑如墨，在后的梦墨一般黑；
去的在的仿佛都说，“看我真好颜色”。
颜色许好，暗里不知；
而且不知道，说话的是谁？
暗里不知，身热头痛。
你来你来，明白的梦。

中国的知识分子做了多少年的好梦，然而“去的前梦黑如墨，在后的梦墨一般黑”，到处都在说“看我真好颜色”，然而真正出路在哪里呢？他们“身热头痛了”，作者发出了急切的呼唤：“你来你来，明白的梦。”这呼声与“救救孩子”的呐喊是一致的，反映了当时先进的知识分子急于改变社会现状的强烈心声。作者是为新的社会理想而呼唤，同时也批判与讥讽了那些自我标榜的所谓改革家。

周作人的《昼梦》既对穷苦人寄予了人道主义的同情，又反映

了自已思想无可抑制的苦闷：

我是怯弱的人，常感到人间的悲哀与惊恐。

……

我曾试我的力量，却还不能把院子里的蓖麻连根拔起。

我在山上叫喊，却只有反响回来，告诉我的声音的可痛地微弱。

我往何处去祈求呢？只有未知之人与未知之神了。

要去信托未知之人与未知之神，我的信心却又太薄弱一点了。

未来虽然渺茫，但也看出作者对未来追求的信心已经不足了。因为他事先感到了自己力量的薄弱，全诗反映出一种无可奈何的痛苦。下面我们再看他的另一首《梦想者的悲哀》：

“我的梦太多了”。
外面敲门的声音，
恰将我从梦中叫醒了。
你这冷酷的声音，
叫我去黑夜里游行么？
啊，曙光在那里呢？
我的力真太小了，
我怕要在黑夜里发了狂呢！
穿入室内的寒风，
不要吹动我的火吧。
灯火熄灭了，
心里的微焰却终是不灭，——
只怕在风里发火，
要将我的心烧尽了。
啊，我心里的微焰，
我怎能长保你的安静呢？

全诗反映出一种"情"与"理"的矛盾，心里的微焰是感情，看不见曙光是理智；同情被压迫与损害者是感情，寻不到出路是理智。由于时代和诗人当时社会地位的局限，他一时无法解脱这种痛苦，这也许是陷入彷徨的思想根源。周作人在此用诗的语言，写出了自己以及像他一样的知识分子当时心中的苦闷。正如赵景深所分析的那样："周作人在此时感到一种烦闷，便是思想矛盾，也可以说是理智与情感之冲突。……这时他已经感到人生的歧途了。直到作《西山小品》时，这路途仍是找不着，徘徊于情感与理知之间。"[①]

借物咏志是诗歌中比较常见的一种表现形式。同样是咏花写景的诗歌，鲁迅的《桃花》与周作人的《山居杂诗》存在着明显的不同。让我们先看看《桃花》：

春雨过了，太阳又很好，随便走到园中。
桃花开在园西，李花开在园东。
我说，"好极了，桃花红，李花白。"
（没说，桃花不及李花白）。
桃花可是生了气，满面涨作"杨妃红"。
好小子!真了得！竟能气红了面孔。
我的话可并没有得罪你，你怎的便涨红了面孔!
唉!花有花道理。我不懂。

全诗反映出那种为追求真理而不断探索的精神。由于"我"说了真话，惹得桃花生了气，然而"我"的话并没有错；也许花有花的道理，但是对此"我不懂"，因为我也有我的道理啊!

周作人的《山居杂诗》是他在西山养病期间的作品，共有五首，都是借景抒情的。有的借咏压在老树上的藤萝，表述新生事物的强大生命力；还有的借喻石榴花的娇艳，来表现新文学开拓者的战绩。下面我们看看其中的第五首：

① 赵景深：《文学讲话·周作人的〈西山小品〉》，上海中国文化服务社1936年版。

一片槐树的碧绿的叶，
现出一切的世界的神秘，
空中飞过的一个白翅膀的百蛉子，
又牵动了我的惊异。
我仿佛会晤了这神秘的奥义，
却又实在未曾了知。
但我已经很满足，
因为我得见了这个神秘了。

这首诗给人的印象十分朦胧，设计出一种禅宗的情感氛围。本来对世界"实在未曾了知"，但作者却"已经很满足"，仿佛一只百蛉子的飞过，使他看到了神秘的世界里有新的生命在活动。诗中反映出一种幻觉的满足，也是超现实的一种想象解脱，诗的意境非常浓烈。周作人自己曾说："我所写的东西，无论怎么努力想专谈或多谈风月，可是结果是大部分还都有道德意义。"[①]这确是事实，但诗中所反映出的思想意义与鲁迅相比是有差距的。从这首诗中，我们还可以看出作者专谈自然景色，力图摆脱思想意义的艺术追求痕迹。

鲁迅与周作人很少写情诗，但是都写过爱情讽刺诗，这便是《我的失恋》与《花》。五四运动以后，出现了大量的爱情诗，这本来是好的事情，它对于反封建有一定的积极作用。但同时也出现一些"阿呀阿唷，我要死了"之类的失恋诗、怨妇诗，就带有很陈旧的封建意味，还有一些情诗思想不够健康。针对这种创作现象，鲁迅与周作人进行讽刺是必然的。鲁迅在《三闲集·我和〈语丝〉的始终》里写道："《我的失恋》，是看见当时'阿呀阿唷，我要死了'之类的失恋诗盛行，故意作一首'由她去罢'收场的东西，开开玩笑的。"周作人作《花》的目的也是开开玩笑，他在这首诗的后边写道："仿某调学作情诗。"可见也是讽刺。由于《我的失恋》是大家所熟悉的，

① 周作人：《老虎桥杂诗·苦茶庵打油诗》，《周作人自编文集·老虎桥杂诗》，河北教育出版社 2002 年 1 月版。

故从略。下面，我们看看周作人的《花》这首新诗：

我爱这百合花，
她的香气熏的使人醉了，
我愿两手捧住了她，
便在这里睡了。
我爱这蔷薇花，
爱她那醧酒似的滋味，
我便埋头在她中间，
让我就此死罢。

这首诗貌似平淡，实际却讽刺有力，前后两段形成鲜明的对照，一个虚伪的人，要死要活的恋爱宣言，花前月下，香艳享受，虚伪之态便跃然纸上。同时对于此类诗人也给予了讽刺。

《我的失恋》与《花》给予人们的是真实和自然，前者是以真实对虚伪，后者是以平淡显自然，从而都达到讽刺的目的。不同之处在于，周作人只是将现象摆在读者面前便打住，而鲁迅则用严肃的态度告诫青年：真实既因情趣不同而遭到反感，这样的离异就“由她去罢”；人生除了爱情之外，应该还有更高尚的追求。从思想性上来讲，我们不能不说《我的失恋》比《花》意义显得更为强烈、直白；而周作人的此诗，在艺术上则表现得味道十足。

应当指出，此时是周作人从事文学活动的前期，他与鲁迅是取同一步调，向着封建的恶势力战斗的。他们以文学为武器，冲开黑暗的闸门，为民族与社会寻找着出路。虽然他们都是寻路的人，但寻找的方法上又是那样的不同。思想上的差异在于：周作人是以“人类和平”为宗旨来“改良人类的关系”[①]，他既有乌托邦式的幻想，又对群众怀有封建士大夫阶级“古老的忧患”；鲁迅前期虽然也是以

① 周作人：《人的文学》，钟叔河编订《周作人散文全集》（第2卷），广西师范大学出版社2009年4月版，第85页。

进化论和人道主义为主要武器，但他怀有伟大的叛逆精神，毫不可惜旧营垒的溃灭，反戈一击格外有力，因而他的战斗锋芒锐不可当，斗争精神也比周作人更浓烈、执着。

三、鲁迅与周作人新诗艺术分析

从艺术性来看，他们的诗作朴实自然、清新流畅。鲁迅与周作人都是吸收了外来文化的营养，摆脱了旧体诗词的束缚，为中国新诗的发展做出了重要的贡献。但他们在艺术风格上又有所不同。

最早在新诗领域进行尝试的是胡适。他首先提出了“解放诗体”的论点，胡适认为诗体解放了，“丰富的材料，精密的观察，高深的理想，复杂的感情，方才能跑到诗里去”[①]。他还提出了一系列具体的主张。朱自清说：“这些主张大体上似乎为《新青年》诗人所共信。”[②]由于当时的局限，很多诗人在尝试新诗中无法甩掉旧诗词的调子，胡适好容易形成了自己的特点，但尚在首创，故变化太少；“只有鲁迅兄弟全然摆脱了旧镣铐，周启明氏简直不大用韵。他们另走上欧化一路。走欧化一路的后来越过越多”。朱自清的分析可谓精辟恰当，鲁迅与周作人新诗的出现，确实使当时的青年耳目一新。

从诗体上看，鲁迅与周作人的新诗都采用欧化的自由体，摆脱掉了旧式的豆腐块，为直接、明快地表达思想感情，创造了方便的条件。鲁迅的新诗押韵大体相近，甩掉了旧体诗繁杂的诗韵限制；周作人的诗简直就不怎么用韵，彰显散文的色彩。鲁迅的诗重点处都采用缩行的形式，使读者感到重点突出、层次分明；周作人的诗，多采用较长的句式，有的一行多达100多个字，如《寻路的人》，确实是别具一格。

诗是用文字语言塑造意象的，它要用形象来思维，这就要求作者把深刻的思想，融于生动的形象之中。鲁迅在他的新诗中描写了爱神丘比特充满生机的形象；他还通过桃花、苍蝇、黑如墨的梦等

---

① 胡适：《胡适文存（一）》，亚东图书馆1921年12月版。

② 朱自清：《〈中国新文学大系〉诗集导言》，刘运峰编《中国新文学大系导言集》，天津人民出版社2009年5月版，第146页。

形象，表现了自己对虚伪事物、对封建保守势力与黑暗社会的憎恶。周作人在诗歌中塑造了一些平民的形象，反映出他的人道主义思想。采用象征、比喻的手法是他们的共同特点。

从语言上看，鲁迅与周作人的诗，都给读者以崭新的技巧、给读者以清新的感觉。如鲁迅的《爱之神》写到被爱神之箭射中的人不知应该爱谁时，爱神进行了这样的回答：

娃子着慌，摇头说，“唉！
你是还有心胸的人，竟也说这宗话。
你应该爱谁，我怎么知道。
总之我的箭是放过了！
你要是爱谁，便没命的去爱他；
你要是谁也不爱，也可以没命的去自己死掉。”

语言朴实无华，如同白话散文，使读者很容易理解和接受，字里行间隐喻着很深刻的哲理。

再看周作人的《饮酒》，他这样写道：

你有酒么？
你有松香一般的粘酒，
有橄榄油似的软酒么？
我渴的几乎恶心，
渴的将要瞌睡了，
我总是口渴：
喝的只有那无味的凉水。

以反问的形式开始，如同与朋友谈天，易于读者接受。没有过分的华丽和故作高深之词，但浅中有深，易处见工，反映出对外来新思潮、新文化的渴望。

哲理诗在当时之所以蔚然成风，恐怕与鲁迅和周作人在内容上的介绍、技巧上的实践不无关系。

由于数量上的差别，不能不指出周作人的新诗在艺术上比鲁迅更趋于成熟。他的作品越来越显得和平冲淡，温良恭俭；尤其是他能结合古今中外，使得古老形式恢复青春，但内里是完全中国化的，他的诗歌风格近似于古代的陶渊明，很能表达出委婉的情意；内容和形式上也都有独到之处，起到了为新诗开路的作用。而鲁迅诗中所反映的乐观精神与战斗风格，又是周作人所不及。从感情上看，鲁迅的诗中充满了激昂、奋进，情感是浓烈的；而周作人的诗里则到处是沉静，因为他更喜欢日本的俳句和小诗。

重读鲁迅与周作人的新诗，我们能够体会新文学开创时期，前驱者的那种不断追求的进取精神；将鲁迅与周作人前期新诗进行比较，我们能够看出他们在文学上的共同追求与对待人生的不同态度；从前期创作上进行分析，有益于我们理解他们后来思想发展的不同轨迹与走过的不同道路。

文学大家总是说不尽的。

鲁迅和阿尔志跋绥夫小说比较

鲁迅在谈到自己的创作时曾经说过:“必须博采众家，取其所长，这才后来能够独立。我所取法的，大抵是外国的作家。”①由于“博采众家”使这位伟大的现实主义作家丰富了自己，他的作品以思想上“表现的深切”、艺术上采用“格式的特别”震动了五四文坛，激动了当时青年读者的心。在鲁迅前期的创作中，我们可以明显地看到外国作家对他的影响，这里我们想主要谈谈阿尔志跋绥夫的影响。

继《域外小说集》之后，鲁迅较为系统地向中国读者介绍了俄国作家阿尔志跋绥夫的作品。1920 年 10 月 22 日他译完了中篇小说《工人绥惠略夫》，八天之后又完成了短篇小说《幸福》的翻译，1921 年 4 月 28 日又译完了短篇小说《医生》。这三篇小说的翻译时间比较集中，前后仅用了半年。鲁迅为何急于把阿尔志跋绥夫的作品介绍给中国的读者呢？这是和他当时立足改造国民性的崇高理想分不开的。早在留学日本时期，他就经常和好友许寿裳讨论这样的问题：1、怎样才是理想的人性？2、中国民族最缺乏的是什么？3、它的病根何在？鲁迅得出了中国人最缺乏的是诚与爱的结论；后来在仙台医科专门学校的课堂上，他看到了反映日俄战争的纪录片，其中有一个中国人被绑在中间据说是做了俄国的侦探正要被杀头，而站在左右的也是中国人，他们却是来欣赏这场面的看客。鲁迅受到了极大的刺激，从而放弃了他所喜爱的医学，他认为只有健康的体魄并不行，还应该有健全的思想，因此改变国民的精神成了他认为最紧要的工作。他反复强调教育国民的重要性，对处在麻木状态中的群

---

① 鲁迅:《致董永舒》，1933 年 8 月 13 日，《鲁迅全集》(第 12 卷)，人民文学出版社 1981 年版，第 212 页。

众，他既哀其不幸又怒其不争。为了唤醒沉睡中的人们，他一方面发出了振聋发聩的抨击封建礼教的呐喊，一方面注重翻译介绍外国的文艺作品。由于俄罗斯文学较深刻地反映了在沙皇专制制度残酷压榨下人民的悲惨生活，反映了俄国人民的反抗斗争，加之革命前的俄国与当时的中国有着一些相似之处，所以鲁迅对俄国文学相当重视。阿尔志跋绥夫的作品揭露了沙皇的残酷专横统治，描写了俄国当时处在麻木状况下的群众，反映了个人主义与无政府主义者的复仇反抗。鲁迅指出阿尔志跋绥夫的小说“虽然算不得杰作，却是对于他同胞的非人类行为的一个极猛烈的抗争。……简单明了的写出了对于无抵抗主义的抵抗和爱憎的纠缠来”①。他把阿尔志跋绥夫的作品介绍给中国的读者，以此召唤改革者向恶势力抗争复仇，呼喊麻木者觉醒奋起，使愚弱的国民性得到改造。译了《工人绥惠略夫》之后，鲁迅深刻地指出：“这书中的人物，伟大如绥惠略夫和亚拉籍夫——他们虽然不能坚持无抵抗主义，但终于为爱做了牺牲——不消说了；便是其中的小人物，借此衬出不可救药的社会的，也仍然时时露出人性来，这流露，便是无意中愈显出俄国人民的伟大。我们试在本国一搜索，恐怕除了帐幔后的老男女和小贩商人以外，很不容易见到别的人物。”在此他对中国的国民性进行了严厉的批判。鲁迅曾说，翻译《幸福》是让处在麻木中的人们感到“战栗”；翻译《医生》是为了对于非人类的行为进行“猛烈的抗争”。由于对这些作品的翻译，鲁迅有机会阅读了阿尔志跋绥夫的大量作品，还了解了作者的经历，在思想和创作上受到了一些积极的影响，表现在鲁迅前期的创作上有以下几个特点。

一、描写群众的麻木和无抵抗主义

在鲁迅的小说中出现如此之多的麻木群众的形象，除了当时对国民性看法的局限以外，与阿尔志跋绥夫的影响也并不是没有关系

① 鲁迅：《〈医生〉译后记》，《鲁迅全集》（第10卷），人民文学出版社1981年版，第176页。

的，尤其是他在翻译了阿尔志跋绥夫的几篇小说之后创作的作品。

在阿尔志跋绥夫的小说中，愚昧、麻木、落后的群众形象是相当多的，他笔下出现的人物也可以说是不幸的一群。如：

《幸福》描写了在雪地上，一个色情狂的仆人残酷地以踢烂了鼻子的裸体妓女为乐，发生在不幸者之间的这场“娱乐”，反映了他们精神上的麻木；

《沙宁》中的人们，把革命者素罗契看作取乐的材料，甚至同伴的青年知识分子也把他说成是“呆子”；

在《朝影》里，青年知识分子都拉因刺杀胖绅士而被宪兵击昏并抓走，不但那些穿着制服的帮凶与穿着威武外套的阔人对此无动于衷，而且连穿着黑色衣服的穷奶妈对改革者也“眼中含着侮慢的光”，这是很可悲的场面；

《工人绥惠略夫》中的一个家庭主妇，面对着因顶撞了上司而被解除了教师职务的丈夫，大发雷霆地骂道：“你有什么权利竟反抗起来……你本来是什么？胜过你的人尚且忍耐着过活……即使有人唾了你的脸，你也该沉默着……你要记得，你有五张挨饿的嘴坐在家里啊!我恳求你。这高尚，你能怎样高尚呢？你这乞丐!你该要的是面包不是高尚。”这里显然是麻木的无抵抗主义的观点。诸如此类的例子，在阿尔志成绥夫的作品中是屡见不鲜的。

鲁迅译了阿尔志跋绥夫的几篇小说之后创作的第一篇小说是《故乡》。这篇小说揭露了中国农村的黑暗，描写了群众的麻木，从而反映出他为寻找救国救民道路的探索精神。虽然他详尽描写了闰土的善良、勤劳，但是小说主人公的与世无争、墨守成规、愚昧麻木同样给读者留下深刻的印象。继之而来的《阿 Q 正传》塑造了一个落后不觉悟的农民形象，描写了他的许多缺点，痛心地指出他们正在扮演着麻木的看客和示众的材料。《孤独者》这篇小说，不仅写了房东老婆子前后对魏连殳的两种态度，写了各种各样的客人使魏连殳的客厅由闹变静又由静变闹的过程，而且还写到了孩子。大家知道，进化论在鲁迅前期思想上是占有重要位置的，他总是寄希望于孩子，盼望着他们将来超过自己，渴望孩子们有自己所没有经历过的新的生活。为了“救救孩子”，他发出了强烈的呐喊；为了把孩子们放到光明的地方去，他不惜自己背着因袭的重担肩住黑暗的闸门。但是在《孤独者》中，他写了房东的孩子大良二良对魏连殳的别后态度；还写了街上的一个还不很能走路的孩子，拿了一片芦叶指着魏连殳喊杀（在《颓败线的颤动》里，他也写了最小的一个孩子，把玩着的一片干芦叶向空中一挥，仿佛一柄钢刀似地向救过他母亲命的祖母喊“杀”!）。鲁迅通过艺术形象告诉人们，如果这种愚弱的国民性再不改变，就会危害到我们的后代子孙；这样整个社会将变得没有光明，人们也将永远地苦下去。他在此尖锐地指出了问题的严重性。以上所举的几篇小说，较之翻译阿尔志跋绥夫小说以前的创作，对愚弱国民性的揭露显得更为集中、具体。

鲁迅描写愚弱的国民性、揭示社会的病苦在深度上远远地超过了阿尔志跋绥夫。问题看得透彻而思想并不悲观，这是鲁迅的特点。

二、描写改革者不被群众理解的痛苦和复仇

在鲁迅的作品中，表现改革者不被群众所理解的苦闷和复仇，是在翻译了阿尔志跋绥夫的小说以后出现的。就数量来讲仅有《孤独者》和《颓败线的颤动》两篇，而在《孤独者》中则表现得尤为突出。周遐寿在《鲁迅小说里的人物》中这样写道：“《孤独者》……主人公的性格，多少也有点与范爱农相像，但事情并不是他的，而且除了第一段是著作者自己的事情以外，也不能知道有什么人是模型，这小说作于一九二五年，我们约略点查著者的朋友，似乎那中间找不着这样的人，因为他那时的旧友我们是大概可以知道的。”殊不知魏连殳的形象正是借鉴了绥惠略夫形象的某些成分，这是与鲁迅翻译了阿尔志跋绥夫的小说分不开的。鲁迅在后来的一次谈话中曾经这样讲道：“觉得民国以前，以后，我们也有许多改革者，境遇和绥惠略夫很相像，所以借借他人的酒杯罢。然而昨晚上一看，岂但那时，譬如其中的改革者的被迫，代表的吃苦，便是现在，——便是将来，便是几十年以后，我想，还要有许多改革者的境遇和他

相像的。”[1]由此可见，鲁迅从阿尔志跋绥夫的作品中想到了中国，受到了启发；我想这段话也可以帮助我们加深对魏连殳形象的理解。

阿尔志跋绥夫在《工人绥惠略夫》中，以深沉的笔调写了主人公绥惠略夫同情被损害者，痛恨剥削者，反而不被群众所理解，因而转向对社会上的一切人（包括被压迫者）进行报复的全过程。

如绥惠略夫同情在危难中的那个姑娘：当亚拉籍夫无力救这位姑娘时，他十分激愤地说：

> 他们可曾知道，多少不幸的人们，就是你们所诓骗的，没有死也没有杀人，却只向着上帝哀啼，等候些什么，因为在他们再没有别的审判者，也没有正理了……。

又如绥惠略夫跟在那个散步的胖绅士身后，头脑中的那段激烈的思想活动：

> 我的忍耐达了极点，于是我来，为的是要将你们全班，凡有在你们一生中压制我们，从我们抢去了美和太阳，将我们咒禁在永远一无慰藉的劳动奴隶里的这些人，全都处治！我也许正在你这里要拒绝了生活和享受的允准……我伸出手来——从你的玫瑰色的头颅里便迸出鲜血和脑浆，扑通地倒在马路上！

再如绥惠略夫半夜与梦幻中的黑铁匠辩论所说的那段话，这足以反映他的思想：

> 我只有憎！为什么我应该爱你们人类呢？因为他们猪一般地互相吞噬，或者因为他们有这样不幸，怯弱、昏迷，自己千千万万地听人赶到桌子底下去，给那凶残的棍徒们来嚼吃他们的肉么？我不愿意爱他们，我憎恶他们，他们压制我一生之久，

① 鲁迅：《记谈话》，《鲁迅全集》（第3卷），人民文学出版社1981年版，第355页。

凡是我所爱，凡是我所信的，都夺了我的去了……我对他们不幸者，倘他们还没有非常惨苦或者还没有自己陨灭的时候，在另一方面也正如幸福者一般地糟蹋生活的，一样的报仇。

从上面所引的三段描写中，我们可以看到绥惠略夫想救群众，自以为代表群众向恶势力复仇，而处在麻木愚昧中的群众并不理解他，他在被追捕中历尽艰辛几乎无处躲藏，因此转向歇斯底里，在剧场内向一切人都开枪，酿成了向社会的复仇。

出现在《孤独者》中的魏连殳这个形象，与《工人绥惠略夫》中的主人公有着许多相似之处，这是鲁迅在创作上吸收了阿尔志跋绥夫的表现手法，根据中国当时的社会情况概括而成的，在魏连殳身上我们可以看到绥惠略夫的影子。

魏连殳为了宣传新思想救群众，他在日城的报纸上发表“没有顾忌”的文章，向封建统治者挑战，被人们称为“新党”，因而他的教员职务被当地的校长辞退了。他从此穷得只能靠卖书来维持生活，甚至连买邮票的钱也没有。尽管这样，群众并不理解他，反而把他看成是个怪人，没有人愿意同他来往，甚至连孩子们都躲避着他，使他的思想极端苦闷，在困境中又陷入了可怕的孤独。小说中有这样一段描写，“我”去找魏连殳，发现他的书架空空，圆桌上蒙着一层薄薄的灰尘，于是开始了如下的谈话：

“你的客厅这么荒凉……近来客人不多了么！”

“没有了。他们以为我心境不佳，来也无意味，心境不佳，实在是可以给人们不舒服的。冬天的公园，就没有人去……”他连喝两口酒，默默地想着，突然，仰起脸来看着我问道，“你在图谋的职业也还是毫无把握罢……”

我虽然明知他已经有些酒意，但也不禁愤然，正想发话，只见他侧耳一听，便抓起一把花生米，出去了。门外是大良们笑嚷的声音。

但他一出去，孩子们的声音便寂然，而且似乎都走了。他还追上去，说些话，却不听得有回答，他也就阴影似的悄悄地回来，仍将一把花生米放在纸包里。

“连我的东西也不要吃了。”他低声嘲笑似的说。

“连殳，”我很觉得悲凉，却强装着微笑，说：“我以为你太自寻苦恼了。你看得人间太坏……”

他冷冷地笑了一笑。

从这段描写中我们可以看出，处在孤独寂寞中的魏连殳与绥惠略夫很相似，他们在陷入无法解脱的苦闷之后，对于人间的看法是一致的，当愚昧麻木的群众对他们不理解时，他们便把一切都看得太坏。

魏连殳在无路可走的境遇中，到杜师长帐下做了顾问，继之而来的就是他对社会上的一切人进行复仇，即绥惠略夫式的对于幸福者和不幸者一样地宣战。魏连殳在给“我”的信中有这样一段话：

我已经躬行我先前所憎恶、所反对的一切，拒斥我先前所崇仰、所主张的一切了。我已经失败，——然而我胜利了。

……现在我还用着这客厅。这里有新的宾客，新的馈赠，新的颂扬，新的钻营，新的磕头和打拱，新的打牌和猜拳，新的冷眼和恶心，新的失眠和吐血……

这是在玩世不恭中对社会进行着报复。显而易见，在这“新的颂扬”“新的钻营”中，魏连殳始终是清醒的，他完成着他的复仇。这种复仇的方式在阿尔志跋绥夫的作品中是常常出现的。在描写俄国 1905 年大革命前夕知识分子苦闷彷徨的小说《沙宁》中，有一段交待沙宁的妹妹莉黛在精神极度苦闷的条件下与包括沙皇军官在内的各种人交往的内心独白，阿尔志跋绥夫在书中这样写道：

莉黛对沙宁鼓起眉头，她的两只黑眼睛，似乎在说：“你不要当我不知道这班是什么人。我的目的在取乐我自己。我如你一样不是个呆子。我所干的全都明白。”

通过比较不难看出，魏连殳的玩世不恭与莉黛的“取乐自己”是一致的，都是在苦闷无法解脱中的一种消沉的反抗和复仇。不仅如此，魏连殳的复仇还没有忘记转向那些孩子，小说以房东老太太向“我”讲述的方式作了如下的交待：

> 他先前怕孩子比孩子们见老子还怕，总是低声下气的。近来可也两样了，能说能闹，我们的大良们也很喜欢和他玩，一有空，便都到他的屋里去，他也用种种方法逗着玩；要他买东西，他就要孩子装一声狗叫，或者磕一个响头。哈哈，真是过得热闹。

先前是像怕见老子一样地怕孩子们，这是出于他内心的对孩子们真诚的爱；现在是“要孩子装一声狗叫，或者磕一个响头”，这是表现他对一切人的憎。前后变化之大简直是判若两人。虽然都是写向社会复仇，但鲁迅在孩子的身上重用笔墨，更能打动读者的心，在思想上比起阿尔志跋绥夫要深刻得多。

鲁迅写作《孤独者》时是1925年的10月，距他翻译阿尔志跋绥夫的《工人绥惠略夫》在时间上已经过去了4年，但从这两篇小说的比较来看，阿尔志跋绥夫对于无抵抗主义的否定给鲁迅留下了深刻的印象。1925年3月18日，他在致许广平的信中谈到《工人绥惠略夫》里的主人公时这样写道：“这一类人物的运命，在现在——也许虽在将来——是要救群众，反而被群众所迫害，终至于成了单身，忿激之余，一转而仇视一切，无论对谁都开枪，自己也归于毁灭。”[①]此时新文学统一战线已经分化了，鲁迅在孤独和寂寞中寻找新的战友；由于在“青年必读书”的讨论中，鲁迅发表了号召青年

---

① 鲁迅：《两地书（四）》，《鲁迅全集》（第11卷），人民文学出版社1981年版，第20页。

少读中国的书、青年目前最要紧的是“行”的看法，他受到了封建遗老、青年大学生与所谓学者的诽谤和攻击；在女师大学生运动中，他坚定地站在进步学生一边，受到了帮闲文人陈西滢等的谩骂诬陷；他的战斗锋芒触到了统治阶级的痛处，教育总长章士钊开始对他进行打击报复。这是鲁迅思想非常苦闷的时期。为了生存和战斗下去，鲁迅对围攻他的流言文字一一进行着反击。他在《坟·杂忆》中这样写道：“我总觉得复仇是不足奇的，虽然也并不想诬无抵抗主义者为无人格。但有时也想：报复，谁来裁判，怎么公平呢？便又立刻自答：自己裁判，自己执行；既没有上帝来主持，人便不妨以目偿头，也不妨以头偿目。”鲁迅在苦恼中说的这段话，与绥惠略夫跟在胖绅士身后想复仇时所说的“我便是我的灵魂的惟一法官与执行者”几乎是一样的。由此可见，阿尔志跋绥夫的作品在鲁迅头脑中的印象是比较深刻的。鲁迅说了上面的那段话以后，仅过了4个月，他便创作了《孤独者》，为我们塑造了魏连殳这个形象，反映了当时作者苦闷的思想感情。鲁迅后来在谈到《彷徨》的写作时，曾经这样说过：“只因为成了游勇，布不成阵了。所以技术虽比先前好一些，思路也似乎较无拘束，而战斗的意气却冷却得不少。新的战友在哪里呢？我想，这里很不好的。……愿以后不再这模样。”[①]我认为《孤独者》的创作，是鲁迅“战斗意气”冷却时，思路“较无拘束”，而又受了阿尔志跋绥夫影响的结果。这两篇作品的相似之处，只要我们对照起来读是不难发现的。尽管如此，鲁迅对阿尔志跋绥夫小说中表现出来的“人生下来就是卑鄙的”以及“人是可惜的东西”等灰色的思想是不以为然的，指出“阿尔志跋绥夫是厌世主义的作家”，在他的书里充满了“绝望”是因为他的思想太“黯淡”。在鲁迅的作品中，所反映出来的思想总是积极向上的，对前途充满了希望。即便是鲁迅思想苦闷时期写的《孤独者》，我们也能从中看出作者在艰难环境里挣扎、探索、前进的那种努力，看到他一颗跳动着的赤诚

① 鲁迅：《〈自选集〉自序》，《鲁迅全集》（第4卷），人民文学出版社1981年版，第455页。

的心。鲁迅不赞成阿尔志跋绥夫小说中“每每带着肉的气息”的性欲描写，指出这虽是当时的一种倾向但“总不免便是颓唐”，他还严肃地批判了《沙宁》中的主人公对于满足自然欲求的辩解，斥责这是“一个败绩的颓唐的强者的不圆满的辩解”[①]。在鲁迅的作品中，我们丝毫也找不出这样的描写，即使是像《孤独者》与《颓败线的颤动》那样的作品，读者得到的也是抗争和思考。到了1932年底，鲁迅在《祝中俄文字之交》一文中，还谈到从“阿尔志跋绥夫的作品里看见了绝望和荒唐”，这是对他前期思想的总结和发展。

有的同志孤立地看待魏连殳这个形象，简单地用了一些概念来生搬硬套地进行分析，说魏连殳是一个“出卖灵魂”“变节投降”的叛徒，并由此得出鲁迅塑造这个形象是为了揭示“知识分子如果不突破个人挣扎的‘独头茧’，不投入工农兵群众的火热斗争，改造个人主义的世界观，必将一事无成的伟大真理”[②]。我觉得这种带推想性质的评论脱离了原作的基础，忘记了作者当时思想所达到的高度；还有一点是没有看到鲁迅前期创作上曾受到阿尔志跋绥夫影响的缘故。

三、在艺术上的借鉴与革新

鲁迅在创作上吸取了阿尔志跋绥夫的精华，这不仅是因为阿尔志跋绥夫写了“为弱小民族主张正义的文章”[③]，而且也看到了“他是描写现代生活的作家”[④]，是“俄国新兴文学的代表作家的一人”[⑤]。

---

① 鲁迅：《译了〈工人绥惠略夫〉之后》，《鲁迅全集》（第10卷），人民文学出版社1981年版，第165页。

② 李希凡：《感伤里夹杂着愤怒和悲哀》，《文艺论丛》第9辑，上海文艺出版社1980年1月版。

③ 鲁迅：《两地书（四）》，《鲁迅全集》（第11卷），人民文学出版社1981年版，第20页。

④ 鲁迅：《〈幸福〉译后记》，《鲁迅全集》（第10卷），人民文学出版社1981年版，第172页。

⑤ 鲁迅：《译了〈工人绥惠略夫〉之后》，《鲁迅全集》（第10卷），人民文学出版社1981年版，第165页。

鲁迅很重视阿尔志跋绥夫的表现手法，指出他的创作方法是“写实主义”的，“表现之深刻在侪辈中称为达了极致”，在《工人绥惠略夫》一书中“可以看出微微的传奇派色彩来”；在艺术上阿尔志跋绥夫的小说又是“出色的纯艺术品”，他的特点是“毫不多费笔墨”“心理剖析”细微，他“塑造出来的人物感性逼真，仿佛使人看到了罗丹的雕塑一样。如果把阿尔志跋绥夫的小说通读一遍，再回过头来重温鲁迅的这些评价，你就会感到鲁迅的结论是重点突出、恰到好处的。善于吸取外国作品的表现手法是鲁迅前期创作的一个特点，他曾坦率地告诉大家，他的小说之所以能够激动了一部分青年读者的心，是因为当时的翻译“向来怠慢了介绍欧洲大陆文学的缘故”[①]，他所取法的“大抵是外国的作家”，因为他“喜欢新的技巧”[②]

鲁迅向来反对那种以“大团圆”结尾的作品，他把不敢正视现实的小说看成是“瞒和骗”的文艺。他认为这样的作品会使人们忘却现实，在皆大欢喜中丧失斗志麻木下去。阿尔志跋绥夫小说的结尾，大都是深刻而有特色的。《工人绥惠略夫》悲凉的结尾深邃而有力，对俄国托尔斯泰的无抵抗主义进行了反抗；《医生》的结尾对残酷屠杀异民族的警官进行了复仇；《沙宁》的结尾更使我们感受到了革命前夕知识分子精神的空虚和苦闷；《血痕》的结尾用一个革命旁观者被枪杀的血启示着人们去投入反抗和斗争……以上种种悲惨的结局，震荡着读者的心。鲁迅对此极为赞扬，他在《〈幸福〉译后记》中，特别以《幸福》的结尾为例，指出“夜茶馆的明灯在前面辉煌”与“雪地上的毒打”的结尾，可以引起人们的深思。鲁迅的作品在结尾时也是别具一格的。《故乡》的结尾是仍然在艰难地探索着人生之路；《阿 Q 正传》的结尾，把愚弱的国民性醒目地摆在读者的眼前；《颓败线的颤动》的结尾令人感到窒息难忍；《孤独者》的结尾里那种“惨伤里夹杂着的愤怒和悲哀”，使读者都能够感觉到。这些精心安排的结尾，反映着作者当时炽热的思想感情，深化了作品的

---

① 鲁迅：《〈中国新文学大系〉小说二集序》，《鲁迅全集》（第 6 卷），人民文学出版社 1981 年版，第 238 页。

② 姚克：《最初和最后的一面》，《中流》半月刊第 1 卷第 5 期，1935 年 11 月 5 日。

主题，这与吸取了阿尔志跋绥夫的表现技巧不是没有关系的。但是鲁迅的作品又是植根于中华民族的土壤之中的，他以中国的风格特色吸引着读者。在鲁迅的作品中，我们很难找出大段落的对话与心理描写，找不出大段落的说理和抒情，他是用白描的手法来打动读者的心。《孤独者》里交待魏连殳当上顾问以后的复仇，本应出现的大段叙述，鲁迅也巧妙地用书信的方式表现出来，使情节发展合理，文字干净利落，寓意深远无穷，小说丝毫不给人冗长的感觉，由此我们可以看到他的匠心。

阿尔志跋绥夫是个颓废的虚无主义的作家，由于他在十月革命胜利以后逃往国外，苏联的几个本子的文学史对他都是否定的。因此 1949 年以来我国不但对他的作品没有新译，而且旧的译本也从未再版，专门的研究文章就更无从谈起了。鲁迅是伟大的，他的伟大之处就在于能够实事求是地分析作家作品，既顾及作家全人又注重作品全篇；对待外国作家的作品，他效其所长，摈其所短，为我所用，经过借鉴与革新丰富充实了自己。对于阿尔志跋绥夫他采取的正是这样一种态度。

从鲁迅前期的作品中，分析其所受的阿尔志跋绥夫的影响，可以使我们看到一个伟大的文学家的思想飞跃和创作革新，看到他不断前进的足迹，从中我们会得到十分有益的启示。

本文作于一九八一年四月，收入本书时略有修改。

宏观散论

鲁迅与周作人对新文化运动的贡献

新文化运动留给中国现当代文学的宝贵遗产是多方面的，提起当时的那批叱咤风云的人物，无论怎样统计大概都不会将周氏兄弟遗漏。他们在现代中国文学史上，创造了许多的第一。在引进新的文学理论、文学观念；将政论体文章因势利导发展成为文艺性散文、开创中国现代白话小说和优美散文之先河；以自身的大胆实践与摸索建立中国自己的翻译体系、介绍诸多的东西方文学作品等，都在当时起到了巨大的作用，超越了同时代的作家，也给现代中国文学史留下了无尽的话题，更是使后来的研究者们叹为观止。

一、参与新文化运动的心境

提起新文化运动，大家首先想到的就是《新青年》杂志。然而真正给这个杂志带来重大文学声誉的，应该首属周氏兄弟。但仔细想来，他们兄弟参与新文化运动初期的心境，则是完全不一样的。

鲁迅在“五四”前后对于所谓的“新文化运动”，开始时也并不是很积极。自辛亥革命以后鲁迅的思想十分苦闷，因为他见过中国近现代以来的许多革命和运动，然而高潮一过中国还是老样子，“骨子里是依旧的”，这使他感到个人的无可奈何，因此他的心境是很颓唐的，用他自己的话说是“看来看去看得怀疑起来”[1]了。因而他一个人除了在教育部上班之外，就是躲在绍兴会馆里用抄古碑来麻醉自己，“使我沉入于国民中，使我回到古代去”。这时《新青年》的编辑钱玄同夹着一个大皮包找鲁迅约稿来了。在《〈呐喊〉自序》

① 鲁迅：《〈自选集〉自序》，《鲁迅全集》（第4卷），人民文学出版社1981年版，第455页。

② 同上。

一文中，鲁迅详细记录了他与钱玄同的谈话：鲁迅认为写文章也没有用，钱玄同则认为可以唤醒青年；鲁迅认为唤醒青年以后他们无路可走更是痛苦，他还做了这样的比喻说大家都是在一间铁屋子里快要闷死了，这时有人唤醒大家众人会死得更痛苦，而钱玄同则认为只要唤醒了众人就有拆掉这铁屋子的希望。鲁迅被说服了，因为他最不愿意扼杀别人的希望。于是就答应为《新青年》写稿。因为他知道，当时的《新青年》和编辑们"不特没有人来赞同，并且也还没有人来反对，我想他们许是感到寂寞了"，这样就有了《狂人日记》的创作。

小说在《新青年》4 卷 5 号发表以后，产生了极大的反响。用鲁迅自己的话说是"由于表现的深切和格式的特别，颇激动了一部分青年读者的心"[①]，显示了文学革命的"实绩"，被称为"五四"文学革命的第一声春雷。鲁迅自己也从此一发而不可收，创作了许多震撼人心的小说，所以后来才有《呐喊》的结集。钱玄同也说："自此以后，豫才便常有文章送来。"[②]主编陈独秀也常常给周氏兄弟写信，希望他们支持自己，多写文章，还特别请求鲁迅多写小说。钱玄同是鲁迅小说的催生者，当然功德无量；但是鲁迅在当时的文学地位也是一个重要原因。钱玄同曾经这样说："我认为周氏兄弟的思想，是国内数一数二的，所以竭力怂恿他们给《新青年》写文章。但豫才则尚无文章送来，我常常到绍兴会馆去催促。"[③]

现在分析看来，当时的鲁迅写小说完全是对于《新青年》的支持，因为他有感于"朋友们的嘱托"，是慰问"在寂寞里奔驰的猛将"。他的参加新文学阵营，完全是对于新文化运动的响应，是对于那时文学革命的主将们的一种支援。他希望借此改变心境和他们一起，坚定砸掉"铁屋子"的希望。由于鲁迅的宽阔视野和知识准备，他

---

① 鲁迅：《〈中国新文学大系〉小说二集序》，《鲁迅全集》（第 6 卷），人民文学出版社 1981 年版，第 238 页。

② 据钱玄同先生手稿，此件现存北京鲁迅博物馆。

③ 据钱玄同先生手稿，此件现存北京鲁迅博物馆。

的小说“比果戈理的忧愤深广，也不如尼采的超人渺茫”[①]，他的小说一出手就是精品，没有让编辑和读者失望。

周作人初到北大所讲的课程是“欧洲文学史”“希腊罗马文学史”，每周要上6小时的课程。他白天要把讲义写好，等到晚上鲁迅从教育部下班帮助他修改字句。由于身在北大，他也就自然地卷入了新文化运动中，周作人虽然“五四”当天不在北京，但是他赶上了“六三”风波，他目睹了市民的爱国热情，特别是6月5日他被卷入了北京警察镇压游行市民的请愿活动中，有着切身的体会，他还因此写了很令当局反感的《前门遇马队记》一文。因此可以说周作人的投身于新文化运动，从一开始就是十分积极的，他自己说：“在这个时期，我凭了那时浪漫的文艺思想，在做文学活动。”[②]

新文化运动最重要者有二，即是文学革命和思想革命。胡适、陈独秀开始注重文学革命，周作人的贡献是在思想革命，“思想革命”这个口号就是他首先提出来的。周作人当然知道鲁迅小说的轰动效应，他开始也是想写小说的，除了早期的几篇作品以外，他还模仿《狂人日记》写了《真的疯人日记》（上、下）在《晨报副刊》上发表，可惜的是小说发表以后，并没有引起任何反响。写出了几篇重要的文学理论文章以后，他转而专门进行散文创作，成为中国新文学史上最大的散文家。

周作人散文最有名的一篇就是《美文》，发表在1921年6月8日的《晨报副刊》上，后来收入其自编文集《谈虎集》中。在这篇散文里，周作人指出，“读好的论文，如读散文诗，因为它实在是诗与散文中间的桥”，他还说形式与内容的确有点关系，并且指出一切文学作品只要真实简明就好，可以依照外国文学的模范去做，在不模仿的前提下，用自己的文句来表达我们思想，号召治新文学的人要试一试，“给新文学开辟出一块新的土地来”！全文不到500字，表达出非常强烈的“五四”文学革命精神和新文化的发展方向，这

---

① 鲁迅：《〈中国新文学大系〉小说二集序》，《鲁迅全集》（第6卷），人民文学出版社1981年版，第239页。

② 周作人：《知堂回想录》，香港三育图书文具公司1980年11月版。

篇文章有理论重实际，言简意赅，非同凡响，同时也是一篇规范的美文，在当时产生了巨大的影响。

胡适对此文给予高度的评价，他在《五十年来中国之文学》一文中，特别指出这篇文章的重要性，他说："这几年来，散文方面最可注意的发展乃是周作人等提倡的小品散文，这一类的小品，用平淡的谈话，包藏着深刻的意味，有时很像笨拙，其实却是滑稽，这一类作品的成功，就可以彻底打破那美文不能用白话的迷信了。"很显然，胡适的评价充分证明周作人是散文变革的发难者，具有首创之功。以前都认为白话文是提壶卖浆者流的语言，只能停留在口头上，至少在文学上是不能流传久远的，更做不出美文来。但是自周作人的散文出现，这种论调就不攻自破了。

周作人的散文大约可以分为两种，也就是正经的文章和闲适的文章。他的散文不呆板有变化，初看平淡实则丰腴，貌似松散内中委婉，在宣泄中能掌握分寸，将抄书变成千姿百态，适度地表现出博学与智慧，反映出无限的意匠经营。如《故乡的野菜》《乌篷船》《北京的茶食》《谈酒》《喝茶》等都是当时脍炙人口的名篇，产生了广泛而深远的影响。

周氏兄弟不愧是文学的大家，他们初期顺势而上，以自己的才华投入到时代的洪流里面去，为新文化运动做出了巨大的贡献。直到今天，他们的名字也是和"五四"联系在一起的。

二、让全新的教材进入课堂

有人说新文化运动最伟大的成就，就是诞生了周氏兄弟。如果从新文化史和新文学史的角度来看，这话说得当然不错。他们中的一个写了被称为新文学开山之作的《狂人日记》，成为新文化运动中的第一声呐喊，被称为"中国现代文学之父"；另一个写了优秀的小品散文《美文》，彻底打破了文化保守主义关于"美文不能用白话"的迷信，并成为中国第一流的散文家。

周氏兄弟是作家，同时他们又是大学教师。鲁迅于 1920 年 8 月被北京大学聘为讲师，此后还担任北京高等师范学校讲师；周作人于1917年9月任北京大学教授。他们二人以新文学的参与者和战士的身份，非常注重大学的教材建设，教师的工作首先就是要讲好课，要讲好课就要选择好的教材。

鲁迅到北京大学讲授中国小说史之前，最初北大国文系是准备请周作人来上这门课的，周考虑自己不是合适的人选而鲁迅比自己研究更深，所以向系主任推荐鲁迅并得到同意。鲁迅授课用的讲义就是他自己编写的《中国小说史略》。

众所周知，在中国旧文学中历来是小说被视为不入流，长期被排斥在学术视野之外，是新文化运动才使得小说由边缘进入文学的主流。鲁迅在北大的课堂上讲授中国小说史本身，就是非常具有挑战性的除旧革新之壮举，同时也使具有西学背景的学者型作家有了用武之地。鲁迅说："中国之小说自来无史；有之，则先见于外国人所作之中国文学史中，而后中国人所作者中亦有之，然其量皆不及全书之什一，故于小说仍不详。"[①]鲁迅写小说史开中国人治小说史之先河，表现了"五四"学人将新的文学理念贯穿到学术中去的实践。鲁迅登北大讲台，是因为他在中国小说史研究领域中有非凡的造诣，他在讲授这门课以前已经研究了许多年。为了给学生扎实新鲜的知识，他作了大量的资料准备工作。鲁迅曾经说撰写文学史要"先从做长编入手"，他根据自己的知识积累，很早就对36种唐前小说佚文进行过收集整理，辑录了《古小说钩沉》[②]一书，为五四时期的《中国小说史略》写作打下了坚实的基础。

他的小说史讲义最突出的贡献在于，有丰富的史料和独特的学术史识眼光。比如他根据中国小说的特点创造了"谴责小说"这一学术概念，他还根据文学作品现象提出了"拟"和"末流"的小说史论断："拟"就是中断后又盛行的小说创作现象，和缺乏独创精神的模拟前人趋向；"末流"就是模仿他人作品，并因袭其创作态度，且失去原来之精神优长者。这些都成为小说史研究理论的重要支柱。

---

① 鲁迅：《〈中国小说史略〉序言》，《鲁迅全集》（第9卷），人民文学出版社1981年版，第4页。

② 此书于1999年由人民文学出版社出版，收入《鲁迅辑录古籍丛编》（第一卷）。

再加之鲁迅本人就是当时新文学的著名小说家，他的创作经验和他对中国古代小说的自家真实感悟体会，在当时大概无人能够望其项背。《中国小说史略》最初为发给学生的油印本讲义，后来经过鲁迅的反复修改，成为具有学术意义的铅印本，这样就使这本书远远超越了一般的教材功能，一跃成为重要的学术著作。这奠定了中国小说史研究的基本格局，同时也奠定了他在中国文学和中国小说史研究领域中的崇高地位。胡适对这本书评价说："搜集甚勤快，取裁甚精，断制也甚谨严，可以为我们研究文学史的人节省无数精力。"[①]

周作人来北京大学任教首先就是准备课程，那时的他已经发表了不少的翻译和外国文学研究文章。他从1917年9月就开始为北大准备"近世文学史""希腊文学史"及"罗马文学史"的讲义。到了1918年的6月，他将这些讲义合并为一册《欧洲文学史》。这些讲义都是经过鲁迅的修改，才得以交出印刷成的。据周作人回忆说："我担任的欧洲文学史是三单位，计一星期只要上六小时的课，可事先却须得预备六小时的讲义，这大约需要写稿纸至少二十张；再加上看参考书的时间，实在是够忙的了。于是在白天里把草稿起好，到晚上等鲁迅修正字句之后，第二天再来誊正并起草，如是继续下去，在六天里总可以完成所需要的稿件，交到学校里油印备用。"[②]就这样讲义写完了，课程也讲完了，书也就自然写成了。《欧洲文学史》作为北京大学丛书之三，由商务印书馆出版。众所周知，早在日本留学期间，周作人就十分重视希腊神话，在此十数年前，周作人就开始了欧洲文学作品的翻译和研究，因此这册《欧洲文学史》的写作，表现了作者独特的研究视野和一种开放的眼光，同时也有兄弟合作的印记。虽然今天看来这些教材有些粗糙陈旧，但是在当时确实起到了非常重要的作用，不但打开了学生的视野，丰富了世界文学知识，也为新文化运动学习借鉴西方打开了文学的大门。这

① 胡适：《〈白话文学史〉自序》，百花文艺出版社2002年版。

② 周作人：《知堂回想录》，香港三育图书文具公司1980年11月版。

些也成为后来他写作《人的文学》《平民的文学》和《思想革命》的重要理论支撑。周作人是中国最重要的翻译家，他将中国古代文学与外国文学相结合，用他自己的话说西方文学是“外援”，中国古典文学特别晚明小品是“内应”[①]，从而创作出了优美的中国现代散文。

鲁迅与周作人编写的教材，首先是为了生活取得教职，但是从历史事实来说他们又顺应了新文化运动，很好地起到了启蒙作用；当然也使新文学的第一批作家在中国的大学里站住了脚跟。一种全新的文化理念进入高校，为后来以学生为中心的文化启蒙运动，进行了优秀的人才储备。当然，新文化运动也成就了周氏兄弟，他们用自己的知识准备参与了历史性的文化启蒙运动，同时也为中国高等学校的教材建设，留下了首批重要的奠基性的文本。

三、将政论引向文艺散文

《新青年》自4卷4号始，开辟“随感录”专栏，专门议论社会现象、文化现象，意在启蒙。最早发表文章的是陈独秀、陶履恭、刘半农、钱玄同等人，文体也是经历了从文言到半白话再到白话的演变过程。从“随感录”二十四、二十五起，开始刊载周氏兄弟的文章，这便是周作人的《随感录二十四》和鲁迅的《随感录二十五》，均以“唐俟”署名。

周作人的《随感录二十四》后来收入了其自编文集《谈龙集》中，题目也改成了《安得森的〈十之九〉》。

这篇文章先说自己在书铺里看见一本小说，书名叫作《十之九》，觉得名称很别致，买来一读发觉是一则童话，作者是著名的丹麦童话家安徒生。但是在这个中文译本上却写着：“著作者英国安得森。”当年在译著译名不规范的时候，将安徒生翻译成安得森应该没有什么问题；但是将作家的国籍从“丹麦”改成“英国”就不对了，可

① 周作人：《〈中国新文学大系〉散文一集导言》，钟叔河编订《周作人散文全集》（第6卷），广西师范大学出版社2009年4月版，第715页。

见翻译者的粗心大意。因此，周作人在文章的一开头就说："凡外国文人，著作被翻译到中国的，多是不幸。其中第一不幸的要算丹麦诗人'英国安得森'。"这是文学的反讽写法，在嘲笑国内译者不认真的同时，马上就引起读者的阅读兴趣。

紧接着他总结说安徒生童话的特色：一是语言，二是思想；就是用给儿童讲故事的口吻，写出给孩子们爱看的文章，进而用接近原始自然和貌似"野蛮"的智慧来表达其独特的思想。而当时我们的译者是怎样翻译的呢？他读了这个译本后就大不高兴，略一翻检发现译本全书都是用古文来讲大道理，于是不禁为作者叫屈。

于是，他特别以《火绒箱》一篇为例，在安徒生那里描写的是："一个士兵沿着大路走来——一，二！一，二！他背上有个背包，腰边有把腰刀；他从前出征，现在要回家去了。"而中文的翻译却是："一退伍之兵，在大道上经过。步法整齐。背负行李。腰挂短刀。战事已息。资遣归家。"其中最适合儿童理解心理的"一，二！一，二！"却不见了，把儿童的语言变成了半白的古文；安徒生的特色，在这里完全被抹杀。周作人在这篇文章中借批评中国的翻译，抨击了中国人做事不认真，嘲笑了"班马文章、孔孟道德"[①]的古文翻译之种种弊病，从而坚持了"五四"新文化的传统。

鲁迅的《随感录二十五》一文则以严复的话开头，说自己以前曾从严复的书上看到过，严复说他很担心北京的孩子在街上跑来跑去会出车祸。鲁迅将笔锋一转说："中国的孩子，只要生，不管他好不好，只要多，不管他才不才。生他的人，不负教他的责任。虽然人口众多这一句话，很可以闭了眼睛自负，然而这许多人口，便只在尘土中辗转，小的时候，不把他当人，大了以后，也做不了人。"接着鲁迅批评了中国的"多子多福"的封建道德，他说："中国娶妻早是福气，儿子多是福气。所有小孩，只是他父母福气的材料，并非将来的人的萌芽。"这句话说得是非常深刻的。

① 周作人，《谈龙集·安德森的〈十之九〉》，钟叔河编订《周作人散文全集》（第2卷），广西师范大学出版社2009年4月版，第9页。

他在文中还列举了奥地利华宁该尔《性与性格》一书中的观点，他说根据华宁该尔对女人的分类，“一是母妇，一是娼妇”，依此类推将男人也可以分成“父男”和“嫖男”，进而推论成“孩子之父”和“人之父”。鲁迅希望中国多一些“人之父”，以便在将来把孩子培养成“一个完全的人”！这篇散文继承了鲁迅原来的关于“立人”的思想，与他后来的杂文一样，批判了当时只顾多生不管教育，并且以“人口众多”为自傲的愚昧的国民性。

周氏兄弟的上述散文，都是将批判的矛头指向了封建道德、封建文化，表明了强烈的民主主义倾向和毫不妥协的革新精神。将这两篇文章与以前的23篇“随感录”进行比较，就会发现他们不仅思想超前，带有与世界同步的新思想；而且在文章的书写方式上，也突破了前23篇“随感录”的框架，创造出一种带有漫谈式的活泼抒情、讽喻深刻、生动清新的文艺散文。周氏兄弟有目的的将“讲演风”向“闲话风”转化和引领，从而给当时的读者一种全新的文体。也难怪他们后来成为《语丝》散文杂志的主将，创造出一种全新的“语丝文体”。

这是他们对于新文化运动的重要贡献，后来鲁迅被称为中国杂文之父，周作人成为中国最重要的散文家，都是在此时打下的基础。也可以说这是周氏兄弟的起步之时，丰富的中国古典文学修养，大量的外国文学知识，再加上《新青年》“随感录”所提供的阵地，使他们如鱼得水，迅速跟随着时代，为中国的新文化运动做出了贡献。当我们追寻中国现代散文的发展源头时，是不能忘记前驱者的足迹的。

四、新文学的开创者与理论家

大家知道《新青年》开始创刊的时候是一个思想杂志，正是由于鲁迅和周作人的实践，才把这个注重政论的思想杂志，用鲁迅的话说“其实是一个论议的刊物”向文学的方向扭转。还是因为有了周氏兄弟的加盟，才使得《新青年》变得生气勃勃、增加了青年读者，令它的主编陈独秀喜出望外。

鲁迅在《新青年》上创造了三个“第一”，这就是：

发表了第一篇白话小说《狂人日记》。这是一篇划时代的小说，最能够代表“五四”精神，小说对中国几千年的封建文化和封建历史进行了摧枯拉朽式的颠覆；全新的思想、大胆的怀疑精神，再加之全新的表现形式，令当时的文化界和读书界的精神为之一振。当时和后来的评论充分证明了这一点。用鲁迅自己的话说：“算是显示了‘文学革命’的实绩，又因那时的认为‘表现的深沉和格式的特别’，颇激动了一部分青年读者的心。”[①]这篇小说一扫过去中国小说之习惯与风格，使读者耳目一新，那种“救救孩子”的呼唤，强烈地震动了读者的心。鲁迅对自己的小说当然是有信心的，他自己毫无夸张地说，他的这篇《狂人日记》在思想上要超过果戈理和尼采，因为“后起的《狂人日记》意在暴露家族制度和礼教的弊害，却比果戈理的忧愤深广，也不如尼采的超人渺茫”。这是何等的自信！此后鲁迅又写了《孔乙己》《药》等作品，他的小说一篇一个样式、一篇一个风格，为《新青年》赢得了众多的读者。陈独秀当然是甚为兴奋，他在给周氏兄弟的信中不止一次地谈到这一点。1920 年 3 月 11 日陈独秀致周作人的信就这样写道：“我们很盼望豫才先生为《新青年》创作小说，请先生告诉他。”1920 年 8 月 22 日在给周作人的信中又说：“鲁迅兄做的小说，我实在五体投地的佩服。”本年 9 月 28 日陈独秀致周作人的信还这样写道：“我希望你和豫才、玄同二位有功夫都写点来，豫才兄做的小说实在有集拢来重印的价值。”[②]

第一次在《新青年》杂志上发表新诗。鲁迅写的《梦》《爱之神》《桃花》《他们的花园》《人与时》《他》等新诗都是首次在《新青年》杂志上发表的。他写这些新诗的目的非常明确，就是为新文学呐喊助威，他自己说：“因为那时文坛寂寞，所以打打边鼓，凑些热闹；

---

① 鲁迅：《〈中国新文学大系〉小说二集序》，《鲁迅全集》（第 6 卷），人民文学出版社 1981 年版，第 238 页。

② 见《陈独秀书信集》，新华出版社 1987 年版。

待到称为诗人的一出现，就洗手不作了。”[1]他以自己的实践为后来的新诗发展起引路的作用。

第一次将政论的《随感录》改变成为文艺性散文，以《随感录二十五》为标志。在这篇文章中，鲁迅痛心疾首地批判了中国人把孩子当成父母福气的材料，只知生育不知教养的昏聩的国民性；提出不要做孩子之父，要做“人”之父的重要论断。

试想如果没有鲁迅的参加，陈独秀那一班人该是何等的寂寞。

周作人也是《新青年》的主要参与者和撰稿人，他在《新青年》上也创造了三个“第一”，即：

（一）发表了著名的第一篇重要的理论文章《人的文学》，一展新文学理论家的风采。

周作人于1918年12月7日写出《人的文学》，立即寄给陈独秀，陈独秀看了以后于14日复信说：“大著《人的文学》做得极好，唯此种材料以载月刊为宜，拟登入《新青年》。”后来终于在《新青年》5卷6号发表。周作人在这篇文章中指出，在中国“人的问题，从来未经解决”，“兽性与神性，合起来便是人性”，因此“须营一种利己而又利他，利他即利己的生活”。所以他提出：“希望从文学上起首，提倡一点人道主义思想。”他特别说明：“我所说的人道主义，并非世间所谓悲天悯人或博施济众的慈善主义，乃是一种个人主义的人间本位主义。”同时他对人的文学进行了定位：“用这人道主义为本，对人生诸问题，加以记录研究的文字，便谓之人的文学。”他还特别举例说正面的写理想生活与人间向上的可能是第二类；侧面写人的平常生活与非人的生活是第一类，这一类的分量多也最重要。他举例说虽同是人间兽欲的文学，莫泊桑的《人生》与中国的《肉蒲团》有明显的不同；同是写娼妓生活的文学，俄国库普林的《火坑》与中国的《九尾龟》也不一样。前者是人的文学，后者则是非人的文学。“这区别就只在著作的态度不同。一个严肃，一个游戏。一个希望人的生活，所以对于非人的生活，怀著悲哀或愤怒。一个

① 鲁迅：《〈集外集〉序言》，《鲁迅全集》（第7卷），人民文学出版社1981年版，第3页。

安于非人的生活，所以对于非人的生活，感着满足，又多带着玩弄与挑拨的形迹。简明说一句，人的文学与非人的文学的区别，便在著作的态度。”此文一出震动极大，当时的北京大学学生傅斯年就说，自己对这篇文章极为佩服，今后就按照这个方向前进。此后还写了《平民的文学》和《思想革命》等重要论文，充分反映出周作人作为新文学理论家的不可动摇的地位。

（二）写出了第一篇重要新诗。周作人当时除了理论文章之外，还写了大量的新诗。被胡适称为中国“新诗的第一首杰作”的《小河》，就是在1919年2月出版的《新青年》6卷2号上发表的。为了显示对于这首新诗的重视程度，《新青年》杂志破天荒地作为头条通栏排印，在此前绝无先例。这首诗一经发表便不胫而走，为学界广为流传，产生了很大的影响。

（三）写出了将政论散文转化为文艺散文的《随感录二十四》，为新文学创立了新的小品散文，也就是新的美文，一扫白话文学写不出美文的奇谈怪论，为新文学特别是散文在文坛的确立，打下了坚实的基础。

周氏兄弟的巨大贡献也与陈独秀等一班《新青年》编委有着不可或缺的关系，陈独秀此间给周作人的信最多，如1920年7月9日的信中说：“豫才先生有文章没有？也请你问他一声。”同年8月13日致二周的信中说：“无兴致是我们不应该取的态度，我无论如何挫折，总觉得很有兴致。”“随感录本是一个很有生气的东西，现在为我一个人独占了，不好不好，我希望你和豫才、玄同二位有功夫都写点来。”当然作为直接找到鲁迅的钱玄同，也是功不可没，正是由于周作人传达陈独秀的来信，再加上钱玄同的不间断约稿，才促成了鲁迅的小说创作，为中国新文学留下了不朽的名篇名著。周作人也是奋力相助，此间给《新青年》的投稿最多，除了理论文章还有新诗和散文。

周氏兄弟的积极参与，为以《新青年》为大本营的新文化运动带来了新的生机和活力。他们以自己的努力也为那时的文坛留下了扎扎实实的作品，其中有不少成为周氏兄弟的代表作。直到次年《新青年》风波起来，杂志不得不南迁时，陈独秀也没能忘情于他们，在 1921 年 2 月 15 日陈独秀致周氏兄弟的信中还这样说："豫才、启明二先生：新青年风波想必先生已经知道了，此时除移粤出版无他法，北京同人料无人肯做文章了，惟有求助你两位，如何，乞赐复。"[①]字里行间流露出对周氏兄弟突出作用的依赖，并表达出对他们未来作用的殷殷期待。

五、杰出的兄弟翻译家

周氏兄弟是我国"五四"以来介绍和翻译外国文学的重镇，是在我国翻译史上独树一帜的翻译大家，他们兄弟从事翻译工作是从在日本留学时期开始的。众所周知，日本自明治维新以来就是吸收和传播世界文化的窗口，许多欧洲的先进出版物，都是首先通过日本这个窗口再传到中国来的。

鲁迅一生翻译了许多外国文学作品，在他浩瀚的文学生涯中翻译所占的文字就有 240 万左右，占他所有作品的将近六成之多；周作人也是最著名的翻译家，他对翻译工作更是情有独钟，一生的绝大部分时间都在从事翻译工作。

由于历史的原因和个性特征，初期的周氏兄弟并没有十分注意日本文学作品，他们是借助日本的条件翻译和介绍了不少东欧弱小国家的文学作品，以此刺激和启发国人，唤醒他们的爱国热情。因为那时他们都深受梁启超的影响，以为文学可以改造社会，充分反映出鲁迅的那种"我以我血荐轩辕"的赤子情怀。据周作人回忆，鲁迅当时坚定地认为"欲救中国须从文学始"[②]，这也是周氏兄弟注重翻译的重要原因之一。

周氏兄弟合作出版的第一本译著是《域外小说集》（一、二两册），分别于 1909 年 3 月、7 月出版。署名会稽周氏兄弟纂译，周树人发行，序言和略例由鲁迅写就。这两册书均是在东京印好，由上海广

---

① 见《陈独秀书信集》，新华出版社 1987 年版。

② 周作人：《知堂回想录》，香港三育图书文具公司 1980 年 11 月版。

昌隆绸庄寄售。据周作人后来回忆说，《域外小说集》虽然只出了两册，所收的作家也不大全，但是其中有一个趋向，“这便是后来的所谓东欧的弱小民族”，“凡在抵抗压追，求自由解放的民族才是”[①]。周氏兄弟提出的这称谓影响深远，一直到后来的文学研究会创办新的《小说月报》时代，还出过专号介绍弱小民族文学。

周氏兄弟在中国近现代译论史上的突出贡献，是多方面的。

首先在于突破了译学史上的“林译模式”。因为林纾是中国当时最著名的翻译家，鲁迅周作人那一代知识分子基本上都是读着林译小说长大的。但是，当他们一旦到了国外，接触到外国文学作品原版本，特别是用原文或借助另外一种外文重新阅读时，就发现了自己接触的外国小说和林译的完全不是那么一回事。林译的是外国小说的中国叙事，而他们接触的却是原生态的外国故事。正如鲁迅在序言中所说，他们翻译的这册《域外小说集》“词致朴讷，不足方近世名人译本。特收录至审慎，迻译亦期弗失文情。异域文术新宗，自此始入华土”，“中国译界，亦由是无迟莫之感矣”[②]。这是对于中国译界“迟暮之感”的一种挑战，同时也以大胆的直译率先垂范，这是一个影响中国20世纪译风的创举。周氏兄弟重视“异域文术新宗”，创造性地开辟外国文学资源，给中国读者以原生态的外国文学作品以及这种弱小民族作品所带来的震撼，以此横扫译界的种种弊端，这便是《域外小说集》出版的重要意义。

其次在于创造了属于他们自己的“直译”手法。这是鲁迅和周作人最先提出来的。无论是从当时还是今天看来，这都是翻译手法的一次重要的革新。换句话说，正是周氏兄弟为中国翻译界在“信”字上开了风气之先，他们用自己的翻译实践，为中国译文的忠实可信性奠定了坚实的基础。周作人最初提出了“为书而翻译”[③]的革新观点，这就是用“白话文”和“直译”，他把林译的古文翻译称作

---

① 周作人：《知堂回想录》，香港三育图书文具公司1980年11月版。

② 见《〈域外小说集〉序言》，上海群益书社1921年版。

③ 周作人：《苦口甘口·谈翻译》，钟叔河编订《周作人散文全集》（第9卷），广西师范大学出版社2009年4月版，第112页。

"为自己而翻译"，放到了新文学的对立面，从而坚持了"五四"新文学的传统。看似翻译方法的不同，而实际上却是对旧文学形式的否定。在翻译方法上周氏兄弟的观点完全一致，鲁迅曾批评《天演论》的翻译"桐城气息十足，连字的平仄也都留心，摇头晃脑的读起来，真是音调铿锵，使人不自觉其头晕"[①]。周作人则说："我的翻译向来用直译法，所以译文实在很不漂亮……因为我觉得没有更好的方法。但是直译也有条件，便是必须达意，须汉语的能力所及的范围内，保存原文的风格，表现原语的意义，换一句话就是信与达。"[②]鲁迅也是再三强调翻译要以信为主，顺是可以慢慢解决的。

从时间发展阶段来看，鲁迅与周作人逐渐地扩大了自己的翻译视野，他们共同翻译了《现代日本小说集》，这是提倡人道主义工作的一部分，他们十分看重这些作品的现代性，仿佛有一种使命感，要借日本的这种"模仿别人"的方式，给中国的创作和翻译带来震撼从而进行"改革"，因为那时周氏兄弟都受梁启超的影响，认为文学可以改良社会。在《现代日本小说集》的翻译之后，由于兄弟之间的趣味不同，对于译本选择的区别就明显表露出来。

鲁迅翻译日本小说是借鉴其中的精华成分，为的是使中国的创作出现一些新气象。他喜欢白桦派的清新自然的感染力、人道主义的同情心，以及在创作中带有的那种眷恋凄怆的气息；他在江口涣那里看到了复仇的主题，在菊池宽那里发现了胜利者的悲哀和人间的嗜杀性，在芥川龙之介的作品中又找到那种阴冷和以恶报恶的暗示。鲁迅当时的翻译过程可能思想是非常矛盾的：因为他一方面看到了日本文学家的才智，一方面又看到了一些自傲和他不喜欢的东西；他一方面觉得有不少小说在技巧上出奇制胜，一方面又觉得在描写上存在某种不合理的因素。这种情感只有在我们细读《藤野先生》一文时，才能够体会出来吧。对于鲁迅后来不再翻译日本文学，进而转入苏俄小说和文学理论，虽说法不一，但这种我们也会感觉

---

① 鲁迅：《关于翻译的通信》，《鲁迅全集》（第4卷），人民文学出版社1981年版，第381页。

② 周作人：《〈陀螺〉序》，《语丝》第33期，1925年6月22日。

到的阴影总是绕不过去的。鲁迅的翻译取向是由弱小民族文学转向人道主义文学、进而发展为革命文学。鲁迅一生对苏俄文学的翻译大约占他总翻译文字的百分之六十左右，他的大部头的对《毁灭》和《死魂灵》的翻译堪称绝响，他后来对于苏俄文学特别是苏俄文学理论情有独钟。

周作人慢慢扭转了这种利用翻译直接为现实服务的译学理论，进而转向了对于名著的翻译，也就是他所说的“为书而翻译”。这一转变的标志是对日本古典文学《古事记》的翻译。他说：“我译这《古事记》神代卷的意思，那么在什么地方呢？我老实说，我的希望是极小的，我只想介绍日本古代神话给中国爱好神话的人，研究宗教史或民俗学的人看看罢了。”他还说要把日本的民族神话“当作日本古典文学来看”[①]，当作当时的日本传说去看，那将是很有兴趣的。他说“日本传说自有其特色，如天真、纤细、优美，但有些也有极严肃可怕的”，他指出名著对于了解一个国家有着重要的作用。周作人的这种由有目的的翻译发展到对名著的翻译过程，表明了他作为一个翻译家的走向成熟，同时也可以看出他在译学的天地里摸索、彷徨以至前行的轨迹。他强调名著不仅有“移情”的审美作用，而且不同国度的人们可以自如地交流，他还认为“要读外国文学须看标准名作”。此后周作人就有了“新村精神”的狂热崇拜、对希腊文学的执着追求，翻译出了许多的名著。

周氏兄弟从最初的相互切磋、观点一致，发展到中期的各有主张、观点相异，除了他们本身的个性特征以外，当然还有社会与时代的原因。鲁迅总是能够和青年知识分子在一起，关心社会、吸纳新潮，甚至和革命共同着生命；而周作人则追求文学的极致，坚持平民的兴趣和关注杂学的知识，在自己的丰富中游离于纯文学和时代的边缘。

无论怎样，在“五四”新文化时期，他们用自己的翻译实践，在开发新文学的思想资源和文学资源方面，都做出了突出的贡献。

---

① 周作人：《〈汉译古事记神代卷〉引言》，《语丝》第65期，1926年2月8日。

周氏兄弟在翻译实践和理论方面，留给我们的遗产是多方面的，无论是鲁迅风还是知堂风，都会使我们受益无穷。

周氏兄弟留给中国新文学的话题是说不尽的，正是由于有了他们的参与，新文化运动才变得如此丰富多彩、慷慨雄浑。

鲁迅与周作人的日本文学翻译观

周氏兄弟是中国介绍和翻译外国文学的大家，他们兄弟从事翻译活动是从在日本留学期间开始的，日本文学对他们产生过一定的影响。对日本文学的介绍和翻译是他们文学活动的重要组成部分，日本文学在鲁迅的创作中产生过很大的影响。鲁迅一生翻译了很多日本文学作品和文学理论，在各种文章中论及的日本作家就有 80 多人，据粗略统计，涉及的作品有 65 篇左右，以国别而论，日本作家在他论及的世界作家中排列第 2 位，仅次于俄罗斯。而周作人在此方面似乎更甚于鲁迅。在周作人的各种译著中，日本文学的翻译数量就占了五分之三，如果从 1913 年 11 月 5 日在《绍兴县教育会月刊》上发表的所译黑田朋信所作《游戏与教育》算起，到 20 世纪 60 年代中期的译著止，就已历时六十余年，可以说日本文学的译介是周作人文学活动的重要组成部分，这项工作几乎贯穿了他的一生。

然而他们兄弟两个在具体问题上又有诸多的不同。由于历史的原因和鲁迅的个性特点，初期的他并没有阅读大量的日本文学作品，而是借助日本的条件翻译和介绍了不少东欧弱小国家的文学作品，以此刺激、启发国人，唤醒他们的爱国热情。因为那时的他深受梁启超的影响，以为文学可以改造社会，充分反映出一个年轻激进的爱国者的赤子情怀。“我以我血荐轩辕”[①]就是他当时心情的真实写照。据周作人回忆，鲁迅当时坚定地认为“欲救中国须从文学始……对于日本文学当时殊不注意”[②]。直到从日本留学回国以后，他也没有阅读多少日本的文学作品。周作人初期虽和鲁迅一样，但他还

① 鲁迅：《自题小像》，《鲁迅全集》（第 7 卷），人民文学出版社 1981 年版，第 423 页。

② 周作人：《关于鲁迅之二》，钟叔河编订《周作人散文全集》（第 7 卷），广西师范大学出版社 2009 年 4 月版，第 446 页。

是介绍了不少日本的诗歌，后来专门注重日本的平民文学，从而走上了翻译日本近代文学、古典文学名著之路。

一、翻译思想的演进过程

应该说真正把日本文学译介给中国读者的是鲁迅和周作人。十分有趣的是，他们二位最初翻译的也是西方文学，鲁迅还借助日文转译了东欧文学作品。周氏兄弟留学日本的数年间，并没有翻译日本的文学作品，但他们买了许多日本书是确实的。周作人对日本文学的翻译严格算起来应该是从五四运动以后开始的，他译的第一篇小说是江马修作的《小小的一个人》，发表在《新青年》杂志 1918 年 12 月 15 日的第 5 卷第 6 号上。1920 年 8 月出版的周作人翻译短篇小说集《点滴》，又把这篇唯一的日本短篇小说收了进去，这是周作人翻译日本文学的开始。江马修是日本岐阜县人，生于 1889 年，他并不是日本很有名的作家。他中学没有读完便到东京的神田区役所当临时工，后又到水道局制图系工作，很快他喜欢上了文学，并有机会投到夏目漱石门下，与武者小路实笃、千家元磨等白桦派作家接近，出版了短篇小说集《诱惑》等。周作人把当时二十八九岁的日本作家的小说翻译出来的目的，可能主要考虑的是思想内容，他在江马修那里找到了某些共鸣。江马修的小说主要表现的是青春、爱与苦恼的人道主义思想，而当时的周作人自己正执笔写《人的文学》《平民的文学》等文，他也以人道主义为武器向旧文学宣战。他在译文前面写了这样一段话："这一篇从江马氏小说《寂寞的路》（Sabishiki Mitshi，1917）中译出。本名 Tshiisai Hitori，用英文译不过是 A Little One 的意思，译作汉文却很为难，变成了那六个生硬的字了。江马氏是新进作家，有人道主义的倾向。此外，有长篇小说《受难者暗礁》两种，又有《爱与憎》，也是短篇小说集。"

周作人翻译日本文学的主导思想，和他此前的介绍弱小民族文学的宗旨是一致的。他当时也深受梁启超的文学影响，认为文学可以改良思想、补助文明，借他山之石以更新国人的精神："异域文术新宗，自此始入华土。使有士卓特，不为常俗所囿，必将犁然有当于心。按邦国时候，籀读其心声，以相度神思之所在。则此虽大海之微沤欤，而性解思惟，实寓于此。中国译界，亦由是无迟暮之感矣。”①

鲁迅对日本文学的关注，开始并不像周作人那样有兴趣。因为他当时深受梁启超等学者的影响，过分强调翻译的功利作用，意在改变国民的思想。因此，他严格地选择意在暴露社会黑暗、争取民族再生、唤醒国人精神的外国进步文学作品，他力图把血和泪的文学介绍给国人。令他激动的是那种浪漫派的“摩罗”诗人，他希望通过异国的刺激，使国人猛醒；在提倡新文艺中，他力图用全新的内容和形式来代替林纾影响给翻译界的陈旧风气。因此他当时的目光是向着激动于民族危亡的东欧的，正如日本学者竹内实所言：“鲁迅对日本文化的评价不甚高。他既未曾选择日本文化作为自己的研究对象，也未曾从一位文学家的立场对日本文学表示关心。”“这跟他弟弟周作人是个鲜明的对比。”②虽然鲁迅从 1913 年 5 月始就翻译上野阳一的教育心理学论文，但他对日本文学的翻译应从 1919 年 8 月译武者小路实笃的剧本《一个青年的梦》算起，紧接着于同年他又开始翻译有岛武郎的小说《与幼小者》。对于前者，鲁迅认为书里的话自己“自然也有意见不同的地方”，但他看完这书以后，“很受些感动，觉得思想很透彻，信心很强固，声音也很真”③。至于后者是鲁迅在写作了《我们现在怎样做父亲》两日后读到的，他认为具有人道主义思想的有岛在小说中“很有许多好的话”④。鲁迅是以一种开放的眼光来看日本文学的，他认为只要好，只要于中国有利就要“拿来”，为我所用。这两篇作品中的人道主义思想、令人感到震撼的语言，一定使他觉得会对当时的中国产生作用，所以他

① 鲁迅：《〈域外小说集〉序言》，《鲁迅全集》（第 10 卷），人民文学出版社 1981 年版，第 155 页。

② 竹内实：《鲁迅的日本文化、文学观》，《鲁迅研究动态》第 11 期，1986 年。

③ 鲁迅：《〈一个青年的梦〉译者序》，《鲁迅全集》（第 10 卷），人民文学出版社 1981 年版，第 192 页。

④ 鲁迅：《随感录六十三》，《鲁迅全集》（第 1 卷），人民文学出版社 1981 年版，第 362 页。

才急于翻译出来，虽然他不是专门关注日本文学的中国作家。这一时期的鲁迅几乎和周作人一样，都是有目的地翻译日本的文学作品，因此他们兄弟可以相互交流，相互配合。

渐渐地周作人关心起日本的俳句、诗歌和平民文学来，这和他留日期间广泛接触平民的生活不无关系。周作人有意识地将日本的诗歌介绍给中国的读者。1921 年 8 月《新青年》第 9 卷第 4 号上发表了他的《杂译日本诗三十首》，10 月 23 日的《晨报副刊》上又发表了《日本俗歌八首》的译诗，同年 12 月他还译出了《日本俗歌四十首》，第二年发表在《诗》第 1 卷第 2 期上。从留日期间起，周作人就十分喜爱日本的俳句，他对俳句中所表达的“诙谐的意思”“幽玄闲寂的禅趣味”和“用俗而离俗”[①]的表现方式很感兴趣。我们知道，从 1919 年至 1923 年，周作人还以新诗人的姿态出现在现代文坛上，他的新诗集《过去的生命》中的作品都是在此时写成的。

他再三声明自己“不是个诗人”[②]，他只不过是为新诗坛凑凑热闹，待有新的诗人出来他便告退。我想对他日本诗歌俳句的翻译也应如是观，这是他为发展中国新诗所做的“拾柴”工作的一部分，同时也是为以后的翻译界提供一种依据和经验。他在发表所译诗歌的同时，还对日本诗歌从历史到形式进行分析，指出其中的长处与缺陷。他说：“日本文学中既有短歌俳句川柳这几种诗形，民谣中又有几种，可以算得颇多了；明治时代新兴了新体诗，仍以五七调为本，自由变化，成了各种体裁；又因欧洲思想的影响，发生几种主义的派别，因此诗歌愈加兴盛了。新体诗的长处，是表现自由，可以补短诗形的缺陷。以前诗有文语两种，现在渐渐口语诗得了势，文章体的诗已少见了。这诗歌两种虽形式有异，却并行不悖，因诗人依了他的感兴，可以拣择适于表现他思想的诗形，拿来应用，不致有牵强的弊。譬如得了一种可以作和歌的感兴，做成短歌，固很适合；倘使这思想较为复杂，三十一个字中放不入，那便作成诗，

---

① 周作人：《知堂回想录·俳谐》，香港三育图书文具公司 1980 年 11 月版。

② 周作人：《〈过去的生命〉序言》，岳麓书社 1987 年 7 月版。

自然更为得宜。与谢野晶子的几种《歌话》中论及诗歌，便是这样说法，不以短歌为惟一表现实感的文学：我以为很是切当。”①

显然，此时的周作人是十分强调所译作品的内容的。重视作品的平民性和为人生的目的，这是他前期译作的一个主要特色。就是译介日本小林一茶那种优美的传统俳句时，他也能从更深层次体会出其中的人生味道。他这样评价说：“一茶的诗，叙景叙情各方面都有，庄严的句，滑稽的句，这样那样，差不多是千变万化，但在这许多诗的无论那一句里，即使说著阳气的事，底里也含著深的悲哀。这个潜伏的悲哀，很可玩味。如不能感到这个；便不能说真已赏识了一茶的诗的真味。将一茶的句，单看作滑稽飘逸的人，是不曾知道一茶的人。”②

早在1921年，周作人就译过石川啄木的短歌。他当时看重的是啄木诗歌中在内容上注重“生活的表现”，在形式上“起了革命，运用俗语”，而所有这些在当时都是新的日本和歌作家所不敢做的。周作人正是从贴近生活大胆革新的角度选中了啄木，尽管只活了27岁的啄木的诗有许多幼稚之处，但周作人毫不在乎。直到晚年周作人才发现自己的问题，他说：“日本的诗歌无论和歌俳句，都是言不尽意，以有余韵为贵；惟独啄木的歌我们却要知道他歌外附带的情节，愈详细的知道便愈有情味。所以讲这些事情的书，在日本也很出了些，我也设法弄一部分到手，尽可能的给那些歌做注释，可是印刷上规定要把小注排在书页底下，实在是没有地方，那么也只好大量的割爱了。啄木的短歌当初翻译几首，似乎也很好的，以至全部把它译出来的时候，有些觉得没有多大意思，有的本来，反似乎没有什么可喜了。”③

从鲁迅翻译介绍的日本作家来看，他的着眼点主要在日本的近现代作家。为什么如此呢？他一定是从这些日本作家的作品中，看到了一种正视现实的勇气和精神。鲁迅在翻译日本作家的作品时随

① 周作人：《日本的诗歌》，《小说月报》第12卷第5号，1921年5月10日。

② 周作人：《日本诗人一茶的诗》，《小说月报》第12卷第11号，1921年11月10日。

③ 周作人：《知堂回想录·我的工作五》，香港三育图书文具公司1980年11月版。

意性很强，他似乎并不在意名家的名篇或是代表作，只要他认为好，对读者会产生作用他就翻译。比如夏目漱石的作品，鲁迅译的是《挂幅》和《克莱喀先生》，对于《我是猫》这样幽默性的代表作品并没有去翻译。前两篇小说反映出一种人间性，作者贴近普通人的日常生活，反映一种世态人心的余裕美。有人说，鲁迅是翻译了夏目的《克莱喀先生》勾起了自己的记忆，创作了《藤野先生》；也许是因为想起了藤野先生，才有意翻译了《克莱喀先生》，“或者这两种因素都有而交织在一起”[①]。这个分析是很有道理的，从中我们可以看出作为翻译家的鲁迅那种强烈的个性。鲁迅自己这样说：“夏目的著作以想象丰富，文学精美见称。早年所作，登在俳谐杂志《子规》上的《哥儿》《我是猫》诸篇，轻快洒脱，富于机智，是明治文坛上新江户艺术的主流，当世无与匹者。”[②]可见鲁迅并非不知道夏目的名篇代表作，而是他的选择方向不同罢了。

1923年，周作人与鲁迅合译的《现代日本小说集》由商务印书馆出版。据《民国时期总书目》证实，这是现代中国出版的第一册日本小说的译著。

该书收录了日本15位作家的30篇作品，鲁迅翻译了夏目漱石、森鸥外、有岛武郎、江口换、菊池宽、芥川龙之介等6人的11篇作品，由此他开始注意白桦派作家。周作人翻译了国木田独步、铃木三重吉、武者小路实笃、长与善郎、志贺直哉、千家元磨、江马修、佐藤春夫、加藤武雄等9位作家的小说共19篇。

从这些小说本身来说，它们大部分并不是这些作家的成名作或代表作，但作品中多描写下层社会的生活、儿童的心理、人间的不幸等。也许正是这些才引发了周作人和鲁迅的兴趣，因为他们当时的译学理论是：“不相信艺术上会有一尊或是正统……我们生活的传奇时代——青年期——很受了本国的革命思想的冲激；我们现在虽然几乎忘却了《民报》上的文章，但那种同情于‘被侮辱与被损害’

---

① 孙席珍：《鲁迅与日本文学》，《鲁迅研究》第5辑。

② 鲁迅：《〈现代日本小说集〉附录》，《鲁迅全集》（第10卷），人民文学出版社1981年版，第216页。

的人与民族的心情，却已经沁进精神里去；我们当时希望波兰及东欧者诸小国的复兴，实在不下于章先生的期望印度。直到现在，这种影响大约还很深，终于使我们有了一国传奇的异域趣味；因此历来所译的便大半是偏僻的国度的作品。”[①]这册《现代日本小说集》虽不是“偏僻的国度的作品”，但却是当时日本作家的较为“偏僻”的作品。这也是他们提倡人道主义工作的一部分，鲁迅、周作人自己是这样认为的。因此当他们把日本的现代作品介绍给中国的读者时，说这些紧贴生活的“现代的作品似乎还稍重要一点”[②]。他们十分看重这些作品的现代性，也许正是这种眼光促使他们去选择。鲁迅和周作人在提倡文学的开始，都是深受梁启超影响，把翻译也看作是改良社会的工具的。所以，周氏兄弟有一种使命感。而他们比梁启超看得更全面之处还在于：他们更重视译著的文学性，借“他山之石”以发展自己；他们十分明确地指出，要学习日本的“模仿别人”方式，对中国的创作、翻译进行“改革”。周作人 1918 年 4 月 19 日在北京大学文科研究所小说研究会的讲演中，再三强调的一段话很值得重视，这是他正式发表日本文学译著前的译学理论，是他前期日本文学翻译的指导思想，显然也是他和鲁迅共同协商的观点。他说：

> 中国讲新小说也二十多年了，算起来却毫无成绩，这是什么理由呢？据我说来，就只在中国人不肯模仿不会模仿。因为这个缘故，所以旧派小说，还出几种；新文学的小说就一本也没有。创作一面，姑且不论也罢；即如翻译，也是如此。除却一二种摘译的小仲马《茶花女遗事》、托尔斯泰《心狱》外，别无世界名著。其次司各得迭更司还多，接下去便是高能达利哈葛得白髭拜无名氏诸作了。这宗著作，果然没有什么可模仿，也决没人去模仿他；因为译者本来也不是佩服他的长处所以译

① 周作人：《〈理代小说译丛〉第一集序言》，商务印书馆 1922 年 5 月版。
② 周作人：《翻译文学书的讨论》，《小说月报》第 12 卷第 2 号，1921 年 2 月 10 日。

他；所以译这本书者，便因为他有我的长处，因为他像我的缘故。所以司各得小说之可译可读者，就因为他像《史》《汉》的缘故，正与将赫胥黎《天演论》比周秦诸子，同一道理。大家都存着这样一个心思，所以凡事都改革不完成。不肯自己去学人只愿别人来像我。即使勉强去学，也仍是打定老主意，以“中学为体，西学为用”。学了一点，便古今中外，扯作一团，来作他传奇主义的《聊斋》、自然主义的《子不语》，这是不肯模仿不会模仿的必然的结果了。我们要想救这弊病，须得摆脱历史的因袭思想，真心的先去模仿别人。随后自能从模仿中，蜕化出独创的文学来，日本就是个榜样。照上文所说，中国现时小说情形，仿佛明治十七八年时的样子；所以目下切要办法，也便是提倡翻译及研究外国著作。①

鲁迅翻译日本小说是借鉴其中的精华成分，为使中国的创作出现一些新的气象。鲁迅喜欢白桦派的清新自然的感染力、人道主义的同情心，以及创作中带有的那种眷恋凄怆的气息；他在江口涣那里看到了复仇主题，在菊池宽的小说中又发现了胜利者的悲哀和人间的嗜杀性；在芥川龙之介的作品中又找到那种阴冷和以恶报恶的暗示。鲁迅认为日本文学家有正视现实的勇气和描写上的新方法，但是他同时也注意到了日本文学中的问题，这就是消极的武士道思想。可以说鲁迅翻译这些作品时，他的心理是颇为矛盾的：他一方面从中看到了日本文学家的才智，一方面又看到了一些自傲和他不喜欢的东西；他一方面觉得不少的小说在技巧上的出奇制胜，同时又发现一些描写上的不合理因素。这正和他后来写《藤野先生》时的情感是一致的：他一方面感觉着作为弱国国民的沉重压力，一方面又感受着藤野先生的关爱。正如我们理解鲁迅要从藤野身上发现那种超越国籍的“真的人”一样，我们从他翻译的日本文学作品中也可能追寻那种“真的文学”。可惜的是我们的这种寻找常常会笼罩

① 周作人：《日本近三十年小说之发达》，《新青年》第5卷第1号，1918年7月15日。

着浓重的委屈和悲剧的阴影。

对于后来鲁迅为什么不再翻译日本的文学作品，而转入文学理论，说法不一，有政治的、思想的、社会的等各种原因，但他确实走了和周作人完全相反的另一条路。鲁迅的翻译思想转变是后来的事情。

周作人慢慢扭转了这种利用翻译直接为现实服务的译学理论，转向了对名著的翻译，也就是他所说的“为书而翻译”[①]。这一转变的过渡标志便是对日本古典文学《古事记》的翻译。

他初译《古事记》时，以前的那种译学理论还依稀可见。他说：

> 我译这《古事记》神代卷的意思，那么在什么地方呢？我老实说，我的希望是极小的，我只想介绍日本古代神话给中国爱好神话的人，研究宗教史或民俗学的人看看罢了。普通对于这种东西有两样不同的看法，我觉得都不很对，虽然在我所希望它来看的人们自然不会有这些错误。其一是中国人看神话的方法。他们从神话中看出种种野蛮风俗原始思想的遗迹，——其实这是自然不过的事，他们却根据了这些把古代与现代溷在一起，以为这就足以作批评现代文化的论据……其二是日本人看神话的方法，特别是对于《古事记》。日本自己有“神国”之称，又有万世一系的皇室，其国体与世界任何各国有异，日本人以为这就因为是神国的关系，而其证据则是《古事记》的传说。所以在有些经国家主义的教育家炼制成功的忠良臣民看来，《古事记》是一部“神典”，里边的童话似的记事都是神圣的，有如《旧约》之于基督教徒，因为这是证实天孙的降临的。关于邻国的事我们不能像《顺天时报》那样任性的说，所以不必去多讲他，但这总可以说明，我们觉得要把神话看作信史也是有点可笑的，至少不是正当的看法。[②]

① 周作人：《苦口甘口·谈翻译》，《周作人自编文集》，河北教育出版社 2002 年版。

② 周作人：《〈汉译古事记神代卷〉引言》，《语丝》第 65 期，1926 年 2 月 8 日。

但到后来，他的这种观点又向前发展了，他告诉读者应把《古事记》——日本史册中所记述的最有系统的民族神话——“当作日本古典文学来看”，当作当时日本的一部传说集去看，那将是很有兴趣的。他说：“日本传说自有其特色，如天真、纤细、优美，但有些也有极严肃可怕的，例如第一三八节的仲哀天皇的仓促宴驾，即是一例。那是日本固有宗教的‘神道教’的精神，我们想了解日本故事以至历史的人所不可不知道，然而也就是极难得了解清楚的事情。”[①]周作人在此指出了名著对于了解一个国家的重要作用。

接着，周作人翻译了《狂言十番》《浮世澡堂》《平家物语》《枕草子》等日本古代名著。与此同时，他还以一个老翻译者身份，对译学理论和翻译工作发表了很多重要的意见，做出了一定的贡献。

周作人的这种由有目的翻译发展到对名著的翻译过程，表明了他作为一个翻译家的走向成熟；同时亦可看出他在译学天地里的摸索、彷徨与前进的轨迹。他强调名著不仅有“移情”的审美作用，而且不同国界的人们可以自如地交流；他还认为“有些杰作本是世界的公物，各人有权利去共享，也有义务去共学的，这在文明国家便应当都有翻译介绍，与本国有古典著作一同供国民的利用。……要读外国文学须看标准名作”[②]。

而鲁迅到了后来绝少翻译日本的文学作品，他的兴趣转向了苏俄文学和文艺理论，他还专门翻译了厨川白村的文学理论专著《苦闷的象征》和《出了象牙之塔》两本论文集。此外鲁迅是借助日文向读者介绍苏俄和西方的文学家的资料，而绝无日本小说的译著。我以为他的翻译也应和他的创作等同来看，因为他从事文学活动一开始，就是以为人生而且要改良这人生为目的；他翻译介绍外国文学，则是想借助外国的情形来刺激中国的人生，这是和他致力于改造中国国民性的理想相一致的。所以他从早期翻译介绍那些“立意

---

① 周作人：《〈古事记〉引言》，《古事记》，国际文化出版公司 1990 年 12 月版。

② 周作人：《苦口甘口》，《周作人自编文集》，河北教育出版社 2002 年版。

在反抗，指归在动作”[①]的摩罗诗人，发展到后来的翻译以《毁灭》为代表的苏俄文学，鲁迅始终是以一个改革家的精英知识分子姿态从事翻译和介绍外国文学工作的。到后来他把翻译比喻成给起义的奴隶偷运军火的工作，意在照亮中国的“暗夜”。他深情地说看了俄国和弱小国家的作品以后，“才明白了世界上也有许多和我们的劳苦大众同一运命的人，而有些作家正在为此而呼号，而战斗”[②]。他的翻译思想也更加切实，也就是作品要对中国的读者“有些有用”“有些有益”[③]才会动手来译的。陈福康先生在《中国译学理论史稿》一书中指出：鲁迅在他一生的最后十年里，“他又对翻译问题作了一系列非常精湛的论述，在当时整个翻译界的影响极大，并在中国译学理论史上建立了丰碑”[④]。

二、清新独特的翻译方式

对外国文学的翻译采取“直译”的手法，这是鲁迅和周作人首先提出来的。无论从当时还是在今天看来，这都是翻译手法的一次重要的革新。换句话说，正是周氏兄弟为中国翻译界在“信”上，开了风气之先；并用他们自己的翻译实践，为中国译文的忠实可信性奠定了基础。

众所周知，中国对于外国文学的翻译是从林纾开始的，正是众多的“林译”开了中国翻译史的先河。周作人曾经这样说：

> 老实说我们几乎都因了林译才知道有外国有小说，引起一点对外国文学的兴味，我个人还曾经很模仿过他的译文。他所译的百余种小说当然玉石混淆，有许多是无价值的作品，但世

---

① 鲁迅：《摩罗诗力说》，《鲁迅全集》（第 1 卷），人民文学出版社 1981 年版，第 63 页。

② 鲁迅：《英译本〈短篇小说选集〉自序》，《鲁迅全集》（第 7 卷），人民文学出版社 1981 年版，第 389 页。

③ 鲁迅：《〈思想·山水·人物〉题记》，《鲁迅全集》（第 10 卷），人民文学出版社 1981 年版，第 272 页。

④ 陈福康：《中国译学理论史稿》，上海外语教育出版社 1992 年 11 月版，第 405 页。

界名著实也不少：达孚的《鲁滨逊漂流记》，司各得的《劫后英雄略》，迭更司的《块肉余生述》等，小仲马的《茶花女》，圣彼得（St. Piene）的《离恨天》，都是英法的名作，此外欧文的《拊掌录》，斯威夫德的《海外轩渠录》，以及西万提司的《魔侠传》，虽然译的不好，也是古今有名的原本，由林先生的介绍才入中国。"文学革命"以后，人人都有了骂林先生的权利。但有没有人像他那样的尽力于介绍外国文学，译过几本世界的名著？中国现在连人力车夫都说英文，专门的英语家也是车载斗量，在社会上出尽风头，——但是英国文学的杰作呢？除了林先生的几本古文译本以外可有些什么！就是那德配天地的莎士比亚，也何尝动手，只有田寿昌先生的一二种新译以及林先生的一本古怪的《亨利第四》。我们回想头脑陈旧，文笔古怪、又是不懂原文的林先生，在过去二十几年中竟译出了好好丑丑这百余种小说，回头一看我们趾高气扬而懒惰的青年，真正惭愧煞人。林先生不懂什么文学和主义，只是他这种忠于他的工作的精神，终是我们的师，这个我不惜承认，虽然有时也有爱真理过于爱吾师的时候。①

虽然林译功不可没，但林琴南的翻译是用古文的意译，周作人认为文言译书不很费力而容易讨好，是对于译者有利的，他将此称之曰"为自己而翻译"②；针对这点，周作人提出了"为书而翻译"的革新观点，既然是要为书而翻译——把外国名著忠实地介绍给中国的读者，就应当使用白话文，翻译的方式最好是直译。这一重要见解是有一个发展过程的，周作人最先提出的是"对译"（即对照原文，忠实译出）③，后来又提出了"逐字译"④。直到20世纪20年

① 周作人：《林琴南与罗振玉》，《语丝》第3期，1924年12月1日。

② 周作人：《苦口甘口・谈翻译》，河北教育出版社2002年1月版。

③ 陈福康：《中国译学理论史稿》，上海教育出版社1992年11月版，第175页。

④ 周作人：《文学改良与孔教》，《新青年》第5卷第6号，1918年12月15日。

代初，他才正式提出了“直译”[①]，此后他一直坚持这一提法，并多次论及。我认为他在《苦口甘口·谈翻译》一文中，将这一思想发展到最成熟、最全面的阶段，他这样说：

> 据我看来，翻译当然应该白话文，但是用文言却更容易讨好。自从严几道发表宣言以来，信达雅三者为译书不刊的典则，至今悬之国门无人能损益一字，其权威是已经确定的了，但仔细加以分析，达雅重在本国文方面，信则是与外国文有密切的关系的。必须先将原来的文字与意思把握住了，再找适合的本国话来传达出来，正当的翻译的分数似应这样的打法，即是信五分，达三分，雅二分。假如真是为书而翻译，则信达最为重要，自然最好用白话文，可以委曲也很辛苦的传达本来的意味……我们于一九零九年译出《域外小说集》二卷，其方法即是如此，其后又译了《炭画》与《黄蔷薇》，都是在辛亥以前，至民国六年为《新青年》译小说，始改用白话文。文言译书不很费力而容易讨好，所以于译者有利，称曰为自己而翻译，即为此故，不过若是因为译者喜欢这本原书，心想介绍给大家去看，那么这是为译书而翻译了，虽然用文言译最有利益，而于读者究不方便，只好用白话文译去，亦正是不得已也。至于说到外国文这一边，那就没有几句话即可说了。我想在原则是最好是直接译，即是根据原书原文译出，除特别的例外在外，不从第二国语重译为是。

从中我们可以清楚地了解周作人的本意。

在翻译方法方面，鲁迅与周作人的观点是完全一致的，他后来回忆前期对于翻译方法的革新时举例说：“最好懂的自然是《天演论》，桐城气息十足，连字的平仄也都留心，摇头晃脑的读起来，真是音调铿锵，使人不自觉其头晕。这一点竟感动了桐城派的老头子

① 周作人：《〈点滴〉序》，北京大学出版部 1920 年 8 月版。

吴汝纶……，”[①]鲁迅和周作人在日本东京的时候，当时中国正在流行林译小说，林琴南的文言文确实很好，但是已颇懂外语的周氏兄弟发现误译很多，对此大感不满，为了纠正林译的毛病，他们才有《域外小说集》的翻译之举。此后他们兄弟二人合译了《现代日本小说集》，可惜的是他们翻译这一册书的时候，兄弟二人谁也没有写前言和后记，只是在附录中分别介绍了所译作家作品的简单情况。关于专门对日本文学的翻译手法问题，我们只能从他们零散的文章中去寻找。当然其他语种的翻译也可能说明他们的翻译理念和清新技巧。关于内容方面鲁迅采取的当然是一种全开放态势的“拿来主义”；在技法上鲁迅与周作人一致提倡“直译”，这里的直译就是将文章的本意直接地正确翻译出来，这是相对于胡乱求顺的“歪译”而言的。鲁迅历来主张翻译在于求真求实，也就是对于原著的忠实可信。他说：

> 说到翻译文艺，倘以甲类读者为对象，我是也主张直译的，我自己的译法，是譬如“山背后太阳落下去了”，虽然不顺，也决不改作“日落山阴”，因为原意以山为主，改了就变成太阳为主了。虽然创作，我以为作者也得加以这样的区别，一面尽量的输入，一面尽量的消化，吸收，可用的传下去了，渣滓就听他剩落在过去里，所以现在容忍“多少的不顺”，倒并不能算“防守”，其实也还是一种的“进攻”。在现在民众口头的话，那不错，都是“顺”的，但为民众口头上的话搜集来的话胚，其实也还是要顺的，因此我也是主张容忍，“不顺”的一个。”[②]

鲁迅的观点是原原本本表达外国作品里的意思，不能因为雅而改变了原意，又不能完全顺从纯大众的口语而没有了文采，这是一

---

① 鲁迅：《关于翻译的通信》，《鲁迅全集》（第4卷），人民文学出版社1981年版，第381页。

② 鲁迅：《关于翻译的通信》，《鲁迅全集》（第4卷），人民文学出版社1981年版，第383页。

种十分正确的翻译观。在这方面鲁迅与周作人有着惊人的一致。周作人说：

我的翻译向来用直译法，所以译文实在很不漂亮，——虽然我自由抒写的散文本来也就不漂亮。我现在还是相信直译法，因为我觉得没有更好的方法。但是直译也有条件，便是必须达意，需汉语的能力所及的范围内，保存原文的风格，表现原语的意义，换一句话就是信与达。近来似乎不免有大误会了直译的意思，以为只要一字一字地将原文换成汉语，就是直译，譬如英文的“Lying on his back”一句，不译作“仰卧著”而译为“卧着在他的背上”，那便是欲求信而反不雅了。据我的意见，“仰卧著”是直译，也可以说即意译，将它略去不译，或译作“坦腹高卧”以至卧北窗下自以为羲皇上人“是胡译”，“卧着在他的背上”这一派乃是死译了。古时翻译佛经的时候，也曾有过这样的事，如《金刚经》中“与大比丘众千二百五十人俱”这一句话达摩笈多译本为“大比丘众共半十三比丘百”，正是相同的例。在梵文里可以如此说法，但译成汉文却不得不稍加变化，因为这是在汉语表现力的范围之外了，这是我对于翻译的意见，在这里顺便说及，至于有些有天才的人不但能够信达雅，而且还能用了什么译把文章写得更漂亮，那自然是很好的，不过是别一问题，现在可以不多说了。①

周作人在翻译日本狂言时，还特别注重不同的版本，找来相互参照，并把自己认为最好的、最有趣味的拿来做底本，这种择优选取底本翻译的做法，在译学中无疑是很重要的。晚年时他还颇为得意地谈到了这种“择善而从”的经历：

狂言的翻译本是我愿意的一种工作，可是这回有一件事却

① 周作人：《〈陀螺〉序》，《语丝》第32期，1925年6月22日。

于无意中做的对了。这也是高兴的事。我译狂言并不是只根据最通行的《狂言记》本，常找别派的大藏流或是鹭流的狂言来看，采用有趣味的来做底本，这回看见俄译本是依据《狂言记》的，便也照样的去找别本来翻译，反正只要是这一篇就很好了。近来见日本狂言研究专家古川久的话，乃知道这样的办是对的，在所著《狂言之世界》附录二“在外国的狂言”中说：“据市河三喜氏在《狂言之翻译》所说，除了日本人所做的书外，欧译狂言的总数达于三十一篇，但这些全是以《狂言记》为本的。新加添的俄文译本，也是使用有朋堂文库和日本文学大系的，那么事情还是一样。只有中国译本参照《狂言全集》的大藏流，和《狂言二十番》的鹭流等不同的底本。”他这里所说的乃是《狂言十番》，我的这种译法始于一九二六年，全是为的择善而从，当时还并不知道《狂言记》本为不甚可靠也。[①]

周作人在翻译前搜集资料也是相当广泛的，他对日本的落语有着浓厚的兴趣，那种诙谐滑稽的文学形式，很为他所喜欢。在东京时他曾专门去看过落语的演出，把自己最喜欢的东西译成中文，是周作人认为最有趣味的事。但是，就日本落语而言，周作人改变了主意。他后来回忆说：

还有一种《日本落语选》，也是原来日本文学中选定了的书，叫我翻译的；我虽然愿意接受，但是因为译选为难，所以尚未能见诸事实。落语是一种民间口演的杂剧，就是中国的所谓相声，不过它只是一个人演出，也可以说是说笑话；不过平常说笑话大抵很短，而这个篇幅较长，需要十分钟的工夫，与说相声差不多。长篇的落语至近时才有记录，但是它的历史也是相当的悠久的，有值得介绍的价值。可是它的材料却太是不好办了，因为这里边所讲的不是我们所不大理解的便是不健康

① 周作人：《知堂回想录》，香港三育图书文具公司1980年11月版，第636-637页。

的生活。[①]

为了此书的翻译，他搜集了很多落语的材料，其中有讲谈社的《落语全集》（周作人有六册约一百篇）、今村信雄的《落语事典》、安藤鹤夫的《落语鉴赏》及《落语国绅士录》等。但是他还是觉得不好译，因为日本的落语对于中国的听众与读者毕竟距离太大，再加上内容中有不健康的东西，所以周作人毅然中止了翻译工作，结果仅写了一篇《关于日本的落语》的文章[②]。他的这种对读者负责的翻译态度是十分正确的，由于中日两国习惯风俗固多殊异，他不愿把那种吉原（公娼所在地）入门的讲义译出来，这也是有道理的吧。

周作人曾说过他有一种偏好，就是喜欢搞不是正统的关于滑稽讽刺的东西，他对日本的一些正经的大作渐渐没有了兴趣，他认为带有民间幽默智慧的《日本狂言》和《浮世澡堂》《浮世理发馆》等名著则更有意义，更显得精彩[③]。因此当他完成《日本狂言选》和《浮世澡堂》《浮世理发馆》的翻译后，他都表示过那是"一件高兴的事"，"在翻译中间也有比较觉得自己满意的"[④]。这种带有译者本人极大研究兴趣的翻译，可算得上是高层次的翻译工作。

鲁迅不但是一位翻译的实践家，而且是我国译学史上的翻译理论家。他再三强调翻译要以信为主，顺在其次，顺也是慢慢可以解决的。他曾实事求是地写道："但因译者的能力不够和中国文本来的缺点，译完一看，晦涩，甚而至于难解之处也真多；倘将仂句拆下来呢，又失了原来的精悍的语气。在我，是除了还是这样的硬译之外，只有'束手'这一条——就是所谓'没有出路'——了，所余

① 周作人：《知堂回想录》，香港三育图书文具公司 1980 年 11 月版，第 635 页。

② 岂明：《关于日本的落语》，《文汇报》（香港）1964 年 5 月 13 日；陈子善编：《知堂集外文·四九年以后》，岳麓书社 1988 年 8 月版，第 560 页。

③ 知堂：《八十心情》，《新晚报》（香港）1964 年 3 月 15 日。

④ 周作人：《知堂回想录》，香港三育图书文具公司 1980 年 11 月版，第 632-636 页。

的惟一的希望，只在读者还肯硬着头皮看下去而已。”[1]想不到的是，鲁迅坦诚无私的襟怀却遭到梁实秋的批评和讽刺，于是他写了《“硬译”与文学的阶级性》进行反批评。在这篇文章中鲁迅指出，语系相近的比较易于翻译，日本语和欧美很不相同，但日语逐渐添加了新句法，比起古文来，更宜于翻译而不失原来的精悍的语气；在寻找句法的线索和位置方面，日语和欧美语系逐渐接近了。为此他深刻地指出，“中国的文法，比日本的古文还要不完备”，因此翻译家就要做艰苦的工作，绝不能因为自己图“愉快”，或为工作“爽快”而不负责任地胡乱翻译。他还以自己的日译本举例说明什么是所谓的“硬译”，他说：“我的译《苦闷的象征》，也如现在一样，是按板规逐句，甚而至于逐字译的。”他当然希望中国有更好的翻译，他策略地认为在更好的翻译到来之前，为不失原作原意而下苦功夫的“硬译”也是可以存在的。这颇符合他的一贯思想，因为他曾说过，在新的先进武器发明之前，笨拙的毛瑟枪也还是可以使用的。在翻译上鲁迅还认为，根据具体情况有些作品可以重译。在20世纪30年代他写了多篇关于翻译的文章，在我国译学理论史上具有十分重要的意义，他的这些文章涉及了翻译问题的方方面面，有许多观点就是今天看来仍然是有相当指导作用的。

日文中使用的汉字很多，不了解其中意思的人认为日文容易，其实日文中利用的汉字和汉字的本意是不完全相同的。尤其对于使用汉字的中国人来说，这些日文汉字亦如同外国语，理解和体会起来更难，有时稍不注意就会闹出笑话，还不如不懂汉语的外国人译起来准确。周作人曾反复强调这一点，他深有感触地说：

> 我深感到日本文之不好译，这未必是客观的事实，只是由我个人的经验，或者因较英文多少知道一分的缘故，往往觉得字义与语气，在微细之处很难两面合得恰好，大概可以当作一

---

① 鲁迅：《〈文艺与批评〉译者后记》，《鲁迅全集》（第10卷），人民文学出版社1981年版，第298页。

个证明。明治大正时代的日本文学，曾读过些小说与随笔，至今还有好些作品仍是喜欢，有时也拿出来看，即以杂志名代表派别，大抵有保登登岐须、昂、三田文学、新思潮、白桦诸种，其中作家多可佩服，今亦不复列举，因生存者尚多，暂且谨慎。[①]

鲁迅与周作人的日文翻译之所以高出同时代其他人，倒不是因为他们在日本的时间长，而是因为他们个人独具的自身条件，也就是我们从译文中往往可以发现的他们的个性。许多人读了他们的日本文学译著后，大都为书中流露出来的那种既淡且浓的日本味道而惊叹不已，仿佛是很有品位的日本文人写作的纯熟的中文作品一样，让我们在感受日本文化的同时，还能分别体会出那种强烈的“鲁迅风”和淡雅的“知堂风”。鲁迅和周作人都多次说过翻译中有一半是再创作，译者既要与原作者产生共鸣，又要表达出与众不同的个性风格，并能把作者的特质很好地表达出来，这才是合格的翻译。

当我们将周氏兄弟的译学思想和翻译方式进行比较研究时，不仅能发现他们在翻译史上留下的宝贵遗产，而且还会感到全面提高我国翻译水平之路的任重道远。

作于一九九三年，时在日本信州大学执教中。

① 周作人：《知堂回想录》，香港三育图书文具公司1980年11月版，第710页。

鲁迅与周作人女性观之比较

周氏兄弟是“五四”新文化运动中思想启蒙的先锋，尤其是在女性的发现这一命题中，他们影响了一代知识分子。首先鲁迅关注的是对于“表彰节烈”的质疑，他还在“娜拉走后应怎样”的命题中，关注女性的经济地位同题；其次周作人则更深入地注意到女性身体问题，指出她们是和男性同样的人而又不一样的人，他时刻提醒人们要克服男性中心主义思想，并且从霭理斯的《性心理学》和《庄子》的“嘉孺子而哀妇人”中启发人们重视妇女问题。

周氏兄弟一直希望从性心理学的观点出发，研究女性问题，由此养成一种良好的精神。研究他们的启蒙业绩，可以寻觅女性解放运动在现代中国的初期发展脉络，进而追寻先行者的足迹，对于我们昭示未来可能会有一定的启示。

“五四”初期的那一代学人，为了对思想界产生冲击，在批判中国传统思想中的糟粕的同时，对妇女问题给予极大的关注。为打破中国封建传统中的“男尊女卑”，颠覆根深蒂固的传统社会思想，他们做出了很大的努力。

《新青年》从一创刊，就刊载了很多鼓吹妇女解放的文章，向读者介绍了德国 Maxo，ReLL 作《妇人观》《欧洲七女杰》《欧洲女子之选举权》日本小井光次的《女性与科学》等，还开辟了“女子问题”的专栏，集中传播现代西方女性主义理论和女性科学知识，其首推者是陈独秀。在陈独秀之后着力最深者当属周氏兄弟。他们对此问题的执着与探讨问题的深度，以及后来的创作实践，充分证明远远超越了同时代人。

一、鲁迅、周作人女性观述略

（一）鲁迅的女性观

首先，鲁迅的女性观来源于他个人的生活经历。

鲁迅在《南腔北调集〈关于妇女解放〉》一文中，曾经自谦地说他没有研究过妇女问题。其实在事实上他写过许多关于妇女解放的杂文和小说，他的女性观是与他的个人生活经历有着极大的关系的。

鲁迅一生中对其影响最大的四位女性是：祖母蒋氏、母亲鲁瑞、夫人朱安、爱人许广平；早期是祖母蒋氏，前期是鲁瑞和朱安，后期则是许广平。他参加“五四”新文化运动、写出振聋发聩的文章等，除了参与思想启蒙以外，也应是与他自己的生活有着极大的关系。他在小时候受其祖母影响最深，在他的作品里不止一次提到这位祖母，如《论雷峰塔的倒掉》和《狗猫鼠》中都有非常生动的记录。其次就是母亲鲁瑞，她出于好心给他包办了一桩极不相称的婚姻，这对于他的思想和心理都产生过很大的影响。所以鲁迅从日本回国后，对一切基本都抱着灰色的失望情绪，这种性格心理影响了他的创作。他最初是准备要陪着旧式妻子朱安和旧社会一起牺牲的，在《呐喊》中表达出无可奈何的悲哀，同时又从进化论的角度希望解放出孩子们。再次就是一位旧式妇女朱安，她与鲁迅维持着一段无爱的婚姻，用鲁迅的话说朱安是母亲送给他的礼物，他要好好地供养她。鲁迅开始是准备陪着朱安做一世的牺牲的，这个事实上的婚姻使双方都极其痛苦。最后就是许广平，他们由师生关系的相遇相知，到相互关心，在女师大事件和“三一八惨案”中转化为爱情，最终发展为“十年携手共艰危”[①]的婚姻生活。鲁迅的一些妇女论，相当多的内容是在写给许广平的书信中，这段事实上的婚姻，对于鲁迅后期的创作产生了积极的作用。对以上的四位女性直接、间接的记录，构成了鲁迅创作的一部分，他的女性观颇受这四位女性的

① 鲁迅：《题〈芥子园画谱三集〉赠许广平》，《鲁迅全集》（第 8 卷），人民文学出版社 1981 年版，第 379 页。

影响。

鲁迅谈论女性的第一篇文章，是发表在1918年8月15日《新青年》月刊第5卷第2号上的《我之节烈观》，针对当时社会表彰"节烈"，同时关注妇女的性道德问题，他尖锐地指出，中国几千年来的旧道德是压制女性的，"女应守节男子却可多妻的社会，造出如此畸形的道德，而且日渐精密苛酷的守节论：主张的是男子，上当的是女子"。这种道德纵容男子多妻，却苛求女子守节、殉烈。很显然中国自古以来，在男女问题上的道德标准是双重的、失衡的。鲁迅说："道德这事，必须普遍，人人应做，人人能行，又于自他两利，才有存在的价值"[①]。在此他对所谓道德提出了质疑。一个月以后，鲁迅又写了《随感录二十五》发表在下一期的《新青年》上。这篇文章从进化论的角度指出，中国人对孩子只注重"养"而轻视"教"，大多数的人只配称作"孩子之父"，而不是"人之父"；所有的孩子只是他父母福气的材料，并非是将来"人"的萌芽，中国人常常以"人口众多"自负，因此大部分人只是制造孩子的家伙，不是"人"的父亲，这个论点可谓惊世骇俗。他悲观地说："看十来岁的孩子，便可以逆料二十年后中国的情形；看二十岁的青年，……他们大抵有了孩子，尊为爹爹了，……便可以推测他儿子孙子，晓得五十年后七十年后中国的情形。"[②]在此他对所谓"道德"提出了质疑，这种观点在后来的文章中还有进一步的阐述。

写到这里，我觉得当时鲁迅的心情一定是很沉痛的，他根据中国轻视妇女的封建传统，还特别引用了奥地利仇视女性的作家华宁该尔（OttoWeininger），此人把女人划为两大类即"母妇"和"娼妇"，鲁迅说那么男人也可以分作"父男"和"嫖男"了。由此可知那时的鲁迅，认为中国大部分男人都是"孩子之父"，而绝对不是"人之父"。

我们了解一个作家，绝对不应当忽视作家本人的生活状态，不

---

① 鲁迅：《我之节烈观》，《鲁迅全集》（第1卷），人民文学出版社1981年版，第119页。

② 鲁迅：《随感录二十五》，《鲁迅全集》（第1卷），人民文学出版社1981年版，第295页。

能忽视家庭生活给他带来的影响。鲁迅的女性观是与他个人的生活经历密不可分的，尤其是我们读他的第三篇妇女论的文章就逐渐发现了这个问题。1919 年 1 月 15 日《新青年》第 6 卷第 1 号发表了鲁迅的《随感录四十》。在文章中作者说自己读到了一首新诗，那诗是这样写的："我是一个可怜的中国人。爱情！我不知道你是什么。""我年十九，父母给我讨老婆。于今数年，我们两个，也还和睦。可是这婚姻，是全凭别人主张，别人撮合：把他们一日戏言，当我们百年的盟约。仿佛两个牲口听着主人的命令：'咄，你们好好的住在一块儿罢！'"

鲁迅当时是在家里"枯坐终日"，毫无所感之时读到这首诗的，他写道："这是血的蒸气，醒过来的人的真声音。"毫无疑问这首诗给他带来了极大的震撼，他说："爱情是什么东西？我也不知道。中国的男女大抵一对或一群——一男多女——的住着，不知道有谁知道。""但在女性一方面，本来也没有罪，现在是做了旧习惯的牺牲。我们既然自觉着人类的道德，良心上不肯犯他们少的老的的罪，又不能责备异性，也只好陪着做一世牺牲，完结了四千年的旧账。"这里所表达的沉痛，不正是说他自己的现状吗？他接着写道："我们能够大叫，是黄莺便黄莺般叫；是鸱鸮便鸱鸮般叫。……我们还要叫出没有爱的悲哀，叫出无所可爱的悲哀。……我们要叫到旧账勾消的时候。旧账如何勾消？我说，'完全解放了我们的孩子！'"[①]读这篇文章之时，我们便可以想见，他当时对于自己旧式婚姻的态度，同时也可以理解，鲁迅创作《狂人日记》和《呐喊》中的诸篇小说时的心情。

在前期的文章中，鲁迅一贯反对封建传统对女性的种种歧视，他多次严厉批判中国传统中的"女人祸水论"，认为凡是失败的事情都是男子做的，但由于男性中心主义作怪，他们大约总是把错误推到女性身上去，在口诛笔伐中自己脱身；他深刻地指出女性地位的

① 鲁迅：《随感录四十》，《鲁迅全集》（第 1 卷），人民文学出版社 1981 年版，第 321-323 页。

不平等是由男人造成的，而痛骂女人的男人，在心理上往往都是不正常的变态。这是出于他对中国历史的深切了解，从而产生出来对于女性命运的深切同情。他在自己的小说、杂文中，多次写到身边发生的各种事情，从爱姑、祥林嫂到子君，从各种的节烈牌坊到上海的阿金，在他的笔下通过形象给我们带来的震撼，总是令人刻骨铭心、久久难忘。

其次，鲁迅的女性观还来源于其启蒙思想和社会价值观。

“五四”新思潮勃兴，特别是易卜生的译介在中国产生了极大影响。当时的大学生以读易卜生为时髦，各学校也时常上演易卜生话剧，特别是《玩偶之家》最为有名，“娜拉”为此时最被追捧的新女性形象。一时间女子“参政”或者“出走”，成为当时颇为时髦的词语。鲁迅应邀在北京女子高等师范学校作讲演时，专门谈了这个问题，此次演讲后来经鲁迅订正改为《娜拉走后怎样》的文章。鲁迅脚踏实地地指出，妇女解放问题在中国有着广泛的复杂性和特殊性。他认为中国的群众永远是戏剧的看客，而怀有理想或对未来充满希望的男女青年，在现实面前往往要碰壁，特别是女青年就更甚。他说：“娜拉走后怎样？……从事理上推想起来，娜拉或者也实在只有两条路：不是堕落，就是回来。”[①]鲁迅告诉青年除了觉醒以外，还要带些什么，也就是只身走人还不行，还要有使自己在社会上的生存能力，然后才可以发挥作用；依当时的中国社会，鲁迅觉得所有的人都做不到，因为没有经济权大家基本都是傀儡，更何况女青年学生了。所以他沉重地说：“钱，——高雅的说罢，就是经济，是最要紧的了。自由固不是钱所能买到的，但能够为钱而卖掉。人类有一个大缺点，就是常常要饥饿。为补救这缺点起见，为准备不做傀儡起见，在目下的社会里，经济权就见得最要紧了。第一，在家应该先获得男女的平均分配；第二，在社会应该获得男女相等的势力。可惜我不知道这权柄如何取得，单知道仍然要战斗；或者也许比要

---

① 鲁迅：《娜拉走后怎样》，《鲁迅全集》（第1卷），人民文学出版社1981年版，第159页。

就参政权更要用剧烈的战斗。”这是一篇很能够反映鲁迅当时思想的演讲，如果通读全文你就会发现，他在文中的一些思想观点，比如人生最痛苦的是梦醒了之后无路可走，比如中国的群众永远是戏剧的看客，比如中国的改革之困难等等，都是和《呐喊》小说所流露出的深意，有着惊人的相似之处。

他一贯的观点是鼓励女性走入社会，加入到大时代的洪流之中。但他比一般人深刻的地方在于：就是不断强调进入社会以后，也还是要坚持斗争。因为他从来不完全相信女子参政、受教育就是妇女解放，因为这些仅仅是极为有限的开始；他以敏锐的眼光看到许多的社会问题，指出就是海归回来的女校长也还是可以镇压女学生，而且更狠毒；新式的妇女在社会上依然受流氓和小报狗仔队的欺压，社会对于女演员的流言也是可以杀死人的；他强烈地斥责社会上的种种弊端，把流氓气、寡妇主义和国民性联系起来进行痛斥，呼吁只有在大时代中进行改革才行。他说：“这并未改革的社会里，一切单独的新花样，都不过一块招牌，实际上和先前并无两样。”[①]他认为在真的解放之前是战斗，第一步是为女性自己，然后就是不断地为解放思想、经济等等而战斗，为的是争取地位同等，消除叹息和苦痛。

在此鲁迅非常注重女性的经济权，他强调在社会上女性的经济权非常重要，在家庭内部女性的经济权尤其重要。这种观点完全是根基于他将妇女问题，放在人生的根本问题的大视野中，他是本着一贯的改造人、造就新的人的革新理念，同时又欣逢“五四”新的时代精神，他是在这个以启蒙为总目标的前提下，从社会观、家庭观等宏观层面来考虑妇女问题的。因此，尽管他的女性观尚不系统，但是在当时那样的社会面前，却是扎实的、前卫的同时也是振聋发聩的。

---

① 鲁迅：《关于妇女解放》，《鲁迅全集》（第4卷），人民文学出版社1981年版，第598页。

（二）周作人的女性观

周作人的女性观形成比鲁迅更为具体，他早期经常与乃兄讨论各种社会问题，共同关注妇女命运，在时代思潮的影响下以《新青年》为主要阵地，写出了许多关注女性的文章，逐渐形成了他的女性观。但是因为他读书既多又杂、一以贯之，长期进行这方面的探讨，所以他的女性观，既有现代的理论深度和科学态度，同时又显得完整而系统。

周作人似乎一生都在关心妇女问题，从 1904 年在《女子世界》第 5 期上发表的第一篇作品，到 1967 年去世，他写了大量的文字为女性代言，进而形成了他独特的女性观。他的一些思想在现代中国文学史、文化史和思想史上都是非常值得重视的。直到今天，对于我们仍然有着不可忽视的意义。统观周作人的女性主义思想，有以下几个特点：

首先，他的女性观是饱读中外古今书籍的结晶。

众所周知，周作人的阅读范围是非常宽泛的。随着他的人生经历，他看书买书遍及国内外，就是住在北京期间，也时常通过日本的丸善书店购书，而且根据日记统计，周作人每天的读书时间从不低于四至七小时。特别是西方文学及理论的阅读使他茅塞顿开、视野宽广，从希腊神话到各国文学作品，从先秦庄子到英国霭理斯的理论，逐渐形成了他的系统、健全的女性观。

1904 年，19 岁的周作人就用“吴萍云”的笔名，以女子的口吻写下了《说生死》一文，文中根据当时世界竞争局势，呼吁女子不要消磨意志于秋月春花与米盐琐屑之中；更以女子的心智呼吁国人记住历史、不怕牺牲，加强爱国感，为中国在世界上争一应有之地位。如果仅将此文当作是他早期为发表文章方便，而假托女性之名故不全面，这是他借女性之口表达心志当然也不错，其中的深意还应是他对女性的一种尊重，同时他认为女性之号召力可能更直接，也会给整个社会带来强烈的震撼。

在创作上，他十分注意国外描写女性的作品或是作品中的女性。

青年时代他就翻译了《阿里巴巴和四十大盗》这种阿拉伯小说

的章节，他将这篇小说的题目特意改成为《侠女奴》，可见其更重视小说中以女性为主人公的情节；此外他还将英星德夫人的《南非搏狮记》改译并创作成《女猎人》，并在《约言》中写道："因吾国女子日趋文弱，故组以理想而造此篇。过屠门而大嚼，虽不得肉，聊且快意耳。然闻之理想者事实之母，吾今日作此想，安知他日无是人继起实践之？有人发挥而光大之，是在吾姊妹。"[①]他在这篇《约言》中"假定书中主人翁为篆因女士"，为的是强调中国"必先无名之女英雄多，而后有名之英雄出"。这是一种呼唤，是一种以女性为主体的英雄呼唤。此外，他还在《女祸传》中代表女性狠批中国传统的"女人祸水论"观点，指出唐宋以来的"女祸"论流毒万祀，破国丧家、人间罪恶均让女性承当是极不公正的，所以女祸论是罗织之词，应该彻底推倒。这种振聋发聩的妇女论，在当时有着重要的影响力。

1907年周作人以"独应"的笔名，在《天意报》上发表了《妇女选举权问题》一文。他根据芬兰有19位女人当选为国会议员之事，明确指出："则吾女子欲有所为，正可知所自勉。顾比者女子为学，仍以物质为宗，冤哉！"其实在周作人看来，女子更应注重在精神方面的觉醒。他还在《妇学商兑》一文中强调女子教育之重要，并大赞："教育大势，趋于实际。今社会之所需者，不在一二女杰，而为多数之贤母良妻，以奠家庭教育之基。窃意今之妇学，当以教养之事为本，辅之技工，以求合于实用。进之艺文，以陶淑其性真，庶其有用。"

回国后不久，周作人即参加《新青年》的编辑工作，在该杂志征集关于"女子问题"讨论的文章时，周作人适时翻译了日本女诗人与谢野晶子的《贞操论》，这是一篇在当时引起很大震动的文章，原文的题目是《贞操有着道德以上的尊贵》。翻译了此文以后，周作人又在同期的《新青年》上写了《贞操论译记》一文，指出："女子

---

① 周作人：《女猎人·约言》，《周作人集外文》（上集），海南国际出版中心1995年版，第6页。

问题，终竟是件重大事情，须得切实研究。”他还说自己确信这篇文章中所表现的，纯是健全的思想，是阳光和空气，对于中国的现状确实有益。但是他同时指出也应看到“那些衰弱病人，或久住在暗地里的人，骤然遇着新鲜的气，明亮的光，反觉极不舒服，也未可知”[①]。他强调说，翻译这篇文章就是因为《新青年》征集“女子问题”的文章几个月来却寂然无声了，他发表此文为的是引起人们的重视，增加自身的痛切实感，让大家都来关心过问这个当前十分重要的问题。

此后他又在《新青年》第5卷第4号上发表文章，介绍凯本德（Edward Carpenter）的《爱的成年》，他指出：“女子解放问题，久经世界识者讨论，认为必要；实行这事，必须以女子经济独立为基础，也是一定的道理。但有一件根本上的难题，能妨害女子经济的独立，把这问题完全推翻：那就是生产。”[②]他认为在研究妇女解放的同时，还要注意女性自身特点，并从霭理斯那里找出关于女子生产是应尽的社会义务，同时应享有社会特权的理论依据，这种尊重科学知识的介绍在当时意义非常重大。同时他还讲了介绍凯本德的初衷，为的是在将来的社会上，能够养成一种以自由与诚实为本的理想的新生活，借以改善两性的关系。

在普及性科学方面，周作人最重视的是英国思想家、科学家、作家和文学评论家霭理斯的理论。霭理斯的理论可以说自“五四”以来，影响了周作人的一生。他把霭理斯的理论和中国古代庄子的“嘉孺子而哀妇人”有机地结合起来，为社会启蒙宣传，为女性的命运呼吁。

如果把周作人的观点和霭理斯的理论进行比较，可以做出一篇很有深度的论文，我们在此要说的当然远远不止这些。直到晚年他还在《知堂回想录》中说：“性的心理，这对于我益处很大，我平时

① 周作人：《〈贞操论〉译记》，《周作人集外文》（上集），海南国际出版中心1995年版，第269页。

② 周作人：《爱的成年》，《周作人文类编·上下身》，湖南文艺出版社1998年版，第6页。

提及总是不惜表示感谢的”，“性的心理给予我们许多事实与理论”，他说霭理斯的话“我顶喜欢，觉得是一种很好的人生观”，霭理斯的文章：

> 独具见识，都不是在别人的书中所能见到的东西。我曾说，精密的研究或者也有人能做，但是这样宽阔的眼光，深厚的思想，实在是绝不易得。事实上当然因为有了这种精神，所以做得那性心理研究的工作，但我们也希望可以从性心理养成一点好的精神，虽然未免有点我田引水，却是很诚意的愿望。由这里出发去着手于中国妇女问题，正是极好也极难的事，我们小乘的人无此力量，只能守开卷有益之训，暂以读书而明理为目的而已。[①]

他认为性心理学可以培养向上的人生观，也就是好的精神，以此来普及科学知识，借此坚持“五四”新文学和新文化的传统。

虽然他的妇女论大部分是从霭理斯那里来的，但因其读书甚多，如弗洛伊德、弗勒尔、勃洛赫、斯妥布思、弗莱泽、鲍耶尔、凡特维尔特等西方理论家的著述均有涉及，再就是性心理学、文化人类学、医学史与妖术史等科学知识的结合，使他的文章高屋建瓴、如虎添翼，超出了同时代的人。

究其根源，周作人是以“人的发现”为始，在此基础上又前进一步，走入女性的发现的。五四运动以来，中国的思想界一下子前进了好几个世纪。周作人曾说：“西洋在十六世纪发见了人，十八世纪发见了女性，十九世纪发见了儿童，于是人类的自觉逐渐有了眉目。”[②]而中国的思想界是在五四运动以后才开始紧追西方，几乎是同时发现了人、女性和儿童的，在这方面介绍得最多、最著者当首推周作人。此外他还根据掌握的各种理论和科学知识结合社会问题，

---

① 周作人：《知堂回想录》，香港三育图书文具公司 1980 年版，第 692-696 页。

② 周作人：《苦茶随笔·〈长之文学论文集〉跋》，《周作人自编文集》，河北教育出版社 2002 年版，第 68 页。

适时地发表各种看法，写了许多文章，在其全部散文中占有相当大的比例，许多文章都是振聋发聩、影响深远的。

其次，他的女性观来源于生活经历。

周作人青少年时代的生活经历，和鲁迅几乎相同但又有所不同。他们的父亲死得早，兄弟都是在母亲身边长大，其母鲁瑞的刚毅性格与宽厚为人，对周氏兄弟都有影响。一个人童年的生活经历，往往是其文化的摇篮。周作人在家的时间比鲁迅要长一些，尤其是他曾去杭州陪同祖父住过一段日子，因此对于家庭生活细节的了解，要比鲁迅为多。对于祖母的记忆，对于母亲的生活与老嫂的间接照顾，对于日本妻子、妻妹的谦让等等，都让周作人的平实生活经历，增加了繁杂的内容。

周作人曾记录了祖父对祖母大不敬的一件事，给读者的印象极为深刻。那是他的祖父出狱后不久，家里中年妇人因打牌受人挑唆使祖父大怒，祖父不便当场发作，叫他过去训斥以后，突然提到了祖母。周作人记录道："至于对了祖母，则是毫不客气的破口大骂了，有一回听他说出了长毛嫂，含糊的说了一句帷隐语，那时见祖母哭了起来，说你这成什么话呢？就走进她的卧房去了。我当初不很懂，后来知道蒋老太太的家曾经一度陷入太平军中，祖父所说的即是那事，自此以后，我对于说这样的话的祖父，便觉得毫无什么威信了。"[①]这大概是他所经历的女性受封建礼教欺压、羞辱最为震惊、最为直接的一件事情。他的祖母家乡进了太平军，这期间祖母既没有投河又没有跳井自杀，活着就是她一生的最大耻辱，其表现就是不断地被祖父以此说事、进行羞辱。这件事对周作人影响很大，从此他对于祖父改变了看法。随着年龄的增长他对此认识逐渐加深，在前期的文章中也曾间接提起过，直到1950年5月26日，他还在《亦报》上专门写了一篇散文《祖母的一生》，可见此事对其影响之大之深。

他的母亲亲历了周家从小康堕入困顿的全过程，丈夫死后按照遗愿将孩子送往国外读书。勤勉而教子有方、刚毅而有胆识，平日

---

① 周作人：《知堂回想录》，香港三育图书文具公司1980年版，第67页。

喜欢读书自遣。“古今说部，无所不读。又读阅报章，定大小新闻数种读之，见所记多单调虚假，辄致愤慨。关心时事安危，时与儿辈谈论，深以不能再见太平为恨。”这是周作人在《先母行述》中的一段话，他注重其母鲁瑞的性格，将其看成是一个不寻常的女性。在周作人的眼里，母亲是个很有思想和品位的人，这一点与鲁迅的观点完全相同。

周作人曾经写过一篇近似于纪实的散文《初恋》。在这篇文章中，他记录了一个姓姚的“三姑娘”。他当时在杭州陪着祖父和宋姨太住在花牌楼，正处在性的萌发时期，为邻居“姚三姑娘”所吸引，只要姚三姑娘抱着猫一到，他就努力地把字写得好一些；说是初恋，解释成含混模糊的单相思也可以。而宋姨太却与姚三姑娘不睦，曾憎恨地说：“阿三那小东西，也不是好东西，将来总要流落到拱宸桥去做婊子的。”一个如此清纯的少女被人诅咒至此，当然对于青少年时代的周作人震动很大，他曾发誓：“她如果真是流落做了婊子，我必定去救她出来。”[①]虽说此时还处于混沌的朦胧阶段，但这可以说是周作人关心女性问题之起始。

奇怪的是周作人很少写和日本夫人羽太信子的恋爱、结婚等生活回忆，我们在他的日记中只是找到一些他在日本初恋的记录，可对象并不是羽太信子。那是另外一位日本的下女，名叫“乾荣子”，周作人对此人印象极好，不知为何没有发展成为婚姻；他在梦中数次与该人相见，日记中记载了他每每因此“怅然而醒”。1934 年 7 月周作人曾携全家赴日本探亲，这期间他还到位于东京江之岛的乾荣子旧居去过一次；后来他的一些文章发表时，使用的笔名是“子荣”，难怪羽太信子有时发癔症无端吵架，说周作人有外遇。

此外他对于社会事件的关心，也是来源于亲身感受和刺激。比如“三一八”惨案，他的学生刘和珍、杨德群牺牲以后，他写了好几篇文章赞扬中国的女子的英勇，这些我将在下一部分里细谈。

对于女孩子的教育，他有着自己的独特想法。他借一篇通信这

① 周作人：《初恋》，《周作人文类编·八十心情》，湖南文艺出版社 1998 年版，第 28 页。

样写道："我苦心的教育她们，给她们人生的知识和技能，可以和谐而又独立地生活；养成她们道德的趣味，自发地爱贞操，和爱清洁一样；教她们知道恋爱只能自主地给予，不能买卖；希望她们幸福地只见一个丈夫，但也并不诅咒不幸而知道几个男子。我的计画是做到了，我祝福她们，放她们出去，去求生活。"[①]这是一种开放的、现代的教育方式，令人惊奇的是，这是1925年2月他在文章中就提出来了，我们不能不感叹他的前卫。还有更先进的思想，他接着写道："我的长女是二十二岁了（因为她是我三十四岁时生的），现在是处女非处女，我不知道，也没有知道之必要，倘若她自己不是因为什么缘故来告诉我们知道。我们把她教养成就之后，这身体就是她自己的，一切由她负责去处理，我们更不须过问。便是她的丈夫或情人——倘若真是受过教育的绅士，也决不会来问这些无意义的事情。"这可以看作是周作人的性道德观，也是他一贯强调的那种健全的、符合人情物理的性道德。

有论者把上面的话看作是周作人真的说的是其长女，我以为这是理解得太坐实了。这是他最为大胆的告白，但是在当时他应该也必须有所顾忌。首先他的这篇文章署名为"鹤生"，并不是他常用的笔名；其次他在文中有所遮掩，说自己的长女22岁，自己已经56岁了，文中说"因为她是我三十四岁时生的，大家知道周作人写这篇文章的时候是41岁，并非文中所云56岁，而他的长女在当时也不是22岁。他这样说无非是为了引起读者的重视，让人们尊重科学，养成一种良好的生活观，同时对作者的胸襟产生真实的亲近感。当然这种直抒胸臆的表白，也代表了他那时的思想。

二、周氏兄弟女性观相同处之比较

周氏兄弟的女性观有许多相似之处，同时也有不同的方面；将此论题进行比较研究，应该是一件十分有意义的事情。他们兄弟早

① 周作人：《谈虎集·抱犊固通信》，《周作人自编文集》，河北教育出版社2002年版，第281页。

期合作很多，后来虽互不联系，观点也各有阐释，但在精神层面上，我们可以发现他们的观点有许多看似相近却有不同、看似不同而又相近的特点。

早期周氏兄弟先后留学日本，深受进步报刊影响，共同为《天义报》《河南》等报刊写文章，后来到北京又一起给《新青年》《新潮》《语丝》等杂志写稿件，因此在思想上有很多共同点。早期的女性观相同之处甚多，总结起来有如下几点。

（一）同情女性命运，关注女性启蒙

早在1904年初，鲁迅就从东京给周作人邮寄书刊杂志，其中就有《生理学粹》。后来鲁迅改学医学，全面系统地接触到现代医学知识，对于生理学、人体组织学理论、解剖学和伦理学都有深入的了解。第二年春天，鲁迅翻译了美国科幻小说家路易斯·托仑的《造人术》，发表于《女子世界》第4、5期合刊上。小说介绍了美国波士顿理化大学伊尼他教授献身学术，在实验室制造人芽以益人利世的故事。当时的周作人也正在把他翻译的《侠女奴》《山羊图》《女猎人》先后寄给《女子世界》。他们兄弟都是利用翻译来普及科学知识，在相同的杂志上发表之目的，是向女界普及科学知识和文学兴趣。

1905年年底，鲁迅在东京度过了一个假期，据学者研究，那个假期他听了秋瑾的演说，非常激动，从而加速了弃医从文的步伐；当然他也接触了许多反清革命领袖。1906年再回仙台的时候，鲁迅对上医学课就开始消极，直到出现幻灯事件后退学（此事下面再作详论）。回到东京他们兄弟开始关心文学活动，有了一起讨论的机会。后来周氏兄弟先后回国，在浙江和绍兴教育界影响与贡献甚大。到了北京以后正值“五四”文学新潮风劲，时代给了他们发挥自己的知识与学识的机会，《新青年》又适时地为他们提供了展示才华的阵地。

在女性解放的论题上，周氏兄弟一致的地方是都在为女性争取经济权呼吁，认为女性如果一味地依靠男性，就很难有自我的独立和人格。他们在一些回忆文章中还谈到幼年时的长妈妈、祖母、母亲等身边女性，对她们均给予了极大的同情和尊敬。在鲁迅的小说中塑造了各式各样的女性人物形象，她们的喜怒哀乐表现着鲁迅的观点与倾向。引人注意的是，这些人物都在后来的周作人那里得到了相似的解读，并且进行了观点一致的纵深阐释。

对于封建专制、封建道德和封建文化对女性的压迫与歧视，周氏兄弟都是一致反对并及时给以抨击的。比如对于表彰节烈的虚伪、对于娼妓制度的批判，他们在文章中的观点是非常一致的。只要我们翻开鲁迅的《我之节烈观》《娜拉走后怎样》《我们现在怎样做父亲》和一些在《新青年》上发表的《随感录》等，那些脍炙人口的经典论述即刻会跃然纸上；与此同时周作人写的《妇女选举权同题》《中国小说里的男女问题》《资本主义的禁娼》等等，也都是与其长兄遥相呼应，许多相同或近似的观点令人感到如出一辙。

关于爱情与婚姻的启蒙，我们能在他们的文章中找到意思近似的话。鲁迅说：在中国，“人人对于婚姻，大抵先夹带着不净的思想。亲戚朋友有许多戏谑，自己也有许多羞涩”，因此他呼吁要加强“爱”，他认为远离了交换关系的爱，才是人伦的“纲”[①]。周作人则认为：“恋爱有官能道德的两种关系，所以一方面是性的牵引，一方面是人格的牵引。倘若没却了他人的人格，只求自己的情欲的满足，那便不能算是恋爱，更不能是自由恋爱了。”[②]这既是普及科学知识，同时又是一种社会道德启蒙。

在了解科学性知识、理解女性的问题上，周氏兄弟也是相当一致的。鲁迅说：“自然，在生理和心理上，男女是有差别的。”周作人则认为：女性是和男人一样的人，又是不一样的人。因为鲁迅有医学知识，而周作人读书无数。当然作为“五四”时期的那一代人，除了民主的追求以外，还有他们对于科学知识的重视，也就是陈独秀所说的重视两个轮子，他们是两条腿走路的。

---

① 鲁迅：《我们现在怎样做父亲》，《鲁迅全集》（第1卷），人民文学出版社1981年版，第133页。

② 周作人：《贞操论·附答蓝志先生》，《周作人文类编·上下身》，湖南文艺出版社1998年版，第432页。

周氏兄弟同时又都反对那种表面上的厌女主义的中外伪道学家。周作人说过：“曾见一个老道学家的公刊笔记，卷首高谈理气，在后半的记载里含有许多不愉快的关于性的暗示的话”鲁迅也曾说过，“叔本华先生痛骂女人，他死后，从他的书籍里发见了医梅毒的药方；还有一位奥国的青年学者，我忘记了他的姓氏，做了一大本书，说女人和说谎是分不开的，然而他后来自杀了。我恐怕他自己正有神经病。”这种撕下假面还其本相的论述，在文字运用上都相差不多。

对于中国的多妻不良风习，周氏兄弟都持相同的批判态度。鲁迅说：“现在的社会，一夫一妻最为合理，而多妻主义，实能使人群堕落。堕落近于退化，与继续生命的目的，恰恰完全相反。无后只是灭绝了自己，退化状态的有后，便会毁到他人。”[1]周作人在他论文学的文章中，接着鲁迅的命题这样写道：“如有多数女子仰慕一个男子，本是一件难处理的问题，中国却可以一把抓来，全配给一个人，成一段佳话。”[2]这无疑是一个封建道德的“大团圆”，因此周作人沉痛地写道：“这种道德真可谓绝无仅有了。”

1923年6月《晨报副刊》发表了张竞生的文章《爱情的定则与陈淑君女士事的研究》，提出爱情四项定则：爱情是有条件的；爱情是可比较的；爱情是可变迁的；夫妻有如朋友，离散在所难免。张竞生的文章一发表就遭到普遍非议，由此展开了一场有关“爱情定则”的讨论。周氏兄弟对此一直给予关注，虽然后来他们对张的评价有所变化，但在当时还是给予支持的。鲁迅认为张的文章自己很佩服，如果要作文的话也可能和他差不多；周作人则更是为张竞生解围，在关键时刻写文章给予帮助，他为此写了好几篇文章，充分肯定张竞生论述的科学性、前瞻性，指出张的《美的人生观》中含有不少好的意思。

① 鲁迅：《我们现在怎样做父亲》，《鲁迅全集》（第1卷），人民文学出版社1981年版，第139-140页。

② 周作人：《中国小说里的男女问题》，《周作人文类编·上下身》，湖南文艺出版社1998年版，第436页。

（二）对女性爱国热情和牺牲精神的赞叹

鲁迅对于秋瑾一向十分敬重，他钦佩秋瑾的爱国热情。1905 年寒假，鲁迅回东京参加了在富士楼召开的中国留学生抗议日本政府颁发《清国留学生取缔规则》的大会。就是在那次会上，秋瑾主张留学生集体回国。据周作人回忆："但老留学生多不赞成，以为'管束'的意思虽不很好，但并不限定只用于流氓私娼等，从这文字上去反对是不成的，也别无全体归国之必要。这些人里边有鲁迅和许寿裳诸人在内，结果被大会认为反动，给判处死刑。大会主席就是秋瑾女士，据鲁迅说她还将一把小刀抛在桌上，以示威吓。"[①]近来有论者研究说，自那次在东京参加的会议并度过了寒假以后，鲁迅再次回到仙台医专，他的医学笔记就不是从草稿誊写到笔记本上，而是随意写画在笔记本上的了，以后出现不交作业甚至逃课，直至发展到最后的退学，可见鲁迅的弃医从文与此次会议也很有关系。[②]秋瑾就义时鲁迅正在东京，他对于秋瑾的死极其震惊，出席了追悼秋瑾、徐锡麟的大会。

在后来的文章中鲁迅反复提到秋瑾，说"秋瑾女士，就是死于告密的，革命后暂时称为'女侠'，现在是不大听见有人提起了"[③]；"想到敝同乡秋瑾姑娘，就是被这种劈劈拍拍的拍手拍死的"[④]；"轩亭口离绍兴中学并不远，就是秋瑾小姐就义之处，他们常走，然而忘却了"[⑤]；"秋瑾女士也有一句，'秋雨秋风愁煞人'，然而还雅得不够格，所以各种诗选里都不载，也不能卖钱"[⑥]。

鲁迅的这些话都是说给当时的中国人听的，批评国人的健忘症，

---

① 周作人：《知堂回想录》，香港三育图书有限公司 1980 年版，第 145 页。

② 坂井建雄：《解剖学研究者所看到的鲁迅课堂笔记》，《第二届厦门大学鲁迅国际学术研讨会"中日视野下的鲁迅"会议手册》，2009 年 9 月厦门大学，第 80 页。

③ 鲁迅：《论"费厄泼赖"应该缓行》，《鲁迅全集》（第 1 卷），人民文学出版社 1981 年版，第 273 页。

④ 鲁迅：《通信》，《鲁迅全集》（第 3 卷），人民文学出版社 1981 年版，第 446 页。

⑤ 鲁迅：《病后杂谈之余》，《鲁迅全集》（第 6 卷），人民文学出版社 1981 年版，第 189 页。

⑥ 鲁迅：《病后杂谈》，《鲁迅全集》（第 6 卷），人民文学出版社 1981 年版，第 167 页。

指出要牢记辛亥革命的历史经验，怀念先烈，居安思危，告诫人们不要忘了秋瑾。为此鲁迅还特意写了一篇小说《药》，来纪念秋瑾。

秋瑾在东京演讲时，周作人还在绍兴，他正在办理出国留学的手续。那时 22 岁的他似乎还不知道这些；1906 年秋瑾回国曾到南京，周作人见过秋瑾一面；后来他去日本留学，而秋瑾转年因武装起义失败而壮烈牺牲。周作人在日本似乎没有为此专门写过文章。

40 多年以后，周作人在回忆文章和解读鲁迅世家与小说的书籍中，才多次谈到了秋瑾。他说："我只见过她一面，这是她归国来的时候，当时不从杭州直接回去，却来南京一转，我就在那里会见了她。"此外他解读鲁迅的小说《药》时，再次提到了秋瑾，说："革命成功了六七年之后，鲁迅在《新青年》上发表了一篇《药》，纪念她的事情，夏瑜这名字很是显明的，荒草离离的坟上有人插花，表明中国人不曾忘记了她。"并再三证实鲁迅的这篇小说即是为纪念秋瑾而作。并在《鲁迅小说中的人物》一书的第十三章中，专门谈到秋瑾，叙述中他强调的是以秋瑾为人物原型的真实性。

1926 年 3 月 18 日，北洋军阀政府开枪屠杀徒手请愿的爱国学生，女师大刘和珍、杨德群等惨遭杀害，酿成 40 余人死亡的惨案。"三一八"惨案发生后，周氏兄弟都是非常悲痛；特别是刘和珍、杨德群的惨烈牺牲，对他们的影响和刺激极大。鲁迅写了著名的《记念刘和珍君》《可惨与可笑》《淡淡的血痕中》等文章，表达他的愤怒与悲哀。周作人写了《可哀与可怕》《关于三月十八日的死者》《新中国的女子》等文章表示他的沉痛和哀悼。

在鲁迅对于刘和珍的纪念与回忆中，一直反复强调着"始终微笑的和蔼的刘和珍君"这样的句子。他写道："始终微笑的和蔼的刘和珍君确是死掉了，这是真的，有她自己的尸骸为证；沉勇而友爱的杨德群君也死掉了，有她自己的尸骸为证；只有一样沉勇而友爱的张静淑君还在医院里呻吟。当三个女子从容地转辗于文明人所发明的枪弹的攒射中的时候，这是怎样的一个惊心动魄的伟大呵！中国军人的屠戮妇婴的伟绩，八国联军的惩创学生的武功，不幸全被这几缕血痕抹杀了。"在文中鲁迅反复强调刘和珍、杨德群的惨死，给读者以强烈的刺激。同时也表达出他的义愤和沉痛，这种愤怒用鲁迅的表达方式是“尤使我觉得悲哀”“我已经出离愤怒了”，这“出离”的愤怒，是不能仅只用“愤怒”二字可以表达的，是比愤怒更加一层的愤怒。

他写了这段著名的话：“真的猛士，敢于直面惨淡的人生，敢于正视淋漓的鲜血。这是怎样的哀痛者和幸福者？然而造化又常常为庸人设计，以时间的流驶，来洗涤旧迹，仅使留下淡红的血色和微漠的悲哀。在这淡红的血色和微漠的悲哀中，又给人暂得偷生，维持着这似人非人的世界。我不知道这样的世界何时是一个尽头！”

接着他悲哀而又慷慨地说：“我目睹中国女子的办事，是始于去年的，虽然是少数，但看那干练坚决，百折不回的气概，曾经屡次为之感叹。至于这一回在弹雨中互相救助，虽殒身不恤的事实，则更足为中国女子的勇毅，虽遭阴谋秘计，压抑至数千年，而终于没有消亡的明证了。倘要寻求这一次死伤者对于将来的意义，意义就在此罢。”[①]鲁迅说，包括他自己在内的“我们还在这样的世上活着”，他自己向来是“不惮以最坏的恶意来推测中国人的”，然而他这一次竟然感到有出于意料的意外：“一是当局者竟会这样地凶残，一是流言家竟至如此之下劣，一是中国女性临难竟能如是之从容。”在此鲁迅还点名批判陈源之类的教授，指出在现实面前，反衬出他们说闲话、播流言的可恶至极。

周作人也是在沉痛中先写出悲惨，他说：“我只见用衾包裹好了的两个人，只馀脸上用了一层薄纱蒙着，隐约可以望见面貌，似乎都是很安闲而庄严地睡着。刘女士是我这大半年来从宗帽胡同时代起所教的学生，所以很是面善，杨女士我是不认识的，但我见了她们两位并排睡着，不禁觉得十分可哀，好像是看见我的妹子，——不，我的妹子如果活着已是四十岁了，好像是我的现在的两个女儿的姊姊死了似的，虽然她们没有真的姊姊。当封棺的时候，在女同

---

① 鲁迅：《记念刘和珍君》，《鲁迅全集》（第 3 卷），人民文学出版社 1981 年版，第 277 页。

学出声哭泣之中，我陡然觉得空气非常沉重，使大家呼吸有点困难，我见职教员中有须发斑白的人此时也有老泪要流下来，虽然他的下颌骨乱动地想忍住他也不可能了。”[①]评人推己，首先让读者感到一种朴素的亲情和无尽的沉痛，其次随之而来的是设身处地的悲愤，在这情感的内层透露的是人道主义的关怀。

接着他在文章中赞叹：“从种种的方面看来，女子对于革命事业的觉悟与进行必定要比男子更早，更热烈坚定，因为她们历来所身受的压迫也更大而且更久。”“但我相信中国革命如要成功，女子之力必得占其大半。有革命思想的男子容易为母妻所羁留，有革命思想的女子不特可以自己去救国，还可以成为革命家之妻，革命家之母。这就是她们的力量之所在。”[②]周作人在痛斥当局的残忍的同时还对其帮凶——所请“流言家”的卑劣一同批判，写出了《陈源口中的杨德群女士》，他还将中国女子与男子进行比较，说中国的男子“不十分有生气，不十分从容而坚韧，那是无可讳言的”。

从行文和情绪上看，周氏兄弟的文章在情感上都是非常相似的。在题目上也多有不谋而合处，比如鲁迅写了《可惨与可笑》，周作人则写了《可衷与可怕》；在批判的锋芒上，他们也是如出一辙，比如对北洋政府的传声筒陈源的批判，他们兄弟一起将其比作“流言家”“下劣”“阴险的人”“人头畜鸣”等，仿佛是商量好了似的；难怪陈源等人也常常把他们兄弟两人放到一起来攻击。

虽然此时的周氏兄弟实际上已经不再联系，但是在重大问题上依然保持着原来的一致性。

（三）批判封建传统对女性的轻视

对于封建传统轻视女性观点，他们也有很多一致的论述。

鲁迅对于孔子“唯女子与小人为难养也。近之则不逊，远之则

---

① 周作人：《关于三月十八日的死者》，《周作人文类编·中国气味》，湖南文艺出版社 1998 年，第 342 页。

② 周作人：《新中国的女子》，《周作人文类编·上下身》，湖南文艺出版社 1998 年版，第 329 页。

怨”[1]的论调非常反感。他说，这是女性所受的儒家以及后来的道学先生们“男性的轻蔑”。鲁迅指出：这也是孔夫子的唠叨甚而至于侮辱，同样“这也是现在的男子汉大丈夫的一般叹息。也是女子的一般的痛苦。在没有消灭养和被养的界限以前，这叹息和苦痛是永远不会消灭的”。从孔子的话中，鲁迅读出了一个古老的命题，这就是女子没有经济权，处在“被养”的地位。他深刻地指出：“要别人养，就得听人的唠叨，甚而至于侮辱。”孔子的话对于鲁迅主张妇女一定要有经济权，在某种意义上产生一种反作用也说不定。因此他强烈地呼吁：“一切女子，倘不得到和男子同等的经济权，我以为所有好名目，就都是空话。自然，在生理和心理上，男女是有差别的；即在同性中，彼此也都不免有些差别，然而地位却应该平等。必须地位同等之后，才会有真的女人和男人，才会消失了叹息和苦痛。”[2]

鲁迅向来对于孔夫子不大尊敬，这主要是人生道路的选择不同。孔子一生立志在于做官，也就是进入体制内，通过进入最高统治集团来实现自己的理想；而鲁迅选择的是通过文艺来改变中国人的精神，他曾说过唯有民魂才是最伟大的。他认为孔子是被统治集团捧起来的思想家，而他自己正是绝望于孔夫子及孔门之徒才出国留学的。孔子的治国方略都是给权势者想出来的办法，都是为了治民众的，所以鲁迅对此大不以为然。

在封建道德层面上，鲁迅更是反对孔夫子的忠孝节义那一套，尤其是孔夫子的女性观，是他批判的重点，他时刻警惕自己并告诫其他的中国人，注意不知不觉而变为“奴隶”或者是“奴隶的奴隶”。在小说《祝福》中，他给我们塑造出祥林嫂形象，其揭示得最为痛苦的还是精神层面的东西。他十分精辟地总结说，中国人的生存状态一直在这样的圈子里循环，它就是：“一、想做奴隶而不得的时代；

---

① 《论语·阳货》，《中华精典藏书·论语》，中华书局2016年1月版。

② 鲁迅：《关于妇女解放》，《鲁迅全集》（第4卷），人民文学出版社1981年版，第598页。

二、暂时坐稳了奴隶的时代”。[①]

为了更形象地有根据地说明问题，鲁迅也是善于从中国古代作品中寻找实例。

周作人虽然也是读孔子之书成长起来的，但是他接受过现代教育的熏陶，在对待以孔子为代表的封建女性观上，他特别强调革新与科学。他针对中国轻视女性的种种时弊，从西方理论家那里找说法，对于旧的封建道德观始终持批判态度。

周作人经常是将儒教、道教与佛家轻视女子的论调，放在一起来批判的。他在一篇读书笔记中说：“儒教轻蔑女子，还只是根据经验，佛教则根据生理而加以宗教的解释，更为无理，与道教之以女子为鼎器相比其流弊不相上下。我想尊重出家的和尚，但是见了主张有生即是错误而贪恋名利，标榜良知而肆意胡说的居士儒者，不禁发生不快之感，对于他们的圣典也不免怀有反感，这或者是我之所以不能公平的评估这本善书的原因罢了。”[②]他从《欲海回狂》中找到了古代的性教育之理论，即“不净观”。

周作人以科学的眼光强调指出，古代的性教育是把人的身体看成“一袋粪”和“污秽”，这是科学不发达的结果，它的要害是从根本上除掉了爱欲的“倒行逆施”。因此他提倡“净观”，就是要用现代的科学眼光、以纯净和干净的心理，来对待恋爱与婚姻。他非常反对视恋爱为游戏的态度，他时常从中国古代的文学作品中找根据，然后再从世界文学中找出人性化的范例，由此形成鲜明而强烈的对照，让读者读了他的文章耳目一新。

比如他在《人的文学》中，就把中国的《九尾龟》与俄罗斯作家库普林的《火坑》进行比较，他说其中的不同之处，就是要注意著作者的态度，他指出：这两本书中作者的态度完全不一样，一个是赏玩的，另一个是同情的，哪个是“人的文学”便不言自明了。

对于中国古代的性道德，周作人基本上是持否定态度的。他对

① 鲁迅：《灯下漫笔》，《鲁迅全集》（第1卷），人民文学出版社1981年版，第213页。

② 周作人：《雨天的书·读欲海回狂》，《周作人自编文集》，河北教育出版社2002年版，第183-184页。

于《白话丛书》里收录《女诫注释》表示反感。指出将来读经潮流到来之时，说不定还会改登《女儿经》，因为这“一定很中那些权威老爷们的意，待多买几本留着给孙女们读，销路不愁不广”[①]。当年胡适与梁启超倡导国学的时候，周作人对于女性读书还是有自己的看法，他说：“我们现在不再相信古人的一言一行足以为我们终生的准则。这个准则要我们自己去定才行，而且方法则在参考自然与人生的现象，临时决定。倘若没有这个准则便直撞进文书的宝库里去，虽然见到古人留下的许多绫罗锦绣，却没有拿着尺，慌忙的拿起一件长袍套在身上，不但拖曳可笑，还不免绊跌斤斗。近来胡适之梁任公诸先生都指导青年去读国学书——凡是书都可以读的，所以我不想反对他们，但是总怀着不相干的杞忧，生怕他们进去了不得出来。”[②]他的本意是先让女青年读科学知识，在读书中发展个性。他还说“班昭《女诫》实为《女儿经》之祖母，不值得尊崇”[③]。

此外，周作人还非常善于借助中外古今的各种书籍，来倡导他的进步女性观。他博览群书，举起例子来犹如囊中取物、信手拈来、一目了然，显得很有说服力。在论及性与婚姻问题上，他所列举的文学科学作品就有《爱的成年》《结婚的爱》《爱的创作》《欲海回狂》《呵色欲法》《香园》《爱的艺术》《性教育的示儿编》《性的心理》《初夜权》《男化女》《刘香女》《男人与女人》《情波记》《双节堂庸训》《眉山诗案广证》《秋胡戏妻》《钗头凤》《越妓百咏》《艳史从编》等等。除了这些专门的读书笔记与评论以外，在其他文章中偶有所涉及的文章也很多，统计起来简直就不胜枚举。

三、周氏兄弟女性观相异处之比较

周氏兄弟的女性观，相异之处也是颇多的，这来源于他们兄弟

① 周作人：《与友人论性道德书》，《周作人文类编·上下身》，湖南文艺出版社 1998 年版，第 55 页。

② 周作人：《女子的读书》，《周作人文类编·上下身》，湖南文艺出版社 1998 年版，第 325 页。

③ 周作人：《关于孟母》，《周作人文类编·上下身》，湖南文艺出版社 1998 年版，第 349 页。

的生活态度、读书情况、思想感情和情绪成分，仔细比较起来，差别可能有以下几点。

（一）对杨荫榆的批判态度不同

1924年秋，北洋政府任命杨荫榆为女师大校长，由于其强势专横激起学生们的反感，最终酿成学潮。在女师大事件中，周氏兄弟虽然都站在进步学生一边，批判的矛头也都是对准封建军阀政府、对准章士钊和帮凶教授陈源等，但是每当涉及女性的时候，比如女师大校长杨荫榆，就表现出了态度的明显不同。

鲁迅对于杨荫榆的了解一方面是他自己的所见所闻，另一方面则是来自许广平的介绍和述说。批判当然是毫不客气的，他写了很多文章，对杨的批判充满情绪且毫不留情。他虽然尊重女性，但是对于一旦有权有势就欺压学生的教育官僚，无论男性女性他都是坚决批判。他写的《忽然想到（七）》是批杨荫榆之始，在文章中他这样说："我还记得中国的女人是怎样被压制，有时简直并羊而不如。现在托了洋鬼子学说的福，似乎有些解放了。但她一得到可以逞威的地位如校长之类，不就雇用了掠袖擦掌的打手似的男人，来威吓毫无武力的同性学生么？"对于杨荫榆以"整饬学纪"为名对学生横加干涉、无情打压的行径，鲁迅怒斥为"寡妇主义"，在此他不惜侮辱杨氏的人格。

他为批杨荫榆，在《寡妇主义》一文中，特别有意创造了一个词就是"拟寡妇"，他说，所谓"拟寡妇，是指和丈夫生离以及不得已而抱独身主义的"。他批判杨荫榆对学生们的家长式管理，是精神不正常，加之杨荫榆一直独身，鲁迅从精神分析层面指出杨精神必然有问题，这显然在批评文章中超越了底线。他指出："至于因为不得已而过这独身生活者，则无论男女，精神上常不免发生变化，有着执拗猜疑阴险的性质者居多。"他还以欧洲中世纪的教士、日本御殿女内侍和中国历代的宦官为例，说："那冷酷险狠，都超出常人许多倍。别的独身者也一样，生活既不合自然，心状也就大变，觉得世事都无味，人物都可憎，看见有些天真欢乐的人，便生恨恶。尤其是因为压抑性欲之故，所以对于别人的性底事件就敏感，多疑；

钦羡，因而妒嫉。”这种批判虽是愤激，但人身攻击的味道可谓至极。在《论“费厄泼赖”应该缓行》一文中，他还将杨荫榆与出卖秋瑾、王金发的“谋主”同等看待。他说“这人（指绍兴地主章介眉）现在已经寿终正寝了，但在那里继续跋扈出没着的也还是这一流人，所以秋瑾的故乡也还是那样的故乡，年复一年，丝毫没有长进。从这一点看起来，生长在可为中国模范名城里的杨荫榆女士和陈西滢先生，真是洪福齐天。”①他在这里的这种嘲讽真是非常厉害的，笔尖所过之处如同秋风落叶，一概而论、株伐过当，而且竟然还按照行政职位论人，把杨荫榆排在陈源的前面，痛斥不可谓不激烈。

他还在《“碰壁”之后》中讽刺杨荫榆的《致全体学生公启》的文告，因为这文告中有“须知学校犹家庭，为尊长者断无不爱家属之理，为幼稚者亦当体贴尊长之心”。今天看来这话除了思想上旧一点儿以外，基本上没有什么大错；但由于杨荫榆对于进步学生一向采取高压手段，引起鲁迅反感，所以他就找出理由批判。他写道，自己看了这公启“就恍然了，原来我虽在学校里教书，也就等于在杨家坐馆，而这阴惨惨的气味，便是从冷板凳里出来的”。“坐馆”是指旧时的家庭教书先生，他在此把杨荫榆主政的女子师范大学，比喻成杨氏的家庭私人学校，揭露了杨荫榆以婆婆自居，把学生当成童养媳的凶狠气势，其中的激愤与讽刺意味跃然纸上。

在女师大事件过程中，鲁迅始终态度激进、立场坚定、旗帜鲜明，他把批判的矛头除对准教育总长章士钊以外，就是对准了杨荫榆，正因为她是一校之长，所以就不管她是否为女性。从一个方面来看，我以为这也是鲁迅超越性别的一种胸襟，他对于批判对象往往是不看性别的，这在当时中国独特的国情里，应当被看作是对论敌的一种尊重。鲁迅以他独特的思维模式，常常能够跳出游戏规则，给论敌以致命一击。在他所写的不少文章中，许多题目本身就很有针对性。如《女校长的男女梦》《寡妇主义》等。当陈源等人主张维

① 鲁迅：《论“费厄泼赖”应该缓行》，《鲁迅全集》（第1卷），人民文学出版社1981年版，第273页。

持所谓“公理”的时候，鲁迅毫不动摇反讽说这些人表面上是满口“公理”，而实际上则是“满心婆理”。他在给许广平的信中，就将杨荫榆直呼为“杨婆子”。杨荫榆还在《京报副刊》上刊载了《本校十六周年纪念对于各方面之希望》中说：“窃念女子教育为国民之母，久成定论，本校且为国民之母之母，其关系顾不重哉？”鲁迅高于一般人的地方在于，他把这篇文章看作是杨荫榆要想当学生的婆婆之证据。

此外，鲁迅还讽刺杨荫榆的古文不通。杨荫榆曾经在《晨报》上，发表《对于暴烈学生之感言》。文中说：“荫榆夙不自量，蓄志研求，学笈重洋，教鞭十稔。”杨荫榆在这里说的“重洋”，既有出国远渡，又可解为她曾经到过美国和日本两个国家之意，但是用在和“十载”对仗上，就显得不通了。鲁迅在给许广平的书信中对此加以讽刺，他说：“此后不准再来道歉，否则，我‘学笈单洋，教鞭17 载’，要发杨荫榆式的宣言以传布小姐们胆怯之罪状了。”[①]这里当然有对许广平调侃的戏言，但对于杨荫榆的不屑与厌烦之表述可谓淋漓尽致。

我以为当时的鲁迅虽身在教育部任职，但同时又在女师大兼课，以他的为人和独特性格，当然有同情弱者和支持进步学生的一面；但同时他又与许广平接触颇多、互存好感，逐渐发展感情，正进入前恋爱阶段或恋爱阶段，而被杨荫榆开除的六位学生之中就有许广平，所以此事引起他的气愤应该是可以想见的。

周作人也在女师大事件中写了不少文章，无疑他支持女师大的学生，但杨荫榆也是女性，不仅当时，就是现在女性做大学校长也是凤毛麟角，因此他在文章中就不能不有所顾忌。女师大事件中，周作人总是把批判的矛头对准章士钊，对准帮闲刘百昭和陈源。就是到了非批判杨荫榆不可的时候，也是有所保留，许多时候都是以章士钊为主打对象，将杨荫榆排在其后。这是一个很有意思的现象。

---

① 鲁迅：《两地书（三三）》，《鲁迅全集》（第 11 卷），人民文学出版社 1981 年版，第 98 页。

周作人在《女师大的学风》中，对杨荫榆多有批评，但这种批评显得很冷静，比如他说："女师大的风潮早已发生，杨先生却不适当解决，始终以为少数人的行动，想用釜底抽薪的旧方法使风潮消灭于无形，这第一步就走错了。其结果当然是自此更为多事，反对者更激愤而直接行动。"这些话都是当然的事实，口气是中性的，随后他这样说："女师大既有此种趋势，无论实在的原因何在，校长不能不负其责，即不能适当地解决风潮而反使学风变坏之责任，当及时引退，先消除学生会互讦的丑态（目下尚未出现），然后等后任校长对于学校加以适宜的整顿。"这种对于校长杨荫榆的批评完全是就事论事，后面的话简直就是给学校当局出主意了。接着他又这样写道："杨先生因解决自身进退问题不得法而反引起有害教育前途的现象，不能不说是很可惜的错误。为学校计，为学风计，为校长计，我愿对于杨先生上劝退之表，不知能及时容纳否？"这里的话没有多少批判的意思，反而增加了不少的同情之心，至少在态度上完全是中性的。他还再三强调自己与杨荫榆的进退"毫无利害关系，本无干预之必要"[①]等等，也就是说他与杨荫榆丝毫也没有个人的恩怨，他完全是站在中间人的立场，因为他自己也是浙江人，并且在女师大任课，并且是站在公正的立场上说话。他写了《勿谈闺阃》一文，这可能是批杨荫榆最为严厉的文章了。杨荫榆开除许广平、刘和珍等六名学生，用的理由不是品性不良而是反对校长，同时又以宣传品性问题为口实，真是双管齐下把学生搞臭。但周作人批评的主要方面在于"借了道德问题想引起旧社会之恶感以压倒敌人"的做法，他认为"这是极卑劣的行为，若在女子用了这个手段来对付同性，更是言语道断"。进而他指出："我们怀疑，并不是疑心她们的品行，乃是应怀疑此等流言之未必可靠；并不是疑心某籍讲师，乃是应疑某籍校长之言也未必可信。"[②]周作人最反对用道德的刀子

---

① 周作人：《女师大的学风》，《周作人集外文》（上集），海南国际出版中心1995年版，第699-700页。

② 周作人：《勿谈闺阃》，《周作人集外文》（上集），海南国际出版中心1995年版，第708页。

杀人，他看到杨荫榆用这种手段自然很是反感，但他的批判也还是有节制的，他认为杨荫榆的可恶在于“言语道断”，他特别说明，自己实在想不出适当的一个形容词来说，所以才用了这个词的。因为杨荫榆的做法正是与周作人所提倡的自然人性的理论相对，所以他立即给予批评。如果与周作人批判章士钊的用词比较起来，对于杨荫榆简直是宽松多了。

周作人也像鲁迅那样批评杨荫榆的古文不通，他列举了女师大校长《对于暴烈学生之感言》一文，文中有：“不图瓜豆久种前因，河海今且横绝，竟有号称最高学府之女生，甘出化外自同之行径，如本校此次闹潮之异者，夫都门观听听昭，教部近在咫尺，女生以武力驱除校长，闻者骇矣，校门狂贴布告拳大字形，所言何物则校中内状自可不谈，当下之披猖极矣。”后边又加上“梦中多曹社之谋，心上有杞天之虑”。周作人说自己读过以后觉得此文“全体文理欠亨及虚字不中律令之处却亦不可埋没”，他指出这篇文章据说是一国文教员的手笔，其中的感是校长之“感”，而言乃是国文教员之“言”。紧接着他就说到章士钊的文章“也还多欠亨的地方，更无论那些肉麻的话了”[①]。他的态度与鲁迅相比区别甚大，尤其是对于章士钊的冷淡、嘲笑与小觑比起杨荫榆来简直是有过之而无不及。

在《女师大改革论》中，他批评杨荫榆的古文不通之时，也还是硬拉上章士钊。他说：“我看了杨先生‘荫榆掬上’的大文，觉得这种态度与手段都不好，而文章尤不通，恐怕秋桐先生见了也要摇头，我相信杨先生之不适宜于女师大校长是的确的了。”[②]他在批杨荫榆的同时，总是指出章士钊逃脱不掉的责任，是章士钊有好办法而不用的不作为。后来又在《续女师大改革论》一文中，竟然拿章士钊拼命反对白话文说事，指出女师大事件证明章士钊“终于是一

---

① 周作人：《古文之末路》，《周作人集外文》（上集），海南国际出版中心 1995 年版，第 712-713 页。

② 周作人：《女师大改革论》，《周作人集外文》（上集），海南国际出版中心 1995 年版，第 735 页。

个庸人”[①]。接着他又写了《与友人论章杨书》，从题目看这篇文章应该是对章士钊和杨荫榆一起批判的，但是对杨显然是笔下留情，他说：“对于杨荫榆女士我个人并无什么芥蒂。我在女师大接连过三年兼任教员，末一年便是在杨女士治下，也是颇被校长所优容的。我对于杨女士总当她是位受过高等教育的女子，怀着相当的敬礼，一直到今年四月，并无什么反对的意思。”还说“我真为杨女士可惜，受过高等教育的女子的影子真是一点都不见了。现在杨女士既已免职，往事本可不必重提”。接着说到章士钊，他则是颇有话要说的气势，从办《甲寅》杂志到出任教育总长，历数章士钊的恶行种种，包括古文之不通，极尽讽刺挖苦之能事，最后的总结是：“这样的教长会得振兴教育，提高文化，我是立誓不敢相信的。”[②]这种批判文章可以代表那时周作人的一种风格，也是他的一种姿态。

（二）对女性解放关注的内容不同

鲁迅与周作人都是妇女解放的呼吁者。鲁迅一生始终同情弱者关心妇女解放，对此他有许多深邃的思考和精辟的论述；周作人也是有着一整套关于妇女解放的论述，这主要来源于他的深厚的学养。周氏兄弟对此问题在读书和论述上有着异曲同工之妙。

从理论上讲，周氏兄弟对于女性解放的论述有两个非常精彩的论述，这就是：经济的解放和性的解放。

首先鲁迅在关注妇女解放问题上，是非常注意经济的解放的。他再三强调“人必生活着，爱才有所附丽”[③]。在鲁迅看来，女子受压迫的主要原因，是因为她们没有经济权，要靠男人养。所以他在《娜拉走后怎样》一文中说，娜拉出走是容易的，但是要在社会上生活，是要有经济基础的，因此他依照当时的中国社会现状，指

---

① 周作人：《续女师大改革论》，《周作人集外文》（上集），海南国际出版中心 1995 年版，第 737 页。

② 周作人：《与友人论章杨书》，《周作人集外文》（上集），海南国际出版中心 1995 年版，第 741-743 页。

③ 鲁迅：《伤逝》，《鲁迅全集》（第 2 卷），人民文学出版社 1981 年版，第 121 页。

出出走后的娜拉只有两条路可选："不是堕落，就是回来。"[①]也就是说争取经济权是第一位的，要自己争取到独立的经济资源，才能有精神方面的独立，进而在社会上立足。

其次，鲁迅的女性观还带有反抗旧传统与社会革命的浓重色彩。他指出中国女性的受压制是传统文化造成的，在中国人分十等，自己被人凌虐是不用担心的，"便又有更卑更弱的妻子，供他驱使了。如此连环，各得其所，有敢非议者，其罪名曰不安分"。[②]他再三揭出女性活着身体上的苦痛：剜空耳朵嵌上木塞、剜开下唇插上兽骨、背上刺出燕子、胸前做成许多圆的疙瘩，直至缠足。强调女性的地位之低下，从早先的殉葬到后来的守节，以及发展到极致的表彰"烈女"等，都是男性压制女性的办法，因为"主张的是男子，上当的是女子"[③]，妇女永远被压在最底层。就是活着也还是痛苦不堪。她们被男人驱使，还要为男人伏罪，他总结说："古时候，做女人大晦气，一举一动，都是错的，这个也骂，那个也骂。"[④]鲁迅的这些话是很深刻的，大有在《狂人日记》中指出的传统文化"吃人"之味道。

在鲁迅看来，女性的不幸是中国的不幸、是社会的不幸，因此解放妇女应该是随着社会变革一同来进行的。他说："我只以为应该不自苟安于目前暂时的位置，而不断的为解放思想，经济等等而战斗。解放了社会，也就解放了自己。但自然，单为了现存的惟妇女所独有的桎梏而斗争，也还是必要的。"[⑤]鲁迅还认为女性应该参加社会工作，取得经济权，也就是为社会服务，提高自己的社会地位。但是由于封建家族制度的影响太深，结了婚还是有问题的，他这样指出："中国的女性出而在社会上服务，是最近才有的，但家族制度

① 鲁迅：《随感录四十》，《鲁迅全集》（第 1 卷），人民文学出版杜 1981 年版，第 321-323 页。

② 鲁迅：《灯下漫笔》，《鲁迅全集》（第 1 卷），人民文学出版社 1981 年版，第 216 页。

③ 鲁迅：《题〈芥子园画谱三集〉赠许广平》，《鲁迅全集》（第 8 卷），人民文学出版社 1981 年版，379 页。

④ 鲁迅：《逃的辩护》，《鲁迅全集》（第 5 卷），人民文学出版社 1981 年版，第 9 页。

⑤ 鲁迅：《通信》，《鲁迅全集》（第 3 卷），人民文学出版社 1981 年版，第 446 页。

未曾改革，家务依然纷繁，一经结婚，即难于兼做别的事。”[①]因此他再三强调，必须等待男女地位同等以后，才能有真的男人和女人，才会有真正的妇女解放。鲁迅是从历史进化的角度，在看惯了中国的许多社会现实以后，才提出他的看法的。他始终是一个激进的改革者，文中充满了自己的情绪。他总是说在男女平等以前，一切好的名目都是空话；在经济制度改革之前，只能是韧性的战斗。

周作人则不同，他始终是一个冷静的读书人，且对于妇女问题有着一整套系统的观念。比如他首先提倡普及科学知识，以科学的妇女论进行女性启蒙。为此他翻译了很多东西方作家的妇女论，谈人的发现、女性的发现；论贞操问题、妇女教育、恋爱与家庭、分娩与儿童、结婚与离婚、娼妓与嫖客等等。此外，他还从古代的淫书讲到西方的性学，从刘香女说到蔡文姬，从古诗说到儿童书，从医学书谈到性学理论著作，从笠翁与兼好论及霭理斯，从杨贵妃谈到孟母等等。古今中外不一而足，在大量的读书笔记中逐渐形成了他的女性观。如果将周作人和鲁迅进行比较，周作人的女性观最重要的是“经济的解放”和“性的解放”。他这样说：“我对于女性问题，与其说是颇有兴趣，或者还不如说很是关切……想来想去，妇女问题实际只有两件事，即经济的解放与性的解放。”[②]

与鲁迅相比，周作人更强调“性的解放”。周作人所说的“性的解放”当然和西方近世以来的所谓性解放不同。他是强调以女性为本位的生活，因为他从西方医学博士鲍耶尔的《妇女论》中引申来说，现代的大谬误就是一切皆以男子为标准，连妇女运动也逃不出去这个圈子，所以女子以男性化为解放之现象，在性方面更是如此。鲁迅也谈到女性“现在托了洋鬼子学说的福，似乎有些解放了”，但是鲁迅谈得不是很深入。在这个问题上，周作人凭借着他的丰富知识，有着非常深入的发挥。他说男性要有一个正确的科学态度，将

① 鲁迅：《寡妇主义》，《鲁迅全集》（第1卷），人民文学出版社1981年版，第263页。

② 周作人：《谈虎集·北沟沿通信》，《周作人自编文集》，河北教育出版社2002年版，第273-274页。

女性“当做对等的人，自己之半”才行[①]。一个民族性道德之科学化非常重要，他这样说：“性道德之解放与否尤足为标准，至于其根本缘因则仍在于常识的完备，趣味的高尚，因是而理智与感情均进于清明纯洁之域。”[②]他说女子会做鸡蛋糕是好的，但是只会做鸡蛋糕并不能说就是尽了做人的能事了，“因为要正经的做人”这就要学习许多的科学知识。他再三说：“我希望现在主持妇女运动的女子和反对妇女运动的男子都先去努力获得常识，知道自己是什么，人与自然是什么，然后依了独立的判断实做下去，这才会有功效。”并且特别指出：“妇女运动在中国总算萌芽了，但在这样胡里胡涂，没有常识的人们中间，我觉得这个运动是不容易开花，更不必说结实了：至少在中坚的男女智识阶级没有养成常识以前，这总是很少成功的希望的。”[③]为此，他向读者介绍斯妥布思女士的《结婚的爱》、与谢野晶子的《爱的创作》和须莱纳尔女士的《梦》等著作，进行性的教育和启蒙，目的是让男性懂得女性，更是让女性懂得自己。这些普及现代性科学的书，在当时无疑起到了很大的作用。这方面的国际视野和解析论述，他明显地比鲁迅要多。

鲁迅曾说：“女人的天性中有母性，有女儿性；无妻性。妻性是逼成的，只是母性和女儿性的混合。”[④]有论者说：“周氏兄弟认为妇女的解放就是恢复她们的妻性，包括满足她们的性欲。这样一些见解，在当时以至今日都是石破天惊的。”我以为这是一个理解上的错误，鲁迅的意思是女性的天性中，早年是女儿性，结婚就有了母性；女性从来没有给他人当牛做马受压抑的中国式的“妻”子性格，所以鲁迅特别强调“妻性是逼成的”，也就是被压迫的结果。就是当了妻子的诸多不幸，而保存着的母性和女儿性才是女人的天性，所

① 周作人：《自己的园地·情诗》，《周作人自编文集》，河北教育出版社 2002 年版，第 53 页。

② 周作人：《谈虎集·论做鸡蛋糕》，《周作人自编文集》，河北教育出版社 2002 年版，第 271 页。

③ 周作人：《谈虎集·妇女运动与常识》，《周作人自编文集》，河北教育出版社 2002 年版，第 267 页。

④ 鲁迅：《小杂感》，《鲁迅全集》（第 3 卷），人民文学出版社 1981 年版，第 531 页。

以鲁迅又说“妻性是逼成的，只是母性和女儿性的混合”。这是我反复阅读的一种理解，只要细读全文当不难理解。不知方家、读者以为然否？

鲁迅与周作人的女性观本身是一个很大的题目，将周氏兄弟的女性观进行比较，更是一个不自量力、自讨苦吃的做法。舒芜先生有《女性的发现》专论和知堂女性观的论文，方方面面十分精当。我以为这篇论文非常难写的道理也正在于此。因为该说的话方家都已经说过了，而且严密细致、经典至极。无奈我只好另辟蹊径，从小处着眼，从细处着手，试着一点一滴，力争有所突破和有所言说。

周氏兄弟女性观的研究，也是一个长久的话题，总结他们的种种观点，可以看出中国自“五四”以来先驱者的努力，追寻历史现场的真实以及后来的发展轨迹，对于今天是很好的借鉴。如果本文能够对现存的定论稍有补充的话，我的写作目的就达到了。

本文为作者 2010 年 12 月 10 日在台湾大学举办的“第二届东亚人文学论坛”学术会议上的报告稿。2010 年 10 月 10 日写就，11 月 26 日改定。收入本书时又做了一些文字上的调整和充实。

从作品看鲁迅的前期思想

鲁迅的前期思想，在他整个思想发展的长河中，占据着十分重要的位置。关于鲁迅前期思想的研究，学术界历来存在着不同的看法。我们认为，只有通过对前期作品进行认真、详尽的分析，展开实事求是、尊重历史的研究与争鸣，才能得出实事求是的结论。如若不然，用拔高或降低或带着框框找例子的方法，过早的下结论，都必然会忽视当时的历史条件，使人们难以看到一个真实的鲁迅。

艾斐先生写过一篇题为《论鲁迅前期思想的“基石”》[①]的论文（以下简称“论基石”），对鲁迅前期思想进行了深入探讨，提出了一些独到的见解，但其中有些观点还有值得商榷的地方。

艾斐先生总的观点是，鲁迅前期思想虽有其他的一些“杂质”，但居于“主导地位”的“基石”是“马克思主义”。他说：在鲁迅“前期思想中，虽然留过尼采哲学、达尔文进化论等‘杂质’，但它们始终没有居于‘主导’地位，它们在鲁迅的思想中矛盾纠结、消长起伏，渐渐地退却了、消散了，而构成鲁迅前期之‘基石’的，则是马克思主义”。他通过鲁迅前期的一些作品来论证上述观点，我个人认为他举出的那些作品实例，恰恰不能证明他的观点。

因此，笔者将他列举的一些作品进行再分析，同时也查阅了有关历史材料，凑成此文作为浅论，试图对鲁迅前期思想进行粗浅探讨，并求教于艾斐先生及关心这一问题的研究者。

一、鲁迅写作《“来了”》《“圣武”》两文时的思想

发表于1919年5月出版的《新青年》6卷5号上的《“来了”》

① 《山西师院学报》，1980年第2期。以下引文未经注者均出于此。

和《"圣武"》两篇杂文，是鲁迅在黑暗中的呐喊；人们一直给予很高的评价，这是应该的。但是，自从"文化大革命"以来，随着鲁迅形象被严重歪曲和肆意拔高，这两篇文章被推到了不能再高的程度。直到最近艾斐先生还在"论基石"一文中说，鲁迅写作时是"以高涨的革命热情激励中国人民"，"此后不久"鲁迅的思想便"比较明确地认识到了历史发展的必然趋向和无产阶级的战斗使命"。我认为，这种结论显然是离开了当时的历史条件、离开了鲁迅的作品实际的。

为了把鲁迅写作这两篇杂文时的思想搞清楚，我们有必要回顾一下当时的历史背景，然后再对原著稍加分析。

自辛亥革命前十年始，中国的思想界已经复苏，出版的刊物非常多，西方资产阶级的民主思想给中国革命派以很大的影响。辛亥以后，中国向何处去？这是当时中国的许多先进知识分子所共同关心的问题，他们开始了寻找新道路的努力。1915 年创刊的《新青年》开阔了人们的眼界，反映了中国思想界的异常活跃。反对帝国主义、反对封建专制、倡导民主科学，激励着当时的进步青年。因此"十月革命"的爆发才能在中国造成那样大的影响。只看到外因，不注意中国自身的原因是片面的。"十月革命"的炮声震撼了世界，而在中国的影响最大，这本身就是一个很有意思的研究命题。

由于俄国革命还是个新生事物，当时对这场革命的性质的认识，人们尚处在朦胧阶段，再加上世界新闻媒体的各种宣传，即便在当时中国先进的知识分子中，也不是所有的人都能理解到这场革命的真正意义的。俄国革命爆发后，中国的报刊立即给予了报道，不久各报刊连续登载了关于俄国的动态和消息。开始报纸称俄国革命为"内乱""政变"。1918 年 11 月 6 日的《国民公报》上，有一篇题为《俄国政党派别详志》的报道，文中是这样描述"十月革命"后俄国党际情况的："社会党过激派即为社会共产主义派，属于该派者有：社会党民主党左党之合同社会民主国际派，列宁派，无政府党三派……"可见，当时报刊对于这场革命和俄国党的宣传是很不全面的；而相当一部分知识分子（包括鲁迅在内）还都是从报刊的介绍中来了解俄国革命的。

艾斐先生说:“在十月革命以前，鲁迅已经热心接触和学习马克思主义、列宁主义了。而且对列宁领导下的俄国无产阶级革命寄予了极大的关注。”该文的论据是鲁迅爱看《民报》,《民报》上刊载过马克思的生平和《共产党宣言》与《资本论》的梗概。我以为该文所引的材料说明不了这一点,不知艾斐先生是否还掌握其他的材料。鲁迅第一次引用列宁的话是在 1927 年写的《庆祝沪宁克复的那一边》，文中赞扬了列宁是革命的老手，然而这是后来的事。即便是鲁迅引用了列宁的话又能怎样？看了《露国现代之思潮及文学》[1]，就能说这是“对列宁领导下的俄国无产阶级革命寄予了极大的关注”吗？到了 1919 年 5 月——也就是鲁迅写这两篇文章之前，《晨报》《民国日报》《时事新报》《国民公报》等都先后发表了许多“过激主义”“来了”的消息和文章。如：

> 惟俄过激派之势力，随时扩张，已东越西比利亚渐入中国，过激派中华人亦不少。(《民国日报》1919 年 3 月 29 日)

> (过激主义)难保无潜赴各省扰乱情事，命即复饬各军警机关缜密防范。(《卢永祥密令侦察俄人入境》,《民国日报》1919 年 3 月 31 日)

> 近据确报，有华工二千余人曾投入俄国境内过激党中，近有三百余名将进行回国，该党宗旨谬戾，扰害公安。……所有沿边各省区于该华工回国时，务当切密侦察，即时设法遣散，勿使煽聚。(《徐国探密令严防回国华工》,《时事新报》1919 年 4 月 10 日)

> 海参崴来电：称顷有过激派领袖十余名，携带运动费二千

① “露国”即俄国，根据日文汉字转译而来。

五百万卢布，已由欧俄行抵当地。并闻其运动费中之六百万卢布有讫日本之说，现沿黑龙江州各地之过激亦颇有伺机活动之意云。(《过激派之大活动》,《国民公报》1919 年 4 月 10 日）

最近俄京电报传来一种极惧之消息云，兰宁政府为普及过激思想起见，现已下令各处地方官宪，使人民实行宣誓，若有拒绝该思想者，一律捕传，处以枪决之刑，又命各狱吏拘禁中之反过激者概行虐杀，而兰宁拟将此思想传播寰球计划现已进行，刻将极强之猛，过激军队正在编成中云。(《过激派之激烈举动》,《国民公报》1919 年 5 月 5 日）

一时间闹得非常混乱，北洋军阀政府十分恐慌，社会上不明真相者也人心惶惶。查此时的北洋军阀军事机关档案，就有许多关于“过激主义”“来了”的“密报”与“预防”及“严密查禁”的专电。当时先进知识分子如李大钊、陈独秀、谢觉哉等人都写了文章，对报纸上的欺骗宣传予以揭露。鲁迅的《“来了”》《“圣武”》两篇文章就是在这种情况下，作为“随感录”在《新青年》上发表的。

现在我们看看原文。《“来了”》一文针对中国的当权者为掩盖其残暴统治，疯狂阻止俄国革命新思想的传播，用“过激主义”“来了”恐吓人民群众这一现象，深刻地指出：

近来时常听得人说，“过激主义来了”；报纸上也时常写着，“过激主义来了”……但首先要问：什么是过激主义呢？

这是他们没有说明，我也无从知道，我虽然不知，却敢说一句话：“过激主义”不会来不必怕他；只有“来了”是要来的，应该怕的。

我们中国人，决不能被洋货什么主义引动，有抹杀他扑灭他的力量。……

所以无论什么主义，全扰乱不了中国；从古到今的扰乱，也不听说因为什么主义。……来的如果是，主义达了还会罢；

倘若是“来了”，他便来不完，来不尽，来的怎样也不可知。

这篇文章揭露了封建军阀的酷虐统治，指出“来了”（即封建军阀连年的混战、厮杀、掠夺）给中国人民带来的深重生活灾难和极度精神恐慌，才是最应该痛恨的。本文反映了鲁迅的人道主义思想，流露出对中国根深蒂固的封建专制社会容不得半点改革空气的愤慨！

以前，鲁迅在致许寿裳的信中曾经说过：“若以人类为着眼点，则中国若改良，固足为人类进步之验；若其灭亡，亦是人类向上之验，缘如此国人竟不能生存，正是人类进步之故也。大约将来人道主义终当胜利，中国虽不改进，欲为奴隶，而他人更不欲用奴隶；则虽渴想请安，亦是不得主顾，止能佗傺而死。如是数代，则请安磕头之瘾渐淡，终必难免于进步矣。此仆之所为乐也。”[①]他那时呼唤改革，同时对于中国的国民性极度失望。

在这篇文章中他说：“我们中国人，决不能被洋货的什么主义引动，有抹杀他扑灭他的力量。军国主义么，我们何尝会同别人打仗；无抵抗主义么，我们却是主战参战的；自由主义么，我们连发表思想都要犯罪，讲几句话也为难；人道主义么，我们人身还可以卖买呢。所以无论什么主义，全扰乱不了中国；从古到今的扰乱，也不听说因为什么主义。试举目前的例，例如陕西学界的布告，湖南灾民的布告，何等可怕，与比利时公布的德兵苛酷情形，俄国别党宣布的列宁政府残暴情形，比较起来，他们简直是太平天下了。德国还说是军国主义，列宁不消说还是过激主义哩！”由此可见，鲁迅在这里批判的是中国的落后和愚昧，揭露出改革之艰难。这是他的一贯思想。可见他那时对俄国革命的理解并不怎样深刻，从上面那段话也可以说明这一点；对于什么是“过激主义”，正如他自己所说“我也无从知道”。对此，我们应该实事求是。

《“圣武”》作为《“来了”》的继续和补充，接着阐述了上面的思

① 鲁迅：《致许寿裳》，《鲁迅全集》（第11卷），人民文学出版社1981年版，第355页。

想；鲁迅赞扬“有主义的人民”是针对中国的国民性而言的，这和他立志要改革国民性的思想是一致的。文中这样写道：

> 我想我们中国本不是发生新主义的地方，也没有容纳新主义的处所，即新偶然有些外来思想，也立刻变了颜色，而且许多论者反要以此自豪。
>
> …………
>
> 中国历史的整数里面，实在没有什么思想主义在内。这整数只是两种物质，——是刀与火，“来了”便是他的总名。
>
> …………
>
> 现在的外来思想，无论如何，总不免有些自由平等的气息，互助共存的气息，在我们这单有“我”，单有“取彼”，单要由我喝尽了一切空间时间的酒的思想界上，实没有插足的余地。

本文确实赞扬了俄国人所表现出来的斗争精神和牺牲精神，然而这种赞扬的对立面则是当时中国麻木的群众；作者是从人道主义思想出发，控诉“圣武”（即封建统治阶级的暴力——“刀与火”）对广大人民群众的掠夺，揭露反动统治者的“纯粹兽性方面的欲望的满足”及在思想上对人民群众的钳制。鲁迅深沉地说：“我怕现在的人，还被这理想支配着。”作者在结尾处还强调指出这一点：“曙光在头上，不抬起头，便永远只能看见物质的闪光。”这两段话是很值得我们深思的。

《热风》注释本[①]在这一篇的题解中说：“作者热情赞扬了信仰马列主义的苏联人民，在十月革命中所表现的斗争精神和牺牲精神，号召中国人民抬起头来，向他们学习，摆脱旧思想的束缚，奋起反抗反动派的暴力统治，迎接新世纪的曙光。”我觉得这个“题解”是解得过高了一些。然而艾斐先生似乎觉得还不够，他说：“在《圣武》

---

① 指的是人民文学出版社 1978 年 5 月出版的《热风》（征求意见本），又叫“注释本”。此书在鲁迅的各篇文章开头均有一注释，解说鲁迅写作目的及思想意义等，后称此注为题解。1981 年版《鲁迅全集》将各篇题解全部删去。

一文中，鲁迅以高涨的革命热情激励中国人民不应怕‘过激主义’的到来，而应向取得革命胜利的俄国人那样，……此后不久，鲁迅的思想在‘天火’与‘新潮’的熔铸中，更进一步醇化了，他比较明确地认识到了历史发展的必然趋向和无产阶级的战斗使命。”这是片面强调了原文的一个方面，忽视了文章的另外一个方面，这样的过度解释会妨碍人们对于原著的理解；单凭某一段话（语录）拔高鲁迅的思想，必然使研究出现偏颇，这也是和几十年来极左思潮对社会科学研究的干扰分不开的。马克思主义告诉我们，一个时代的思想家也和他们的一切先驱者一样，不可能“超出他们自己的时代所给予他们的限制”①。应当指出，鲁迅从改革中国现状和人道主义思想出发，对俄国“十月革命”的新思潮是赞扬的，他把俄国革命看作是人道主义的胜利，以此来促进中国的改革。当时胡适、周作人、徐志摩、林语堂等许多知识分子，都赞扬欢呼过俄国“十月革命”，但是他们并不真正认识这场革命，并不理解这场革命的意义。鲁迅当时希望有个先进主义（新思想）来改革现状，但这先进的思想应该是什么，他也并不明确。说鲁迅在中国共产党诞生以前就号召中国人民走俄国人的路，“不久”便“比较明确地认识到了历史发展的必然趋向和无产阶级的战斗使命”，这完全不符合鲁迅当时的思想实际，如果按照这个逻辑以此类推的话，鲁迅不是在中国共产党成立之前，就已经成了一个天生的马克思主义者了吗？

鲁迅在《新青年》6卷5号上共发表了5篇作品，除小说《药》以外，其余4篇是杂文，即：随感录五十六《“来了”》，随感录五十七《现在的屠杀者》，随感录五十八《人心很古》，随感录五十九《“圣武”》，这4篇随感所反映的思想是一致的。我们应该把这4篇文章联系起来看，才能了解作者当时的思想；只摘取个别篇章的片言只语，是不能说明问题的。

我觉得如果把这4篇文章一起来读，就可以看出鲁迅当时虽然

① 恩格斯：《社会主义从空想到科学的发展》，《马克思恩格斯选集》（第3卷），人民出版社1995年版，第405页。

有了一些朴素的唯物论思想，起支配作用的还是进化论和人道主义思想。就整个思想体系来看，他还是属于资产阶级、小资产阶级的。正如鲁迅自己后来所说：“因为资本主义各国的反宣传，对于十月革命还有些冷淡，并且怀疑。”[①]可见他当时还不能完全辨别对十月革命的“反宣传”，虽然此时他有了一些先进思想的萌芽。这在他当时的文章中表现得是很清楚的。

艾斐文章还说：“特别值得注意的是，早在一九一九年，鲁迅在北京时，就通过《每周评论》《新青年》《晨报》等报刊，接触了毛泽东同志主编的《湘江评论》。后来并珍藏了两期中共北方区委机关刊物《政治生活》。”我们应该承认宣传作用，但是一个人读了几篇进步文章以后就会立即改变思想吗？更何况当时的这种报刊上还有胡适等人的文章呢；即使是革命刊物，当时介绍马列主义绝不会像今天这样较有系统。1919年的毛泽东本人也还不是一个马克思主义者，那时他的思想也在发展变化之中，其中有无政府主义、也有新村主义等等。毛泽东1936年在延安同斯诺的谈话中说，《新青年》影响了包括他在内的中国一代知识分子，他自己是在北大当图书管理员的时候，“在李大钊手下，很快地发展，才走到马克思主义道路上的”。因此，这“特别值得注意”的例子，怎么能说明鲁迅当时的思想达到了“捍卫了无产阶级革命路线”的高度呢？

二、鲁迅小说创作时期的思想

鲁迅《呐喊》《彷徨》中的作品，写作于1918年至1925年之间，此时正是鲁迅思想发展的前期。这一时期，他在思想上虽然有了一些朴素的唯物论的因素，但仍没有摆脱进化论对他的影响。分析这一时期的作品，我们切不可离开作者当时的思想实际而任意拔高，结论只能是从对作品文本进行分析而得来的。只有实事求是地进行评价，才能使读者从中看到一个真正的鲁迅所走过的道路；如果离

① 鲁迅：《答国际文学社问》，《鲁迅全集》（第6卷），人民文学出版社1981年版，第18页。

开了作品本身和历史环境，而随心所欲地拔高，就会使鲁迅变成一个天生的马克思主义者，而这正不是鲁迅所希望的。当然也失去了鲁迅在思想史上的地位，实际上是削弱了他的榜样作用。

艾斐的文章分析了鲁迅的几篇小说，以此来说明鲁迅当时的思想中，居于主导地位的是“马克思主义”；艾斐认为鲁迅五四以后的小说创作，用的是马克思主义的世界观和方法论。他在列举这些小说以前是这样说的：

> 正是由于马克思主义和十月革命使鲁迅认识了现代社会变革的巨大杠杆——阶级斗争，和推动历史前进的中坚力量——无产阶级，并且树立了对于社会主义和共产主义必将在全世界取得完全胜利的坚强信念，所以五四运动的革命风暴过去之后，鲁迅思想上的革命风暴却并未过去，他开始运用马克思主义的世界观和方法论，紧密结合“中国现在的社会情状”认真地思索、研究起“贵人”与“平民”、“上等人”和“下等人”、“压迫者”和“被压迫者”、前进与倒退、革命与复辟，十月革命的胜利和中国的黑暗现实等一系列历史性和政治性的重大问题。

我认为，他的这些观点实在有进行商榷的必要。

在举《故乡》的例子时，艾斐说：“他（即鲁迅——引者注）热切地向往着革命的灿烂未来，希望下一代‘应该有新的生活，为我们所未经生活过的’。”鲁迅确实希望下一代不再有像他那样辛苦辗转，希望下一代有自己所未经生活过的新的生活。这是和他思想所受进化论的影响分不开的，这与他“孩子必胜过老人”的思想，以及为了给孩子带来光明，自己宁愿背着因袭的重担，肩住黑暗的闸门的主张也是一致的。他寄希望于将来，然而这将来是什么，此时的他并不知道。正如他自己所说的，感到“惘然”“朦胧”“茫远”，“只觉得我四面有看不见的高墙，将我隔成孤身，使我非常气闷”。至于什么是“革命灿烂的未来”，鲁迅只是注重现在，他反对“现在的屠杀者”。《故乡》的写作时间是1921年1月，其时五四运动刚过，民主、科学的新鲜空气使知识分子头脑为之一新。然而，中国农村依然处在衰落凄凉、萧条凋敝的不景气境地，农民更是没有觉悟，因为历史还没有给我们提供这样的条件。面对黑暗的现实，鲁迅触景生情，发出了改革旧社会、追求新生活、探索新道路的心声。鲁迅虽然热烈地希望着未来的“新的生活”，但由于许多苦楚的教训，他的思想是比较接近实际的，此时幻想“革命的灿烂未来”，不大可能在鲁迅的头脑中出现吧？

在谈到《阿 Q 正传》时，艾斐写了这样一段话：“他破天荒地在文学作品中真正把农民当作主人公来描写——不但写出了他们在旧中国‘毕生受着压迫，很多苦痛……’写出了他们生活上‘非常难’和政治上‘不准革命’的悲惨境遇，而且也写出了他们的革命热情、阶级素质和斗争精神——这是最重要的。”把农民作为主人公来描写，并不是“破天荒”从鲁迅开始的，早在 1919 年初叶圣陶就在他的短篇小说《一生》中，把农村妇女作为主人公来描写了；1918 年初，胡适还在他的诗歌中把人力车夫作为主人公来描写过。文学理论告诉我们，关键不在写什么，而在于怎样写。《阿 Q 正传》其实主要表现了中国各阶层人士所具有的那种民族劣根性，并不在于阿 Q 是什么出身；如果说这是鲁迅“破天荒”第一次把农民作为主人公来描写的话，那么对于阿 Q 并不是一个好的农民形象，又该如何解释呢？鲁迅在《答〈戏〉周刊编者信》中，说过这样的话：“我的方法是在使读者摸不着在写自己以外的谁，一下子就推诿掉，变成旁观者，而疑心到像是写自己，又像是写一切人，由此开出反省的道路。”这里不仅讲了一个创作方法问题，而且也讲了阿 Q 这个典型的普遍意义；也可以说是对国民劣根性——精神胜利法的概括，我们应该注意到这一点。

鲁迅在《〈阿 Q 正传〉的成因》中，还讲了这样的话：“民国元年已经过去，无可追踪了，但此后倘再有改革，我相信还会有阿 Q 似的革命党出现。我也很愿意如人们所说，我只写出了现在以前的或一时期，但我还恐怕我所看见的并非现代的前身，而是其后，或者竟是二三十年之后。”岂止是二三十年之后，今天距他说这段话的时间已经过去了近百年，走过了好几代人，阿Q式的“精神胜利法”我们见得还少吗？如果仅仅注意到鲁迅所写的是农民（如果查出身的话他还是个雇农），这是不够的，还应注意到鲁迅是怎样写的。因此，阿Q虽然“革命热情”高、“阶级因素”好、“斗争精神”强，但他的那个革命只不过是想抢东西、搞特权、报私仇、要女人而已（当然小说的主题并不在这里）。我认为应该看到阿Q有革命的要求，但对于阿Q式的革命不能过于赞扬。鲁迅生前在文章和书信中，曾一再强调《阿Q正传》的写作“实不以滑稽或哀怜为目的”，他是竭力想摸索人们的魂灵，“揭出病苦，引起疗救的注意”[①]。鲁迅通过讽刺阿Q身上的精神胜利法，让人们认清自己身上的毛病，激发斗志，正视现实，奋起改革，使我们这个“风雨如磐”的沉睡古国，变为充满民主与科学精神的有青春活力的强国。这和他当时立志改变国民性的主张是一致的。

艾斐接着写道：“其实，在鲁迅笔下绝不仅仅阿Q如此，还有祥林嫂、爱姑、狂人、吉光屯的不肖子孙，等等。他让被鬼神地狱和封建道德折磨得心灵破碎、形销骨立、沦入死亡边缘的祥林嫂愤而出逃，勃然‘一头撞在香案角上’；他让受尽蹂躏和残害的爱姑当着慰老爷大骂‘老畜牲’、‘小畜牲’。”关于祥林嫂头撞香案角是否就是反抗目前尚有争议，我们暂且不论。关于《离婚》中的爱姑当着慰老爷、七大人的面称其公公为“老畜生”、丈夫是“小畜生”，我觉得也要进行具体分析。从作品中我们可以看出，这一点正是为了表现她作为有点来头之农家妇女的泼辣、粗野的个性。如果说这是“阶级形象和时代精神的艺术典型”的话，那后来爱姑又说的“我本来是专听七大人的吩咐……”“谢谢慰老爷”等话，又应该如何解释呢？原因是简单的，尽管爱姑是个个性极强又颇有些“勇敢”的妇女，她还有个“平时沿海的居民对他都有几分惧怕”的父亲，又有“六位”兄弟，但是在强大的封建势力面前，他们一家人仍然显

① 鲁迅：《我怎么做起小说来》，《鲁迅全集》（第4卷），人民文学出版社1981年版，第511页。

得软弱无力，爱姑也仍然未能摆脱悲剧结局的命运。

分析原因是什么呢？当然主要原因是封建势力太强大，但爱姑本身的麻木和不觉悟也决定了她失败的结局。请看她在七大人面前控诉她丈夫的那段话，她说："我是三茶六礼定来的，花轿抬来的呵！"用封建思想反封建压迫、把封建礼教作为理论根据，由于对大人物的惧怕和崇拜，把希望寄托在乡绅七大人身上，这些都说明了她的精明外表后面的愚昧。这篇小说展示出农村封建势力的强大和农民的不觉悟，对妇女的不幸命运寄予了深切的同情。此时鲁迅在小说艺术技巧上日臻成熟，在思想上各种成分杂糅，应该说还是比较复杂的。

艾斐还说："与此同时，鲁迅又用他的同一支笔为我们塑造了吕纬甫（《在酒楼上》）、魏连殳（《孤独者》）、子君和涓生（《伤逝》）等知识分子的形象。他们的软弱、妥协、偷生、堕落，与'造反了'、'我放火'的贫苦农民的形象形成多么鲜明的对比啊！"应该指出，自1957年以来，由于极"左"路线的干扰和不断的政治运动，知识分子的地位十分低下，到了十年浩劫期间知识分子成了臭老九。所以在鲁迅作品的研究中，凡涉及知识分子的都尽力贬低，好像把鲁迅笔下的知识分子形象分析得愈低，鲁迅的形象就愈高大似的。

其实在鲁迅的作品中，对受迫害的知识分子总是流露出深切的同情。即使是在艾斐所列举的这几篇小说中，鲁迅对那里面的主人公也不是完全都持批判态度的。鲁迅充分肯定了吕纬甫、魏连殳、涓生和子君前期的觉醒和斗争，批评了他们后来的颓唐和消沉，控诉了黑暗的社会对于他们的重压。在此，我们丝毫也看不出作者有把知识分子与农民形象作为"对比"来写的"鲜明"意思。他们同样是属于那个社会中的不幸人们，鲁迅对他们同样持的是哀其不幸、怒其不争的态度。

1925年以后，五四运动的高潮已经过去。由于鲁迅自己的生活经历，使他对知识分子问题更加关注。许多知识分子也进入了苦闷与颓唐期，鲁迅对这些在思想革命中退下来的知识分子，抱有极度的关心和深切的同情，他希望有新的探索者出现，因此在他描写知识分子生活的作品中，必然流露出他自己思想斗争的痕迹。他在致许广平的信中说：“假使我真有指导青年的本领——无论指导得错不错——我决不藏匿起来，但可惜我连自己也没有指南针，到现在还是乱闯，倘若闯入深渊，自己有自己负责。”遇到歧路“我不哭也不返，先在歧路头坐下，歇一会，或者睡一觉，于是选一条似乎可走的路再走”；遇到穷途，“我却也像歧路上的办法一样，还是跨进去，在刺丛里姑且走走”[①]。《过客》的写作便充分体现了鲁迅此时的思想。分析《彷徨》中的作品时，我们应该注意到这一点。

细读以上各篇作品，我们既看不到鲁迅“颂扬了倍受压迫和剥削的农民革命者的内曜”，又找不出鲁迅对“与工农相结合之前”的知识分子的“暴露”，所有这些更证明不了1925年的鲁迅已是“笔尖上”“蘸有马克思主义之醇醪的作家”。

鲁迅向来是主张实事求是的，他一贯坚持评价一个人最好是顾及全人、评价一部作品也要顾及全篇。我们评价鲁迅的前期思想、评价鲁迅的前期作品也应该持这种态度才对。

本文写于1980年5月，发表于1981年9月，后收入《南开大学中文系学术论文集》。

① 鲁迅：《两地书（二）》，《鲁迅全集》（第11卷），人民文学出版社1981年版，第14-15页。

鲁迅杂文中的两个关键词

2013 年鲁迅学术研讨会的总题是《鲁迅与中国社会文化发展》，这是一个很大、很宏观的题目。谈到会议的主题时，主办方在《邀请函》中这样说："当今，中国社会文化发展正面临着空前复杂的众多问题，而鲁迅的思想和经历，给予我们不依靠现成概念而寻找出符合中国历史和现实的出路的宝贵经验，发掘这些经验则是我们解决当下问题的途径之一。"

其实"中国社会文化"是相当大的概念，在网上搜索也不是太容易。我们在《鲁迅全集》检索中也只能查到"中国社会"和"中国文化"而已，因而以此为题作文就相当不容易。为了论述的简便，本文只是选取其中的这两个词语，采用大题小做的方式，回归文本，搜寻鲁迅的有关论述，重温鲁迅的看法，这样可能会有意想不到的收获也说不定。

我以为研读鲁迅对于中国社会、中国文化的论述，对于我们今天不仅是非常必要的，而且也是相当有意义的。

一、鲁迅词语里的"中国社会"

"社会"这个词是相当复杂的，有狭义和广义之分。

狭义的社会，也叫"社群"，可以单指人类群体活动和聚居的具体地域范围，比如村、乡镇、城市、集居点等；广义的社会则是指一个国家、一个更大的地域范围或者一个文化圈，例如中国社会、东方社会、东南亚或美国社会、西方世界，都可以作为广义社会的解释，也可以引申为他们的文化习俗。

"社会"一词的本意是指在特定土地上的人之集合；亦指人们以共同物质生产活动为基础，按照特定的行为规范，相互联系而结成的有机总体，构成社会的基本要素是自然环境、人口与文化。通过生产关系派生出各种社会关系，构成社会，并在一定的行为规范控制下从事活动，使其得以正常运转和延续。我国在春秋时代就出现“社会”这两个字了，唐诗里面也有“社会”这个词。近代意义上的“社会”这个词，最初是从日本翻译过来的。

“社会”一词的定义，一般是指由自我发展的个体构建而成的群体，占据着一定的空间，同时具有独特的文化和风俗习惯。由于社会一般被认为是人类所特有的，所以社会和人类社会大都具有相同的含义。

再延伸寻找，在科学研究和科幻小说里面，有时亦可有“外星人社会”。以人类社会为研究对象的学科叫作“社会学”。你看麻烦不麻烦？还好我们专论的是中国社会，但这也是没有办法的事，只有把概念搞清楚了，问题才能得以展开。

如果在《鲁迅全集》中查找“社会”一词的话，那就太多了。为便于论述计，我们可以专门找寻“中国社会”或“中国的社会”。发现他分别在《坚壁清野主义》《我们现在怎样做父亲》《随感录四十二》《随感录五十四》《〈华盖集〉题记》《六论文人相轻》《革命时代的文学》《读书杂谈》《我的第一个师父》《上海文艺之一瞥》《关于翻译的通信》《伪自由书后记》《扑空》《“小童挡驾”》《随便翻翻》《启示一》《今春的两种感想》《致江绍原信 19291022》《致台静农信 I9320605》和《阿 Q 正传》等 20 篇文章与书信中，22 次提到“中国社会”或“中国的社会”一词。虽然鲁迅专门论述“中国社会”的言论并不是很多，但是鲁迅一生都在关注中国的社会问题。细读这 20 篇文章，发现鲁迅对“中国社会”的论述有以下两个特点：

首先，他说“中国社会”保守老化变革艰难。

鲁迅论述的中国社会都不是专门进行专题讨论的，他基本是在不经意间发一些议论，就是在这娓娓道来中，反映出尖锐犀利的思想家的真知灼见。1927 年 4 月 8 日，鲁迅应邀到黄埔军校演讲，后来经过整理成文为《革命时代的文学》。他在这篇文章中指出中国社会忘性太大，一切几乎没有什么改变。革命前谈文学，革命中就忘记文学，革命后又产生文学。他沉痛地说：“中国社会没有改变，所以没有怀旧的哀词，也没有崭新的进行曲。”[①]纪念牺牲者的追悼仪式变成了赞美挽联，民间的游行也是在政府的允许下的“奉旨革命”。

鲁迅一进入文学界，就以横空出世的姿态指出中国社会“吃人”，著名的《狂人日记》非常精确地表达了他的这一观点。此后他不断地强调这一社会弊病，他说：“中国社会里，吃人，劫掠，残杀，人身卖买，生殖器崇拜，灵学，一夫多妻，凡有所谓国粹，没一件不与蛮人的文化（？）恰合。拖大辫，吸鸦片，也正与土人的奇形怪状的编发及吃印度麻一样。至于缠足，更要算在土人的装饰法中，第一等的新发明了。”[②]

鲁迅对于中国社会理解之深，几乎无人可以望其项背。他谈老人和青年的文章很多，其中有一篇是论及《颜氏家训》的，虽是简单叙述，但在娓娓道来中颇具现代性。他说，“这《家训》的作者，生当乱世，由齐入隋，一直是胡势大张的时候，他在那书里，也谈古典，论文章，儒士似的，却又归心于佛，而对于子弟，则愿意他们学鲜卑语，弹琵琶，以服事贵人——胡人。这也是庚子义和拳败后的达官，富翁，鉅贾，士人的思想，自己念佛，子弟却学些‘洋务’，使将来可以事人；便是现在，抱这样思想的人恐怕还不少”，“假使青年，中年，老年，有着这颜氏式道德者多，则在中国社会上，实是一个严重的问题，有荡涤的必要”[③]。其实这种“颜氏式道德者”多少年来依然延续着，变换的是朝廷与时代的更迭；不变的是，每一时代都能用更为摩登的方式表达出来而已。鲁迅用新的历史观，分析当时之中国社会，对此给予历史的解读真可谓入木三分。

鲁迅经过深入的分析，把这种中国社会陋习称为“爸爸类社会”。他说：“中国社会还是‘爸爸’类的社会，所以做起戏来，是‘妈妈’

---

① 鲁迅：《革命时代的文学》，《鲁迅全集》（第 3 卷），人民文学出版社 1981 年版，第 421 页。

② 鲁迅：《随感录四十二》，《鲁迅全集》（第 1 卷），人民文学出版社 1981 年版，第 327 页。

③ 鲁迅：《扑空》，《鲁迅全集》（第 5 卷），人民文学出版社 1981 年版，第 349 页。

类献身，‘儿子’类受谤。即使到了紧要关头，也还是什么‘木兰从军’，‘汪踦卫国’，要推出‘女人与小人’去搪塞的。‘吾国民其何以善其后欤？’”[①]他还说：“中国的社会，虽说‘道德好’，实际却太缺乏相爱相助的心思。便是‘孝’‘烈’这类道德，也都是旁人毫不负责，一味收拾幼者弱者的方法。在这样社会中，不独老者难于生活，即解放的幼者，也难于生活。”[②]所以他说：“我早就很希望中国的青年站出来，对于中国的社会，文明，都毫无忌惮地加以批评。”[③]这些话今天读来，在感受其中的震撼与深刻之外，似乎还会增加我们切入实际的联想与思考。

鲁迅还指出，中国社会中的大众很少觉悟，他们普遍相信佛教的轮回说。在著名的《阿Q正传》中，鲁迅就写出了阿Q对此道的“无师自通”：“‘过了二十年又是一个……’阿Q在百忙中，‘无师自通’的说出半句从来不说的话。”[④]当译者询问此句的翻译时，鲁迅解释说：“中国社会相信佛教轮回说。人被杀后转世再生，二十年之后又是一个年轻人。（不过，此事我不敢保证。）”[⑤]他是要通过阿Q这一形象，来展示“未庄的社会”，写出我们国人的魂灵，在此对于“中国社会”的失望可见一斑。

其次，他说“中国社会”多重事务、自相矛盾。

鲁迅说过，“中国社会是将几十世纪缩在一时：自油松片以至电灯，自独轮车以至飞机，自镖枪以至机关炮，自不许‘妄谈法理’以至护法，自‘食肉寝皮’的吃人思想以至人道主义，自迎尸拜蛇以至美育代宗教，都摩肩挨背的存在。这许多事物挤在一处，正如我辈约了燧人氏以前的古人，拼开饭店一般，即使竭力调和，也只

① 鲁迅：《“小童挡驾”》，《鲁迅全集》（第5卷），人民文学出版社1981年版，第447页。

② 鲁迅：《我们现在怎样做父亲》，《鲁迅全集》（第1卷），人民文学出版社1981年版，第129页。

③ 鲁迅：《〈华盖集〉题记》，《鲁迅全集》（第3卷），人民文学出版社1981年版，第4页。

④ 鲁迅：《阿Q正传》，《鲁迅全集》（第1卷），人民文学出版社1981年版，第487页。

⑤ 伊藤漱平等编：《鲁迅增田涉师弟答问集》，杨国华译，华东师范大学出版社1989年7月版，第49页。

能煮个半熟；伙计们既不会同心，生意也自然不能兴旺，——店铺总要倒闭”，“此外如既许信仰自由，却又特别尊孔；既自命‘胜朝遗老’，却又在民国拿钱；既说是应该革新，却又主张复古：四面八方几乎都是二三重以至多重的事物，每重又各各自相矛盾。一切人便都在这矛盾中间，互相抱怨着过活，谁也没有好处。要想进步，要想太平，总得连根的拔去了‘二重思想’。因为世界虽然不小，但彷徨的人种，是终竟寻不出位置的”。[①]

这里鲁迅指出了中国社会的复杂与矛盾，那种新与旧、自我与公益、文明与野蛮、革新与复古等，盘根错节地交织在一起，如同一团乱麻，在矛盾之中艰难而又彷徨地前行。这样的中国社会现状和生活在其中的人，要想在世界不吃亏、做出点儿成绩来是相当困难的。

在这样的矛盾社会中，存在着各种各样的误解与谣言。鲁迅沉痛地说：“中国社会上还很误解，你做几篇小说，便以为你一定懂得小说概论；做几句新诗，就要你讲诗之原理。我也尝见想做小说的青年，先买小说法程和文学史来看。据我看来，是即使将这些书看烂了，和创作也没有什么关系的。事实上，现在有几个做文章的人，有时也确去做教授。但这是因为中国创作不值钱，养不活自己的缘故。”[②]鲁迅总是将社会的实情告诉人们，以减少误解、了解真实。他绝不因为自己做小说就说自己懂得“小说作法”的理论，他也绝不相信会写诗歌的人，就一定能够讲解得了诗歌原理。他总是将真实告诉青年，让他们“防被欺”。至于那种自封为“青年导师”的所谓大人物，更是为鲁迅所不齿，他多次强调对于这种人他是绝不相信他们，同时劝告青年们也千万不要相信，与其找他们不如走自己的路。

鲁迅对于中国社会的解析可谓鞭辟入里、入木三分，他在《启事》中曾经这样说：“造谣是中国社会上的常事，我也亲见过厌恶学

① 鲁迅：《随感录五十四》，《鲁迅全集》（第1卷），人民文学出版社1981年版，第344页。

② 鲁迅：《读书杂谈》，《鲁迅全集》（第3卷），人民文学出版社1981年版，第438页。

校的人们，用了这一类方法来中伤各方面的，便写好一封信，寄到《京副》去。次日，两位 C 君来访，说这也许并非谣言，而本地学界中人为维持学校起见，倒会虽然受害，仍加隐瞒，因为倘一张扬，则群众不责加害者，而反指摘被害者，从此学校就会无人敢上”。[①]

这段话说的是 1925 年 4 月 12 日发生在河南开封铁塔前的强奸案。据资料记载当天是星期天，四名女师的学生出校门去了开封铁塔游玩，不巧被六个士兵看见，等女生上了铁塔以后，他们就二人把门，四人上塔调戏，并带有刺刀威胁，使学生不敢作声，于是进行轮奸，事后还将女生衣裤放置铁塔的最高层。受辱的女生回校后，有二人自杀身亡。事件发生后舆论哗然，各界纷纷谴责。《京报副刊》《妇女周刊》《旭光周刊》以及当地新闻都报道了这个消息，鲁迅也从学生的来信中得知了此事，于是就有了上面的那篇文章。中国社会常常出现的一大怪事就是：发生了重大案件之后，首先是百般掩盖，能拖就拖；其次是转移目标，谴责弱者。事件发生后开封教育当局对此封锁消息，女子师范学校当局则统一口径，校长为保官位，禁止职员学生关于此事泄露一字，说什么学校绝无此事、学生人数不差、没有出现自杀者、课堂一切正常如故等等，可见校长为了保住饭碗，丧尽天良，他的权力与胆量之大，无以复加。另外是官方传媒集体失声，继之便出现了与事实相反的文字，指责学生、批评弱者。这就是当时的中国社会现状。作为普通学生来说，大兵和校长都是惹不起的，尤其是女生。因为在中国社会权力是个好东西，官员感受到权力所带给他们的巨大寻租资源，在利益的裹挟之下，利益集团成了“到处乱摸的手”。两种新闻、相互矛盾的消息，社会不知哪种是真实的，大家都是一头雾水，当局混淆视听的目的就达到了。据说这件事发生以后，军队与学校还达成了某种密约，处理了士兵、慰问了校长，两边都有面子。所以鲁迅说自己最先得到的是矛盾的消息，后来证明了“那确乎是事实”，因为他知道“造谣是中国社会上的常事”。他借这则《启事》附加了《备考》的一组新闻

① 鲁迅：《启事》，《鲁迅全集》（第 7 卷），人民文学出版社 1981 年版，第 279 页。

消息，向读者全方位地揭示了这个事件的来龙去脉。

鲁迅曾经指出中国社会问题很多，但是说真话很难。社会上不能谈压迫与被压迫问题，“在中国做人，真非这样不成，不然就活不下去。例如倘使你讲个人主义，或者远而至于宇宙哲学，灵魂灭否，那是不要紧的。但一讲社会问题，可就要出毛病了。北平或者还好，如在上海则一讲社会问题，那就非出毛病不可，这是有验的灵药，常常有无数青年被捉去而无下落了。在文学上也是如此。倘写所谓身边小说，说苦痛呵，穷呵，我爱女人而女人不爱我呵，那是很妥当的，不会出什么乱子。如要一谈及中国社会，谈及压迫与被压迫，那就不成。不过你如果再远一点，说什么巴黎伦敦，再远些，月界，天边，可又没有危险了”，“我希望一般人不要只注意在近身的问题，或地球以外的问题，社会上实际问题是也要注意些才好”。[①]一种只准说好不准说坏，不允许出现不和谐的声音，不允许不同意见存在，强求舆论一律的传统，也是中国社会的一大特色。

中国社会要求人们说远话，注意自己自身的小利，把眼光收缩得极小，把语言夸张得极大，这是一个病态的社会。鲁迅曾心情沉重地说：“社会上千奇百怪，无所不有；在学校里，只有捧线装书和希望得到文凭者，虽然根柢上不离‘利害’二字，但是还要算好的。中国大约太老了，社会上事无大小，都恶劣不堪，像一只黑色的染缸，无论加进什么新东西去，都变成漆黑。可是除了再想法子来改革之外，也再没有别的路。”[②]

有人说中国社会要么改革，要么革命，改革总是跟着革命赛跑。社会出现分化就有不和谐的因素，大批的弱势群体是一个不可忽视的存在。他们的不幸是病态的社会造成的。鲁迅的小说大都是以这个病态社会中的不幸的人们为模特，目的是揭出病苦，以引起疗救的注意。例子当然是很多的，也是大家所熟知的。我们应该记住鲁

① 鲁迅：《今春的两种感想》，《鲁迅全集》（第7卷），人民文学出版社1981年版，第385页。

② 鲁迅：《两地书（四）》，《鲁迅全集》（第11卷），人民文学出版社1981年版，第20页。

迅的话，除了改革以外没有别的路可走。

二、鲁迅词语里的“中国文化”

“文化”这个词，据说全世界学者给它下了200多种定义，在俄国词典《苏联大百科全书》和英国的《大英百科全书》中有着完全不同的解释。我国从《周易》始一直发展到今天，各种各样的解释更是多不胜数。“中国文化”包罗万象，从传统到现代、从精神到物质，方方面面，一段时间以来似乎什么都是文化。学者林非曾经专门就此写过一本书，名曰《鲁迅和中国文化》，我不想做这么高深的学问。为了论述简便，本文在这里要说的，是鲁迅自己专门谈到的“中国文化”这一个词。

查《鲁迅全集》，鲁迅专门谈及“中国文化”和“中国的文化”这两个词的文章也只有7篇，专门提到这个词的时候仅有13次，并不是很多。分别是在《无声的中国》《现今的新文学的概观》《门外文谈》《中国语文的新生》等文章中各提到1次；在《〈伪自由书〉后记》中提到2次；在《偶感》和《老调子已经唱完》中分别提到过4次。当然鲁迅阐述中国文化的地方是相当多的，我们在此仅仅说的是这一词组的连用。通读这些文章，可以发现鲁迅对于“中国文化”的看法非常精当。

首先，他认为“中国文化”中的积弊根深蒂固。

鲁迅认为中国文化中有很多根深蒂固的东西，长期以来这种东西形成历史的积弊，即使有新的科技到了中国，也改变不了中国文化中的旧东西，旧的东西反而会借助新的科学招摇过市、继续存在。他说：“‘科学救国’已经叫了近十年，谁都知道这是很对的，并非‘跳舞救国’‘拜佛救国’之比。青年出国去学科学者有之，博士学了科学回国者有之。不料中国究竟自有其文明，与日本是两样的，科学不但并不足以补中国文化之不足，却更加证明了中国文化之高深。风水，是合于地理学的，门阀，是合于优生学的，炼丹，是合于化学的，放风筝，是合于卫生学的。‘灵乩’的合于‘科学’，亦不过其一而已。五四时代，陈大齐先生曾作论揭发过扶乩的骗人，隔了十六年，白同先生却用碟子证明了扶乩的合理，这真叫人从那里说起。而且科学不但更加证明了中国文化的高深，还帮助了中国文化的光大。马将桌边，电灯替代了蜡烛，法会坛上，镁光照出了喇嘛，无线电播音所日日传播的，不往往是《狸猫换太子》，《玉堂春》，《谢谢毛毛雨》吗？老子曰：'为之斗斛以量之，则并与斗斛而窃之。'罗兰夫人曰：'自由自由，多少罪恶，假汝之名以行！'每一新制度，新学术，新名词，传入中国，便如落在黑色染缸，立刻乌黑一团，化为济私助焰之具，科学，亦不过其一而已。此弊不去，中国是无药可救的。"[①]他再次指出，中国大部分人是满口新名词，满脑子旧思想。中国社会文化犹如一口大的染缸，一切新的东西进来都会变味。

当然，中国文化也自有她博大精深的一面，千百年来成为我们民族精神的精华。有学者说在中国历史上，征战不断军事不全胜是常有的事，但是在文化上我们从来也没有失败过。致力于激进改革的思想家鲁迅，更多地看到中国文化的另外一面，现在看来似乎大有偏激的情结，甚至会走入逻辑推理的不通境地，带有很强的片面性；其实对于中国文化深有了解的鲁迅，所采用的是另外一种手法，那就是为了保住开窗子的权利，就要提出拆掉房子的主张，以此来对付"改革一两，反动十斤"[②]的社会顽疾。在早期的文言论文中，他就再三地表达这层意思，他的目的在于介绍世界先进的新文化，为"五四"新文化运动呐喊，以便找出中国的问题和病根，借以推动社会变革，这也是那个时代改造国民性的一种需要。他也曾经这样说："中国的文化，便是怎样的爱国者，恐怕也大概不能不承认是有些落后。新的事物，都是从外面侵入的。新的势力来到了，大多数的人们还是莫名其妙。"[③]

为了坚持"五四"新文学的传统，坚持白话文学的正宗地位，

---

① 鲁迅：《偶感》，《鲁迅全集》（第5卷），人民文学出版社1981年版，第479页。

② 鲁迅：《习惯与改革》，《鲁迅全集》（第4卷），人民文学出版社1981年版，第224页。

③ 鲁迅：《现今的新文学的概观》，《鲁迅全集》（第4卷），人民文学出版社1981年版，第133页。

鲁迅还对于古文进行了揶揄。在香港的讲演中，鲁迅说作为中国文化最基本的古文，也不是什么可以炫耀的，因为它脱离大多数人。“文言和白话的优劣的讨论，本该早已过去了，但中国是总不肯早早解决的，到现在还有许多无谓的议论。例如，有的说：古文各省人都能懂，白话就各处不同，反而不能互相了解了。殊不知这只要教育普及和交通发达就好，那时就人人都能懂较为易解的白话文；至于古文，何尝各省人都能懂，便是一省里，也没有许多人懂得的。有的说：如果都用白话文，人们便不能看古书，中国的文化就灭亡了。其实呢，现在的人们大可以不必看古书，即使古书里真有好东西，也可以用白话来译出的，用不着那么心惊胆战。他们又有人说，外国尚且译中国书，足见其好，我们自己倒不看么？殊不知埃及的古书，外国人也译，非洲黑人的神话，外国人也译，他们别有用意，即使译出，也算不了怎样光荣的事的。近来还有一种说法，是思想革新紧要，文字改革倒在其次，所以不如用浅显的文言来作新思想的文章，可以少招一重反对。这话似乎也有理。然而我们知道，连他长指甲都不肯剪去的人，是决不肯剪去他的辫子的。因为我们说着古代的话，说着大家不明白，不听见的话，已经弄得像一盘散沙，痛痒不相关了。我们要活过来，首先就须由青年们不再说孔子孟子和韩愈柳宗元们的话。时代不同，情形也两样，孔子时代的香港不这样，孔子口调的‘香港论’是无从做起的，‘吁嗟阔哉香港也’，不过是笑话。我们要说现代的，自己的话；用活着的白话，将自己的思想，感情直白地说出来。”①

鲁迅在这里并不是全面否定古文，反而因为他懂得所以批之愈烈。他号召青年们说现代的话，保持现代的思想，用现代人的头脑思考问题，面向未来。

对于我们民族劣根性的文化，鲁迅是看得见不掩饰的，他听说杭州教会里英国医生的一本医书的序言中，称中国人为“土人”，开始自己还觉得很不舒服，后来仔细想想只好忍受了。鲁迅说：“试看

① 鲁迅：《无声的中国》，《鲁迅全集》（第4卷），人民文学出版社1981年版，第14页。

中国的社会里，吃人，劫掠，残杀，人身卖买，生殖器崇拜，灵学，一夫多妻，凡有所谓国粹，没一件不与蛮人的文化（？）恰合。拖大辫，吸鸦片，也正与土人的奇形怪状的编发及吃印度麻一样。至于缠足，更要算在土人的装饰法中，第一等的新发明了。”[①]鲁迅认为以“土人”二字称呼当地人本来没有什么恶意，后来专指野蛮民族就添加了一些新意，对于中国人不免有侮辱的意思，但是想想我们现在，除了接受这个名号以外，也实在没有别的方法。他的目的在于以此来刺激国民的自尊心，从而达到改革的目的。与之相反，每当有人攻击新文化的时候，鲁迅总是挺身而出，他号召国人特别是青年在文化上也要脱离旧套、吸纳新潮。

其次，他认为“中国文化”根本不重视人民大众。

当然中国大众都是生活在中国文化之中，他们或多或少都与中国文化有着千丝万缕的联系。鲁迅对此当然是知道的，但是他为了唤醒民众、为‘五四’新文学呐喊鼓劲，对传统文化的批判，是有过之而无不及的。在鲁迅那里，中国文化从来就没有重视过国民和大众，因此就与民众毫不相干。

他说：

现在也的确常常有人说，中国的文化好得很，应该保存。那证据，是外国人也常在赞美。这就是软刀子。用钢刀，我们也许还会觉得的，于是就改用软刀子。我想：叫我们用自己的老调子唱完我们自己的时候，是已经要到了。

中国的文化，我可是实在不知道在那里。所谓文化之类，和现在的民众有甚么关系，甚么益处呢？近来外国人也时常说，中国人礼仪好，中国人肴馔好。中国人也附和着。但这些事和民众有甚么关系？车夫先就没有钱来做礼服，南北的大多数的农民最好的食物是杂粮。有什么关系？

---

① 鲁迅：《随感录四十二》，《鲁迅全集》（第1卷），人民文学出版社1981年版，第327页。

> 中国的文化，都是侍奉主子的文化，是用很多的人的痛苦换来的。无论中国人，外国人，凡是称赞中国文化的，都只是以主子自居的一部份。
>
> 以前，外国人所作的书籍，多是嘲骂中国的腐败；到了现在，不大嘲骂了，或者反而称赞中国的文化了。常听到他们说："我在中国住得很舒服呵！"这就是中国人已经渐渐把自己的幸福送给外国人享受的证据。所以他们愈赞美，我们中国将来的苦痛要愈深的！
>
> 这就是说：保存旧文化，是要中国人永远做侍奉主子的材料，苦下去，苦下去。虽是现在的阔人富翁，他们的子孙也不能逃。[①]

鲁迅所论及的中国文化是很具体的，比如锦衣玉食是中国文化中的所谓"精华"，但是这些与普通大众根本就没有什么关系。大凡赞美中国文化的外国人，都是在中国享福（比如住得舒服）的人，赞美便是他们享福的"证据"。鲁迅的这段话出自在香港青年会的讲演，那个时候社会上有一股强烈的复古思潮，特别是一些外国人也大肆赞扬中国旧文化、旧思想。鲁迅在当时英国统治下的香港，他总结中国历史上的教训，更多地指出中国文化的负面作用，就是要对当局唱一些反调，他主张中国文化要关注大多数人，和民众有一些关系才好，目的还是主张革新。他尖锐地指出中国应该寻找新的道路、追寻新的真理，死守封建文化的"老调子"终究是要"唱完"中国的。

对于一些读书人，鲁迅有这样的忠告，他说：

> 所以，倘要中国的文化一同向上，就必须提倡大众语，大众文，而且书法更必须拉丁化。

---

① 鲁迅：《老调子已经唱完》，《鲁迅全集》（第7卷），人民文学出版社1981年版，第312页。

> 大众语文刚一提出，就有些猛将趁势出现了，来路是并不一样的，可是都向白话，翻译，欧化语法，新字眼进攻。他们都打着“大众”的旗，说这些东西，都为大众所不懂，所以要不得。其中有的是原是文言余孽，借此先来打击当面的白话和翻译的，就是祖传的“远交近攻”的老法术；有的是本是懒惰分子，未尝用功，要大众语未成，白话先倒，让他在这空场上夸海口的，其实也还是文言文的好朋友，我都不想在这里多谈。现在要说的只是那些好意的，然而错误的人，因为他们不是看轻了大众，就是看轻了自己，仍旧犯着古之读书人的老毛病。[1]

鲁迅在这里强调大众语要让大众都能够听得懂，因为启蒙的目的就是要唤醒民众，革命总是多一点人好，不要轻视大众的智商。这一点在鲁迅的思想中是一贯的，他多次强调要了解民众，不要书呆子气，革命是让人活的，教条主义害死人。

对于中国文化，鲁迅的看法常常与众不同。他能在寻常中找出异质，在普通中发现特殊。同样怀抱着中国文化的中国人，因为占有的经济、文化资源不一样，本质就有了极大的差异。他曾经这样说:“中国现在的所谓中国字和中国文，已经不是中国大家的东西了。古时候，无论那一国，能用文字的原是只有少数的人的，但到现在，教育普及起来，凡是称为文明国者，文字已为大家所公有。但我们中国，识字的却大概只占全人口的十分之二，能作文的当然还要少。这还能说文字和我们大家有关系么？也许有人要说，这十分之二的特别国民，是怀抱着中国文化，代表着中国大众的。我觉得这话并不对。这样的少数，并不足以代表中国人。正如中国人中，有吃燕窝鱼翅的人，有卖红丸的人，有拿回扣的人，但不能因此就说一切中国人，都在吃燕窝鱼翅，卖红丸，拿回扣一样。”[2]我们从表面上

---

① 鲁迅：《门外文谈》，《鲁迅全集》（第 6 卷），人民文学出版社 1981 年版，第 100-101 页。

② 鲁迅：《中国语文的新生》，《鲁迅全集》（第 6 卷），人民文学出版社 1981 年版，第 114 页。

看他好像以个别论一般，其实是沉痛的诛心之论。十分之二的人是“特别国民”，他们自认为“怀抱着中国文化”的，这一部分人又分成了各个阶层，最上面的当然是利益集团，他们“吃燕窝鱼翅，卖红丸，拿回扣”，绝对不能代表“中国人”，当然就更不能代表中国文化。

鲁迅的心头一直存在着“两种人”思路，他说过，“世界上有两种人：压迫者和被压迫者！从现在看来，这是谁都明白，不足道的”[①]，而且“这两种人，小康和贫乏，是不同的，悠闲和急迫，是不同的，因而收场的缓促，也不同的”[②]。鲁迅的中国文化观，就是在这不同中矛盾着、纠结着。在这矛盾与纠结中，体现着他从灵魂深处迸发出来的火一样的热情，那就是对于我们民族国家与底层大众有一种深切的大爱，这种与众不同的异质性情感，闪耀着杰出思想家的理性光芒。

“中国社会”和“中国文化”以及“中国社会文化”都是非常空泛而又具体的存在，我们中的许多人都会在这里被埋没、进而迷失。在这个世界上社会之宽泛，文化之浩瀚，社会文化之宏大，都使得我们对于这种没有固定形状的存在，难以理解，无法分析，即使用文字来规范它的意义也变得十分困难。正如要把空气抓在手里似的，它除了不在我们手里以外，它又无所不在。

对于这样的论题笔者深觉力不从心，只能以两个关键词，来寻找和探究一个思想家的心灵路程，犹如在茂密森林中撷取一片枝叶，从树叶的水珠上看到太阳。鲁迅毕竟是一个高超的异端思想家，在他那里对中国社会与中国文化是看得清摸得着的，而且抓住一点论述起来就得心应手、挥洒自如。

细细想来，有的时候一个伟人之大，会使得整个世界都变得很渺小。

2013年5月初稿，8月18日改定。

① 鲁迅：《祝中俄文字之交》，《鲁迅全集》（第4卷），人民文学出版社1981年版，第460页。
② 鲁迅：《正是时候》，《鲁迅全集》（第5卷），人民文学出版社1981年版，第503页。

鲁迅小说中的辛亥革命叙事

在辛亥革命一百周年的时候，重读鲁迅的小说是非常有意义的事情。鲁迅小说主要描写的，几乎都是辛亥革命前后发生在中国的社会现实。辛亥革命曾给鲁迅带来很大的惊喜，他再三地支持和肯定这场革命，认为中国男人从此剪掉了辫子，这可是非常重要的事情；他颂扬辛亥的英雄们，时常提醒人们不要忘了秋瑾、徐锡麟；他认为孙中山是非常了不起的革命家，一生都在革命。但是，不久鲁迅就开始了反思，因为，许多理想和现实的反差使他感觉到无比的失望。他的小说就是这种反思与失望的形象记录，也是他文学化的辛亥观。

本文主要以鲁迅的小说为参照物，分析鲁迅眼中的辛亥革命，解析他对于这场革命的形象言说和历史经验的经典总结。全文分为三个部分：首先是他看到了革命后社会的上层依然腐败，因为骨子里一切都是依旧的；其次是由于“家变”的缘故，使得他还注意到社会的下层，认为一般的贫民生活并没有因为这场革命而有任何改变；最后论述了以改造国民性为己任的思想者的情感挣扎历程。鲁迅肩负着一个明知不可为而为之的重担，为全民族摆脱奴隶的地位而呼喊奋斗。笔者的基本思路是通过小说，追寻鲁迅在上下依旧的社会现实中的上下求索历程，最终解释一个满怀激情的鲁迅，为什么会对辛亥革命由热变冷；并由此推论，鲁迅承载着以改造国民性为己任的历史重担之缘由，笔者认为，所有这些，若通过小说进行分析，也是可以解释的。

鲁迅是以启蒙主义和“为人生，而且要改良这人生”为宗旨，进行小说创作的。他用自己犀利的笔，刻画上层社会的堕落，描写下层社会的不幸，为的是“揭出痛苦，引起疗救的注意”[①]，这是他改造国民性工作的重要组成部分。可以说从一开始他就自觉背上了沉重的担子，这是需要不断呐喊、教育、挣扎并为之献身，而又不可能见到实效的工作；是一个民族需要几代人生生不息、为之奋斗躬行的事业；是一个至今也无法完成，并且是时进时退，甚至是进一步退两步的艰难前行。鲁迅义无反顾地选择了，他像一个战士，从某种意义上说更是一个先驱者，开始了这明知不可为而为之的奋斗。总结鲁迅小说中关于辛亥革命的言说，对于我们认识各种的革命和改革，认识过去、现在和将来的中国，理解一个伟人苦闷的心路历程，应该说是很有意义的。

一、“带兵的也还是先前的老把总”

辛亥革命以后，皇帝下了台不再坐龙廷了，百姓剪掉了辫子，国号变成了“中华民国”，一切都好像都是新的了。鲁迅在兴奋之余便从表面的“满眼是白旗”中，看到了“貌虽如此，内骨子是依旧的”[②]之现状。他是一个积极的革命者，我们经常说此时的鲁迅是一个“革命民主主义者”。日本的留学生活，使他知道所谓国家是怎么回事，官员的尽职与民众的觉悟应该是怎样的等等。因为辛亥革命的成功，也是他为之奋斗的理想。他留日期间，接触过许多革命党人，也正巧经历了清末革命党计划起事的过程，许多的志士回国献身前慷慨演讲，他也曾是在场聆听者之一。

在绍兴他曾和范爱农走在变革后的绍兴，感受新气象；也曾和学生们一起去迎接过王金发的部队。但是，这些人到来之后，立即被旧势力所包围，“因为还是几个旧乡绅所组织的军政府，什么铁路股东是行政司长，钱店掌柜是军械司长……这军政府也到底不长久，几个少年一嚷，王金发带兵从杭州进来了，但即使不嚷或者也会来。他进来以后，也就被许多闲汉和新进的革命党所包围，大做王都督。

① 鲁迅：《我怎么做起小说来》，《鲁迅全集》（第4卷），人民文学出版社1981年版，第512页。

② 鲁迅：《范爱农》，《鲁迅全集》（第2卷），人民文学出版社1981年版，第313页。

在衙门里的人物，穿布衣来的，不上十天也大概换上了皮袍子了，天气还并不冷”[①]。全国的大环境就更是不用说了，民国建立以后，政权被专搞阴谋诡计、擅用权术的袁世凯所篡夺，北京的各个政府部门旧式的官僚和保守人物也是很多的，安徽徐州的驻军还是清代原班人马，即张勋的辫子兵。从《鲁迅日记》中，我们可以读出他在教育部工作时的那种苦闷心情。

这种压抑感体现在他后来的作品中，新政府和旧人物的矛盾交叉，真的让人感到无奈。鲁迅在《阿 Q 正传》中写道：“据传来的消息，知道革命党虽然进了城，倒还没有什么大异样。知县大老爷还是原官，不过改称了什么，而且举人老爷也做了什么——这些名目，未庄人都说不明白——官，带兵的也还是先前的老把总。”[②]所以在鲁迅的眼中，革命以后的所谓民国骨子里仍然是“依旧”的。因为在基层的“未庄”，赵太爷的权势依旧是很大的，革命前他是那里的土皇上，地保跑来跑去地为他服务；革命后他的儿子赵秀才混进了革命党，以“假洋鬼子”为代表的乡县新官僚们，也还是为了他们这帮人服务，也就是说天下还是赵家人的。所以，从社会地位到个人生活，这个赵太爷依旧是没有什么变化的。

鲁迅为什么能够看出“旧”来呢？因为当时的东北仍在清政府统治之下，南方的战事处在胶着状态，皇室与革命派在上海举行议和会谈，皇室派出的是袁世凯的代表唐绍仪。此人完全按照袁世凯的意图，借清朝的势力压革命党，反过来又借革命党之力压皇室；由于革命党的软弱，袁世凯耍弄其惯用的权术和阴谋，经过讨价还价，谈判的结果是达成了一个奇怪的协议：皇帝退位，成立共和政体，同时公布了《关于大清皇帝辞位之后优待之条件》《关于清皇帝待遇之条件》和《关于满蒙回藏各族待遇之条件》等文件，民国终于得以成立。这当然是妥协的结果。最大的赢家既不是革命党也不是皇室，而是袁世凯。当然至少在表面上革命党人取得了名誉上的

① 鲁迅：《范爱农》，《鲁迅全集》（第 2 卷），人民文学出版社 1981 年版，第 313-314 页。
② 鲁迅：《阿 Q 正传》，《鲁迅全集》（第 1 卷），人民文学出版社 1981 年版，第 517 页。

所谓“革命成功”，清朝皇帝也保住了应有的体面。其最终的结果变成依旧是封建专制统治，保留了一个皇帝，同时又形成以袁世凯为中心的数个封建军阀各据一方；共同的特点依然是专制、独裁，实行原来的一套。只不过以前是一个皇帝，而现在则是数不清的新军阀。

从大的形势来说，当然是人心思变，势不可挡，但是这个胜利毕竟来得太快了。平心静气地想来，当时的革命党及其学生军队和精英分子，毕竟在清政府的国家机器面前显得羽翼未丰，如果不利用以袁世凯为代表的旧军队及其国家机器是不可能迅速成功的，于是便出现了“咸与维新”的局面。到鲁迅去北京教育部赴任的时候，北京实际上同时存在着两个政权，它既是新的所谓“民国政府”所在地，同时又是皇帝的所在地；中南海成了国民政府大总统的办公地，里面住着总统；而它旁边的紫禁城里，依旧住着还坐在宝座上的皇帝；外面用着西历，宫内用着农历。据溥仪的帝师庄士敦在《暮色紫禁城：洋帝师眼中的溥仪与近代中国》一书中回忆：“这一现象在世界上其他任何国家都不可能维持一周。然而，在中国，这种奇怪的现象却维持了十三年之久。”很多人都觉得难以置信，民国怎么会允许一个自称皇帝的人留在首都呢？然而，这就是活生生的现实。这对于富有强烈改革理想的鲁迅来说，当然会产生一种极大的刺激。他在讽刺与批判中进行着深层次的思考，思考这究竟是一场什么样的革命？毋庸讳言，袁世凯也是清朝的旧臣，一切几乎都没有改变，所以说骨子里是依旧的。鲁迅对于袁世凯的警惕很早，批判也是很多的。他认为不能对这些人抱希望，他们的本质就是旧的，所以“费厄泼赖”应当缓行。他从辛亥革命以后就开始反思，到《阿Q正传》的写作时，整整用了十年的时间。因而在鲁迅的小说中，多次显现民国后社会和官场的矛盾与悖论，这是革命党及其先进知识分子内心的一种无可奈何的纠结。小皇帝的存在，终于为以后的张勋复辟埋下了伏笔。鲁迅通过小说形象指出国家名称虽然变了，然而实质根本没有变化，他所向往的民国绝不应该是现在的这个样子。

《风波》写了乡村中的保守势力在精神上对民众的压制。那个乡绅赵七爷“是这三十里方圆内的唯一的出色人物兼学问家；因为有学问，所以又有些遗老的臭味。他有十多本金圣叹批评的《三国志》，时常坐着一个字一个字地读；他不但能说出五虎将姓名，甚而至于还知道黄忠表字汉升和马超表字孟起。革命以后，他便将辫子盘在顶上，像道士一般；常常叹息说，倘若赵子龙在世，天下便不会乱到这地步了”[①]。在乡村依旧是封建的宗法统治，像赵七爷这种人是很多的，革命来了他们就将头上的辫子盘起来，革命遇到挫折他们再将辫子放下去，然后就是反攻倒算。在《阿Q正传》中，写了未庄的所谓“革命党”成立之经过，赵秀才“写了一封‘黄伞格’的信，托假洋鬼子带上城，而且托他给自己绍介绍介，去进自由党。假洋鬼子回来时，向秀才讨还了四块洋钱，秀才便有一块银桃子挂在大襟上了；未庄人都惊服，说这是柿油党的顶子，抵得上一个翰林；赵太爷因此也骤然大阔，远过于他儿子初隽秀才的时候，所以目空一切，见了阿Q，也就很有些不放在眼里了”[②]。上梁不正下梁歪，从北京到乡下基本都是这个样子，当一起盗窃案久拖不破时，阿Q被糊里糊涂地抓进了县衙的监狱。同监的另外两个犯人“也仿佛是乡下人，渐渐和他兜搭起来了，一个说是举人老爷要追他祖父欠下来的陈租，一个不知道为了什么事”[③]。可见所谓新的司法，同以前并没有什么区别，到处依旧都是冤狱。

“民国”当然是民众之国、人民的国家，但是诸多的民众是不觉悟的，底层的村民根本不晓得革命，他们只是简单地知道革命就是拿掉了龙牌、剪去了辫子，因而就丧失了话语权和监督权，就是真正的参与权也不是在群众的手里。所以，虽然阿Q向往革命，但是“革命”并不需要阿Q，同时这个“革命”也没有给他带来任何好处。上层社会依然是旧的老样子，鲁迅在《弟兄》中展示给我们的是：“公益局一向无公可办，几个办事员在办公室里照例的谈家务。”[④]

---

① 鲁迅：《风波》，《鲁迅全集》（第1卷），人民文学出版社1981年版，第470页。
② 鲁迅：《阿Q正传》，《鲁迅全集》（第1卷），人民文学出版社1981年版，第518页。
③ 鲁迅：《阿Q正传》，《鲁迅全集》（第1卷），人民文学出版社1981年版，第522页。
④ 鲁迅：《弟兄》，《鲁迅全集》（第2卷），人民文学出版社1981年版，第132页。

《伤逝》里的涓生在双十节的前一晚接到局秘书处的解职通知，究其原因竟是："那雪花膏便是局长的儿子的赌友，一定要去添些谣言，设法报告的。到现在才发生效验，已经要算是很晚的了。"[①]因为自己的同居女友子君得罪了赵家亲朋"雪花膏"，该人利用和局长儿子的关系从中挑唆，所以涓生便失去了职位。可见"民国"的局长仍旧当着封建的官员，小公务员当然没有人权可言。至于教育当局聘请复古派加流氓高尔础出任女校教员[②]，地方的离婚大事也还是要靠所谓的"七大人"来解决，因为他是"和知县大老爷换贴"[③]的，这七大人的一声"呃啾"的喷嚏，也会把有理的爱姑吓得心脏"突突地乱跳"。这就是当时所谓的上层社会，面子是新的，而里子是旧的，结构从根本上并没有改变。虽然袁世凯这个旧臣做了新的大总统，管理着形式上的国家，但是在当时的县、乡、镇，封建的传统和旧的习俗依然如故。鲁迅用小说的形势，将这一切表现得非常清楚。

二、"阿 Q 也仍然下了跪"

鲁迅曾经这样说："任凭你爱排场的学者们怎样铺张，修史时候设些什么'汉族发祥时代''汉族发达时代''汉族中兴时代'的好题目，好意诚然是可感的，但措辞太绕弯子了。有更直截了当的说法在这里——一，想做奴隶而不得的时代；二，暂时做稳了奴隶的时代。这一种循环，也就是'先儒'之所谓'一治一乱'；那些作乱人物，从后日的'臣民'看来，是给'主子'清道辟路的，所以说'为圣天子驱除云尔'，现在入了那一时代，我也不了然。"[④]这是他经过许多世变历练以后的人生痛苦总结，他在家落国变中看到了世人的真面目；特别是下层社会的愚昧，给他的印象最为深切。

少年时期的伙伴儿，二十年后再次见面的时候，竟称自己为"老

① 鲁迅：《伤逝》，《鲁迅全集》（第 2 卷），人民文学出版社 1981 年版，第 117 页。
② 鲁迅：《高老夫子》，《鲁迅全集》（第 2 卷），人民文学出版社 1981 年版，第 75-76 页。
③ 鲁迅：《离婚》，《鲁迅全集》（第 2 卷），人民文学出版社 1981 年版，第 145 页。
④ 鲁迅：《灯下漫笔》，《鲁迅全集》（第 1 卷），人民文学出版社 1981 年版，第 213 页。

爷”，那个天真活泼的“少年闰土”早已一去不复返，“我”的所见是“他身材增加了一倍；先前的紫色的圆脸，已经变作灰黄，而且加上了很深的皱纹；眼睛也像他父亲一样，周围都肿得通红，这我知道，在海边种地的人，终日吹着海风，大抵是这样的。他头上是一顶破毡帽，身上只一件极薄的棉衣，浑身瑟缩着，手里提着一个纸包和一支长烟管，那手也不是我所记得的红活圆实的手，却又粗又笨而且开裂，像是松树皮了”[①]。生活的凄苦消磨了他的童心，更不要说什么理想之类，闰土要了几样东西，其中包括“一副香炉和烛台”，后来又提出要所有草灰，据说用稻草烧成的灰可以做沙地的肥料，多事的杨二嫂“在灰堆里，掏出十多个碗碟来，议论之后，便定说是闰土埋着的，他可以在运灰的时候，一齐搬回家里去”，这就是“我”少年时代的朋友。

乡间农家的晚饭时间，全家人为“七斤”被革命党剪掉了辫子而恐惧不已，“九斤老太”发着“一代不如一代”的慨叹[②]，当时的农民大部分不知道所谓的“辛亥革命”，他们只知道活着。革命前，华老栓为了治好儿子的肺痨，找刽子手康大叔买人血馒头，给华小栓吃；而这馒头上浸入的正是革命者夏瑜的鲜血[③]。革命成功后，每到双十节警察便吩咐百姓“挂旗”，脏兮兮的旗子一连挂了好几天，并没有人关心和过问，“他们忘却了纪念，纪念也忘却了他们”[④]！这就是当时中国下层社会的现实。

最有说服力的当然还是首推《阿Q正传》，作者写到阿Q糊里糊涂地被抓以后，有这样一段描写：“到得大堂，上面坐着一个满头剃得精光的老头子。阿Q疑心他是和尚，但看见下面站着一排兵，两旁又站着十几个长衫人物，也有满头剃得精光像这老头子的，也有将一尺来长的头发披在背后像那假洋鬼子的，都是一脸横肉，怒目而视的看他；他便知道这人一定有些来历，膝关节立刻自然而然

① 鲁迅：《故乡》，《鲁迅全集》（第1卷），人民文学出版社1981年版，第481-482页。
② 鲁迅：《风波》，《鲁迅全集》（第1卷），人民文学出版社1981年版，第471页。
③ 鲁迅：《药》，《鲁迅全集》（第1卷），人民文学出版社1981年版，第440页。
④ 鲁迅：《头发的故事》，《鲁迅全集》（第1卷），人民文学出版社1981年版，第461页。

的宽松，便跪了下去了。‘站着说！不要跪！’长衫人物都吆喝说。阿Q虽然似乎懂得，但总觉得站不住，身不由己的蹲了下去，而且终于趁势改为跪下了。‘奴隶性！……’长衫人物又鄙夷似的说，但也没有叫他起来。”[①]这就是革命后的大堂审讯，与以前根本没有什么区别。审判台上坐着的依旧是“老把总”之流的旧人物，审判台下跪着的仍然是无辜的农民，当然现在换上了阿Q，在此演出了一场现代版的“葫芦僧乱判葫芦案”。就在这上下都糊里糊涂之中，一个无知的农民被“判决”了死刑，使得阿Q的生命走向死亡。

鲁迅在谈到这篇不朽的小说创作时，曾经这样说：“现在我们所能听到的，不过是几个圣人之徒的意见和道理，为了他们自己：至于百姓，却就默默地生长，萎黄，枯死了，像压在大石底下的草一样，已经有四千年！要画出这样的沉默的国民的魂灵来，在中国实在算一件难事，因为，已经说过，我们究竟还是未经革新的古国的人民，所以也还是各不相通，并且连自己的手也几乎不懂自己的足。我虽然竭力想摸索人们的魂灵，但时时总自憾有些隔膜。在将来，围在高墙里面的一切人众，该会自己觉醒，走出，都来开口的罢，而现在还少见，所以我也只得依了自己的察觉，孤寂地姑且将这些写出，作为在我的眼里所经过的中国的人生。”他的创作目的是“能够写出一个现代的我们国人的魂灵来”[②]。中国人之间的隔膜相对而言是很深的，在那个信息由封建统治阶级独享的年代，百姓只能听到一种声音，彼此之间在各个方面都是不敢乱说的。一句“这大清的天下是我们大家的”[③]，震撼了多少人？然而，当时的一般百姓中竟然斥责为“疯话”，其中的深意又有几个人能真正懂得的？起码小说中的茶店和周围的人就没有一个能懂得，这是怎样的悲哀？

在文化生活困乏、信息资源闭塞、“莫谈国事”和暗探特务横行

---

① 鲁迅：《阿Q正传》，《鲁迅全集》（第1卷），人民文学出版社1981年版，第522-523页。

② 鲁迅：《俄译本〈阿Q正传〉序及著者自叙传略》，《鲁迅全集》（第7卷），人民文学出版社1981年版，第82页。

③ 鲁迅：《药》，《鲁迅全集》（第1卷），人民文学出版社1981年版，第446页。

的社会，民众不懂得外面的世界是正常的。群众的愚昧和无聊是统治阶级的“治绩”。这种麻木和无聊还表现在他们的“看”上，看华小栓吃人血馒头、看杀头、看游街示众、看一切他们认为有刺激的东西。《阿Q正传》写阿Q被绑入法场的全过程，充分展示了民间的这种“看”——一大群的庸众在看、吴妈也在看，阿Q觉得人丛里到处是像鬼火一样的眼睛。最后看客们十分失望，原因是枪毙没有杀头好看，再就是阿Q竟然没有唱一句戏，让他们白白跑了一趟。这就是大众，这就是那个时代的大众心理。

辛亥革命的先烈死去了，乡俗世风还是不能理解，革命成功前夏瑜的坟在城墙根地面路左边，那里埋着的都是死刑和瘐毙的人；华小栓埋在路的右边，这里是正常死亡人的坟地，中间是一条歪歪斜斜的细路，这是一条隔阂的路、一条难以穿越的路，当然也是人与人的一个厚障壁。这是何等的悲哀？我想任何人读到此处后都会心潮难平。当然在《药》中，鲁迅还是写了夏瑜的坟上有一个花环，“花也不很多，圆圆的排成一个圈，不很精神，倒也整齐”[①]。鲁迅早期的作品深受俄罗斯作家果戈理和安特莱夫的影响，格式特别、忧愤深广，当然也会有些阴冷。所以，他和钱玄同的交流不能不谈到这些。查当时的《鲁迅日记》“晚钱玄同来”“夜钱玄同来”的记录屡见不鲜，据统计多达近百处。由此可知那时他们之间接触频繁、交谈甚多。由于钱玄同找鲁迅的主要目的是约稿，彼此之间围绕小说的商讨和对话是可以想见的。鲁迅说：“我虽然自有我的确信，然而说到希望，却是不能抹杀的，因为希望在于将来，决不能以我之必无的证明，来折服了他之所谓可有，于是我终于答应他也做文章了。”“在我自己，本以为现在是已经并非一个迫切而不能已于言的人了，但或者也还未能忘怀于当日自己的寂寞悲哀吧，所以有时候仍不免呐喊几声，聊以慰藉那正在寂寞里奔驰的猛士，使他不惮于前驱。”所以鲁迅又这样写道：“既然是呐喊，则当然须听将令的了，所以我往往不恤用了曲笔，在《药》的瑜儿的坟上平空添上一个花

① 鲁迅：《药》，《鲁迅全集》（第1卷），人民文学出版社1981年版，第448页。

环，在《明天》里也不叙单四嫂子竟没有做到看见儿子的梦，因为那时的主将是不主张消极的。”[①]1933 年出版的《鲁迅自选集》中，《药》和《明天》都没有被收录进去。我想其原因当然是多方面的，可是不应排除：“花环”是“不恤平空添上”去的，为了增加作品的若干亮色，平白无故地在坟上加上一个花圈，以表达对于革命先烈的纪念，这就使作品有了若干亮色，是让人们看到些希望。试想如果没有这个“花环”，又会是怎样地震撼人心！先烈慷慨壮烈地牺牲了，愚昧的百姓却吃蘸着他们鲜血的馒头治肺痨，而在那样的中国，人们不但对于先烈忘却了纪念，而且还吃着他们的血，也就是所谓的“吃烈士”，小说如果这样写，在读者中会产生怎样的震撼、又引起怎样的悲哀？鲁迅这样写不仅增加了小说的阴冷和悲哀气氛，而且在思想上也会更有深度。然而为了与当时的前驱者取同一步调，他改变了原来的构思。小说结尾虽然增加了所谓的“亮色”，但民间真的并没有任何的亮色。我们从鲁迅的小说中读到的，处处尽是灰色与黑色。

无论是鲁镇的祝福时的天空，还是华老栓买人血馒头时的后半夜；无论是“我”离开故乡的黄昏，还是《阿 Q 正传》中那些数不清的暗夜、单四嫂子期待明天的那个长夜等等，在鲁迅笔下那是何等的压抑啊，下层社会的劳动者只能是如此。

再反观读书人呢，就是那些不同层次的知识分子，他们所面临的也是无尽的黑暗。辛苦辗转生活的“我”走着不知远方为何物的夜路，史涓生在自责与痛苦的春夜中寻找失去的子君，酒楼上的吕纬甫发出无奈与无望的慨叹，方玄绰在欠薪中度过的那个端午节，都是同样的无奈。人与人之间缺乏起码的同情，大家都是不相通的，每个人的心灵上都有一层厚障壁，辛亥革命后建立的民国，各地百姓的日子还是依旧的，他们只能在这黑暗的色调中，度过自己平淡的一生。

---

① 鲁迅：《〈呐喊〉自序》，《鲁迅全集》（第 1 卷），人民文学出版社 1981 年版，第 419 页。

国旗已经改变，民间却没有改变；国号已经改变，上下阶层生活却没有改变。这就是鲁迅小说写给我们的后辛亥现实。辛亥前后平民思想依旧，生活与地位依旧，仍然是被压迫、被奴役、被统治，因为革命既没有改变社会制度，又没有改变等级观念；既没有改变人际关系，也没有改变习惯与人情。这一切都证实了鲁迅"内骨子是依旧的"之论断，这种观念一直保持到30年代。他写有一首诗纪念当时牺牲的青年作家，其中一句是"城头变幻大王旗"①。政权的改变，永远是上层的事情，小百姓是无能为力的。鲁迅认为中国人的不觉悟是国情和时代造成的，他曾说："民国成立的时候，我住在一个小县城里，早已挂过白旗。有一日，忽然见许多男女，纷纷乱逃；城里的逃到乡下，乡下的逃进城里。问他们什么事，他们答道，'他们说要来了。'可见大家都单怕'来了'，同我一样。"②所以无论是官是匪，百姓的经验就是"纷纷乱逃"，他们既害怕官又怕匪，听到"来了"就只有逃一条路。这就是中国的百姓，你说他不觉悟也好、说他愚昧也好，但是百姓有百姓的生活；他们首先是要活着、要温饱，最后才是要发展，在这之中最要紧的当然就是顺生主义。也就是说官员有官员的事业，百姓有百姓的活法，彼此之间是毫不相干的。

革命如果没有给百姓带来实在的利益，那么群众的思想当然也还是"依旧"的。

三、"我觉得什么都要从新做过"

鲁迅最初对这场革命是欢呼的，对于辛亥的先烈是怀念的。从进化论的角度分析，他也是认为现在比过去好，将来比现在要好。如果以清醒的头脑来仔细考察的话，我们就会发现，鲁迅从那时起就感到中国上上下下到处弥漫着一种奴气。这在他的灵魂深处产生了极大的刺激，因为他有一颗不甘做奴隶的心。

---

① 鲁迅：《为了忘却的记念》，《鲁迅全集》（第4卷），人民文学出版社1981年版，第487页。

② 鲁迅：《"来了"》，《鲁迅全集》（第1卷），人民文学出版社1981年版，第348页。

他不赞成到处鼓掌，认为鼓掌是会拍死人的。他曾经说过："想到敝同乡秋瑾姑娘，就是被这种劈劈拍拍的拍手拍死的。"[①]对此他是非常警惕的。鲁迅认为，什么都要从新做过，他上下求索的是追求"第三样的时代"，也就是没有压迫、不做奴隶的时代。

早在纪念辛亥革命14周年的时候，鲁迅曾总结过一次历史的经验。他说："我觉得仿佛没有所谓中华民国。我觉得革命以前，我是做奴隶；革命以后不多久，就受了奴隶的骗，变成他们的奴隶了。我觉得有许多民国国民而是民国的敌人。我觉得有许多民国国民很像住在德法等国里的犹太人，他们的意中别有一个国度。我觉得许多烈士的血都被人们踏灭了，然而又不是故意的。我觉得什么都要从新来过。退一万步说罢，我希望有人好好地做一部民国的建国史给少年看，因为我觉得民国的来源，实在已经失传了，虽然还只有十四年！"[②]正是为着不让这民国的来源"失传"，鲁迅才写了这么多的作品，告诉读者革命前与革命后到底是怎样的。在他的小说里，虽说有些光亮是"凭空"添加上去的，是不得已而为之的，但是，细心的读者还是能够找到他的那种痛苦追求的痕迹。

辛亥前的先烈自不必说，"狂人"和"疯子"在那时候便有了各自的觉醒和目标，狂人所说的："你们立刻改了，从真心改起！你们要晓得将来是容不得吃人的人……"[③]这便是一个信号。辛亥革命以后，鲁迅还是在心情上产生了变化，他的小说也及时地记录了这种变化，虽然这种记录是零散的，但我们还是能够感觉到一种屈原式的"上下求索"的精神。

他发现所谓国民的思想，在潜意识中有许多的奴性，这种奴性甚至渗透到骨髓里面去了。《阿Q正传》是他给所有的国人立传，他希望这个传记速朽，写作时感到万分的困难，"仿佛思想里有鬼似的"，这是一个思想启蒙者苦恼的寻找和追求，他思索要创造怎样的

---

① 鲁迅：《通信》，《鲁迅全集》（第3卷），人民文学出版社1981年版，第446页。

② 鲁迅：《忽然想到（三）》，《鲁迅全集》（第3卷），人民文学出版社1981年版，第16页。

③ 鲁迅：《狂人日记》，《鲁迅全集》（第1卷），人民文学出版社1981年版，第431页。

时代才会有现代的国民，他要通过普通人反衬出我们国人的魂灵来。在《一件小事》里，作者说善良的车夫身上反映出来的人道主义思想，衬托出皮袍下面藏着的自己的“小”来，却于“我”有意义，“叫我惭愧，催我更新，并且增长我的勇气和希望”。《故乡》中的另一个“我”，对于闰土的同情与悲悯，又是一种将自己也放进去的反省，他希望着孩子们过上一种“新的生活，为我们所未经生活过的”。在《孤独者》中，“我”最后去看魏连殳入殓后，“我快步走着，仿佛要从一种沉重的东西中冲出”，也是有一种自我情绪的流露，那是对魏连殳被迫害后扭曲形象的一种怒吼和抗争。《在酒楼上》写道，“我”听着吕纬甫的谈话，对于他的敷衍与落伍感到无奈，在寒风和雪片中，吕纬甫和“我”的方向正相反，“我独自向着自己的旅馆走去”，“倒觉得很爽快”，就是暗示着对于敷衍与落伍的反感。在《伤逝》里，涓生那种上天入地表达悔恨和悲哀的情绪，为的还是“向着新的生路跨进第一步去”，这种自省与反思是无比强烈的，在大段的抒情文字中，可以读出作者反思的字字血声声泪来。

然而，各种“吃人的人”“改了”吗？对于《肥皂》中的四铭、《高老夫子》中的高尔础，作者极尽讽刺挖苦之能事，暴露出他们在复古守旧幌子后面，掩藏着的肮脏堕落之丑态。通过形象反映出社会名称虽然改变了，但是旧的社会制度和思想所产生的残余并没有去掉。阿Q式的革命、阿Q的“精神胜利法”、阿Q的种种幻想等，依然在统治阶级和一般民众中普遍存在，用周作人的说法，它还是士大夫夸示的情状。

读这些小说的时候，我们当然会想到辛亥以后的社会现实，想到鲁迅对于辛亥革命的失望。其实早在王金发的军队进了绍兴城不久，鲁迅就开始对他们失望了，他觉得这些人和以前的官员差不多，腐败在不断地增生，他所希望的辛亥革命绝对不是现在的这个样子。到了北京以后，他更是看到了强烈的反差，昔日的奴才成了新的奴隶主，投机派摇身一变做了新贵，没有改变的东西实在太多了。作为文学家的鲁迅，开始了深刻的思索。特别是他在表现那些人那些事的时候，注意到了中国人的奴性；新来的奴隶主同时也是奴隶，民众还是保持着不变的奴隶地位，区别就在于是坐稳了奴隶还是做奴隶而不得。他开始对辛亥革命进行全面的反思:“说起民元的事来，那时确是光明得多，当时我也在南京教育部，觉得中国将来很有希望。自然，那时恶劣分子固然也有的，然而他总失败。一到二年二次革命失败以后，即渐渐坏下去，坏而又坏，遂成了现在的情形。其实这也不是新添的坏，乃是涂饰的新漆剥落已尽，于是旧相又显了出来。使奴才主持家政，那里会有好样子。最初的革命是排满，容易做得到，其次的改革是要国民改革自己的坏根性，于是就不肯了。所以此后最要紧的还是改革国民性，否则，无论是专制，是共和，是什么什么，招牌虽换，货色照旧，全不行的。”[①]从前认为光明和希望的东西，原来是“涂饰的新漆”，现在“剥落已尽”，又露出了他的真面目。所以他把“改革国民性”作为他自己“最要紧”的工作。

鲁迅曾满怀激情地迎接辛亥革命,非常敬佩孙中山的革命精神。他说:“中山先生的一生历史俱在，站出世间来就是革命，失败了还是要革命；中华民国成立之后，也没有满足过，没有安逸过，仍然继续着进向近于完全的革命的工作。”[②]他赞扬的是孙中山的不满足、不安逸、不腐败、不忘初心而有追求的革命精神，这也是他对于革命者评价的基本标准。他汲取孙中山的这种革命精神，并将之用到文学上来。他放弃了医学选择了文学，他说:“觉得医学并非一件要紧事，凡是愚弱的国民，即使体格如何健全，如何茁壮，也只能做毫无意义的示众的材料和看客，病死多少是不必以为不幸的。所以我们的第一要著，是在改变他们的精神，而善于改变精神的是，我那时以为当然要推文艺，于是想提倡文艺运动了。”[③]这是一段看似无情却有情的文字，其中的痛苦、无奈和追求，只有他自己才能

① 鲁迅:《两地书（八）》,《鲁迅全集》(第 11 卷)，人民文学出版社 1981 年版，第 31 页。

② 鲁迅:《中山先生逝世后一周年》,《鲁迅全集》(第 7 卷)，人民文学出版社 1981 年版，第 293 页。

③ 鲁迅:《〈呐喊〉自序》,《鲁迅全集》(第 1 卷)，人民文学出版社 1981 年版，第 417 页。

更深切地知道。

“我觉得什么都要从新做过”，他说，“自然，也不满足于现在的，但是，无须反顾，因为前面还有道路在。而创造这中国历史上未曾有过的第三样时代，则是现在的青年的使命！”[①]“从新来过”，去追求“第三样的时代”，也就是永远不做奴隶的新时代。这才是鲁迅的理想。

为了改造国民的精神，他选择了文艺，并付出了艰苦的努力；读《呐喊》《彷徨》的篇章，我们时时会感到作者那种像火一样的激情，同时还会感到作者也有像冰一样的冷峻；在这冰与火的相交挣扎之中，作家在心灵上经历了痛苦的撕裂似的炼狱和涅槃，改造国民性的思想几乎贯穿了鲁迅的一生，他的小说就是他在冰与火的煎熬中的形象记录。

2011 年 8 月 25 日初稿，9 月 10 日改定。

① 鲁迅：《灯下漫笔》，《鲁迅全集》（第 1 卷），人民文学出版社 1981 年版，第 213 页。

鲁学探微

“听将令”新解

把《〈呐喊〉自序》收进中学的语文课本，我是极为赞成的。这不仅是因为此文可以帮助学生了解作者的生平事迹，而且它也是理解鲁迅小说创作的一把钥匙；因此，讲好《〈呐喊〉自序》对于学生理解鲁迅小说的创作意图，应该是很有帮助的。

鲁迅在这篇自序中，把自己前期写的一些小说，说成是“听将令”的结果。那么他是听谁的“将令”呢？有人说，那时的主将“毫无疑问就是李大钊”[①]，又因为李大钊是一个在政治上毫无问题的、好到死的共产党员，听他的话总是没有错的，因此听李大钊的就是听共产党的“将令”。以此类推来拔高鲁迅，说他写《呐喊》的时候就听共产党的话了，所以鲁迅听的当然就是李大钊的“将令”了。一些讲现代文学的教授，提及此处也说鲁迅听的是“具有无产阶级思想的知识分子”[②]的“将令”。人云亦云，这类想当然提法一直延续至今。更有甚者，有一本鲁迅研究的书在解释《〈呐喊〉自序》时，根据“听将令”的提法便得出结论说：“他（即鲁迅——引者注）是自觉地服务于政治的，这是难能可贵的；用我们今天习惯的话来说，就是在先进的世界观（前驱思想）指导下，去反映现实生活的真实。鲁迅不仅是自觉地将文艺服务于政治的典范，同时也是自觉地用先进思想作指导去克服自己的弱点，从而更有效地服务于政治的典范。”[③]这真的就言过其实了。如此高论经得起推敲吗？笔者认为绝非如此。其主要原因在于这些老师们，把鲁迅的这句话理解得过实，

---

① 陈鸣树：《保卫鲁迅的战斗传统》，百花文艺出版社，1959年8月第1版。

② 散见于一些高校自编的《中国现代文学史》。

③ 李允经、颜雄、卢今编：《鲁迅作品教学研究》，湖南人民出版社1981年1月版，第11页。

岂不知“听将令”乃是鲁迅的自谦之笔。下面我想谈谈自己的不同的理解。

“听将令”的提法，是鲁迅在写到老朋友金心异（系指钱玄同）来约稿以后提到的。当时的鲁迅思想上十分苦闷，辛亥革命后一切都是“依旧”的，这与他以前的期望值大相径庭；老朋友范爱农的惨死，又使他在悲愤中产生了“余亦等轻尘”①的悲观想法；北洋军阀政府在政治上十分腐败，他在体制内的教育部“枯坐终日，极无聊赖”②。这也许就是作者在《〈呐喊〉自序》中所说的“不愿追怀”之“几样更寂寞更悲哀的事”。中国社会的“依旧”现状，使他在苦闷中甚至有些颓唐，对当时的所谓“文学革命”，他开始也并没有怎样的热情，因而一个人整天在会馆里，用抄古碑来麻醉自己。在《〈呐喊〉自序》中，鲁迅详细讲述了由于钱玄同的启发，他才开始小说创作的经过。钱玄同在《我对于周豫才之追忆与略评》一文中，也讲了当时的一些情况，他说：“我认为周氏兄弟的思想，是国内数一数二的，所以竭力怂恿他们给《新青年》写文章。但豫才则尚无文章送来，我常常到绍兴会馆去催促，于是他的《狂人日记》小说居然做成而登在第四卷第五号里了。自此以后，豫才便常有文章送来。”③

近日重读黎锦熙的《钱玄同先生传》，发现一些资料颇有参考价值，由此也联想到事情的来龙去脉。黎锦熙在谈到文学革命时期的钱玄同时，这样写道：“他（系指钱玄同——引者注）也不甚爱看新的小说戏剧等作品和翻译品；对于鲁迅作风的深刻冷峭，以及后来‘小品文’和‘幽默’文学的提倡，他都有微词，说容易引导青年走上‘冷酷’或‘颓废’的路……”。读了这段文字，我们便可知道那个当年夹着大皮包、常去找鲁迅约稿的钱玄同，那时的他是抱着怎样的思想，去找鲁迅约稿以及谈话的基本内容了。

---

① 鲁迅：《哀范君三章》，《鲁迅全集》（第7卷），人民文学出版社1981年版，第425页。

②《鲁迅日记》，1912年5月10日，《鲁迅全集》（第14卷），人民文学出版社1981年版，第1页。

③ 据钱玄同先生手稿，此件现藏北京鲁迅博物馆。

由于鲁迅在执笔中“不暇顾及”，他的作品自然会出现“未能忘怀于当日自己的寂寞的悲哀”之痕迹。而钱玄同当时不主张悲观消极，他“对于鲁迅作风的深刻冷峭”之“微词”与黎锦熙都讲过，当他代表《新青年》编委会去约稿时，为人耿直坦率的钱玄同对鲁迅小说的不同看法，必然会对作者讲明。查这段时间的《鲁迅日记》，“晚钱玄同来”“夜钱玄同来”的记载屡见不鲜，据详细统计多达百余次。由此可以看出他们之间接触频繁、交谈甚多，由于钱玄同找鲁迅的主要目的是约稿，他们之间以鲁迅小说为主要谈资的争执对话，应该是可以想见的。

所以，鲁迅在《〈呐喊〉自序》中这样写道：“既然是呐喊，则当然须听将令的了，所以我往往不恤用了曲笔，在《药》的瑜儿的坟上平空添上一个花环，在《明天》里也不叙单四嫂子竟没有做到看见儿子的梦，因为那时的主将是不主张消极的。至于自己，却也并不愿将自以为苦的寂寞，再来传染给也如我那年青时候似的正做着好梦的青年。”从上下文来看，我认为鲁迅在此讲的“听将令”，系指对钱玄同所提意见的一种谦辞；“朋友们的嘱托”“在寂寞里奔驰的猛士”和“那时的主将”均为同义词，系对钱玄同等《新青年》编委们的一种尊称。如果把这段话解释为鲁迅“自觉地服务于政治”，则未免过于牵强，因为当时鲁迅的思想并没有达到这样的高度，他只是为了帮助一下这些朋友。

“在《药》的瑜儿的坟上平空添上一个花环”，“平空”就是平白无故的意思，没有什么道理也不必过度解读。我们今天将此举，理解为同人对先烈的悼念也是可以的。“在《明天》里也不叙单四嫂子竟没有做到看见儿子的梦”，如果叙述出静夜中的单四嫂子竟没有做到看见儿子的梦，虽然增加了悲凉阴冷之感，但是会使小说更加有深度；然而鲁迅没能这样做，正是他听了钱玄同的意见以后，用了“曲笔”的结果。因为那时的钱玄同等人“是不主张消极的”，所以鲁迅在修改小说时便毫无顾虑地打破自己原来的构思，为的是使作品“比较的显出若干亮色”[①]，与《新青年》的这些前驱者取同一步调。因为钱玄同曾说过“深刻冷峭”“容易引导青年走上‘冷酷’或‘颓废’的路”，所以鲁迅在这里（“听将令”的后面）特别写明：“至于自己，却也并不愿将自以为苦的寂寞，再来传染给也如我那年青时候似的正做着好梦的青年。”这句话既可以看作是作者对于“用曲笔”的解释，又可以说是“听将令”的结果。一部小说中好几篇文章都有人指点，作者的不能尽兴是可以想见的。所以鲁迅要把它说出来，这也许就是作者在《〈呐喊〉自序》中，需要说明的一个原因。

试想，如果在《药》的结尾处，夏瑜就义以后的坟前，连一个花圈也没有的话，那将会产生多么大的震撼；如果单四嫂子的儿子死后，这个悲哀的妇女，在那个凄凉的夜里，梦中都不能见到死去的儿子，这又会给读者怎样的冷酷和悲哀？小说写到此处正如鲁迅的杂文，催人猛醒、促人奋进，达到改变中国、改造国民性的强烈目的。但是，钱玄同来了。小说就朝着更中国化的路数发展下去，终于成了我们现在所看到的样子。

从后来上海天马书店出版的《鲁迅自选集》看，该书仅从《呐喊》中选取了5篇小说，这本由鲁迅亲自选编的书中，并没有把《药》和《明天》收进去，可见鲁迅对这两篇“听将令”之后“用了曲笔”的小说并不是很满意。当时只是不得已而为之的，因为钱玄同的“将令”干扰了鲁迅原来的构思，使他不能尽兴。如果说鲁迅当时所听的“将令”，是“无产阶级”思想或是“李大钊”的指示，当时的鲁迅“是自觉地将文艺服务于政治的典范”的话，那么到了1933年，接触了更多苏俄理论和不少共产党人的鲁迅，在《鲁迅自选集》中删掉这两篇“听将令”最为具体的小说，不是置自己以前的“革命资历”于不顾了吗？

我们从事鲁迅作品教学或搞研究，一定要以原著为基础，根据

① 鲁迅：《〈自选集〉自序》，《鲁迅全集》（第4卷），人民文学出版社1981年版，第455页。

当时具体的时代背景，参照相应的有关材料，结合鲁迅的思想发展，得出实事求是的结论。生搬硬套的理论应该停止，不切实际的拔高必须废除。对待鲁迅研究，应该和现代文学中的其他作家作品研究一样，再也不要受摇摆不定的所谓“路线”和“理论”左右了。

“鲁迅知多少”简论

怎样把鲁迅交给青年读者，让他们读懂鲁迅，从而走近深刻呢？

在21世纪的青年人头脑里，对于鲁迅究竟知道多少？这似乎是人们越来越不关心的问题了。有调查表明：青年学生除了课本上学到的那点儿鲁迅以外，很少读鲁迅的作品，当今有谁还成天拿着鲁迅的书呢？知识经济、信息时代，文化泡沫，鲁迅也好像正渐渐地离青年们而远去。是历史进步了还是鲁迅过时了呢？

历史无疑是进步了，当今我们面临着一个历史上从来没有过的宽容的时代。我们可以喜欢鲁迅，甚至也可以保卫鲁迅；但同时有些人可以不喜欢鲁迅，批判鲁迅；我们有捍卫鲁迅的传统的权利，同时我们也保护别人批评鲁迅的权利，这就是今天我们所处的时代。

鲁迅早就希望自己速朽，希望人们忘记他。但是他并没有随着历史的进步而过时，他的精神正和他的作品一样感动着无数的中外人士，在世界名人名著评选中他总是为我们的民族争得荣誉；他所批判的社会丑恶现象今天不是少了，而是仍然顽固地存在着，甚至我们涌起一种无法表达的愤怒之时，在他的文章中已经用一种痛快淋漓的语言代替我们出气了；他撕假面，斥无耻，嘲“西崽”，打走狗，桩桩件件都让我们难忘，读他的书我们才会感觉到那种从来未有过的深刻；有学者说他是中国文化的守夜人，有他在我们就觉得踏实。

另外，还有调查表明：有不少学生认为鲁迅让他们感到不是那么亲切。比如：有的中学生发现鲁迅写错别字时，老师说那是通假字，鲁迅写不算错而你写就是错；还有人认为鲁迅关于青年必读书的回答是“做秀”，如今毛泽东都可以说得，为什么鲁迅就说不得；更有甚者，认为鲁迅处处批评别人，他爱揭别人的短处，别人总是不对而他怎么总是有理，好像真理总是在他一个人身上似的；还有人说鲁迅从来不爱笑，他老先生整天紧闭嘴唇、胡须冷峻、发如青松、围巾飘逸，似乎时刻都在呼啸着战斗，他的内心里一定很阴暗……等等。

发生这样的事情很值得我们去认真思考，原因应该是多方面的。

首先，这反映出当今青年对鲁迅真的是知之甚少。他们善于逆向思维，“你”越是僵化地宣扬鲁迅怎么好“我”越是不听“你”的，因为社会上允许出现不同的声音。他们赶上了改革开放的好时候，中国从来也没有像今天这样强盛，生活从来没有像今天这样丰富多彩，各种信息纷至沓来，国际国内即时知晓，世界也正因此而变小。

鲁迅的时代和作品看似离我们很近，其实细想起来也有些遥远了。正可谓黯淡了刀光剑影，远去了文学争鸣，而今留在青年们面前的仅仅是鲁迅的姓名。过去是青年们苦苦地追寻鲁迅，冒着某些危险去寻找鲁迅的作品；而现在有些青年人则是要远离鲁迅，在众多的读物面前迷失了自己。试问有多少人认认真真地读过《阿Q正传》，又有多少人读过鲁迅早期的五篇文言论文呢？他们想问题大多是全球化的是有国际性的，又因为他们是中国人，所以就发生了一种我们所感觉到的反差。比如，在一片赞许声中他们想唱点反调，在一片好评之中他们从心理上产生排斥。其实这是一种很现代的好现象，关键在于怎样引导。从几十年前就有青年说鲁迅是一块“老石头”，现在应该把它搬开了，但事实呢？不但没能搬开，据说那位当时的青年后来自己也改变了。这里有一个从不知到渐知、从知之皮毛到知之较多的转化过程。

其次，我们的鲁迅研究者也是干系重大，需要认真进行反思。比如，我们的研究者写出的那个鲁迅是不是真实的鲁迅？青年人不喜欢的是你解构的鲁迅还是真实的鲁迅？正如有一千个读者就会产生一千个哈姆雷特一样，有多少研究者就会有多少被解构的鲁迅。鲁迅是我们民族的脊梁这本不错，但是懒惰僵化的研究者认为他是万能的，总是正确的，把他像神一样供起来，所以不论什么形势来临都往他身上涂油彩，让他适应各种形势，不断组合成新的主流话语，这正好上了“四人帮”的当。形势变了，某些研究者的心态和思维方式却没有改变，这是非常危险的。新中国成立以来的鲁迅研究值得反思的东西太多了，现在想来我们的心情都会觉得很沉重。更有一些研究者把鲁迅当成祖师爷，自己高高在上地用鲁迅教训年轻人，他们实心实意地以拔高到歪曲的程度来研究鲁迅、用美化到极端的方式来贬损鲁迅，那些满纸套话空话的所谓研究文章看似在制造垃圾，实际上是贻害无穷。

再次，功利性和实用主义的研究也是不可回避的问题。有的研究者是为了评职称才去写研究鲁迅的文章，这就把鲁迅研究变成了敲门砖，一旦幸福之门被打开，他的所谓研究也就完成了任务。还有一位导演在他拍的鲁迅电视剧里有这样一个镜头：北京故宫角楼下，鲁迅与许广平慢慢走着，许说：“北京的夜景可真美！”鲁迅看着许说：“景美人更美！”许不好意思地说：“先生你真坏！”看了这样的电视剧真是令人喷饭！

现在是真的应该想一想了，我们的研究者给青年人的是一个什么样的鲁迅？早在 20 世纪 30 年代的杭州就出现过假鲁迅的事情，不想闹剧在今天的研究界还依然上演着。

那么怎样把鲁迅交给青年读者，让他们读懂鲁迅，从而走近深刻呢？

第一，研究界的首要任务就是要讲真话。把真实的鲁迅原原本本地告诉给当今青年，还鲁迅本来面貌；再者还要面对各种文化潮流的挑战，在各种文化潮流面前，我们的研究者不要盲目地失去了本体的自我。“五四”的精神传统是一定要坚持的，因为没有“五四”就没有鲁迅；同时还要顾及中国历史和现状，在还没有读懂的情况下让外国的文艺理论指手画脚也是没有意思的。鲁迅从不反对“拿来”，当然他更不同意“回去”。

郁达夫在纪念鲁迅的时候曾经说过：“没有伟大人物出现的民族，是世界上最可怜的生物之群；有了伟大的人物，而不知拥护、爱戴、崇仰的国家，是没有希望的奴隶之邦。”在谈到此问题的时候，我们永远也不会忘记一位值得尊敬的老一代鲁迅研究者，他就是李何林先生，他的研究是回到鲁迅那里去的。许多的研究者都说在李何林的鲁迅研究中通篇都是鲁迅，他就是原原本本地串讲鲁迅的作品，把一个真实的鲁迅交给青年，从来也不宣扬他自己；而有些研究者不是这样，他们是通过鲁迅来宣扬自己，在他们的研究中我们看不到真实的鲁迅，看到的只是他们借助于鲁迅宣扬的那个自己。许多年过去了，人们只要涉足鲁迅研究就可以比出研究者的贵贱高低，那些宣扬自己的人被人们渐渐地淡忘了，而李何林先生的鲁迅研究开创了一个学派，是一座永远也不会被忘记的丰碑。

第二，青年们在追逐新潮的同时还要认真思考。特别是看了那些否定鲁迅的文章，不要凭借情结跟着跑，也不要跟着声音大的假行家去卖野药。首先应该冷静思考一下对不对，分析一下他们批的鲁迅是真实的鲁迅还是被解构的鲁迅。鲁迅曾经说过“防被欺”，因此就要读原著。当今的社会假的东西实在太多了，识别骗子的重要一环就是作比较。青年们千万不要相信所谓的指导者、享受什么什么待遇的著名专家之类的头衔，鲁迅当年就不相信同时也告诫青年人不要信。

要想使自己走向深刻必须多读鲁迅。看看鲁迅在具体问题上是怎么说的，专家们是怎么说的，比较一下就可以立见分晓。

第三，还要掌握一些读书方法。那种把鲁迅说得很神，把读鲁迅说得很难的研究者也是不可相信的，只要了解近现代史，有字典，查注释，读鲁迅作品就不难；如果再加上勤于思考，多读几遍，就可以逐渐了解和走近鲁迅。一旦读得多了，说不定还会发现注释中的不足和问题呢。当然读几本鲁迅传记也是必要的，读了以后还要思考，如果有条件最好是把几本传记对照来读，看看同一个时间发生的同一事件，在不同的传记中是怎样各自表述的；细心的读者还要看看这里面引用的鲁迅的原话都对不对？这就包括鲁迅的话是不是那个时候说的，说的原话从出处提供的线索中能不能找得到，找到以后比较一下对不对，作者引用了多少，是不是关键部分，有没有断章取义，等等，特别是对待青年人喜欢的那些鲁迅传记更是要如此。

社会是丰富多彩的，我们也并不要求人人都读鲁迅。在互联网上我们可以找到不少关于鲁迅的网站，在那里青年们可以畅所欲言。人民文学出版社的编辑说：“网络是新的，网友是年轻的，而鲁迅是永远的。”但是你如果想在思想上走近深刻，想继承20世纪最宝贵的思想文化遗产的话，那么就请走近鲁迅。

本文系《天津日报》2005年9月发表的《鲁迅知多少》系列文章之一。

关于“鲁迅在广州”的研究

在广州的鲁迅，经历了他人生之中从教育家到文学家的重要转折期。

关于研究鲁迅广州时期活动的读物，首先应该提到是钟敬文编的《鲁迅在广东》。这是继台静农编的《关于鲁迅及其著作》之后第二部研究鲁迅的资料专集，1927 年 7 月由北新书局出版。该书正文部分，辑录了当时报刊上关于鲁迅的论文、活动报道 12 篇，“附录”4 篇。可以说，当时报刊上有关鲁迅的文章，大都囊括在这本书里了。其中弥足珍贵的，是收录了坚如的《欢迎了鲁迅以后》、一声的《第三样世界的创造》和景宋的《鲁迅先生往哪些地方躲》。

“坚如”是当时广东区委学生运动委员会副书记毕磊的笔名;“一声”即刘一声，他的文章是经当时中共广州地委研究后写成的。这两篇文章，真实地反映了共产党当时对鲁迅的态度和评价。景宋（许广平）的文章，则向读者介绍了鲁迅“脚踏到广州”之后的观感。“附录”4 篇系鲁迅广州时期的 1 篇杂文和 3 篇讲词。其中的杂文是《黄花节的杂感》，后来收入《而已集》；讲演词《老调子已经唱完》后收入《集外集拾遗》；讲演词《读书与革命》曾由鲁迅亲自校阅，刊登于 1927 年 4 月出版的《广东青年》第 3 期。鲁迅 1934 年 5 月 23 日致杨霁云信中说：“《鲁迅在广东》中的讲演，则记得很坏，大抵和原意很不同，我也未加以订正……”这仅仅是指该书附录的《鲁迅先生的演说——在中山大学学生会欢迎会席上》一篇。但就全书而论，毕竟瑕不掩瑜。后来，鲁迅曾表示过对该书的不满。这除了因为该书确有缺点和事先未能征求鲁迅的意见之外，跟当时的人事纠葛，以及鲁迅对钟敬文的某些误会也不无关系。

从鲁迅离开广州至鲁迅去世之前的这一段时间，报刊上几乎没有研究鲁迅在广州时期活动的文章，也没有出版这方面的专著。1944年9月，林辰在《抗战文艺》杂志发表《鲁迅在中山大学》一文，才开始打破这方面的沉寂局面。1947年，上海峨嵋出版社出版了《亡友鲁迅印象记》一书。作者许寿裳在该书第二十节中，集中回忆了他跟鲁迅的“广州同住”生活。许寿裳是鲁迅的同乡、同学和交往一生的挚友，他的回忆——哪怕是吉光片羽，也是十分宝贵的第一手资料，为鲁迅研究者所不可不读。

1947年，王士菁的《鲁迅传》出版。这部中国人首次撰写的大型鲁迅传记，也列有表现鲁迅在广州时期活动的专章。

1949年以后，中国政府十分重视鲁迅研究工作。1956年全国隆重纪念鲁迅逝世20周年。在此期间，先后建立了广州鲁迅纪念馆及中山大学鲁迅纪念室。同年9月，广东人民出版社出版了曾敏之的《鲁迅在广州的日子》。该书是作为鲁迅传记的一部分来写的。作者用散文的形式，集中展现了鲁迅在广州的生活写作风貌。该书附录的《鲁迅与思想改造》和《鲁迅的人情味》两文，既可连续阅读，又能单独成篇，彼此之间还可以相互照应。从现在的角度看，该书内容相对显得比较单薄。但该书作者进行的是开拓性的工作，而对于开拓者的劳绩，人们是不会忘记的。作者曾敏之本来可以不断吸收新的研究成果，使该书的内容日臻完善。然而1957年他却在政治上蒙受了冤屈，致使该书未能得到修订再版的机会。同年《文艺报》第19号、第20号，还先后发表了韩托夫的《一个共产党员眼中的鲁迅先生》和陈则光的《鲁迅先生在广州》。这在当时都是很有分量、影响较大的文章。特别是韩托夫的文章，初次提供了中共广东区执行委员会要求中山大学当局聘请鲁迅，以及党的负责同志号召中大党员学生团结和拥护鲁迅的新材料。遗憾的是，在此后的三四年里，未能顺此深入开掘这方面的史料。

弥补了这一缺陷的，是上海电影局、天马电影制片厂成立的《鲁迅》电影文学剧本创作组。1960年4、5月间，该创作组的资料人员，三次访问了鲁迅在广州期间曾任中共中山大学总支书记兼文科支部书记并直接跟鲁迅联系过的徐文雅（现名徐彬如），同时还访问了韩托夫、欧阳山、苏怡等知情人，集中了解了1927年广州的阶级斗争形势、特别是鲁迅与党组织接触的情况。1961年，沈鹏年将上述老同志的回忆材料整理成文，连载于同年9月21、22日的《光明日报》，题为《鲁迅在广州时期的若干史实》。全文分为三大部分：一，鲁迅赴粤因缘——党的推荐；二，围绕"欢迎鲁迅"问题上的斗争；三，鲁迅和党的关系。这篇文章的发表，标志着鲁迅广州时期生平活动的研究，取得了重大突破，读后使人耳目为之一新。但由于该文提供的大部分材料系出自一些当事人三十余年后的回忆，不可能完全准确，有些关键性的材料尚缺乏必要的旁证，因此尚须进一步甄别鉴定，一时还不能都作为信史看待。

从"文化大革命"开始至1974年，由于林彪、"四人帮"反党集团的干扰破坏，这方面的研究曾出现一片荒芜景象。1975年，中山大学图书馆在协助该校中文系重新注释鲁迅《而已集》的过程中，从馆藏1927年广州《国民新闻》副刊《新出路》上，发现了一篇署名鲁迅的重要杂文：《庆祝沪宁克复的那一边》。在这篇一千五百字的作品中，鲁迅不仅四次提到了列宁，而且转引了列宁的整段论述，作为自己分析中国社会问题的立论依据。这在鲁迅其他作品中是从来未见的。人们普遍认为，这是自鲁迅去世以后，所发现的最重要的鲁迅佚文。同年11月1日，毛泽东就鲁迅著作的出版、研究工作，作了一个重要批示。此后，在广东省委宣传部的直接领导下，专门成立了广东鲁迅研究小组。

粉碎"四人帮"以后，中山大学中文系又专门设立了鲁迅研究室。这两个新成立的专门研究机构跟原来的广州鲁迅纪念馆相互支持，密切配合，成为广东省鲁迅研究工作的中枢。经过鲁迅生前友好和鲁迅研究工作者的共同努力，进入新时期以来，鲁迅在广州的研究又取得了新的进展。

新的成果之一，是1977年11月广东人民出版社出版的《鲁迅在广州》一书。作者张竞在该书后记中说，这是他以传记形式扼要叙述在广州时期的战斗历程的一次尝试；又确如作者所说，这部书是在有关领导的支持鼓励和许多同志的热情帮助下写成的。这部书最显著的特点，是尽可能采用了1949年后——主要是1956年以后截至成书之前已公开发表的新资料和一部分迄今未刊的调查访问资料，内容比较翔实可靠，可以说基本上是一部集新资料之大成的专著。书中对当时的历史背景以及鲁迅在这一时期与党组织的关系介绍得比较充分，文字也较为通俗活泼。该书美中不足的方面是，对于鲁迅广州时期的作品和思想发展缺乏强有力的理论分析，在突出鲁迅作为革命家的特质的同时，对于鲁迅作为思想家和文学家的特质相应表现得不够；个别地方——如鲁迅会见陈延年——作了一些推想和虚构，这在一部史料性的读物中是绝不应有的。

新时期的另一方面的新成果，是史料的整理与挖掘。1976年10月，广东人民出版社内部印行了中山大学中文系选编的《鲁迅在广州》资料专辑。该书大体上可分三部分：第一部分是选辑鲁迅在广州的部分著述，第二部分介绍了鲁迅在广州接触的主要刊物，第三部分是当时跟鲁迅接触的人写的文章和回忆录。同时，该书还选用了当时广州各报刊有关鲁迅的报道，并于篇末附录了一份鲁迅在广州时期的著译编目。该书不仅所收资料丰富齐备，而且还添加了很多必要的说明、注释和按语，这对帮助引导读者理解、鉴别、运用这些资料，极有裨益。

新时期挖掘的资料有广州鲁迅纪念馆走访何思源、黄巽、周鼎培等人的谈话记录（载鲁迅研究室编《鲁迅研究资料》第3期）。这组文章，对于鲁迅在“四·一五”大屠杀后，营救被捕学生的事实作了重要补充。何、周、黄诸先生都是当事人。他们一致证明，4月15日中山大学各系主任紧急会议，是鲁迅亲自召集、亲自主持的。何思源还回忆了鲁迅在这次会议上，跟中山大学校务委员会委员朱家骅（后任中大副校长）针锋相对，进行斗争的具体情况。此外，欧阳山在《人民文学》1979年第2期上发表的《光明的探索》以及许杰发表于《鲁迅回忆录》二集（上海文艺出版社1979年6月出版）的《回忆我和鲁迅先生的一次见面》两文，也是十分重要的。欧阳山的文章提供了鲁迅关怀南中国文学会的情况，以及在夏期学术讲演会上，跟国民党右派展开的巧妙斗争。许杰的文章回忆了鲁迅本人对《〈唐宋传奇集〉序例》结尾“时大夜弥天，璧月澄照，饕蚊遥叹，余在广州”四句话的解释：“那是我有意刺高长虹的！高长虹自称是太阳，说景宋是月亮，而我呢，他却谥之为黑暗，是黑夜。他追求景宋，他说太阳在追求月亮；但月亮却投入黑夜的怀抱中，所以他在那里诅咒黑夜。”由此可见，该文中那遥叹的“饕蚊”，正是讽刺“害单相思病”的高长虹，而不是历来所解释的是对国民党反动派的蔑视。

另外译载的外文新资料，有刊登于《鲁迅研究资料》第2期上的日本革命作家山上正义谈鲁迅的3篇文章。1926年10月，山上曾作为日本新闻联合通讯社的特派记者，来到正处于革命高潮的广州。次年2月在广州结识鲁迅，彼此建立了深厚的友谊。在这3篇文章中，最重要的是原载于1928年日本《新潮》杂志3月号上的《谈鲁迅》——这是在日本一般杂志上刊载的最早介绍鲁迅的文字。这篇文章，真实记叙了鲁迅作为一个饱经风霜的老战士和一个清醒的现实主义者，对广州青年提出的中肯批评；尤其可贵的，是山上描绘了“四·一五”大屠杀后，鲁迅对为虎作伥的叛徒、变节分子的强烈义愤。在同期《鲁迅研究资料》上，还重新译载了已故日本友人增田涉的《鲁迅传》。这部鲁迅曾经亲自过目的传记，虽然在20世纪30年代就曾译成中文，但一直被误为佐藤春夫所作。文中“共产党是火车头”一语；原是国民党右派在“四·一五”大屠杀之前，伪装革命时所说的话。鲁迅转引了这句话，对他们这种反革命两面派伎俩表示憎恶。但长期以来，这句话却以讹传讹地被当作鲁迅语录引用。这次经过重新翻译，这一延续了四十余年的错误终于得以纠正。

对于鲁迅广州时期思想发展问题的讨论，是新时期以来研究工作深入开展的又一生动表现。1977年8月，广东鲁迅研究小组组织广州地区20多个单位的专业和业余鲁迅研究工作者，举行了一次鲁迅思想发展问题的专题讨论会。会上的部分发言稿，后来由该小组编印成《鲁迅思想发展问题讨论集》，在内部交流。

虽然绝大多数研究者都承认鲁迅思想有前后期之分，也承认鲁迅广州时期已处于他思想发展的一个重要阶段，但进行具体分析时却产生了很多分歧。

关于鲁迅思想转变的时间。有的认为，1927 年“四·一二”前后是鲁迅世界观发生质变的时期。特别是“四·一五”大屠杀后，鲁迅目睹同是青年而分成两大营垒、站在敌对立场展开了殊死搏斗，他的“青年必胜于老人”的生物进化论的思路因之轰毁，向共产主义的思想飞跃也就出现了。有的则认为，鲁迅在 1927 年并未完成从革命民主主义到共产主义的转变。这一阶段，马列主义没有在他的著作中占主导地位。他的思想发展还处于量变的过程中，并未达到质变的地步。鲁迅思想的飞跃，是在 1929 年前后完成的。

关于鲁迅思想转变的内容。在同样认为鲁迅 1927 年实现思想飞跃的研究者当中，有的认为这次飞跃的内容是由进化论到阶级论，由历史唯心主义到历史唯物主义。有的则认为这次思想飞跃是由朴素唯物论到辩证唯物论，由朴素阶级论到自觉阶级论，由部分的马列主义到基本上形成了马列主义思想体系。

关于衡量鲁迅思想转变的标志，亦即用什么标准来衡量鲁迅的世界观转变问题，也有多种看法。有的根据列宁在《卡尔·马克思》一文中分析马克思思想转变的观点，侧重于强调暴力革命的思想；有的根据列宁在《国家与革命》一书中提出的马克思主义者必须具备的条件，把是否承认无产阶级专政作为标尺；有的根据毛泽东对鲁迅后期杂文的分析，认为是否学会了唯物辩证法应该成为主要标准；有的则侧重于强调革命实践，认为能否勇敢地反击国民党右派的叛变行为正是当时识别真假马列主义的试金石。

出现上述种种观点的分歧，说明研究工作正在不断深入。鲁迅研究领域中的这一重要问题，不需要也不可能在短时期内取得绝对一致的看法。只有坚定不移地贯彻“双百”方针，才可能逐步得出经得起客观检验的确切的结论。

在正确思想指导下，不断加深对鲁迅著作的理解，完整地掌握鲁迅的观点和学说体系，有可能使鲁迅广州时期思想发展的研究深入一步。

对于鲁迅在广州时期活动的资料，目前可以说已经搜集殆尽了，这为我们的研究工作打下了很好的基础。但仍存在某些薄弱环节，比如鲁迅与陈延年的重要会见，迄今并未找到第一手材料；鲁迅在广州的讲演，其中有5次未发现记录稿；鲁迅多次寄给中山大学委员会的辞职信，至今未发现原件；对于鲁迅赴香港讲演的背景，目前也还有争议……等等。为了进一步解决这些问题，就需要继续寻找访问调查线索，同时还需多方查阅当时的有关报刊。这对于订正回忆录中的有关史实资料、了解鲁迅的活动及其作品的时代背景都必不可少。鲁迅一贯重视通过报刊了解社会动态、把握时代脉搏。在鲁迅收藏的读物中，就有当时的广州《民国日报》《华侨报》、上海《新闻报》等。比如，在广州的《民国日报》上有一条新闻，披露了某校学生党员中的一个叛徒，在赴军警督察处自首之前的无耻供状；另一条《新闻报》上的报道，则描述了一个十五岁的叛徒助官捕人的事实。这些资料，对于我们具体了解鲁迅进化论思想轰毁的原因，应该是很有帮助的。

鲁迅编辑生涯的学理阐释

鲁迅对中国编辑学的贡献是巨大而又独特的，在中国编辑出版史上理应具有不可忽视的地位。但是由于他在文学上成绩卓然，那种振聋发聩的呐喊式小说和与青年的热血一起沸腾杀出血路的战斗杂文，仿佛光芒四射的朝阳，因而使他在默默无闻中做的那些编辑工作，被人们忽视了。应该说，多年来对鲁迅主编书刊的编辑学阐释方面的研究是很不够的。虽然一些老编辑写过一些回忆录，如孙伏园、李小峰、赵家璧等；还有一些研究者总结了一些这方面的资料，但研究文章的数量既少又显单薄。新时期至世纪之交，随着鲁迅研究在其他领域的深入开拓，这方面的研究就显得愈发不足。

这是一个既扎实而又沉重的课题，很现实地摆在了我们面前。加强这方面的研究，无疑会使我们更加清楚地认识鲁迅这位百科全书式的文化巨人，全方位、多角度地丰富中国的鲁迅研究，其意义是十分深远的。

鲁迅一生办过 7 个出版社，先后编过 9 种刊物，为多种报纸的文艺副刊写稿，编辑过多种丛书、选集，为许多文学青年的作品作序题跋；至于修改文章、校订译稿、选择封面插图、安排版式、来信复信等更是不计其数。在这方面他耗费了大量的时间和精力，同时也做出了卓越的贡献。

鲁迅在长期的编辑工作中，恪守办刊宗旨，坚持正确方向，注重个性特色，讲究职业道德；恰当地解决编辑活动中的各种矛盾，科学地总结编辑活动中的经验教训，为完善今天编辑学理论、促进编辑学学科的建设和发展，奠定了坚实的理论基础，丰富了实践经验。

一、鲁迅编辑生涯概述

（一）主办或参与创办的出版社

鲁迅共主办或参与创办了 7 家出版社，这就是：未名社、朝花社、三闲书屋、野草书屋、铁木艺术社、版画丛刊会和诸夏怀霜社。

1. 未名社

未名社成立于 1924 年底。鲁迅主编了《未名丛刊》23 种、《乌合丛书》7 种和《未名新集》6 种。“所谓《未名丛刊》者，并非无名丛书之意，乃是还未想定名目，然而这就作为名字，不再去苦想他了。”编辑此丛刊的目的，是想打破文坛的寂寞，“想使萧索的读者，作者，译者，大家稍微感到一点热闹。内容自然是很庞杂的，因为希图在这庞杂中略见一致，所以又一括而为相近的形式，而名之曰《未名丛刊》”[①]。《未名丛刊》专收译本，内有鲁迅译厨川白村的《苦闷的象征》和《出了象牙之塔》、韦素园译果戈理的《外套》、李霁野译安德烈夫的《往星中》和《黑假面人》、韦丛芜译陀思妥耶夫斯基的《穷人》等。《乌合丛书》是“单印不阔气的作者的创作”[②]，1926 年初由北新书局出版，内收鲁迅的《呐喊》《彷徨》《野草》、许钦文的《故乡》、向培良的《飘渺的梦及其他》、淦女士（冯沅君）的《卷葹》、高长虹的《心的探险》。《未名新集》专收创作，收有韦丛芜的《君山》、李霁野的《影》、台静农的《地之子》和《建塔者》以及鲁迅的《朝花夕拾》等。

2. 朝花社

朝花社成立于 1928 年底。除出版《朝花周刊》《朝花旬刊》和《艺苑朝华》外，还出版过《朝华小集》和《近代世界短篇小说集》。所编译的内容侧重于东欧、北欧诸国的作家作品。《朝华小集》丛书原拟出 3 种，后只出崔真吾译斯惠忒拉的《接吻》1 种。《近代世界

① 鲁迅：《〈未名丛刊〉与〈乌合丛书〉广告》，《鲁迅全集》（第 7 卷），人民文学出版社 1981 年版，第 453 页。

② 鲁迅：《〈未名丛刊〉与〈乌合丛书〉广告》，《鲁迅全集》（第 7 卷），人民文学出版社 1981 年版，第 453 页。

短篇小说集》原计划出3集，也只出了《奇剑及其他》《在沙漠上》两集。鲁迅指出："设立朝华社。目的是在绍介东欧和北欧的文学，输入外国的版画，因为我们都以为应该来扶植一点刚健质朴的文艺。"①

3. 三闲书屋

三闲书屋成立于1931年底，是鲁迅自办的专为出书的名义出版单位。鲁迅曾亲拟广告，称本书屋"虚心绍介诚实译作，重金礼聘校对老手，宁可折本关门，决不偷工减料，所以对于读者，虽无什么奖金，但也决不欺骗的"②。出过鲁迅所译法捷耶夫的《毁灭》、曹靖华译绥拉菲摩维支的《铁流》等小说和凯尔·梅斐尔德的《士敏土之图》、鲁迅编选的《引玉集》和《凯绥·珂勒惠支版画选集》等版画。

4. 野草书屋

野草书屋是1933年上海建立的出版单位，在鲁迅支持下，由费慎祥等两三位青年创办起来的。鲁迅在谈到与该书屋的关系时说，野草书屋"意在代人买书，以博微利，而亦印数种书，我因与其一人相识，遂为之看稿。近似亦无发展，愿否由群众发行，见时当一问。其实他们之称野草书屋，亦颇近于影射，令人疑为我所开设也"③。字里行间反映出对该书屋的支持与关切。瞿秋白编译、鲁迅作序的《萧伯纳在上海》和聂维洛夫著、曹靖华译《不走正路的安得伦》等书，均由该书店出版。

5. 铁木艺术社

铁木艺术社于1934年10月出版《木刻纪程》，收8位青年木刻工作者的作品24幅。

6. 版画丛刊会

---

① 鲁迅：《为了忘却的记念》，《鲁迅全集》（第4卷），人民文学出版社1981年版，第479页。

② 鲁迅：《三闲书屋校印书籍》，《鲁迅全集》（第8卷），人民文学出版社1981年版，第446页。

③ 鲁迅：《致曹聚仁》，1933年9月1日，《鲁迅全集》（第12卷），人民文学出版社1981年版，第219页。

版画丛刊会最初的工作是：1933 年 12 月出版鲁迅、西谛（郑振铎）合编的诗笺图谱选集《北平笺谱》，内收人物、山水、花鸟笺 332 幅；1934 年又开始复刻收图 280 余幅的《十竹斋笺谱》。

7. 诸夏怀霜社

诸夏怀霜社是因 1936 年 5 月出版瞿秋白的译文集《海上述林》上卷（《辨林》）而命名的。10 月出版《海上述林》下卷（《藻林》）。上卷收有马克思、恩格斯、列宁、普列汉诺夫、拉法格等人的文学论文，以及高尔基论文选集和拾补等。下卷收有高尔基的讽刺诗、卢那察尔斯基的剧本和高尔基的创作选集等。这个命名颇有深意，“夏”代表和象征中国，“霜”是瞿秋白早年的名字；以“诸夏怀霜”命名出版社，表现了鲁迅对瞿秋白的纪念。这个出版社仅出了瞿秋白的《海上述林》译文上、下卷 1 种，可见也是专为纪念瞿秋白而设立的出版社。

（二）编辑或参与编辑的丛书

鲁迅编辑或参与编辑的丛书多达几十种，除在出版社中介绍过的《未名丛刊》《乌合丛书》《未名新集》《艺苑朝华》《朝华小集》《版画丛刊》等，还有：

《科学的艺术论丛书》（又名《马克思主义文艺论丛》）。与冯雪峰合编，1929 年 6 月开始出版。原计划出 14 种，后因国民党政府查禁，只出了鲁迅译的《艺术论》《文艺与批评》和《文艺政策》，冯雪峰译的《艺术与社会生活》《文学评论》等 9 种。

《现代文艺丛书》。这是一套于 1930 年上半年着手编辑的苏联文艺作品丛书，原拟出 10 种，后因国民党政府检查部门施压，只出了 4 种。即鲁迅译的《十月》、侍桁译的《铁甲列车》、柔石译的《浮士德与城》和贺非译的《静静的顿河》。

《文艺连丛》。这是一套专收译作的丛书，共出版 3 种，即曹靖华译《不走正路的安得伦》、瞿秋白译《解放了的董・吉河德》及鲁迅译《坏孩子和别的奇闻》。自 1933 年 5 月起陆续出版。

《奴隶丛书》。共收书 3 本，即叶紫的《丰收》、萧军的《八月的乡村》和萧红的《生死场》，由奴隶社分别于 1935 年 3 月、8 月、

12 月出版。鲁迅均为之作序。

《中国新文学大系·小说二集》。《中国新文学大系》是良友图书印刷公司出版的一种多卷本选集，它包括“五四”以来 10 年间的主要文学创作和理论文章，分理论、小说、散文、戏剧、诗歌、资料等几部分。鲁迅负责《小说二集》的编选，收 33 位作者的 59 篇作品，1935 年 7 月出版。鲁迅写的《〈中国新文学大系〉小说二集导言》，是研究中国现代小说的重要理论文献。

（三）主编或参与编辑的报刊

除在东京编辑《新生》杂志未成之外，鲁迅共编辑过 9 种刊物；参与了多种报纸的编辑或策划，至于直接支持写稿就更多了。在此我们以时期为单位一并简述。

1. 绍兴时期

1911 年 12 月，担任《越铎日报》名誉总编辑。在 1912 年 1 月 3 日以“黄棘”笔名发表的《〈越铎〉出世辞》中，鲁迅歌颂辛亥革命，声明办报缘由，揭示办报宗旨为：“舒自由之言议，尽个人之天权，促共和之进行，尺政治之得失，发社会之蒙覆，振勇毅之精神。”从该报酝酿筹办、确定方针，到组织稿件、设计编排，鲁迅都尽心竭力。由于新旧势力斗争激烈，报社内部发生分化。鲁迅同年 2 月离开绍兴去南京教育部任职，遂与该报脱离关系。

鲁迅在任《越铎日报》名誉总编辑的同时，还为“越社”编辑了《越社丛刊》第 1 集。后起的《民兴日报》《天觉报》和《绍兴教育杂志》都得到鲁迅的切实帮助。

2. 北京时期

1918 年 1 月，《新青年》改组，鲁迅参加了编委会的工作。鲁迅参与《新青年》的编辑活动，最主要的表现是为维护和捍卫《新青年》这个“五四”时期影响最大的刊物的编辑方向，而同封建复古派和封建保守旧文人的斗争上。《新青年》对鲁迅的思想和创作，产生了重要的影响。他的第一篇白话小说也是中国现代文学史上第一篇白话小说《狂人日记》就发表在《新青年》1918 年第 4 卷第 5 期上。鲁迅自述道：“我的作品在《新青年》上，步调是和大家大概一致的，所以我想，这些确可以算作那时的‘革命文学’。”[①]

1924 年 11 月，参与创办《语丝》周刊。注重社会批评和文化批评，显示出“任意而谈，无所顾忌，要催促新的产生，对于有害于新的旧物，则竭力加以排击”的编辑特色和“不愿意在有权者的刀下，颂扬他的威权，并奚落其敌人来取媚”[②]的编辑态度。《语丝》分北京时期和上海时期两个阶段。鲁迅参与了四年工作。在鲁迅主编及参与或指导编辑的各种文学期刊中，《语丝》和他关系最为长久。它记录了鲁迅自“五卅运动”至“四·一二”政变这一历史时期的战斗足迹和精神风貌。

1925 年 4 月，创办《莽原》周刊。关于《莽原》的创办目的，鲁迅指出：“我早就很希望中国的青年站出来，对于中国的社会，文明，都毫无忌惮地加以批评，因此曾编印《莽原周刊》，作为发言之地。”[③]又进一步指出办刊物的另一个目的是：“想由此引些新的这一种批评者来，虽在割去敝舌之后，也还有人说话，继续撕去旧社会的假面。”[④]同年夏，接编原由北新书局出版的《未名丛刊》，另出《乌合丛书》和《未名新集》，以“切切实实的，点点滴滴的做下去”[⑤]为工作特色。

3. 厦门时期

1926 年末，积极指导厦门大学学生创办《波艇》文艺月刊。帮助青年审改稿件，并介绍由上海北新书局代为印刷发行。正如鲁迅所说的那样：“我先前在北京为文学青年打杂，耗去生命不少，自己是知道的。但到这里，又有几个学生办了一种月刊，叫作《波艇》，

---

① 鲁迅：《〈自选集〉自序》，《鲁迅全集》（第 4 卷），人民文学出版社 1981 年版，第 455 页。

② 鲁迅：《我和〈语丝〉的始终》，《鲁迅全集》（第 4 卷），人民文学出版社 1981 年版，第 164 页。

③ 鲁迅：《题记》，《鲁迅全集》（第 3 卷），人民文学出版社 1981 年版，第 3 页。

④ 鲁迅：《两地书（一七）》，《鲁迅全集》（第 11 卷），人民文学出版社 1981 年版，第 62 页。

⑤ 鲁迅：《忆韦素园君》，《鲁迅全集》（第 6 卷），人民文学出版社 1981 年版，第 63 页。

我却仍然去打杂。”[①]“学生方面，对我仍然很好；他们想出一种文艺刊物，已为之看稿，大抵尚幼稚，然而初学的人，也只能如此。”[②]

4. 上海时期

1927 年 12 月，《语丝》周刊在北京被军阀张作霖查禁，移至上海印行。鲁迅接编后，从 4 卷 1 期开始，进行改革。但正如鲁迅所说：“经我担任了编辑之后，《语丝》的时运就很不济了”，“《语丝》本身，却确实也在消沉下去。一是对于社会现象的批评几乎绝无，连这一类的投稿也少有，二是所余的几个较久的撰稿者，这时又少了几个了。”[③]

鲁迅接编《语丝》半年后的 1928 年 6 月，又与郁达夫合编《奔流》文学月刊。在《〈奔流〉凡例五则》中，鲁迅强调“本刊揭载关于文艺的著作，翻译，以及绍介，著译者各视自己的意趣及能力著译，以供同好者的阅览”。“他初到上海，以编《奔流》花的力量为最多，每月一期，从编辑、校对，以至自己翻译，写编校后记，介绍插图，或亲自跑制版所，及与投稿者通讯联系，代索稿费，退稿等等的事务工作，都由他一人亲力亲为。”[④]

1928 年 12 月，与柔石等合编《朝花周刊》，“目的是在绍介东欧和北欧的文学，输入外国的版画，因为我们都以为应该来扶植一点刚健质朴的文艺”[⑤]。1929 年 6 月，改为《朝花旬刊》出版。同时出版《艺苑朝华》《朝华小集》和《近代世界短篇小说集》等丛书。

1930 年 1 月，和冯雪峰共同主编《萌芽月刊》。从第 3 期起，该刊成为“左联”的机关刊物。第 5 期出版后，被国民党行政当局

① 鲁迅：《两地书（七三）》，《鲁迅全集》（第 11 卷），人民文学出版社 1981 年版，第 199 页。

② 鲁迅：《两地书（五八）》，《鲁迅全集》（第 11 卷），人民文学出版社 1981 年版，第 164 页。

③ 鲁迅：《我和〈语丝〉的始终》，《鲁迅全集》（第 4 卷），人民文学出版社 1981 年版，第 170 页。

④ 马蹄疾辑录：《许广平忆鲁迅》，广东人民出版社 1979 年版，第 685 页。

⑤ 鲁迅：《为了忘却的记念》，《鲁迅全集》（第 4 卷），人民文学出版社 1981 年版，第 479 页。

查禁；第 6 期改名《新地月刊》继续发行。其编辑方针，如《〈萌芽〉启事》中说："不论小说，诗歌，随笔，地方写实，以及关于文艺或社会的评论，均所欢迎；但对于文艺或社会取了轻浮的态度，或故意歪曲的稿件，以及只攻击个人而并无社会意义的文字，概不收登。"第 4 期刊发的鲁迅著名的《对于左翼作家联盟的意见》，成为 30 年代左翼文艺运动的纲领性文件。鲁迅当时称《萌芽月刊》是"较急进"[①]的刊物。

1930 年 2 月，主编大型文艺理论季刊《文艺研究》（实际出版时间在 5 月）。鲁迅在《〈文艺研究〉例言》中说："意在供已治文艺的读者的阅览，所以文字的内容力求其较为充实，寿命力求其较为久长，凡泛论空谈及启蒙之文，倘是陈言，俱不选入。"

1930 年 4 月，主编综合性政治刊物《巴尔底山》旬刊，为"左联"机关刊物。主要刊登关于国际及国内时事的论文，国内各种文化现象及思潮流派的解剖和批判文章，一些社会讽刺诗画和各地通信。"巴尔底山"，是袭击队或游击队的音译。其主旨是以短文、锋利之文，对帝国主义、买办资产阶级及国民党反动派进行批判抨击。

1931 年 4 月，和冯雪峰合编"左联"机关刊物《前哨》。第 1 期是"纪念战死者专号"，强烈抗议国民党反动派杀害"左联"五位作家的血腥暴行。第 2 期改名为《文学导报》，出至第 8 期停刊。

1931 年 12 月，主编"左联"机关刊物《十字街头》。初为半月刊，第 3 期起改为旬刊。以刊载具有强烈的现实性和战斗性的短小精悍的杂文、诗歌为其特色。鲁迅当时就指出："《十字街头》是左联的人化名办的刊物，恐怕不久就会被禁止的。"[②]果然，第 3 期出版后即被查禁。

1934 年 9 月，与茅盾共同发起专门翻译介绍外国文学的《译文》月刊。最初 3 期由鲁迅主编。一度停刊，后又复刊。其宗旨如鲁迅

---

① 鲁迅：《致孙用》，1930 年 2 月 14 日，《鲁迅全集》（第 12 卷），人民文学出版社 1981 年版，第 3 页。

② 鲁迅：《致增田涉》，1932 年 1 月 16 日，《鲁迅全集》（第 13 卷），人民文学出版社 1981 年版，第 473 页。

所说："原料没有限制：从最古以至最近。门类也没固定：小说，戏剧，诗，论文，随笔，都要来一点。直接从原文译，或者间接重译：本来觉得都行。只有一个条件：全是'译文'。"[①]《译文》是鲁迅生命后期编辑与指导编辑时间最长、"费过不少移栽灌溉之力"[②]的一个刊物。

1936年1月，与胡风等人创办《海燕》文艺月刊。内容以杂文、通讯、速写、报告为主，具有鲜明的思想性和战斗性。《海燕》是在《译文》停刊与复刊之间出版的，出至第2期即"以'共'字罪被禁"[③]。"同被禁止者有二十余种之多，略有生气的刊物，几乎灭尽了"。[④]

二、鲁迅编辑思想探微

（一）力排旧物，催促新生

鲁迅十分重视出版物的战斗作用和对读者的陶冶功能。他认为报刊是针砭时事、批评时弊、联系读者的重要阵地，同时在编辑过程中也可以"造出大群的新的战士"。他正是本着这样的宗旨，一方面亲自从事编辑工作，批判封建痼疾，为新生事物呐喊；一方面培养新人，尤其是注重培养有为的青年作家，把他们放到编辑岗位的最前线，和他们一起向封建的旧势力进行不屈不挠的斗争。

第一个公开发表鲁迅文章的刊物是《浙江潮》，鲁迅在该刊创刊4个月后，即应老友许寿裳的邀请，为《浙江潮》写稿。鲁迅后来回忆说，他是看了该刊上发表的章太炎先生的狱中诗，受了感动才激发起写作热情的。不论是译作或科学论作还是文言小说，都和当时的爱国抗俄运动相呼应。鲁迅的作品声援了当时的爱国运动，同

---

① 鲁迅：《〈译文〉创刊号前记》，《鲁迅全集》（第7卷），人民文学出版社1981年版，第373页。

② 鲁迅：《〈译文〉复刊词》，《鲁迅全集》（第6卷），人民文学出版社1981年版，第491页。

③ 鲁迅：《致杨霁云》，1936年2月29日，《鲁迅全集》（第13卷），人民文学出版社1981年版，第322页。

④ 鲁迅：《致曹靖华》，1936年2月29日，《鲁迅全集》（第13卷），人民文学出版社1981年版，第311页。

时也支持了《浙江潮》杂志，反映出一个年轻的爱国主义者的激愤情怀。

五四运动时期，鲁迅与之取同一步调的是《新青年》杂志。这是一个自创刊始就吹响了文学革命号角、以尖锐的反帝反封建锋芒激动了青年读者之心的期刊。这是一个专门办给青年读者看的杂志，同时还是一个充满着青春气息的杂志，但它的创办者当时却已不是青年了。陈独秀那一年已35岁，鲁迅1918年给《新青年》写稿时已37岁，周作人32岁，最年轻的胡适也接近30岁。但他们的文化年龄却是永远年轻的。自这一年的5月始，鲁迅以他的一篇《狂人日记》，颇激动了青年读者的心，炸响了向封建传统开战的“五四”文学革命的第一声春雷。是鲁迅找到了《新青年》还是《新青年》找到了鲁迅，今天看来这似乎并不重要。但是从此以后他便一发而不可收，到1921年8月止，在该刊连续发表了小说、杂文、诗歌等五十余篇作品；他的一个新的笔名“鲁迅”，便永远地和《新青年》连在了一起。他以自己的实际行动——用那支永不停歇的笔，与当时的革命的前驱者取同一步调，向阻碍新生活的旧文化发起攻击；用新的现代气息和新的文章形式，催促新思想的普及和新文化的产生。

此后，他对声援新文化的报刊都给予实际的支持。《新潮》《晨报副镌》《京报副刊》《浅草》等报刊，都得到过鲁迅的稿件，在编辑方针上受到过他的指导，有的还得到了他在经费上的资助。他热切地希望有更多的出版物发行，向旧中国的封建余孽进行斗争，撕去中国封建传统的假面，催促新的道德文化的重建。他深情地表示：“旧社会的腐败，我是觉到了的，我希望新的社会的起来。”[①]

鲁迅积极支持各种新生的报刊，首先是出于他对中国反封建宣传的清醒认识，因为他深切地知道革命总是要多一些人好。因此《新潮》杂志一出版，他就抑制不住自己的兴奋，急不可待地将第1期

① 鲁迅：《且介亭杂文·答国际文学社问》，《鲁迅全集》（第6卷），人民文学出版社1981年版，第18页。

的新出版物寄给老友许寿裳；并在通信中说这是一册“颇强人意”的杂志，它的出版可以一扫北京大学的“暮气甚深”①之现状。

1925年5月4日《豫报》在河南开封创刊，鲁迅收到青年学子寄来的新报看过之后，立即回信给予肯定，他认为青年们办的报有新的生气，尤其是中原青年的文艺副刊，使他感到“有着很古的历史的中州，传来了青年的声音，仿佛在预告这古国将要复活”②。同时青年们反封建的行动也体现了鲁迅原先所期望的目标：“我极快慰于开封将有许多骂人的嘴张开来，并且祝你们‘打将前去’的胜利。”③

鲁迅对于《猛进》杂志也是如此。当该刊编者来信，提出要搞刊物联合并办通俗小报时，鲁迅回信表示不赞成。他说：“在现在，我倒只希望这类的小刊物增加。”因为他深知中国封建思想在国民中的影响根深蒂固，洞悉批判旧事物的艰辛困难，因此他希望有更多的声音批判和揭露社会的“劣点”，“撕下那好看的假面具来”④。

利用一切舆论阵地扩大反封建的宣传，批判中国封建的大染缸与落后愚弱的国民性，是鲁迅此时编辑思想的重要成分。他对《民众文艺周刊》《民报副刊》《国民新报副刊》等报纸的文艺版都给予很大支持，热情地帮助他们校阅稿件，并为他们撰稿。

其次是培养青年，以便造就出“大群的新的战士”，前赴后继地把反封建的卓绝斗争进行到底。每有新的青年创办的杂志出版，他都深感欣慰，他收到《浅草》时，曾经兴奋地说：“这赠品是多么丰饶啊！”⑤1926年7月，鲁迅特请画家陶元庆为青年办的杂志《沉钟》设计封面。在厦门时，他亲自参与了学生文艺社编辑的《波艇》的筹办和编务工作，不知疲倦地帮助他们审改稿件。1935年鲁迅编辑《中国新文学大系·小说二集》时，也没有忘记将《浅草》和《沉钟》

① 鲁迅：《致许寿裳》，1919年1月16日，《鲁迅全集》（第11卷），人民文学出版社1981年版，第357页。

② 鲁迅：《北京通信》，《鲁迅全集》（第3卷），人民文学出版社1981年版，第51页。

③ 鲁迅：《通信》，《鲁迅全集》（第7卷），人民文学出版社1981年版，第97页。

④ 鲁迅：《通讯》，《鲁迅全集》（第3卷），人民文学出版社1981年版，第21页。

⑤ 鲁迅：《一觉》，《鲁迅全集》（第2卷），人民文学出版社1981年版，第223页。

上发表的有代表性的年轻作家的小说选入，并在“导言”中作了介绍和评价，对它们在新文学方面所做的努力给予充分的肯定。他还经常举荐青年人参加编辑工作。1925 年 7 月 13 日，当他知道《民报》正在物色一个副刊编辑人时，他应青年之托毫不迟疑地写了介绍信，推荐文学青年韦素园担任此职。韦素园被录用后，鲁迅即用稿件给予支持，并告诉他在工作中“必须多注意培养新生力量”，“多登些具有现实意义的富有战斗性的杂文”，就是树敌过多也不要怕，因为“这是无可避免，也不应避免的”[①]。1929 年初，鲁迅推荐柔石接替自己，担任《语丝》的编辑，他的用意是以柔石的锐气冲击一下《语丝》的“消沉”，使之多一些“对于社会现象的批评”[②]。十分有趣的是，柔石一上任就否定了一篇鲁迅的稿件。当时鲁迅写了一篇《做古文和做好人的秘诀——夜记之五》，给刚刚担任编辑的柔石看，而柔石确是一位认真负责的编辑，他看了稿件的大半部分后“皱皱眉头，以为说得太噜苏一点，且怕过占了篇幅”。鲁迅的无私与伟大也正在于此，他非但不以为意，还答应柔石另译一篇短文，以支持这位新编辑的工作。柔石牺牲以后，鲁迅非常悲痛，他从乱纸里检出这篇稿子，“以作柔石的记念”[③]。

第三是利用一切可以利用的宣传机器，扩大反封建的影响，使旧报纸改变方向来宣传新思想。众所周知，《时事新报》和《晨报》最初均为依附北洋政府、进行上层政治空谈活动的“宪法研究会”（简称“研究系”）的机关报。在新文化运动中，鲁迅连续利用该报发表文章，并提议在“晨报副镌”的报眉上改印成“晨报副刊”，以增加普及性和报纸的新意。据统计，鲁迅在《晨报副刊》上共发表作品五十余篇，其中最著名的小说《阿 Q 正传》就是该报副刊首发的，在当时产生了重大的影响。同时鲁迅也给《时事新报·学灯》

---

① 李霁野：《鲁迅先生与未名社》，人民文学出版社 1984 年 7 月第 1 版，第 234-235 页。

② 鲁迅：《我和〈语丝〉的始终》，《鲁迅全集》（第 4 卷），人民文学出版社 1981 年版，第 164 页。

③ 鲁迅：《做古文和做好人的秘诀》，《鲁迅全集》（第 4 卷），人民文学出版社 1981 年版，第 269 页。

投稿，他的著名小说《头发的故事》就是首次在该副刊发表的。由于鲁迅和其他新文学作家们的努力耕耘，使这两份报纸一改旧时保守之风气，成为有名的新文学阵地，同时被列入“五四”新文学的“四大副刊”之中。

进入30年代以后，为了突破国民党当局的文化围剿，鲁迅亲自或是与革命青年一起编辑了《萌芽》《文艺研究》《前哨》《十字街头》《海燕》等刊物，进行着他反抗黑暗、追求光明的执着战斗。同时还以“三闲书屋”“野草书屋”“奴隶社”等名称，出版了多种丛书，有的则是他自费出版的，从中我们可以深切体会到他的良苦用心。

（二）注重译介，吸纳新潮

鲁迅十分重视国外出版物，他的著译生活和编辑实践，几乎都是和当时的世界文学思潮同步前进的。早在留日时期，他曾和周作人一起合译了《域外小说集》（二册），从而使他成为20世纪介绍和翻译欧洲新文艺的前驱者之一。翻译和介绍外国文艺作品，就是为了让觉醒了的中国读者放眼看世界，也就是要在思想上与世界的新思潮“接轨”。针对中国传统文化对人们的禁锢，他深刻地指出：“中国既然是世界上的一国，则受点别国的影响，即自然难免，似乎倒也无须如此娇嫩，因而脸红。单就文艺而言，我们实在还知道得太少，吸收得太少。”①追寻其著译生涯，鲁迅的翻译工作要比创作早得多；他早年十分重视翻译弱小民族中暴露社会黑暗、要求民族独立解放的外国进步文学作品。因此，他在倡导新文学运动之前，就特别重视外国文学的编译工作。自《域外小说集》出版后，他又和周作人合译了《现代小说译丛》《现代日本小说集》等；至于他自己的译著也是成果丰富，有目共睹。除此之外，他还非常重视外国文学的编辑工作。他所主编的杂志均发表译作，他还策划了专门出版译著的《未名丛刊》《现代文艺丛书》；发起筹办《译文》杂志，专门发表翻译作品，并以自己的译稿积极支持《世界文库》杂志。鲁

① 鲁迅：《〈奔流〉编校后记（二）》，《鲁迅全集》（第7卷），人民文学出版社1981年版，第162页。

迅对翻译工作的贡献是巨大的，据不完全统计，他一生中共翻译了14个国家的99位作家的200多种作品，他所论述的外国作家有105名，在他的著译中所涉及的外国作家、理论家及翻译家有377名之多。他形象地把翻译工作比做给反抗的奴隶贩运军火，意在输入民主思想，帮助中国青年冲决黑暗的封建牢笼；他还把自己比作希腊神话中的普罗米修斯，他深情地把翻译比作“从别国窃得火来”[①]的工作。到了后期，鲁迅特别注重马克思主义经典作家的文艺理论译介工作。统观鲁迅在译介外国文艺方面的编辑思想，我们发现有如下特色。

1.侧重于俄苏文学特别是苏联十月革命后的无产阶级文学的编译

译著包括《铁甲列车》《静静的顿河》《一天的工作》《苏联作家七人集》等，还有成为无产阶级文学名著的《毁灭》和《铁流》。《毁灭》描写的是苏联国内革命战争时期，一支工人、农民和知识分子组成的游击队，跟白军和外国侵略者进行斗争的故事。《铁流》描述了苏联国内一支由农民和手工业者组成的红军，通过跟白军和外国侵略者的斗争，锻炼成为具有铁的纪律的队伍的故事。这些书对加速我国30年代工农群众革命斗争的进程，对我国左翼文学的发展都具有无可估量的启示作用。

2. 规模较大，系统性强

例如，《科学的艺术论丛书》（又名《马克思主义文艺论丛》）计划出14种，《现代文艺丛书》原订出10种，《文艺论丛》预告出5种。《海上述林》上下两卷，仅上卷就有670多页。而苏联作家作品的多种选集，更把十月革命前后有代表性的作家作品基本上都收了进去；因为它们是在国民党当局文化“围剿”“岩石似的重压之下”，在读者面前开出的“鲜艳而铁一般的新花”[②]。

---

① 鲁迅：《“硬译”与“文学的阶级性”》，《鲁迅全集》（第4卷），人民文学出版社1981年版，第195页。

② 鲁迅：《〈铁流〉编校后记》，《鲁迅全集》（第7卷），人民文学出版社1981年版，第365页。

3. 译校严格，图文并茂

“我在过去的近十年中，费去的力气实在也并不少，即使校对别人的译著，也真是一个字一个字的看下去，决不肯随便放过，敷衍作者和读者的，并且毫不怀着有所利用的意思”，“我那时却每日必须将八小时为生活而出卖，用在译作和校对上的，全是此外的工夫，常常整天没有休息”[①]。这些话，生动地反映了鲁迅当时的工作和生活情况。《毁灭》附插图6幅，《海上述林》上卷有插图9幅，《铁流》有地图、作者画像及“铁流图”若干幅，更显出了装帧设计的独具匠心。鲁迅认为《海上述林》装帧精美，“惟上卷较为重要”[②]。《铁流》原作者绥拉菲摩维支见到中译本也赞不绝口，认为“这样精美的版本，是《铁流》出世后我第一次看见！好极了”[③]！

4. 从实际出发，为读者服务

考虑到读者的购买力，《毁灭》和《铁流》“曾各特印‘特价券’四百枚，系为没有钱的读者起见，并无营业的推销作用在内，因此希望此种券尽为没有钱的读者所得”[④]。持特价券购书，《毁灭》只需六角（原价一元二角），《铁流》只需八角（原价一元四角），有时还免费赠阅。这和当时许多书坊专为牟利，大印吊膀子小说骗钱，使文艺逐渐堕落的恶行，大相径庭，成为鲜明的对照。

“要豁然贯通……总不外乎深通学说”[⑤]，这是鲁迅在译介、宣传和运用马克思主义学说进行工作的过程中，在把先进的文艺理论与中国的革命实践相结合的过程中，所得出的正确结论。

5. 窃别国之火，照前进之路

① 鲁迅：《鲁迅译著书目》，《鲁迅全集》（第4卷），人民文学出版社1981年版，第177页。

② 鲁迅：《致曹靖华》，1936年10月17日，《鲁迅全集》（第13卷），人民文学出版社1981年版，第448页。

③ 曹靖华：《到赤松林去》，《铁流》，人民文学出版杜1957年版，第247页。

④ 鲁迅：《〈毁灭〉和〈铁流〉的出版预告》，《鲁迅全集》（第8卷），人民文学出版社1981年版，第445页。

⑤ 鲁迅：《〈文艺与批评〉译者附记》，《鲁迅全集》（第10卷），人民文学出版社1981年版，第298页。

鲁迅主要采取了以下几种方式：

首先是自己亲自动手编译外国作品。如在《奔流》第1卷第1期至第5期上连续译载了《苏俄的文艺政策》。这是鲁迅计划有系统地介绍无产阶级革命文艺理论的开始。1929年6月陆续出版的《科学的艺术论丛书》（又名《马克思主义文艺论丛》）也收入了鲁迅翻译的《艺术论》《文艺与批评》，还翻译了反映十月革命时期莫斯科起义的中篇小说《十月》、以苏联国内战争为题材的长篇小说《毁灭》等等。

其次是培养青年，约请名家。鲁迅非常重视青年翻译家队伍的建设，始终把发现和培养新生力量作为义不容辞的神圣职责。柔石、殷夫等人的著译都是经鲁迅之手发表在《奔流》上的。鲁迅与许多青年著译者的友谊正是从《奔流》《朝花周刊》《朝花旬刊》《世界文化》《译文》等刊物开始的。他不仅自己动手译《毁灭》，还约请当时正在苏联的曹靖华译《铁流》。《海上述林》上卷出版前，鲁迅还亲拟广告，推崇"本卷所收，都是文艺论文，作者既系大家，译者又是名手，信而且达，并世无两。……足以益人，足以传世"[①]。对瞿秋白的译作给予了高度的评价。

（三）培育鲜花，甘做腐草

"只要能培一朵花，就不妨做做会朽的腐草"[②]，这是鲁迅付诸实践的诺言，贯穿于他办刊、编校、著书、翻译的全过程，同时还表现在他对文艺青年政治上的引导、创作上的扶植和生活上的关心诸方面。鲁迅在《对于左翼作家联盟的意见》中大声疾呼"我们急于要造出大群的新的战士"，认为"创造这中国历史上未曾有过的第三样时代，则是现在的青年的使命"[③]。五四运动时期，他把解放思想、培养青年作为反封建斗争的一项重要内容，悉心指导他们同

---

① 鲁迅：《绍介〈海上述林〉上卷》，《鲁迅全集》（第7卷），人民文学出版社1981年版，第465页。

② 鲁迅：《〈近代世界短篇小说集〉小引》，《鲁迅全集》（第4卷），人民文学出版社1981年版，第131页。

③ 鲁迅：《灯下漫笔》，《鲁迅全集》（第1卷），人民文学出版社1981年版，第210页。

旧势力作斗争。五四运动退潮后，他处处给予青年“一种不退走，不悲观，不绝望的诱导”[①]。后期，他已经纯熟地掌握了科学的文艺论，更加自觉地注意对新的战士的培养，“十年以来，帮未名社，帮狂飙社，帮朝花社，而无不或失败，或受欺，但愿有英俊出于中国之心，终于未死”[②]。左翼青年作家聂绀弩原拟在自己编辑的《海燕》第 2 期发表一首诗，讽刺当时犯了错误的另一位左翼作家，鲁迅提出不宜发表这首“幸灾乐祸”的诗，以免事情复杂化、被敌人所利用，从而维护了左翼文艺队伍的团结。

他教导投身现实的革命斗争的青年们，要“明白革命的实际情形”，不要“单关在玻璃窗内做文章，研究问题”。提出“对于旧社会和旧势力的斗争，必须坚决，持久不断，而且注重实力”[③]。号召青年发扬“韧”的战斗精神，多读书、多写作、多翻译，讲究斗争策略，更有力地打击敌人。

他既是园丁，又当“人梯”。他说：“巨大的建筑，总是一木一石叠起来的，我们何妨做做这一木一石呢？”[④]鲁迅这种甘做“腐草”、甘为“人梯”、甘当“一木一石”的精神是始终如一的。他认为，办刊物应大量吸收新作家，范围要扩大，不可老驮在几个人身上，否则要掩死的。为此，他跟青年作家和学生一起组织莽原社、未名社、朝花社、泱泱社等文艺社团，支持和帮助他们编辑出版《民众文艺》周刊、《鼓浪》周刊、《波艇》月刊等进步报刊。从北京到厦门、从广州到上海，鲁迅一刻不停地为文艺青年“打杂”，践行了“俯首甘为孺子牛”的崇高精神。

上海期间，鲁迅不顾工作的繁忙、环境的险恶、疾病的折磨，

① 鲁迅：《两地书（五）》，《鲁迅全集》（第 11 卷），人民文学出版社 1981 年版，第 23 页。

② 鲁迅：《致章廷谦》，1930 年 3 月 27 日，《鲁迅全集》（第 12 卷），人民文学出版社 1981 年版，第 8 页。

③ 鲁迅：《对于左翼作家联盟的意见》，《鲁迅全集》（第 4 卷），人民文学出版社 1981 年版，第 233 页。

④ 鲁迅：《致赖少麒》，1935 年 6 月 29 日，《鲁迅全集》（第 13 卷），人民文学出版社 1981 年版，第 162 页。

仍然一如既往地为青年作者编校著译。如1935年冲破国民党行政当局对革命文艺书刊的查禁，以“奴隶社”名义印行的《奴隶丛书》，就收了叶紫的《丰收》、萧军的《八月的乡村》和萧红的《生死场》等代表作。为了使当时在邮局工作的青年孙用的译著《勇敢的约翰》出版，两年之中，鲁迅与译者通信21封，与书店及有关人士接洽书信12封，最后才成功由湖风书店印行。从安徽农村流落到北京街头的失学青年李霁野，当时翻译的《黑假面人》无处发表，鲁迅不但帮助校正，还推荐由《未名丛刊》出版。张天翼的处女作《三天半的梦》脱稿之后，连续投了几个刊物，均被退回，鲁迅给予具体指导，并在自己编辑的《奔流》上刊登。李霁野、张天翼等从此走上了文学道路。

鲁迅不仅热心为青年作者修改文稿、编辑校对、联系出版，还为他们的作品集写序作跋，进行热情的鼓励、精辟的分析和中肯的评论。据不完全统计，鲁迅为49个青年作者的55部书稿写过序跋，为青年作者校阅、编选、介绍的书稿达54种，一生亲自接待了大约500余名来访的文学青年，给青年回信多达3000余封。同鲁迅有过交往的青年作者，都从他那里获得过支持和教益。

更难能可贵的是，即使对于同自己的意见相左甚至反对过自己的青年作者的作品，鲁迅也同样采取实事求是的态度，给予应有的评价和支持。青年作者徐诗荃后来同鲁迅“思想亦不一致”，有些颓废和厌世。鲁迅极不赞成他这种消极的世界观，但仍屡屡向《申报·自由谈》介绍他的文章。向培良是鲁迅领导的莽原社的成员，又是鲁迅编辑的《莽原》周刊的撰稿人。鲁迅对他一直热情帮助，谆谆教导；他的第一个短篇集就是由鲁迅编选列入《乌合丛书》，与《呐喊》《彷徨》同时出版的。向培良到河南编《豫报副刊》，鲁迅又予以大力支持。1926年鲁迅离京赴厦门后，向培良与高长虹交往甚密，到上海成立狂飙社，写文章攻击鲁迅，后来成为国民党行政当局的帮闲。但鲁迅在编选《中国新文学大系·小说二集》时，并没有因为向培良攻击过自己以及政治上的不一致，而轻视其早期的创作。鲁迅指出：“向培良的《我离开十字街头》，是他那时的代表作，应该选入。”[①]结果向培良作品被入选三篇，其中两篇选自《飘渺的梦》，一篇选自《莽原》。由此可见鲁迅品德之高尚与胸怀之宽广。

在鲁迅的精心呵护和培育下，幼苗成林，新芽开花。在丰收面前，鲁迅感到极大的欣慰。但他“并没有略存求得称誉，报答之心”，而是认为“在生活的路上；将血一滴一滴地滴过去，以饲别人，虽自觉渐渐瘦弱，也以为快活”[②]。在看似平凡的事情中，体现了他的伟大胸怀与高尚品格。

（四）严肃认真，鞠躬尽瘁

鲁迅十分重视编辑流程中的各个环节。他强调审稿要严，校对要细；他的严肃认真体现在审稿、编辑、校对等实际工作之中。为了培养新人、嘉惠读者，以及书刊的美观大方和消灭文字差错，他可以说是做到了尽心竭力、鞠躬尽瘁。

鲁迅对于有才气的青年的来稿，总是给予热情的鼓励，同时希望青年作者每天都有进步，无论做什么事情都要严肃认真。因为他容不得工作中的半点马虎。

1932 年上海北新书局出版了一套民间故事丛书，其中一册名为《小猪八戒》的，内有诬蔑少数民族的文字，引起严重事端，回教徒数百人先后到上海市政府和南京中央政府请愿。鲁迅得知以后认为造成此种结果除中国特有的国民性外，还有两条原因，第一条是审读的责任即编辑把关不严，第二条是北新书局拖延不理的老毛病。他评论说：“此种无实之言，本不当宣传，既启回民之愤怒，又导汉人之轻薄，彼局有编辑四五人，而悠悠忽忽，漫不经心，视一切事如儿戏，其误一也。”[③]正是因为北新书局与鲁迅关系较深，所以他对此深感痛心。他从《申报》的副刊之一“儿童专刊”上看到一篇说昏话的文章，他认为这是审稿不严造成的，当即写信给做编辑的

① 鲁迅：《致赵家璧》，1935 年 2 月 28 日，《鲁迅全集》（第 13 卷），人民文学出版社 1981 年版，第 68 页。

② 鲁迅：《两地书（九五）》，《鲁迅全集》（第 11 卷），人民文学出版社 1981 年版，第 249 页。

③ 鲁迅：《致许寿裳》，1932 年 11 月 3 日，《鲁迅全集》（第 12 卷），人民文学出版社 1981 年版，第 116 页。

朋友说："此次《儿童专刊》上一文，竟主张中国人杀日本人，应加倍治罪，此虽日本人尚未敢作此种主张，此作者真畜类也。"[①]对于有些杂志专以邀"名人"稿件来装扮自己，专发"挤"出来的老作家稿件，鲁迅十分反感。他认为一个刊物创办之初，老作家帮助一下本无可厚非，但编辑不能由此产生惰性和懈怠；一个刊物总发表几个熟人的文章是不好的，况且对于这些约来的名家稿件，必然会产生审稿不严的情况。严格的审稿仅限于名不见经传的青年作者，是不公平的；编辑对于稿件应该一视同仁，如果产生双重标准则是不对的。他向来认为青年人犯错误、不成熟是可以原谅的，因为慢慢可以成长起来；而名作家、大学教授有了错误，便不能原谅，因为他们有影响，容易产生更大的不良效果。众所周知的赵景深先生将"银河"译成"牛奶路"失误一事，鲁迅便不予原谅，并为此写了杂文《风马牛》进行批评。他认为，因为赵先生是"对于翻译大有主张的名人"[②]，是名人必然会产生影响，所以要及时纠正。此前鲁迅编辑《奔流》的时候，曾出版过一期"托尔斯泰专号"，赵景深译了一篇托翁长子写的《托尔斯泰自己的事情》。鲁迅很慎重，向赵景深要原刊物去看。可见他编辑刊物的认真负责精神。这一次的纠正也使赵景深先生受到感动，他后来写文章说："这是我没有多查字典，工作不严肃的结果，是应该批评的。"[③]鲁迅的严肃认真工作精神，并没有影响他与赵景深的友谊。鲁迅还曾对《文学》杂志编辑审稿不细提出过批评[④]；对于与他关系很好的文学青年的平庸文章，他也十分严肃地给予指教，希望他们不断进步[⑤]。

鲁迅对出版界的为名图利、粗制滥造的现象更是深恶痛绝。当

---

① 鲁迅：《致黎烈文》，1936年9月28日，《鲁迅全集》（第13卷），人民文学出版社1981年版，第435页。

② 鲁迅：《风马牛》，《鲁迅全集》（第4卷），人民文学出版社1981年版，第346页。

③ 赵景深：《鲁迅给我的指导、教言和支持》，《新文学史料》，1978年第1辑。

④ 鲁迅：《致黄源》，1935年1月6日，《鲁迅全集》（第13卷），人民文学出版社1981年版，第8页。

⑤ 鲁迅：《致曹白》，1936年9月29日，《鲁迅全集》（第13卷），人民文学出版社1981年版，第437页。

时有些出版商不管出版物有无价值以及对读者的影响如何，只要能赚钱，就“前周作稿，次周登报，上月剪贴，下月出书”；卖不出去时，“照价二折，五角一堆，也说不定的”[①]。他指出：“‘文坛’上的丑事，这两年来真也揭发得不少了：剪贴，瞎抄，贩卖，假冒。……‘欺世盗名’者有之，盗卖名以欺世者又有之，世事也真是五花八门。然而受损失的却只有读者。”[②]鲁迅编书、出书不是以商业营利为首要目的，往往是抱着“收回钱来再印第二种”的打算，绝不欺骗读者。1931年，鲁迅在几经波折将《铁流》付印之际，高兴地说：“我们这一本，因为我们的能力大小的缘故，当然不能称为‘定本’，但完全实胜于德译，而序跋、注解，地图和插画的周到，也是日译本所不及的。”“倘读者不因为她没有《潘彼得》或《安徒生童话》那么‘顺’，便掩卷叹气，去喝咖啡，终于肯将她读完，甚而至于再读，而且连那序言和附录，那么我们所得的报酬，就尽够了。”[③]《译文》杂志因某些原因将要停刊，鲁迅觉得剩下未编的稿子“从此废弃，殊觉可惜”，“仍然集成一册，算作终刊，呈给读者，以尽贡献的微意，也算作告别的纪念”[④]。

鲁迅绝不是那种以自己的名声、地位为资本的挂名主编或顾问，而是一位干实事的、全身心投入的劳作者。他无论多忙，总是坚持自己编辑的书刊自己设计版面、编辑校对，甚至亲自装帧、发行和付邮。他还发明了一种不切齐的“毛边书”，他认为有些读者可以边读边裁，既有无限的乐趣，又可以检查读没读，全书读过后再切齐又可以成为一本新书。他是把自己经手的每一册书都当成创作一个完整的艺术生命，而注入自己全部心血的。

三闲书屋是鲁迅自己出资创办的出版社，从编辑、校对、跑印

① 鲁迅：《“商定”文豪》，《鲁迅全集》（第5卷），人民文学出版社1981年版，第378页。

② 鲁迅：《大小骗》，《鲁迅全集》（第5卷），人民文学出版社1981年版，第445页。

③ 鲁迅：《〈铁流〉编校后记》，《鲁迅全集》（第7卷），人民文学出版社1981年版，第374页。

④ 鲁迅：《〈译文〉终刊号前记》，《鲁迅全集》（第7卷），人民文学出版社1981年版，第463页。

刷厂到与书店接洽发行、写宣传广告等，都是鲁迅一人亲自实干，除必要时许广平协助一下外，他很少有休息的时间。他在《三闲书屋印行文艺书籍》的广告中写道："认真绍介诚实的译作，有益的画本，货真价实，童叟无欺。宁可折本关门，决不偷工减料"，"编辑并无名人挂名，校印却请老手动手。因为敝书屋是讲实在，不讲耍玩意儿的。"这充分表现出一种认真求实的精神。

鲁迅特别注重书刊的校对工作，他常常能从别人校对后的稿件中再挑出错字来，对出版社和印刷厂的校对他也不能放心。他不但校文字、句式、标点，而且对字形和行距也不放过。在许广平和萧红的回忆文章中，我们可以看到很多这方面的记载，这是一个尽职尽责的编辑最可贵的敬业精神。鲁迅编辑的书刊不仅内容丰富，而且形式美观。为了让版面更规矩漂亮，他极力主张每一行的开头不要排标点符号，前引号和前书名号除外。他还十分关注国外图书的装帧和版本，在可能的条件下"拿来"为我所用，使中国的图书和画册更加现代、美观、大方。在这方面他真可谓孜孜以求，付出了很多的心血。

三、鲁迅编辑精神述略

（一）高度的社会责任感

无论是搞创作还是编书刊，从鲁迅走上文坛的第一天起，他就有明确的目的，即用文艺来呐喊，意在揭示愚弱的国民性，改造中国人的精神，进而改造世界。

如果说在日本时期他还是出于热情给进步杂志投稿的话，到北京时期他已看出了编辑工作之重要。因此他主动地从抄古碑的沉默中走出来，积极地参与《新青年》杂志的编辑事务，以促进出版传播界之进步。进入20世纪20年代以后，他一方面继续支持《新青年》及扶植进步青年学生的文学刊物；一方面参与组织社团和主编书刊，对封建意识形态进行揭露和抨击。同时对编辑出版界的不良风气亦有所批评。到30年代，他主编了不少期刊，积极地译介唯物主义的文艺理论和世界名著，把最好的精神食粮奉献给当时的读书界。他揭露和批判了国民党当局的文化"围剿"，严肃批评了左翼文学阵营内部的宗派霸权幼稚病，也纠正了自己以前过于迷信进化论的偏颇。在中国现代编辑出版史上留下了辉煌的业绩和不朽的篇章。

鲁迅非常重视书刊的社会影响，他看不惯的事情，决不因感情而放弃原则；他认为重要的事情，无论冒多大的风险、付出多高的代价，都始终不渝将其做好。鲁迅和《语丝》的关系应该是最为长久的，"正人君子"们曾攻击他是"语丝派主将"，但当《语丝》投稿人渐减、成员发生变化，对于社会现象的批评几乎绝无，而广告却日渐增加和杂乱，"消沉下去"的颓风得不到遏制之时，鲁迅为了表示不随波逐流，遂毅然"辞去编辑的责任"[①]。《铁流》和《毁灭》均是当时苏联的优秀小说，对于中国左翼文学有一定的启迪和借鉴作用。因此鲁迅不仅自己付版税、跑印刷，克服了许多困难，使译著得以出版；而且数次亲自写广告，向中国读书界介绍这两部作品。《译文》1936 年 3 月复刊时，有人建议交黎明书局印行出版，但因该书局出版过希特勒《我的奋斗》及其他法西斯书籍，遭到鲁迅的坚决反对。他在致黄源的信中说："黎明书局所印，却又多非《译文》可比之书，彼此同器，真太不伦不类，倘每期登载彼局书籍广告，更足令人吃惊。因思《译文》与其污辱而复生，不如先前的光明而死。"[②]一方面为突破国民党当局的文化"围剿"，而编辑一套又一套书刊；另一方面又不愿为出版事宜而牺牲政治原则。这充分显示了鲁迅坚定的毫不妥协的文化性格。

文适时而作，书也要适时而售。鲁迅十分重视书刊的出版时间和出版周期。左联五烈士牺牲以后，他立即为左联机关刊物《前哨》题写了刊名，并在这第一期的"纪念战死者专号"上，发表了《中国无产阶级革命文学和前驱的血》和《柔石小传》。为了尽快发出反抗的声音，鲁迅怀着悲愤的心情和他的青年朋友们一起投入《前哨》

① 鲁迅：《我和〈语丝〉的始终》，《鲁迅全集》（第 4 卷），人民文学出版社 1981 年版，第 172 页。

② 鲁迅：《致黄源》，1936 年 2 月 7 日，《鲁迅全集》（第 13 卷），人民文学出版社 1981 年版，第 303 页。

的编辑工作，因为他认为在那样的黑暗中，总要有人站出来说话。鲁迅总是希望读者读到最新的出版物，所以他力求避免中间环节，缩短出版周期；如果因为编辑方面的原因而使书刊不能按时出版，他总要坦白地向读者说明并致歉意。编辑《奔流》时，他曾在《凡例》中宣布该刊每月出一本，定于每月中旬出版。不料该刊第1卷10期竟延误一个月才出版。鲁迅在“编校后记”中向读者说明原因进行解释，他虽然讲了印刷厂有两次罢工、编辑者有三回增刊等原因，但他还是为失信于“凡例”上宣布过的出版时间，以致于读者来信中“责以迟延”，而感到心情沉重。萧伯纳1933年2月来上海，由于鲁迅的运作，3月野草书屋就出版了瞿秋白化名乐雯编译的《萧伯纳在上海》一书。鲁迅为该书写了序言，他就是在人们对萧伯纳议论正炽之时，通过这本书“可以看看真的萧伯纳和各种人物自己的原形”①，由此我们也可以从中体会到一本图书出版“快”的力量。这种高度的社会责任感，正是通过他在具体的编辑工作中体现出来的；鲁迅从来不标榜他在编辑工作中贯彻了什么、体现了什么，而是在工作中践行着他的追求和使命。

（二）平等和谐的读者、作者关系

作为编辑的鲁迅，十分注重对作者、译者负责，同时更是对广大读者负责；他始终把编者、作者和读者的关系看成是一种平等的关系。他认为，无论是出书还是编刊物，都是为了给人看的，因此读者就显得十分重要。鲁迅处处为读者着想，在编辑书刊时为了帮助读者理解作品或作者及编辑意图，他通过“谨启”“按语”“例言”“绍介”“本刊小信”“编者附白”“编校后记”“广告”等多种形式，写了许多这方面的说明文字。这一类的文字在《鲁迅全集》中，占有十分重要的篇幅，是我们理解鲁迅编辑思想的重要资料，同时也是他留给后来编辑的宝贵财富。以平等的态度对待读者，就是视读者为知心朋友，不欺骗读者。新年之际，各杂志大约都要以新面孔

---

① 鲁迅：《〈萧伯纳在上海〉序》，《鲁迅全集》（第4卷），人民文学出版社1981年版，第501页。

新贺词来招徕读者，而鲁迅从不这样。他在一篇题为《敬贺新禧》的文章中，代表《奔流》社同人这样写道："惟敝志原落后方，自仍故态，本卷之内，一切如常，虽能说也要突飞，但其实并无把握。为辩解起见，只好说自信未曾偷懒于去年，所以也无从振作于新岁而已。倘读者诸君以为尚无不可，仍要看看，那是我们非常满意的，于是就要——敬贺新禧了！"在各种刊物大吹大擂，要焕然一新、既丰富内容又重新包装之时，这一则平常心的贺词，定会使读者感到清新、自然、可信。《奔流》共出版 15 期，而鲁迅写的"编校后记"就有 12 篇之多。这些文字都是为读者着想，既是杂志的导读，又有出版的说明，与读者的心贴得很近。今天我们重读这些文字时，仍会感到一阵春风掠过心头。编者应是作者和读者之间的桥梁。1934 年鲁迅开始主编《译文》时，也是大都每期必有"后记"，这些"后记"沟通了译者与读者的关系。为了这份杂志，鲁迅亲自与出版商签订合同，精心设计版式，为其选图荐稿，并为它译稿和著文 40 余篇。这其中就有"后记""前记""复刊词""终刊号前记"等，字里行间表现着他对读者的负责精神。除了对读者的精神关怀外，鲁迅还非常注重对读者的物质关怀。他在编书编刊中十分注意读者的购买程度，刊物一般是加页不加价，尽量出增刊赠给订户。在他亲笔写的两则"三闲书屋"广告中，均声明"宁可折本关门，决不偷工减料"；在《〈毁灭〉和〈铁流〉的出版预告》中，他还说明这两种书特印"特价券"四百枚，"系为没有钱的读者起见，并无营业的推销作用在内，因此希望此种券尽为没有钱的读者所得"。《毁灭》定价 1.20 元，特价券持有者 0.60 元；《铁流》定价 1.40 元，持特价券 0.80 元。鲁迅在内山书店优惠一位文学青年购书的记录，早已收入课本成为读者耳熟能详的感人故事。

对于作者他也是尊重爱护，他从不把自己的喜怒哀乐强加给作者。对于青年作者他更是关怀备至，注意提携奖掖。对于他们的来稿，鲁迅从不大删大改，除了个别文字的修改外，在内容上他总是平等地提出自己的看法，让作者自己去修改；对于来稿他也从不积压，每遇到不能采用的稿件，他总是及时地退给作者。据许广平回忆，鲁迅在看来稿时很认真，有时青年人的稿件写得很乱，还附上一句类似这样的话："我这个稿件写得很乱，写了懒得再看一遍，现在寄给你看看吧！"[①]鲁迅苦笑之后，还是认真地看下去。有的稿纸很薄，是那种双层的软纸，字也写得不清楚，为了避免看时费力，鲁迅就垫一张白纸在双层稿纸之间，衬着看。在编辑工作中鲁迅是很谦虚的，他深知编辑就是为人作嫁；尽管他自己本身就是作家，而且还是当时中国和世界级的作家，但他从来不宣传自己。《作家》是鲁迅给予支持的杂志，该刊在刊登世界文学家照片其中也有鲁迅照片时，鲁迅很不满意。他认为，他虽不是该杂志的主编或编辑，但这份杂志既然他支持了，就不应该再宣传他；"他认为，一个人的工作、生活都应该是朴实的，刊物也应该如此"；"这样做是不必要的"[②]。与此相反，他却处处想着作者，《铁流》的原作者绥拉菲摩维支70岁生日的时候，由于鲁迅早就记着此事，适时地给他发了祝贺电报，以表示对这位给中国读者带来精神振奋的作家的尊敬。

因为出书是为了读者，所以对作者不能过分迁就；对待译稿鲁迅的要求是很严格的，他除审读外还注意据原文校核。殷夫的译稿、孙用的译诗都是经鲁迅校核原文，纠正了多处误译和改动后才发表的。鲁迅主张译文错了只有彻底修改，至于本人高兴与否，可以不管。因为译书是为了读者，其次是作者；只要是于读者有益，于作者还对得起，此外都是可以不管的。他的这种正确处理读者、作者、编者关系的作风，直至今天也是值得认真汲取和深思的。

（三）无私奉献的职业道德

鲁迅是编辑的楷模，他甘于寂寞、争做实事，默默无闻地在他喜欢的这一岗位上奋斗了一生、奉献了一生。今天，当我们从这个角度注视他、走近他的时候，才感觉到他是那么广博、深厚，同时又为他崇高的职业道德所感动。不论是编发文章还是审读书稿，鲁迅都十分关注青年作者的作品，无论挫折有多少，都坚定不移地进

① 许广平：《鲁迅先生怎样对待写作和编辑工作》，《人民日报》，1961年3月27-29日。
② 许广平：《鲁迅先生怎样对待写作和编辑工作》，《人民日报》，1961年3月27-29日。

行扶植和培养青年作者的工作。他为青年人看稿、校译、介绍出版、写序题跋等，从来没想过自己在上面署个名，而是真心实意地通过自己的工作，让这些有才气的无名青年成名。叶永蓁本是一个无名的文学青年，他写了一部恋爱小说《茵茵》，在出版无望的情况下，他拿着稿子去找鲁迅。鲁迅不但仔细地看了，而且给他提出了修改意见，嘱他要从恋爱的圈子里跳出来关注时代。叶永蓁进行了认真的修改，再把稿子送给鲁迅看；鲁迅又认真地审读，并在原稿上写了意见，让叶再次修改。"鲁迅先生给他最后删定，写了序言，负责介绍到春潮书店出版"[①]，书名也由《茵茵》改成了《小小十年》。从中可以看到鲁迅对文学青年的掖进，体会他那无私的奉献精神。

鲁迅对青年木刻家的培养扶植也是全心全意、呕心沥血的。30年代，木刻在中国还是一门新兴的艺术，为了培养人才，鲁迅举办过多次展览，向文艺青年介绍世界优秀的版画作品；他还请来日本版画家举办讲座，自己亲自当翻译。在木刻尚未大发展时，他主张先办一个刊物，"首先是在引起一般读书界的注意"，再就是发表一些好的作品，但"内容选择，尤应谨严"[②]。在此基础上他编辑了《木刻纪程》，希望中国的木刻艺术一程又一程地不断前进。从筹划资金、确定编辑方针到选择作品，处处都倾注着他的心血；至于为组织稿件和评论作品与作者的通信，更是不计其数。25岁的文学青年徐诗荃翻译了《尼采自传》后交给鲁迅，鲁迅校改后即将此译稿介绍给良友图书公司，得到采用的消息后，关于该书的出版方式、封面设计等都帮助操心。他还主动提出帮助校对，他说："译者说愿意自己校对，不过我觉得这不大妥，因为他不明白印刷情形，有些意见是未必能照办的。所以不如由我校对，比较的便当。"[③]校讫后在寄校稿的同时，他还将自己藏的一册《查拉图斯特拉如是说》寄

① 符号：《鲁迅先生对文学青年的掖进——关于〈小小十年〉的一点回忆》，《鲁迅研究资料》第8辑，天津人民出版社1981年版。

② 鲁迅：《致陈烟桥》，1934年4月12日，《鲁迅全集》（第12卷），人民文学出版社1981年版，第383页。

③ 鲁迅：《致赵家璧》，1934年12月12日，《鲁迅全集》（第12卷），人民文学出版社1981年版，第597页。

给出版社，因为该书中有一张铜刻版的尼采像，他认为可以用在《尼采自传》上。为了这本书，鲁迅除了做具体工作外，还先后给出版社写了七八封信。鲁迅自己曾感慨地写道，“我在过去的近十年中，费去的力气实在也并不少，即使校对别人的译著，也真是一个字一个字的看下去，决不肯随便放过，敷衍读者的，并且毫不怀着有所利用的意思。虽说做这些事，原因在于‘有闲’，但我那时却每日必须将八小时为生活而出卖，用在译作和校对上的，全是此外的工夫，常常整天没有休息。”①

鲁迅就是这样，凡愿为进步的文艺而努力的青年，不论相识还是陌生，他都以极诚恳的态度对待，从不吝惜自己的精力、财力和时间。更可贵的是，鲁迅从来不把对青年的帮助看作是个人之间的事情，是对别人的恩赐。他在给一个青年的回信中说：“我并不是对于您特别‘馈赠’，凡是为中国大众工作的，倘我力所及，我总希望（并非为了个人）能够略有帮助。”②这充分说明，鲁迅对青年的培养是与他崇高的人格紧密相连的。他将此看作是自己责无旁贷的职责。

四、鲁迅编辑风格摭拾

（一）个性化

在上海的十年中，是鲁迅编辑生涯最辉煌的时期。他的编辑实践也同他的杂文一样，对一切有害的事物给予反响和抗争，处处体现着催促新生、排击旧物的先锋特色。只要我们细心体味，就会发现这种编辑风格是独特的，它体现着鲁迅的鲜明个性。

众所周知，中国现代期刊开辟“专号”自《新青年》始，但将这一醒目形式发扬光大的则是鲁迅。1926 年为祝贺法国作家罗曼·罗兰 60 寿辰，鲁迅将《莽原》7、8 期合刊出了“罗曼·罗兰

---

① 鲁迅：《鲁迅著译书目》，《鲁迅全集》（第 4 卷），人民文学出版社 1981 年版，第 183 页。

② 鲁迅：《致曹白》，1936 年 8 月 2 日，《鲁迅全集》（第 13 卷），人民文学出版社 1981 年版，第 400 页。

专号”，集中介绍了这位世界著名作家。在编《奔流》时这种情况更多，1卷3号出了“伊孛生诞生百年纪念增刊”、1卷7号出了“托尔斯泰百年纪念增刊”、2卷5号出了“译文专号”，这种集中发表文章的“专号”方式，既为纪念意义加深印象，又给人以面目一新的感觉。此外鲁迅编《萌芽》时，1卷3期出了“三月纪念号”，1卷5期出了“五月各节纪念号”。给人印象最深并产生强烈反响的，是左翼作家联盟五烈士牺牲后，鲁迅与冯雪峰编的《前哨》所出的“纪念战死者专号”，虽因国民党当局的封杀而变成地下出版物，但对当时的作家和文坛产生了重大影响；同时发出了被压迫者的不同的声音，也表现了鲁迅强烈的个性。编了这一期“专号”后，鲁迅仍愤意未平。时值《北斗》杂志创刊，鲁迅还想写一点儿纪念文章，然而由于心潮难平而无法写作，于是他选了一幅柯勒惠支的版画，名曰《牺牲》，寄给该刊发表，画面上“是一个母亲悲哀地献出她的儿子去的，算是只有我一个人心里知道的柔石的纪念”[①]。

鲁迅对报刊的评价从不看它的规模大小，而是十分重视它有无个性。他认为刊物的大小，每一期所发字数的多少，都不算什么问题，重要的是撰稿人。他不赞成撰稿人太多、队伍太大，他认为撰稿队伍大了，很难在思想观点上保持一致，这样必然会影响到期刊的内容；如果撰稿人之间互相迁就，就很容易把刊物办成“和平中正、吞吞吐吐的东西，而无聊之状于是乎可掬”[②]。那样的刊物便毫无个性，反而不如小的刊物，可以见到匕首的闪光，使同类的刊物知道还有袭击古老堡垒的战斗。1936年上海的一家书店准备请唐弢编刊物，要求他“不属于任何一面”，并表示编者有“绝对的自由”时，鲁迅即表示：编刊物决不会绝对自由，而且人也决不会不属于任何一面，只要一做事，就会看得出来。如果真的不属于任何一面，

① 鲁迅：《为了忘却的记念》，《鲁迅全集》（第4卷），人民文学出版社1981年版，第487页。

② 鲁迅：《通讯（二）》，《鲁迅全集》（第3卷），人民文学出版社1981年版，第24页。

刊物就失去了个性，那就“一定办不好”[①]。

（二）多样化

世界本身是多元的，在注重个性化的同时，鲁迅还强调刊物的多样化、趣味化，他一贯反对把文学杂志办得呆板单调。他对各种样式、不同风格的稿件进行巧妙的安排，从内容到形式尽量做到完美多姿，以满足不同层次读者的需要。在鲁迅编辑的刊物里，不论小说、诗歌、戏剧、随笔、评论、翻译、图画均受欢迎，洋洋万言的长篇大论同千八百字的短札相得益彰，开本、刊期、页码不一，装帧、版式、字号各异，理论性与通俗性并举，文艺性与综合性结合，呈现出一派丰富多彩的景象。编《奔流》时，鲁迅规定来稿要“出自心裁，非奉命执笔，如明清八股者”；“间有图画，时亦增刊”[②]。编专收研究论文的《文艺研究》时，他规定只要“内容力求其较为充实，寿命力求其较为久长”[③]，不是泛论空谈的陈言，皆可刊登。当有人批评《奔流》刊载的译著“以个人的趣味为重”时，鲁迅在“编校后记”中答复道：“说到‘趣味’，那是现在确已算一种罪名了，但无论人类底也罢，阶级底也罢，我还希望总有一日弛禁，讲文艺不必定要‘没趣味’。”[④]就是说，在强调刊物战斗作用的时候，不要忘记文艺的愉悦功能、吸引和感染读者的魅力，战斗性并不排斥趣味性。

不仅作品是这样，评论、译文也需要这样。《文艺新闻》创刊一周年，征求鲁迅的意见时，他指出：“论文看起来太板，要再做得花色一点。”[⑤]办《译文》时，他强调原料没有限制，门类也不固定。

---

① 鲁迅：《致唐弢》，1936年5月22日，《鲁迅全集》（第13卷），人民文学出版社1981年版，第381页。

② 鲁迅：《〈奔流〉凡例五则》，《鲁迅全集》（第7卷），人民文学出版社1981年版，第455页。

③ 鲁迅：《〈文艺研究〉例言》，《鲁迅全集》（第8卷），人民文学出版社1981年版，第302页。

④ 鲁迅：《〈奔流〉编校后记（五）》，《鲁迅全集》（第7卷），人民文学出版社1981年版，第167页。

⑤ 鲁迅：《我对于〈文新〉的意见》，《鲁迅全集》（第8卷），人民文学出版社1981年版，第330页。

“文字之外，多加图画。也有和文字有关系的，意在助趣；也有和文字没有关系的，那就算是我们贡献给读者的一点小意思。”[①]他根据自己的经验，指出杂文“必须是匕首，是投枪，能和读者一同杀出一条生存的血路的东西；但自然，它也能给人愉快和休息”[②]。在鲁迅的文章中，在他编辑的书刊画集里，战斗性和趣味性从不相悖，而是完美和谐地统一在一起的。

鲁迅所说的趣味，绝不是无聊文人卖弄的低级趣味。他反对油腔滑调的插科打诨，装疯卖傻的老莱娱亲，故作姿态的无病呻吟。他认为，“在朋友之间，说几句幽默，彼此莞尔而笑，我看是无关大体的”[③]。他认为平淡有时也会更加产生滑稽的效果，只要能使刊物生动活泼，各种手段都可以利用，多样化成为鲁迅编辑风格的一大特色。

（三）艺术化

鲁迅十分注重编辑的美学修养，报刊不仅要有丰富健康的内容，而且要给人以美感的陶冶和艺术的享受。

鲁迅非常看重插图，凡是经他编印的书刊，几乎都有精美的插图或画页。一册在手，图文并茂，生动活泼，引人入胜。《勇敢的约翰》《铁流》《毁灭》等书籍是如此，《朝花》《奔流》《译文》等刊物也是如此。配合书刊中人物或情节的精美插图，不仅给人以美的享受，还能帮助读者理解其主题，领会其内容，收到了很好的效果。

鲁迅非常讲究书刊的装帧和版面的美化。他主张文字之外多加图画，原因之一是可以美化版面。他经常亲自动手设计封面，对排版样式、开本大小、纸料墨质、题头尾花等等常常亲自过问。他认为，书刊编排得很挤，字号太小，看起来密密麻麻，会使读者透不过气来。对于书店随意污损画家的原稿，或印刷时改变了颜色，他

① 鲁迅：《〈译文〉创刊号前记》，《鲁迅全集》（第 8 卷），人民文学出版社 1981 年版，第 373 页。

② 鲁迅：《小品文的危机》，《鲁迅全集》（第 4 卷），人民文学出版社 1981 年版，第 576-577 页。

③ 鲁迅：《一思而行》，《鲁迅全集》（第 5 卷），人民文学出版社 1981 年版，第 473 页。

都极为愤慨。译者孙用的书稿在出版过程中遇到了不少麻烦，在给译者的信中，鲁迅指出："《勇敢的约翰》至今为止，颇碰了几个钉子。自然，倘一任书坊用粗纸印刷，那是有出版之处的，但我不答应如此。"[①]鲁迅就是这样，要么不出版，要么印得精美，粗制滥造是绝对不行的。

鲁迅历来反对把刊物里的文章排得太满，但同时又对正文后面留下的空白表示可惜。他认为《太白》半月刊增设"掂斤簸两"这个专栏就很好，既填补了空白，又批评了坏现象；既和正文相区别，必要时加上花边，还美化了版面，使刊物活泼起来。

总之，鲁迅在编辑学方面留给我们的经验是多方面的，我们在为中国编辑学因为有了他而骄傲的同时，还应该很好地总结历史的经验，学习他的开放视野、宽广胸襟、世界眼光、敬业精神和服务意识，以"俯首甘为孺子牛"的真诚态度，很好地研究和汲取鲁迅留给我们的这份宝贵遗产。

写于二〇〇一年，收入《多维视野中的鲁迅》一书。

---

① 鲁迅：《致孙用》，1931 年 5 月 4 日，《鲁迅全集》（第 12 卷），人民文学出版社 1981 年版，第 45 页。

麦绥莱勒的木刻连环画

20 世纪 30 年代麦绥莱勒的木刻连环画，在中国介绍过来的有好几本，这就是：《一个人的受难》（鲁迅作序）、《光明的追求》（叶灵凤作序）、《我的忏悔》（郁达夫作序）、《没有字的故事》（赵家璧作序）等。

麦绥莱勒（1889—1971）是比利时著名版画家，生于比利时兰根堡的一个渔村，其父是干德人，他 7 岁时全家随父亲迁回干德，他在那里度过了中小学时代，并对绘画表现出浓厚的兴趣和不俗的才能。1907 年考进干德美术学院学习，一年以后他听从院长的建议，到世界各地旅行去开阔眼界，先后在德、法、英、突尼斯等国写生作画，创作了不少木刻。1914 年第一次世界大战爆发，他一度回到故乡，次年来到日内瓦，与罗曼·罗兰等人相识，此后他参加了反战报刊《叶报》和《小桌》的编辑插图工作。从 1918 年至 1920 年，他的木刻连环画《一个人的受难》《光明的追求》《我的忏悔》《没有字的故事》等相继出版。1925 年至 1926 年又出版了《城市》，还曾参加了在莫斯科举办的《西方革命美术家作品展览》。他还为罗曼·罗兰的小说《约翰·克利斯朵夫》刻制了 600 余幅插图。从 1928 年到 1932 年，他在欧洲举办过 30 多次木刻展览，受到广泛欢迎，享有很高的知名度。

在鲁迅收藏的外国美术作品中，就个人作品所占比例而言，麦绥莱勒的作品是最多的。1930 年 10 月 28 日，鲁迅从商务印书馆取到一批国外寄来的美术书籍，其中就有麦绥莱勒连环画集 6 册。长于制作木刻连环画的麦绥莱勒的作品，立即受到了鲁迅的重视。鲁迅当时正在提倡新兴木刻运动，他托人从国外代购单幅木刻画、木刻连环画和文学作品的木刻插图，而这些恰好是麦绥莱勒木刻创作的三个主要方面，因此也正与鲁迅的关注点相一致。

鲁迅认为"木刻究以黑白为正宗"，而麦绥莱勒的作品黑白分明，初学者可以参考之处很多并能够从中得到益处。事有凑巧，1933 年春，赵家璧在一家德国书店里买到了 4 种麦绥莱勒的木刻连环画，第二天他就带了书去见鲁迅，提出把它翻印出版的设想，立即得到鲁迅的首肯和支持。鲁迅很高兴良友公司能这样做，并当场答应为其中的一册写一篇序文，同时为每一幅画写一个简要的说明。此外赵家璧还邀请郁达夫、叶灵凤等人按照这个体例各写了序文，另外一册留给他自己，并很快将其介绍给中国的读者。这就是以上 4 册木刻连环画的来历。

麦绥莱勒是现代世界木刻艺术的大师，他的作品长于表现现代大都市的喧嚣、生活在下层社会的人们的不幸、资本主义的腐朽堕落；在艺术上用现实主义和浪漫主义相结合的手法，既表现真实又展示想象。最有意思的是他的木刻连环画没有文字说明，在一幅幅黑白线条的人物景物图画的连接中，展示故事情节发展，给读者以宽广的理解和无限的想象空间。

以《一个人的受难》为例，他刻画的是一个私生子，因母亲另嫁而混入野孩子之群，稍大后学木工、做修路工，受恶友引诱嫖妓而悔恨，进工厂做工遇到了爱情，在劳资冲突中，他联合工人和资本家作斗争，最后被捕进而被判处死刑，他站在刑场等待刽子手向他开枪。

简单的故事、复杂的人生，通过木刻连续地展示给读者，尤其是最后一幅：主人公站在高墙下等待刽子手行刑，在黑白的反差中给读者以极大的震撼。鲁迅在谈到麦绥莱勒时说："他是酷爱巴黎的，所以作品往往浪漫、奇诡、出于人情，因以收得惊异和滑稽的效果。"所以这册《一个人的受难》，是写实之作，和别的画故事都不一样。

《我的忏悔》是由 156 幅木刻画连续起来的相当于作者自传性质的作品，也是"最富于个性的一本，在这个画本里，他的遭遇，他的思想，他的对时代的批判，都忠实简单地暴露得无余"。这一册由郁达夫来写序文，真可谓是恰如其分、选对了人，而郁氏的理解每每令读者拍案叫绝。重要之处还在于郁达夫说："他的书却是可以为无产者申诉，使文盲者阅读的为大众的书。"这就把麦绥莱勒的木刻连环画，提高到了一个政治的层面。

而叶灵凤对《光明的追求》想象的理解、赵家璧对《没有字的故事》中女性命运的体察把握，都是十分独到而包含时代感的，他们的那种对于艺术的理解，可以说是超越了国别，超越了时代。可见人类对于艺术心灵的感悟是共通的。

读了这几册木刻连环画，立刻有一种回归历史之感。20 世纪的前半叶，距我们今天并不遥远，我们和当时的人们有着一样的心境、一样的忙碌、一样的人文情怀、一样的喜怒哀乐。但是读了这套木刻连环画，你一定会感到心灵的净化，你一定会感受到艺术的享受和熏陶，在喧嚣中你会觉得沉静，在朴拙的艺术线条中你会发现精致，在故事的各个主人公命运发展中你会受到震慑；放下书以后你的心情也一定不会平静，一种激情沸腾涌动会带你走向崇高。

这是美术和文学的结合，苏汶所说的连环画不是艺术的论述早已不攻自破了，连环画里照样可以产生伟大的艺术家，麦绥莱勒就是最突出的一个。同时，他的画也成了中国和比利时文化交流的桥梁和纽带。

中国是有着悠久历史的木刻大国，30 年代由于有了鲁迅，中国现代的木刻出现了第一个高峰，他作为中国新兴木刻之父，举办了多次展览，出版了许多画册，培养了一批木刻家；当时的作家们，就是以如此开放的襟怀面对世界的；东西方作家的各种风格、各种流派同时地被"拿来"。可贵之处还在于，从时间上看他们是一点儿也不滞后，在艺术上是与世界同步的，麦绥莱勒就是那时当红的艺术家，所以我们也出了一批木刻版画家，他们后来引领了中国的木刻艺术很多年。

中国是人口大国，更是教育大国。木刻是最简单的美术形式之一，可惜除了美术学院开此种课程以外，我国中小学是没有这方面训练的，个中其详不得而知；如果说是为了安全，日本小学就有木刻课却没有听说发生事件；如果说是为了节约，在大量使用一次性木制筷子的今天，孩子们刻几块木板似乎也没有什么大不了，更何况这是为将来培养人才的必要投入。早在上个世纪初，蔡元培就极力提倡美育，幸亏那时我们有了鲁迅，他以甘做泥土的精神，培育了新兴的版画艺术，在我们30年代的文坛艺坛上，开放了木刻艺术的奇葩，让我们今天的文学艺术家们有所遵循。

从上个世纪末中国也进入了“读图时代”，我们期待着中国木刻艺术大潮的又一个高峰的到来。

写于新世纪之秋。

应重视鲁迅的小说史研究

我劝学现代文学的同学们，要潜心深度阅读鲁迅的《中国小说史略》，因为除了读原著以外，可以参考的东西并不很多。众所周知，关于鲁迅小说史学的研究的专门论著历来较少。原因是多方面的：首先是研究者历来关注作家鲁迅，而对于学者鲁迅的重视程度不够，大家一味地重史实、重文学作品；其次是一般鲁迅研究者的专业是中国现代文学，对于中国古代文学知识欠缺。因为对鲁迅与中国古代文学关系的研究，所涉及方方面面太多，使得许多人有力不从心之感。

理解鲁迅的小说史研究，就要将鲁迅这些古典史料分析具体细节，从资料中钩沉出来，厘清捋顺是非常细致繁杂的工作。这需要做大量的学术准备。从鲁迅的小说史研究入手，进而找出鲁迅写作该书所做的学术准备。此外还要考察版本之流变，这就必须找出《中国小说史略》的最早版本，比照再版本以及近年来的新版本，来订正旧版的错讹，在具体的小说史论述和资料征引上，也存在若干校订工作。据我所知，在关于鲁迅《中国小说史略》研究的过程中，还鲜有人这么做。

长期以来，小说在中国旧文学中历来是被视为不入流的，古典小说研究被排斥在所谓“国学”视野之外。正是五四新文化运动才使得小说由边缘进入了文学的主流，成为现代意义上的四大文体之一。

鲁迅曾经说，撰写文学史要“先从做长编入手”，他根据自己的知识积累，很早就对36种唐前小说佚文进行过收集整理，辑录了《古小说钩沉》一书，为后来的《中国小说史略》写作打下了坚实的基础。

鲁迅到北京大学讲授中国小说史前，最初北大国文系是准备请周作人来上这门课的，周考虑自己不是合适的人选，而鲁迅对此比他自己研究得更深，所以向系主任推荐鲁迅并得到同意。鲁迅提前编写讲课用的讲义，就是后来出版的著名的《中国小说史略》。鲁迅说:“中国之小说自来无史；有之，则先见于外国人所作之中国文学史中，而后中国人所作者中亦有之，然其量皆不及全书之什一，故于小说仍不详。”可见钩沉资料是非常困难的，初次尝试写作也是一种探索。

鲁迅写小说史开中国人治小说史之先河，表现了“五四”学人将新的文学理念贯穿到学术研究中去的实践。鲁迅登北大讲台，是因为他在中国小说史研究领域中有非凡的造诣。他在讲授这门课以前已经研究了许多年。《中国小说史略》最初是发给学生的油印本讲义，后来经过鲁迅的反复修改，成为具有学术意义的铅印本，这样就使这本书远远超越了一般的教材功能，一跃成为重要的学术著作。由此奠定了中国小说史研究的基本格局，同时也奠定了鲁迅在中国文学和中国小说史研究领域的崇高地位。胡适对《中国小说史略》评价很高，他说这本书:“搜集甚勤，取裁甚精，断制也甚谨严，可以为我们研究文学史的人节省无数精力。”鲁迅在北大的课堂上讲授中国小说史本身，就是非常具有挑战性的除旧革新之举，同时也使具有新思潮背景的学者型作家有了用武之地。

鲁迅的小说史讲义最突出的贡献在于，注重积累丰富的史料和具备独特的学术“史识”眼光。比如鲁迅根据中国小说的特点创造了“谴责小说”这一学术概念，他还根据文学作品现象提出了“拟”和“末流”的小说史论断:“拟”就是中断后又盛行的小说创作现象，和缺乏独创精神的模拟前人造句;“末流”就是模仿他人作品，并因袭其创作态度，且失去原来之精神优长者。这些都成为小说史研究理论的重要支柱。最初鲁迅是将《儒林外史》定位为“谴责小说”，而将《孽海花》归类为“狭邪小说”的；后来他将《儒林外史》从

“谴责小说”中分离，作为“讽刺小说”独立成编，而将《孽海花》归入了“遣责小说”。这些表面上看来似乎是概念的界定，而实际上则表现出鲁迅小说史学研究的概括力和科学性。这就是所谓“史识”，从中我们可以深切地体会出鲁迅所下的扎实功夫，还可以看出他对于那种“恃孤本秘籍，为惊人之具”不屑之缘由。

要研究鲁迅的小说史观，必须将其关于小说史的全部资料掌握完整。这就需要走乾嘉学派的苦路，扎扎实实地收集整理第一手资料。要考察鲁迅中国小说史研究的系年，总结鲁迅在清末民初的小说观。鲁迅说：“六朝时之志怪与志人底文章，都很简短，而且当作记事实；及到唐时，则为有意识的作小说，这在小说史上可算是一大进步。而且文章很长，并能描写得曲折，和前之简古的文体，大不相同了，这在文体上也算是一大进步。但那时作古文底人，见了很不满意，叫它做‘传奇体’。‘传奇’二字，当时实是訾贬的意思，并非现代人意中的所谓‘传奇’。”鲁迅对魏晋文学有着独到的研究，他认为汉末大畅巫风，故六朝特多鬼神志怪之书，并指出：“若为赏心而作，则实萌芽于魏而盛大于晋，虽不免追随俗尚，或供揣摩，然要为远实用而近娱乐矣。”所以他对于《世说新语》有独特的评价，认为这一流的书后来“仿者尤众”，因为那是一个“文学的自觉时代”。因此读鲁迅的小说史略，我们还要细读鲁迅的《魏晋风度及文章与药及酒之关系》等文章，分析其中的学术史意义，进而全面研究鲁迅的《中国小说史略》与中国小说史学的发生。

在研究鲁迅小说史观的时候，我们还应该特别注意到，鲁迅本人就是当时新文学的著名小说家，鲁迅的创作经验和其对中国古代小说的自家真实感悟体会，在当时大概是无人能够望其项背的。这对于我们研究鲁迅的这部特定学术著作，也应有着非常重要的作用。

因此我们可以理解为什么《中国小说史略》从最初计划发给学生的油印本讲义，后来经过鲁迅的反复修改，一跃成为重要的学术著作；并由此奠定了中国小说史研究的基本格局，同时也奠定了他在中国文学和中国小说史研究领域中的崇高地位。这样一个过程的内涵是意味深长的。

《中国小说史略》是学者鲁迅的最初形态的著作，也是具有开创性的国学名著。因而研究鲁迅的小说史观，首先需要加强中国古典文学基础的训练，其次还要对鲁迅有宏观的了解，我以为二者是缺一不可的。

《一件小事》和同类题材作品

凡是讲授过鲁迅小说或研究现代文学的教师，每当遇到鲁迅的小说《一件小事》时，都会很自然地想到《新青年》杂志上发表过的胡适、沈尹默、刘半农等三人描写人力车夫的诗歌。这种对比讲授或比较研究的方法，能够告诉我们当时的一些背景材料，使我们知道鲁迅描写人力车夫并不是孤立的，与他同时代的人中也有许多人注重了这一题材。通过比较，使人们看出鲁迅确实比他同时代的某些人站得高、看得深。然而这种比较也应当实事求是，尊重历史，不要为了显出鲁迅的“高”，就有意无意地把其他人压得过“低”，仿佛只有这样才能突出鲁迅似的。

鉴于这种现象比较普遍，笔者觉得有必要重新分析一下《新青年》上发表的这三首诗歌，再谈谈《一件小事》产生的背景，以及这篇小说又影响到后来的郁达夫，郁达夫创作了同类题材的小说《薄奠》之后，又有老舍新的小说。其中的传承是有规律可循的。

胡适的白话诗《人力车夫》，发表于1918年1月15日出版的《新青年》第4卷第1号上，系我国新文学尝试期间第一首描写下层社会不幸人们的新诗。这在当时是很了不得的事情，因为那时社会上到处充塞着僵死艰涩的古文，文艺作品中也多是描写才子佳人之类的鸳鸯蝴蝶派的东西。好在这首诗不长，我们不妨把它引在下面看一看：

“车子！车子！”
车来如飞。
客看车夫，忽然心中酸悲。
客问车夫，“你今年几岁？拉车拉了多少时？”

车夫答客，“今年十六拉过三年车了，你老别多疑。”

客告车夫，“你年纪太小，我不坐你车。我坐你车我心惨凄。”

车夫告客，“我半日没有生意，我又寒又饥。你老的好心肠，饱不了我的肚皮。我年纪小拉车，警察还不管，你老又是谁？”

客人点头上车，说“拉到内务部西！”

当然，我们不能把作者看成是作品中的乘车客。诗歌中描写了一个16岁车夫的悲惨生活。虽然才16岁，但他已是拉过3年车的“老”车夫了。为了拉上座，赚钱糊口，解决他的“又寒又饥”，他对客说“你老别多疑”，这是一个多么令人悲伤的场面啊！乘车客听了16岁小车夫的一番叙述后，又是怎样呢？“客人点头上车，说‘拉到内务部西’”，一个神气活现的形象立刻传神地出现在我们面前了，他不但让一个16岁的少年车夫拉着自己，还自以为是帮助了少年车夫，原来看见车夫奔跑时的“心中酸悲”此时不知到何处去了。由此我们可以看出那个社会是怎样地黑暗！这首诗的基调是好的，它通过对生活在社会底层的青少年车夫的同情，表现了人道主义的思想，应该说在当时是有进步意义的。

胡适是新文化运动和新文学创作的重要开创者与践行者，他不但在理论上多有建树，而且在实践上身体力行，业绩是多方面的。在那个连开一个窗子、搬动一张桌子也要付出代价的封建思想禁锢下，提倡改良主义的进步意义是不言而喻的，人道主义、同情下层、劳工神圣是那个时代的主旋律。他对人力车夫的同情也是从身边的小事写起的，这种带有人道主义思想的同情在当时的进步作用同样是不应抹杀的。这首诗的思想性自不待言，尽管艺术性稍平，但是它在当时并不失为一首较好的诗作。历史唯物主义告诉我们，分析问题时最好把它提到一定的历史范围内。有人说胡适的新诗水平不高，现在的人一天就可以写出一本《尝试集》，这就不是实事求是的态度了。旧体诗他也不是不会写，但是他为了巩固白话文的地位，就是要放下身段，亲力亲为地进行“尝试”，这精神应该是伟大的。他的那首《希望》应该说是一首“尝试”的经典，特别是谱了曲以后，就更加显示出诗歌的魅力。“我从山中来，带得兰花草，种在小园中，希望花开早……”激动了多少代少男少女的心？

沈尹默的短诗《人力车夫》也发表在同期的《新青年》杂志上，全诗是这样的：

日光淡淡，白云悠悠，
风吹薄冰，河水不流。
出门去，雇人力车。
街上行人，往来很多；
车马纷纷，不知干些什么？
人力车上人，个个穿棉衣，个个袖手坐，
还觉风吹来，身上冷不过。
车夫单衣已破，他却汗珠儿颗颗往下堕。

在“风吹薄冰，河水不流”的寒冷天气里，阔人们身穿棉衣袖手而坐还觉“身上冷不过”，穷人力车夫身穿破单衣为什么反而是“汗珠儿颗颗往下堕”呢？原来车夫为了生存下去拉车拼命奔跑，不惜汗珠打着脚面。这是多么鲜明的对照！在当时，作为《新青年》编委之一的沈尹默的这首诗，揭露了贫富悬殊的社会现象，对被压迫、被损害者表示了同情。描写下层社会的不幸是那时的进步主题。虽然这首新诗开头还带有刚从旧诗词中脱胎出来的痕迹，但是它的进步作用是应当肯定的。

发表在 1918 年 2 月《新青年》第 4 卷第 2 号上刘半农的新诗《车毯——拟车夫语》，可以说是当时较为出色的一首。这首诗的选材是很独特的，他没有描写车夫怎样奔跑、怎样劳累得吐血、怎样贫困，而是选择了“车毯”这样一个细节，来揭示人力车夫的悲惨贫困生活。这首诗的原文是这样的：

天气冷了，拼凑些钱，买了这条一毛线毯子；
你看铺在车上多漂亮，鲜红的柳条花，映衬着墨青底子；

老爷们坐车，看这条毯子好，亦许多花两三铜子；

有时车儿拉罢汗儿流，北风吹来冻得要死；

自己想把毯子披一披，却恐身上的衣服脏，保了身子，坏了毯子。

比起上述两首诗，这首诗写得就很有深度。“天气冷了”车夫“冻得要死”，但他却为人力车子买了条“毛绒毯子”，难道他不知道买衣服比买毯子更重要吗？他知道！然而他并没有这样做，他宁肯自己挨冻。因为一家老小依靠着他拉车糊口呢，有了毯子才能拉上座，使“老爷们多花两三铜子”，这就是他买毯子的原因。因为他知道赚钱养家比挨冻更重要，这是从生活长远来考虑的。“车儿拉罢”回家途中，汗消更觉北风寒，他多么想把毯子披在身上挡挡风寒啊，然而不行。试想毯子上如果有了“臭汗”味，老爷们还会坐他的车吗？尽管车上有一条新毯子，而车夫却不敢披一披，这是多么大的反差，产生的寓意折射了不合理的世道！全诗充满了对劳动者不幸生活的深切同情和对黑暗社会的控诉。《车毯》是刘半农在《新青年》上发表的第三首新诗（前两首是《相隔一层纸》和《题女儿小惠周岁日造象》，均发表在《新青年》4 卷 1 号上），思想性和艺术性都达到了当时的较高水平。鲁迅对刘半农这时总的评价是：“《新青年》里的一个战士。”[①]

我们把胡适、沈尹默、刘半农等人的诗歌，放在当时的历史条件中来分析，就可以看出他们的进步作用以及在那时产生的良好的社会影响。不肯定这一点，就不能看到新文化运动开拓者们的劳绩。有的文章提到他们的诗“始终只是停留于消极的叹息，表现出无可奈何的态度”[②]，我以为，这样的批评未免过于苛刻。我们不能用今天的认识来衡量前人的思想，如若这样便是忘记了时代。当然也应该看到，他们的诗作确实是仅停留在对人力车夫的同情上面，没

① 鲁迅：《忆刘半农君》，《鲁迅全集》（第 6 卷），人民文学出版社 1981 年版，第 71 页。

②《扬州师院学报》，1980 年第 1 期。

有深入挖掘人力车夫——也就是劳动人民身上的优秀品质，在这一点上鲁迅的确比他同时代的人要站得高，反映出鲁迅的思想在接受新思潮中前进。然而，当时《新青年》同人（包括鲁迅在内），他们都没有（也不可能）写出人力车夫的觉醒、反抗和斗争，我们能够因此批评他们只是停留在消极的叹息上吗？当然不能，因为这是历史的局限和世界观的局限。鲁迅在当时的创作目的也是在于："揭出病苦，引起疗救的注意。"①

从当时的情况分析，鲁迅对胡适等人的诗作，可以肯定地说是读过的。据《鲁迅日记》记载，早在 1917 年 1 月份他就同《新青年》有了接触。"五四"运动期间，《新青年》是鲁迅进行战斗的重要阵地。他在这个刊物上发表了 5 篇小说和近 30 篇"随感录"，在后来的一些文章和书信中他曾多次提到《新青年》及其同仁，当时的战斗生活在鲁迅的脑海里留下了深刻的印象。鲁迅看到他们的诗歌是不成问题的。

胡适、沈尹默、刘半农的诗歌写于 1918 年 1、2 月之间；鲁迅的《一件小事》写于 1919 年 7 月（文末原注"一九二〇年七月"，据《晨报创刊纪念增刊》刊载的时间分析，写作时间应为"一九一九年七月"），晚于胡适等人一年半左右，《新青年》上发表的关于人力车夫的三首新诗，必然对他产生一定的影响。

鲁迅创作《一件小事》的时候，正是五四运动的高潮时期，6 月 3 日上海等地举行了前所未有的罢工和示威游行，从理论上说工人阶级开始作为一支重要的政治力量，出现在中国的历史舞台上，"劳工神圣"成了响彻全国的政治口号。这些新的社会思潮，必然会被当时为新文学"呐喊"的鲁迅所接受。再加上他自己的所见所闻（比如《鲁迅日记》上就多次出现有关人力车夫的记载），才创作出像《一件小事》这样优秀的作品。

鲁迅后来在谈到他前期的小说创作时，指出："所写的事迹，大

---

① 鲁迅：《我怎么做起小说来》，《鲁迅全集》（第 4 卷），人民文学出版社 1981 年版，第 512 页。

抵有一点见过或听到过的缘由，但决不全用这事实，只是采取一端，加以改造，或生发开去，到足以几乎完全发表我的意思为止。”[①]这种“见过或听到过的缘由”，我体会应该是直接的材料和间接的材料两种；作品固然是生活在作家头脑中反映的产物，我们上面举出的三种因素也是不应当否定的。所以说《一件小事》的出现不是孤立的，看不到当时的社会基础及影响，用压低当时的其他作品的方式来“拔高”鲁迅的这篇小说，必然会忽略当时的历史条件，使人们把鲁迅的创作看成是文学史上一个孤立的现象。其实忽略了历史，也无疑就孤立了鲁迅。

当时之所以出现那么多的写人力车夫作品，原因是知识分子每天都要坐人力车，再加之他们对于社会下层人们接触的范围有限，因此人力车夫自然就成了他们的关注对象。这种题材写起来对于他们也是得心应手，所以后来的小说就也越写越成熟。

四年以后的8月24日，创造社的优秀小说家郁达夫写出了短篇小说《薄奠》。很显然这篇小说受到了鲁迅的影响，写的也是人力车夫的悲惨生活。但是，在郁达夫的笔下，人力车夫的形象就更为丰满。他写了车夫的家庭、他的女人和两个孩子，写了车夫的善良、勤恳和忠厚；另一个主人公也是作家自己，这个知识分子不同于鲁迅笔下的那个，他是一个狂狷自由、特立独行的人。共同的人道主义思想，和对于下层劳工的同情心，使他们与人力车夫有了对话的可能。最后这个车夫因为大雨在南下洼的大水里淹死了，“我”去悼念他，看到曾经被他骂过的女人哭成了泪人，因为当时她用仅有三块钱买白布给车夫做衣服，而车夫要存起来准备买车。现在一切都完了，女人竟要求作者不要给抚慰金，而要帮助她到冥衣铺去定一辆纸糊的洋车，以此祭奠她的丈夫。郁达夫的小说比鲁迅写得细致，再加上一些情绪和心理的渲染，可读性增加了很多。小说的精彩之处也在结尾，“我”雇了四辆洋车带着车夫的未亡人与孩子和纸糊的

① 鲁迅：《我怎么做起小说来》，《鲁迅全集》（第4卷），人民文学出版社1981年版，第513页。

洋车，招摇过市去祭奠车夫，途中到处是各种看客的眼睛，“我”只想向那些红男绿女和汽车中的贵人们，“狠命的叫骂”。这是一种升华，鲁迅写自己的小是另外一种升华。我想在读者的心里所产生的震撼，应该是相同的，尽管作家的风格是不同的。不管怎样，你读了郁达夫以后，无论怎么都会觉得有一种鲁迅式的抗争和情绪，他真的学到了点子上，走进了鲁迅的内心世界。这种精神应该是属于那个时代的。

这一题材的作品源远流长，要举的例子是不少的。再比如丰富了郁达夫的应该是老舍，《骆驼祥子》就是经典的小说，人力车夫的形象越来越鲜活，人物的故事也越来越多。这样写起来就“说来话长”了。我们还是就此打住。

鲁迅的《一件小事》毕竟是最早写这个题材的小说，它还是有一些主题先行的味道，就是知识分子的自我反省。当写到车夫和“我”对老女人跌倒在地的两种态度时，他的那种对于知识分子心灵深处的拷问，是相当强烈的。尤其是在结尾处，写车夫扶着老女人向巡警分驻所走去大场景，将高潮之笔都给了人力车夫：那“满身灰尘的后影，刹时间高大了，而且越走越大须仰视才见”，以及“榨出”皮袍下面的藏着的“我”的小来，带有深刻的自我反省味道，这是一件小事，但是却能够“教我惭愧，催我自新”。这是其他作品在当时没有达到的思想高度。可惜的是，这篇小说写得太短了，人物形象应该说是不够丰满的。虽然语言有些旧，但思想绝对是超前的，是新的。我想这也许就是小说的力量，它远远超过了以上的三首新诗。

对《新青年》上发表的描写人力车夫的三篇诗歌给予应有的评价，不但不会降低鲁迅的小说《一件小事》，反而会促使我们从比较研究中，更加深刻地理解和探究这篇小说的思想高度，分析鲁迅在当时为什么能够达到这样的深度，从中找出鲁迅思想发展脉络中带有规律性的东西，这对于我们的教学和研究无疑都是很有益处的。

《故乡》中杨二嫂的形象

杨二嫂的绰号叫“豆腐西施”，是鲁迅小说《故乡》中的一个次要人物。很多研究文章都认为，她是一个破产的小市民中的落后形象，作者对这个人物的刻薄庸俗、明抢暗拿等坏习惯是厌恶的，并进行了辛辣的讽刺。在小说中，杨二嫂显然是作为衬托闰土的形象而出现的。

然而汤国梁先生却有一种相反的看法，他在《也谈〈故乡〉的主题思想》一文中，分析杨二嫂形象时说：“她对当时社会深为不满，不似闰土那样‘只是摇头’像个木偶，而是尖嘴利舌，勇于发泄。”在引用了小说中杨二嫂恭维“我”的几句话之后，汤国梁又说：“作者之所以这样写，我体会，一方面是刻画杨二嫂尖刻泼辣的性格和为多想捞点东西的内含思想；一方面也暗示当时确有一部分知识分子升官发财，骑在劳动人民头上作威作福。杨二嫂有一句很深刻的话，‘真是愈有钱，便愈是一毫不肯放松，愈是一毫不肯放松，便愈有钱’，揭示了剥削阶级惟利是图、一毛不拔的本质。看，我们的杨二嫂确实不简单！”[①]

汤国梁先生谈《故乡》主题思想的文章怎样，这里姑且不论；但该文对杨二嫂形象的分析，本人实在不敢苟同，我愿意在此谈谈自己的体会，并求教于汤国梁先生。

在小说《故乡》中，杨二嫂的正式出场仅仅一次，所说的话也不多，算起来总共也只有六句。作者虽寥寥数笔，但字字传神，使这个人物有血有肉、性格突出、活灵活现地跃然纸上。

先说“豆腐西施”这个诨名。大家知道，西施是春秋时代越国

---

① 汤国梁：《也谈〈故乡〉的主题思想》，《山东师院学报》，1979 年第 1 期。

的美女，后来就成了美女的代称。而杨二嫂这个人长得并不怎么样，虽然她年轻时“颧骨没有这么高，嘴唇也没有这么薄”，因为她脸上擦着白粉，终日坐在豆腐店里招揽生意，所以被人们戏称为“豆腐西施”，这里显然很有一些讽刺的意味。

再让我们看看杨二嫂的出场。在“我”和宏儿闲谈的时候，这位“豆腐西施”来了。小说是这样描写的：

“哈!这模样了!胡子这么长了!”一种尖利的怪声突然大叫起来。

我吃了一吓，赶忙抬起头，却见一个凸颧骨，薄嘴唇，五十岁上下的女人站在我面前，两手搭在髀间，没有系裙，张着两脚，正像一个画图仪器里细脚伶仃的圆规。

我愕然了。

“不认识了么？我还抱过你咧？”

我愈加愕然了。……

对于这个人物的出场，看得出作者是独具匠心、下了一番功夫的。未见其人，先闻其声，闻其声如见其人。也就是鲁迅说的“只摘出各人有特色的谈话来，我想，就可以使别人从谈话里推见每个说话的人物”[①]。杨二嫂的出场，和我国著名小说《红楼梦》中王熙凤的出场，是颇有些相似之处的。鲁迅不愧为一位杰出的艺术大师，只用了寥寥数笔的描写，杨二嫂也刚刚只说了两句话，便把这个人物展现在读者面前了。

她的第一句话，就给人一种虚张声势、自来熟、心怀叵测的小市民习气感。“两手搭在髀间”说明她很闲散；“没有系裙”说明她的无聊和懒惰。通过简洁的肖像描写，以及“一种尖利的怪声突然大叫”“我吃了一吓”“我愕然了”“我愈加愕然了”等，几个相互连接又层层递进的句子，便使这位杨二嫂在读者脑海中留下了第一个

① 鲁迅：《看书琐记》，《鲁迅全集》（第5卷），人民文学出版社1981年版，第530页。

印象。

在介绍杨二嫂“豆腐西施”的由来的六行文字中，作者一连两次提到她“终日坐着”，可见，这位“豆腐西施”不但好打扮，而且也不是一个勤快人。紧接着，小说中有这样一段对话描写：

> “忘了？这真是贵人眼高……”
>
> “那有这事……我……”我惶恐着，站起来说。
>
> “那么，我对你说。迅哥儿，你阔了，搬动又笨重，你还要什么这些破烂木器，让我拿去罢。我们小户人家，用得着。”
>
> “我并没有阔哩。我须卖了这些，再去……”
>
> “阿呀呀，你放了道台了，还说不阔？你现在有三房姨太太；出门便是八抬的大轿，还说不阔？吓，什么都瞒不过我。”
>
> 我知道无话可说了，便闭了口，默默的站着。
>
> “阿呀阿呀，真是愈有钱，便愈是一毫不肯放松，愈是一毫不肯放松，便愈有钱……”圆规一面愤愤的回转身，一面絮絮的说，慢慢向外走，顺便将我母亲的一副手套塞进裤腰里，出去了。

看，就是这个杨二嫂乘人搬家之机，明要暗拿，顺手牵羊。为了弄到别人的家中物品，不仅曲意奉迎地恭维，还要无中生有地挖苦，什么话都说得出口。试想，如果“我”真的像杨二嫂所说做了“道台”大老爷的话，她还敢尖刻放肆地讥讽吗？很显然她是知道“我”也是走向了贫困的小知识分子，她不过是乘人之危想捞一把罢了。这种十分恶劣的小市民习气，暴露得淋漓尽致。她的目的是非常明确的，怎么能说这是“乱放火炮”呢？这跟“暗示当时确有一部分知识分子升官发财，骑在劳动人民头上作威作福”又有什么关系呢？

我认为杨二嫂这个人物，在《故乡》中正是和闰土对比来写的。用她的自私自利、尖酸刻薄，来衬托闰土的勤劳朴实、善良憨厚，二者之间形成鲜明的对照，从而突出闰土的形象。进一步说明：就是像闰土这样的勤劳辛苦的农民，在那样黑暗的社会里也是没有出路的。

汤国梁先生在谈到杨二嫂这段对话时说："她对当时的社会深为不满，不似闰土那样'只是摇头'，像个木偶，而是尖嘴利舌，勇于发泄。"我认为这样的评价未免过于拔高，甚至很有一些偏颇。难道作者的意图是想让杨二嫂来帮助闰土解放思想、反抗黑暗的社会吗？显然不是的。再说杨二嫂对谁"尖嘴利舌"呢？那是一个远离故乡、辛苦辗转的进步的民主主义知识分子，杨二嫂"发泄"的对象又是谁呢？是一个深切同情劳动人民，同时又在探索新生活、寻找新道路的知识分子。杨二嫂向"我""尖嘴利舌，勇于发泄"，岂不恰好说明她选错了"发泄"的对象吗？

鲁迅在小说结尾前，还加了一段母亲述说杨二嫂诬陷闰土偷碗碟的描写，正好和前面照应。偷偷摸摸、损人利己这种事，像杨二嫂这样的人是会干出来的。通过最后这一补充描写，使杨二嫂在小说中的作用就完全达到了。

汤国梁先生在评价这一描写时，是这样说的——

> 那么，鲁迅先生写杨二嫂诬陷闰土埋碗碟，是否应该呢？我认为是不应该的。这样描写，不但对表现闰土的憨厚朴实毫无意义，而且对这个城市贫民的形象有些损伤。从此，也可以看到作者对杨二嫂这个人物的描写，是缺乏无产阶级观点的，也未真正站在贫农的立场上。

大家知道，鲁迅的小说创作有一个明确的目的："将旧社会的病根暴露出来，催人留心，设法加以治疗。"[①]所以，他多取材于病态社会中的不幸的人们。杨二嫂当然也属于不幸的人们，我想每个读过《故乡》的人，是绝不会把闰土和"我"的走向困顿，理解为是由于杨二嫂手脚不干净造成的。因为她这个形象的本身，也是日趋

① 鲁迅：《〈自选集〉自序》，《鲁迅全集》（第4卷），人民文学出版社1981年版，第455页。

衰败的病态社会的产物；她的穷困和不安分，完全是由于个人的经济地位和那个畸形社会造成的。作者始终是把批判的矛头对准制造“辛苦恣睢而生活”的统治阶级和当时那个社会的。同时，从杨二嫂这个人物身上，我们可以清楚地看出，随着半封建半殖民地经济的破产，小市民阶层日趋贫困和他们中的某些人走上堕落道路。杨二嫂不正是这样一个小市民的典型形象吗？

我们不能只看表面现象，也不能生硬地把杨二嫂的尖刻自私，随手偷摸，看成是她“对当时社会不满”的一种“发泄”；更不能认为作者写了杨二嫂的缺点，就是“损伤”了“城市贫民的形象”。鲁迅在他的著名小说《阿Q正传》中，描写了落后、不觉悟和缺点极多的阿Q，难道说这也是损伤了贫农的形象吗？记得周扬曾经在和电影《鲁迅传》摄制组的创作人员谈话时说过，如果让阿Q当领导，一定是个三类社。无产阶级也是有缺点的，难道说写了无产阶级中某些人的缺点，就会“损伤”整个无产阶级的形象吗？当然不会。何况杨二嫂还不属于无产阶级呢。关键不是写什么，而是怎样写。

《故乡》的写作时间是1921年1月，当时正是五四运动刚过，中国工人阶级登上历史舞台之前。作为激进的民主主义知识分子的鲁迅，始终是面对现实，关注人的生活、宣扬人道主义精神，向着黑暗的恶势力进行战斗。但是，由于许多痛苦的教训，使他对中国的国民性产生了某些的看法，他还不可能看到人民群众的伟大力量和作用；因此他对处在苦难中的人民大众（尤其是农民）是哀其不幸、怒其不争的。他用强烈的忧国忧民情感和现实主义的创作方法，为我们塑造了令人难忘的闰土和杨二嫂的典型形象，表达了他改革旧社会、追求新生活、探索新道路的强烈愿望。然而，那时中国农民运动也没有开始，因为历史还没有提供这样的条件。鲁迅能够眼睛向下，注重农民问题，这在当时已经是很不简单了。

唯物主义思想告诉我们，看问题、分析人物，不应当离开当时的历史条件和环境。不然的话，势必会造成用现代人的思想去苛求前人。我认为汤国梁先生提出的“作者对杨二嫂这个人物的描写，是缺乏无产阶级观点的，也未真正站在贫农的立场上”的问题，当是属于对鲁迅的过分要求。

正是因为对《故乡》中杨二嫂这个人物的理解，关系到鲁迅作品的教学，所以我也把自己的一点浅见讲出来，一则供大家深入讨论，二来求教于汤国梁先生。

本文作于1979年，经李何林先生修改，发表于同年底的《山东师范学院学报》第6期上。

关于《野草·求乞者》的通信

缪先生：

您好！

邮件收到，新春将至，先生依然关心鲁迅文本、关心学术问题，进行教学研究，甚至不耻下问，我对此深感钦佩。

关于《野草·求乞者》的四个问题现奉答如下，请先生批评指教。

一、"高墙"，表面上是写北京的城墙，实际上亦可泛指当时中国社会、以及人与人之间的心灵；"灰土"，除了表面意思外，主要的象征意味也可以理解为是古老社会的历史灰尘。"各自走路的人"指的就是当时的中国人，他们只关心自己，相互之间十分冷漠。在高墙下、微风与尘土中，这些人无精打采，各走各的路，谁也没有想到要改变这样的环境；他们与谁都不相干，只是各走各的路。正如鲁迅在另一篇文章中所说："人人之间各有一道高墙，大家的心无从相印。"（《随感录二十五》）

二、"布施"，应该就是施舍，在象征意义上指的是赠品、恩赐，这是鲁迅从尼采作品里直接拿过来的概念；"求乞"就是乞求，无论乞求什么，得到的总是与愿望相反，无论是物质的还是精神的。在鲁迅的生命哲学里，是不相信别人的"布施"和同情的。以前有解释说，这体现了剥削者和被剥削者的关系，我以为这个解释太过于政治化了，其中意是否可以理解为社会上，不同经济条件下的人与人之间的关系。

三、鲁迅一向反对低三下四，反对向阔人低头。为了求乞而忘却了悲哀和愤怒，像小丑似地装出种种憨态、故作痴呆相来，是鲁迅尤其不能容忍的。他一向反对奴相、反对"苟活"；他认为苟活就是活不下去的初级阶段，意图生存而太卑怯，结果就得死亡。他在当时的许多文章中都谈到这一点。您一定知道，鲁迅那时的进化论思想是很严重的，他曾在第一篇小说《狂人日记》中提出：“救救孩子！”。而在这里“求乞者”就是孩子，他认为孩子代表了未来，也就是中国的将来，所以就是孩子也不能同情！我想他写这篇文章的时候，是冒着被别人指责的风险的，因此他的内心深处一定是非常痛苦的。鲁迅认为“布施”大多都是表现在口头上的，他在《准风月谈・青年和老子》一文中，就举出了富人认穷亲戚的故事，并进行了生动的讽刺。他的本意是让中国人增强自信力和自信心，进行艰苦的奋斗，百折不挠、勇往直前。

四、这篇文章除了用长短句诗的形式来叙写以外，基本上采用的都是隐喻和象征的手法，气氛灰色暗淡，但是表现出来的却是一种强烈的愤懑和呼唤改革之心。那个时候他刚刚翻译完尼采的著作，特别是尼采的《察拉图斯忒拉》对他的影响很大。其中尼采的书里也有一段“知识圣者”（尼采）同一个老人（信仰的圣者）的对话，个别的部分很像这篇文章。因而我们有理由说，这篇文章是鲁迅读尼采的结果，当然思想还是鲁迅的。

鲁迅写作《野草》的时候，正值兄弟失和以后，他的内心是非常痛苦的。所以也可以说，鲁迅失去了弟弟，得到了《野草》。作品中的比喻、想象、词语、情绪等等，都有一种火山爆发似的宣泄。正如他自己所说，这本书是写给他自己的。其他人尤其是青年人是看不懂的。我以为将当时的各种背景材料放在一起，来解读《野草》，可能会有别样的收获。

以上解答不知可否，供您参考。

此请

近安!

张铁荣

2000 年 12 月 15 日于南开园。

《狂人日记》"批注"辩

20 世纪 80 年代初期，台湾出版了一套"中国现代文学研究丛书"，这套丛书虽然提供了一些史料，但遗憾的是由于严重的政治偏见，使书中充塞了不少生硬的说教。其中歪曲历史、颠倒是非者有之；故意中伤、无端诽谤者有之；张冠李戴、抬高自己者有之……

在这套丛书中，有一册是尹雪曼编著的《五四时代的小说作家和作品》。书中全文收录了鲁迅的《狂人日记》，这对于鲁迅著作在当时仍然遭禁的台湾省来说，是一件很好的事情，它能使台湾的读者看到鲁迅作品的原貌。但尹雪曼在鲁迅的原著中加进了不少个人的"批注"，表示了他自己对于鲁迅作品的理解和观点，尤其是他加进了不少的"批注"，表示他对于鲁迅的不认同。读了这些"批注"，使人感到匪夷所思，必须辨明是非，因此有些话不能不说。

尹雪曼本名尹光荣，河南汲县人，生于 1918 年。1934 年 6 月 26 日曾在天津《大公报》上发表了第一篇小说《二憨子》，后来常在南京《中央日报》、天津《大公报》、重庆《扫荡报》发表一些作品。抗战期间他毕业于西北大学，到台湾省后他大部分时间从事新闻工作，也担任过国民党高级官员，并在台湾一些大学任教。现在他专门从事文艺理论和文学史方面的写作。

如果说像尹雪曼这样的文化人，对《狂人日记》发表以来产生的巨大影响一无所知，那一定没有人相信。由于那时台湾当局没有开放对鲁迅作品的查禁，严重的服从意识和政治偏见，像有色眼镜一样遮住了他的视线，使他屈服于台湾行政当局，才会如此罔顾事实特立独行、固执己见。

本文就这些奇特的批注，发表一些不同的看法。

一、是“文学革命的第一声春雷”，还是“中国新小说的不幸”？

《狂人日记》的发表，是“五四”文学革命的第一声春雷。它以新的思想内容与完全崭新的艺术形式出现在中国文坛上，颇激动了当时青年读者的心，也使当时的人们耳目一新，显示了文学革命的战绩。这是有目共睹的事实，只要是尊重历史的文学家、评论家，都会坚持或同意这种看法的。

而尹雪曼先生却不是这样看的，他说，《狂人日记》的出现“实在是中国新小说的不幸，一开始就走上了不平坦的道路”[①]。

《狂人日记》究竟是五四文学革命的第一声春雷，还是“中国新小说的不幸”？这是一个大是大非问题。我们必须搞清楚。

文学革命以前的文言小说是什么样子？尹雪曼先生不会不知道。当时的文坛上到处都是旧小说，新的创作唯有通俗小说一枝独秀，新文学还没有走向主流媒体。我们不是说通俗小说不好，但是其中封建思想、才子佳人、宫闱秘闻、江湖大盗等等，影响着中国的社会改革。所宣扬的人物，虽然也不乏民间英雄豪杰，但多为清官名将、孝子节妇、侠盗仙佛者流。封建伦理、礼教纲常的陈词滥调充斥在字里行间，封建思想道德仿佛是绳索编织的罗网，束缚着人们的思想和手脚，使群众的灵魂愚昧麻木，安于现状难以觉醒，这便是这一类小说的致命毛病，这只能对封建统治有利。

到了梁启超等人提倡的“改良社会，开通民智”的新小说出现时，小说创作才有改观，虽有了改革与进步的内容，但语言上还是文言的，形式也没有脱离章回体，可以说基本上未能摆脱旧小说的表现框架。《新青年》提倡文学革命的时候，起初也是批判旧思想、旧文化的评论文章较多，还有一些新诗和翻译过来的外国文学作品。作为新文学重要样式的小说，当时还少有创作方面的实践。人们希望有一种新的思想内容与新的表现形式相统一的文学作品出现，在

① 见《五四时代的小说作家和作品》，台湾成文出版社有限公司1980年第1版。以下凡引尹文均见该书。

文学革命中的白话文也需要有新小说来巩固它的地位。

正是在这种形势下，《狂人日记》于1918年5月出版的《新青年》4卷5号上发表了。这是时代的需要，文学的需要。它犹如一声报春的惊雷，震动了当时的中国文坛。强烈的反封建内容、崭新的白话文体，使人们的精神为之一振、耳目一新。《狂人日记》的发表同时也奠定了鲁迅的文学地位，在我国新文学、新文化史上产生了重大而又深远的影响。

《狂人日记》的发表促进了中国新文学的创作，不久许多以反封建为主要内容的新小说如雨后春笋破土而出，从而有力地配合了新文化运动的深入发展，对于推动当时的思想解放潮流，起到了不可估量的作用。后来出现的“新潮”作家群、“文学研究会”作家群，都不同程度地受到了鲁迅的影响。他们写的《一个忧郁的青年》《新婚前后七日记》《真的疯人日记》等小说，都采纳或吸收了《狂人日记》的表现手法，有力地证明了《狂人日记》在思想和艺术上的成功与巨大影响。茅盾曾经说过：《狂人日记》是“前无古人的文艺作品”，它的出现使“久处黑暗的人们骤然看见了绚丽的阳光。这奇文中冷隽的句子，挺峭的文调，对照着那含蓄半吐的意义，和淡淡的象征主义的色彩，便构成了异样的风格，使人一见就感着不可言喻的悲哀的愉快。……传统的旧礼教，在这里受着最刻薄的攻击，蒙上了‘吃人’的罪名了”[①]。

然而，尹雪曼先生对此却视而不见，说什么这“实在是中国新小说的不幸”。那么我们不禁要问一句，他所认为的“幸”是什么呢？下面我们看一段他的所谓批注。

在《狂人日记》第三段，“我翻开历史一查，这历史没有年代，歪歪斜斜的每叶上都写着‘仁义道德’几个字。我横竖睡不着，仔细看了半夜，才从字缝里看出字来，满本都写着两个字是‘吃人’”。这正是小说的精彩之处，揭露封建礼教“吃人”是鲁迅对反封建斗争的重大贡献，这种创见现在看来，比他同时代的一些作家要深刻

① 茅盾：《读〈呐喊〉》，《文学周报》第91期，1923年10月。

很多。尹雪曼在这段话后面写道："'仁义道德'给人的约束很大。青年人往往不容易接受；但是把'约束行为'说成了吃人，用意则在于'哗众取宠'，这是左派文人惯用的手法。"原来尹先生认为"仁义道德"还是可行的，是对青年人一种"约束行为"，以反封建为主要内容的《狂人日记》当然是"哗众取宠"的，好像是不对的。那么对于以反对封建为主要内容之一的五四运动应该怎么看呢？尹先生从内容与实质上否定五四运动的基本精神，却写作了谈"五四"小说的书，这不是天大的笑话吗？"约束行为"也无非就是一个变换了的新名词，实际上无非是给青年人套上古老的封建枷锁。尹先生的解释无疑与封建遗老同出一辙，然而高明处在于他利用新名词维护旧礼教。所以他见了《狂人日记》便大喊这是"中国新小说的不幸"。

那么他所认为的"幸运"又是什么呢？照尹先生的逻辑来看，用白话文写的维护封建的"仁义道德"，建立封建的"约束行为"，把当代青年培养成为封建传统的孝子贤孙、节妇烈女的作品，才应该是"中国新小说"的幸运。多写这样的东西，难道就是尹先生对"中国新小说"的期望和要求吗？

尹先生说中国新小说"一开始就走上了不平坦的道路"，这倒是事实。众所周知，中国的新文学是在和封建的旧文学的斗争中发展起来的，它本身强大的反封建内容既体现了时代精神，又符合历史潮流，所以它才能不断地在斗争中成长壮大。反之，"平坦的"、一帆风顺的东西，生命力是不会长久的。尹先生说《狂人日记》的发表导致了中国小说"一开始就走上了不平坦的道路"，实质是妄议，为的是否定《狂人日记》的价值。

我们不知道尹先生所期望的"平坦的道路"应该怎样走。假如用白话文，将旧文坛上的"言情小说""黑幕小说""武侠小说"等接着写下去，倒显得道路发展"平坦"，如果说，这是承认"五四"新文化运动的人说的话，那么我们对于他的研究难道不应该怀疑吗？周作人除了拥护文学革命以外，他还提出了"思想革命"，他认为只有文学变革还不行，必须要有新的思想加以配合，并且举例说：

“反复辟”是文言，“拥护皇帝回朝”是白话，我们要拥护哪一个呢？这些话足以促使尹雪曼先生深思。

二、是切中要害，还是“偏激”？

究竟如何看待当时的社会现实，这同样是一个需要弄清楚的问题。因为尹雪曼在他的“批注”中，一再说鲁迅的《狂人日记》是“对现实不满”是“偏激”。下面我们先看看他的几条“批注”。

在《狂人日记》正文第一段“那赵家的狗，何以看我两眼呢？”的后边，尹批道：“引用狗眼看人低的俗语，来发泄他对现实的不满，充分证明作者的偏激。”

在正文第二段结尾处“我明白了，这是他们娘老子教的”后面，尹又批道：“与前文同样的偏激，不足为训。”

在正文第三段“他们——也有给知县打枷过的，也有给绅士掌过嘴的，也有给衙役占了他妻子的，也有老子娘被债主逼死的”后边，尹再次批上了：“故意暴露旧社会的不平。”

以上“批注”的总观点是：《狂人日记》所表现出的“对现实的不满”与否定，是“偏激”，因而“不足为训”。

《狂人日记》所表现出的对现实的否定，是切中要害，还是“偏激”？现在让我们来分析一下。

首先，从社会历史来看，《狂人日记》反映的是我国辛亥革命前后的那段历史，是当时的社会现实在鲁迅头脑中的反映。鲁迅见过清末社会的腐朽，他见过辛亥革命，见过二次革命，见过袁世凯称帝，见过张勋复辟……通过细心而深刻的观察，他发现了当时社会上人与人之间的关系是“吃人”与“被吃”的关系。无法摆脱的苦闷时常萦绕在他脑中，他的内心充满了焦灼和愤怒。秋瑾、徐锡麟的壮烈殉难，以及许多志士仁人的流血牺牲，使他在思想上受到了强烈的刺激；“力排清虏”的章太炎被人们称作“章疯子”，使他感到了落后麻木的国民性的悲哀。提前觉悟的一批资产阶级、小资产阶级知识分子的行动，不被在封建桎梏束缚下的群众所理解，这就是严酷的社会现实。此时鲁迅的思想已由激动转向了沉静。他深刻地感到，辛亥革命虽然推翻了皇帝，但社会上的一切从“骨子里”看都还是依旧的。在这个换上了民国招牌的半封建社会中，旧礼教在人们头脑中依旧占据着统治地位，封建的家族制度仍然残害着进步青年，人与人之间还是存在着隔膜，仿佛垒起了“一层可悲的厚障壁”①。孙中山在论及辛亥革命后的形势时，曾经这样写道：“去一满洲之专制，转生出无数强盗之专制。其为毒之烈，较前尤盛。于是而民愈不聊生矣。”②台湾当局和他们的文人们，对此大约不会陌生。

这就是当时中国的社会现实，是鲁迅所描述的一个“黑漆漆的，不知是日是夜”的世界。

其次，从作品内容来看，为了总结辛亥革命的教训，探索新的道路，为了与“新青年”的朋友们取同一步调，经过长期观察与思考的鲁迅创作了《狂人日记》。作品对这个“吃人”的现实进行了猛烈的抨击，发出了战斗的呐喊。小说通过狂人的眼光向人们展示了当时的社会状况：一方面是古久先生、赵贵翁、“大哥”等压迫者；另一方面是“告荒的佃户”，他们之中有“给知县打枷过的”“衙役占了他妻子的”“老子娘被债主逼死的”，还有被吃掉心肝的狼子村的“大恶人”这些被压迫者。反封建战士的“我”为了说真话、唤起群众，竟被压迫者们当作“疯子”进行迫害。可悲的是同处在被压迫地位的群众，他们不但不理解战士，反而加入“大门外立着一伙人”里，看“大哥”对“我”的训斥；更有甚者，“连小孩子，也都恶狠狠的看我”，这是一个多么可悲的世界啊！

小说虽然采用了象征主义的表现手法，但它非常真实地反映了当时的社会现实，深刻地揭露了封建家族制度和礼教的“吃人”本质。

无论从当时的社会历史上看，还是从作品内容本身看，鲁迅对那个黑暗的封建社会现实的揭露与批判，都是切中要害的。所以我

① 鲁迅：《故乡》，《鲁迅全集》（第1卷），人民文学出版社1981年版，第482页。

② 孙中山：《建国方略·心理建设》，《孙中山选集》上卷，人民出版社2011年12月版。

们说《狂人日记》是一篇正义的反封建宣言，是时代的最强音。

尹先生一而再地说《狂人日记》是“发泄对现实的不满”、是“故意暴露旧社会的不平”，那么我们要问一句：鲁迅“暴露旧社会的不平”对不对呢？对当时黑暗的“现实”不满应该不应该呢？尹先生自己为什么那么起劲地维护封建的“旧社会”、维护封建的“现实”呢？几千年的封建社会，吃掉了多少代个性张扬、思想独特的青年男女；长期以来的家族制度、封建礼教，束缚禁锢了无数人的头脑，对此尹先生为什么一言不发？鲁迅的《狂人日记》是鼓舞和激励青年们向封建礼教进军的号角，在封建遗老们哑口无言了半个多世纪以后，为什么尹先生竟会产生了礼崩乐坏之悲，以致气急败坏地对《狂人日记》泼污水呢？

说直接一点是因为尹先生思想上严重地存在着封建的旧意识，说得隐晦一点是他屈服于台湾行政当局查禁鲁迅的“法律”；虽然他自称是新派人物，也写白话文，但他的作为无意间走进了打着新旗号维护旧传统的窠臼。他以自己的行动，无意间暴露出封建旧制度的辩护士的面孔。从另一方面说，鲁迅的《狂人日记》在今天仍然有着很深的现实意义，反映出这部不朽名著的强大的生命力。由此看来，鲁迅对黑暗的封建社会的否定与批判并不是什么“偏激”，而是切中要害。诬蔑鲁迅的尹先生却在自己的“批注”中，暴露出他藏在西洋礼帽底下的辫子。

在这些“批注”的上面，尹雪曼先生还有这样的一段话，为了保持其“全面”我们不妨也录下来。他说：

> 对于一篇小说（《狂人日记》——引者注），历来批评，检讨，乃至于牵强附会的人很多，我们固然不必完全加以否定，但也不能不稍作辩析，尤其对于一些具有政治目的的牵强说法，过去已经贻误了不少知识青年，更使中国新文学的小说导向了一个不正确的途径，实在应该加以澄清。

这就是说，尹先生把大陆学者与海外学者历来对《狂人日记》

的研究文章，都看成了“牵强附会”。只有他自己的所谓“批注”才是正确的，所以他承担了“辩析”和“澄清”的任务，目的是要拯救那些“已经贻误了”的“知识青年”。这可真是天大的笑话，别人的评论是“具有政治目的的牵强说法”，他的论点没有任何政治目的。岂不知在进行文学批评时，不管他承认与否，任何人总是自觉或不自觉地把自我标准放在第一位的。尹先生自己虽然不敢承认，但他在“批注”中对封建社会的维护、对反封建精神的否定，不正说明了他的政治目的吗？尹先生为什么那么起劲地诋毁、歪曲《狂人日记》呢？就是因为这部作品把我国半封建半殖民地社会的真相和实质揭露出来了，这正好证明了尹先生是用他自己的政治标准来衡量作品的。尹先生口口声声说别人“贻误了不少知识青年”，而他自己又要维护被鲁迅批判过的“仁义道德”，妄图用这吃人的封建桎梏重新“约束”青年，这岂止是“贻误”，简直是戕害“知识青年”，这完全是欲盖弥彰的手法。鲁迅曾经说过：“辩论事情，威吓和诬陷，是没有用处的。”[①]

此外，尹雪曼在他的“批注”中，还无中生有地攻击祖国大陆的学术研究，生拉硬扯、牵强附会、不一而足。看了这些“批注”，人们不禁要问，这哪里是在从事学术研究，简直是有意无意地为台湾行政当局进行文艺政治宣传。

尹雪曼对《狂人日记》的“批注”，是《狂人日记》发表以来受到的最严重的攻击，是比林纾等封建文人有过之而无不及的肆意妄评，是对“五四”文学革命成果的一种否定。

尹雪曼先生的偏激立场，导致了他对中国社会和中国现代文学的误解。逢共必反的实用主义观点，使他对鲁迅作品采用了不正确的态度。因而，也使他的《五四时代的小说作家和作品》一书，显得硬伤累累、错误百出；尤其是另一种“政治挂帅”，使得他的文学研究缺少应有的学术价值。

① 鲁迅：《玩笑只当它玩笑（上）》，《鲁迅全集》（第5卷），人民文学出版社1981年版，第523页。

史料梳理

周氏兄弟失和原因新探

灵台无计逃神矢，
风雨如磐闇故园。
寄意寒星荃不察，
我以我血荐轩辕。

鲁迅这首诗作于他在日本时的1903年，最初写在赠给其好友许寿裳的照片的后面，全诗表达出一种强烈的爱心与报国志向和这种志向难以实现的苦闷。自那时起，这首诗先后被鲁迅重抄了5次，直到过了30年以后又重新抄录出来，并题有：“二十一岁时作，五十一岁时写之，时辛未二月十六日也。”鲁迅为什么多次重抄这首诗、重抄这首诗时的心情究竟是怎样的？“荃不察”的阴影可能一直笼罩在他的心头，“荃不察”，这是极端痛苦时的心灵表述。这似乎成了鲁迅一生无法摆脱的宿命。为了厘清这一原因，我们不妨从他和周作人的失和谈起。

一、兄弟的失和源于一封绝交信

鲁迅一生和许多人通过信，与他的弟弟周作人的往来书信就更多。其中内容繁多，涉及各种公事、家事、文事、杂事，叙述细微；从鲁迅离开绍兴到南京、东京、北京等地，时空广阔。兄弟怡怡的感情成分，当然非他人可比。他们兄弟都是文化名人，这些书信如果搜集齐全出版的话，一定非常有价值，当然更是中国现代文学史、文化史上不可多得的重要文献。从《周作人日记》中我们可以统计出来，他们兄弟之间书信往来多达上百封。但正因为是一家人，彼此的书信在他们之间被视为平常，所以不大珍惜，留下来的就少。现收在《鲁迅全集》中的信仅有 18 封，留下来的非常之少。但是，这封绝交信留下来了。

1923 年 7 月 19 日，周作人亲自送过来一封信。这封绝交信，使鲁迅产生了无尽的悲凉与愤懑。他的一片冰心，居然连亲如手足的弟弟也“荃不察”。此信全文如下：

鲁迅先生：

我昨日才知道，——但过去的事不必再说了。我不是基督徒，却幸而尚能担受得起，也不想责谁，——大家都是可怜的人间。我以前的蔷薇的梦原来都是虚幻，现在所见的或者才是真的人生。我想订正我的思想，重新入新的生活。以后请不要再到后边院子里来，没有别的话。愿你安心，自重。

七月十八日，作人。

这是一封令鲁迅感到莫名其妙的信，没想到的是由他的弟弟亲自送过来。同住在一个院落里，却用书信来联系成了那时候人和人最远的距离。鲁迅在当天的日记中记载：“后邀欲问之，不至。”居然如此绝情。这究竟是为什么？后来发展到鲁迅回去取东西时，对方竟恶语相向，几乎交手。

鲁迅最为失望的就是和他的弟弟周作人的失和，他们两人从“兄弟怡怡”到成为参商，亲情关系转变之快令人心寒齿冷。鲁迅对待周作人，帮助最大、尽力最多、感情最深，但谁能想到到后来的兄弟亲情却急转直下，形同路人。周氏兄弟的交往史，细数可以从童年夜话，到南京执手；从异国求学，到走上文坛。鲁迅对其弟的帮助，可谓尽心竭力。早期翻译域外小说和日本文学，《新青年》时期的新诗和散文创作，周作人的成名，处处都包含着其兄鲁迅的心血。正因为如此，他们兄弟才成为中国新文坛上最为瞩目的双星。就是举家从绍兴迁居北京，也是鲁迅着力最著，从买房到装修事无巨细。在兄弟前期的交往史上，到处可以找到长兄大爱无疆的事例。突然的反目，而且对自己“茎不察”的竟然是亲兄弟，鲁迅受到的精神打击可谓难以想象，由此产生的失望与绝望，简直痛苦到无以复加的程度。

对于这件事，各类人等都非常关注，后来研究者的说法也很多。统计起出来不外乎有“经济说”“误会说”和“非礼说”等。笔者觉得还应该增加一说，这就是“文化差异说”，关于这一点我将在后面专门细谈。

二、“经济说”的持论者很多

据俞芳回忆，连鲁迅的母亲也是这样认为，兄弟失和是羽太信子大手大脚花钱，引起鲁迅的不满，经羽太信子挑唆周作人所造成的。许广平后来也从鲁迅那里得到证实，在《鲁迅回忆录》中，许广平这样写道：“他们一有钱又往日本商店去买东西去了，不管是否急需，都买它一大批，食的、用的、玩的，从腌萝卜到玩具，所以很快就花光了。又诉说没有钱用了，又得借债度日。”说鲁迅认为自己借钱乘黄包车从前门进来，敌不过羽太信子用汽车从后门花掉，孩子有病去的都是日本人开的医院（山本医院）。许广平还举例说当时八道湾有一个总管叫徐坤，此人办事大笔从中取利、克扣贪污，鲁迅对其早有怀疑，而羽太信子反而告诉徐坤要注意鲁迅。鲁迅的三弟周建人也认为，造成兄弟间的失和的是起源于家庭间的经济纠纷。这方面的论断在研究界占有很大的比重。我以为这只是一个原因，而且是一个很重要的原因，当然这不一定是羽太信子的初衷。

三、“误会说”也有一席地位

这方面最早持论者是荊有麟，他在《鲁迅眼中的敌与友》一文中说：鲁迅与周作人有一些共同的朋友，这些人写信给他们兄弟有时信封上只写一个人的名字，因为他们住在一块儿，随便哪一个收信，双方都能够看到。有一次一个日本人来了一封快信，信封上写的是周作人，鲁迅自然知道是谁来的，而此时已是晚上周作人已经睡了。鲁迅担心有急事就拆开信看了，不料信里面内容却是只写给周作人一个人的，并没有任何鲁迅的事情。第二天一早鲁迅将信交给周作人，却没有想到周作人突然板起面孔说“你怎么好干涉我的通信自由呢？”于是两人便大吵起来，导致鲁迅搬家。郁达夫也认为鲁迅兄弟的不睦“完全是两人的误解”。其实这种说法大概太中性，而且也不大靠谱。因为鲁迅与周作人还不至于因为这点儿小事而翻脸。记得周作人曾在《鲁迅的旧日记》（收《饭后随笔》）一文中说：“我查壬寅（一九零二年）正月笔记，内有一处说检豫才旧日记观之，内记有小姑母忌辰。”周作人自己当时能查看其长兄的日记，鲁迅并不以为意；对方看看他的来信，况且还说不定这信是写给两个人的，他怎么能够翻脸呢？除非他的那封来信内容不可告人，但这在当时几乎不可能。

四、“非礼说”是羽太信子对鲁迅的污蔑

所谓“非礼说”，也就是今天我们常说的性骚扰。这种说法似乎更合周作人的那封绝交信原意，因为信中要求鲁迅“以后不要到再到后面院子里来”，信中明确指出鲁迅是做了对不起他和他们家的事。鲁迅与周作人的学生章廷谦（川岛）曾经对鲁迅博物馆的工作人员说：“事情的起因可能是，周作人的老婆造谣说鲁迅调戏她。周作人的老婆对我还说过：鲁迅在他们的卧室窗下听窗。这是不可能的事，因为窗下种满了花木。”[①]郁达夫说：“周作人氏的那位日本夫人，甚至说鲁迅对她有失敬之处。”[②]舒芜在《忆台静农先生》一文中说，台静农曾经对他说起过兄弟失和的起因，“周作人在北京西山养病时，鲁迅替周作人卖一部书稿，稿费收到了，鲁迅很高兴，想着羽太信子也正着急，连夜到后院去通知羽太信子，不料后来羽太信子对周作人说鲁迅连夜进来，意图非礼，周作人居然信了”[③]。鲁迅在周作人西山养病期间，忙于从各方面筹措医药费，得到钱自

① 《鲁迅研究动态》，1985 年第 5 期。

② 郁达夫：《回忆鲁迅》，花城出版社 1982 年 1 月版。

③ 《新文学史料》，1991 年第 2 期。

然是十分高兴，通知羽太信子也实属正常。至于当时羽太信子在做什么，是正在洗澡还是已经睡下了，兴冲冲的鲁迅并不知道，在告知的时间上对不对，似也无可指责。于是后来就有了看洗澡、非礼、企图调戏等等说法。一些无聊的文人甚至还说什么羽太以前是鲁迅的情人，不一而足。海外甚至有个别人写文章说，鲁迅此前就给羽太写过信，还在他的日记中写上“寄羽太家信”，鲁迅怎么会给周作人老婆写“家信”……云云。其实这是没读过《鲁迅日记》，更不理解日本文化所致。鲁迅确实给羽太信子写过信，在日记中记有“寄二弟信、二弟妇信”，这个“二弟妇”当然就是羽太信子，他自己并不忌讳，因为那些都是正常的通信。至于这个“羽太家信”，应该理解为是写给“羽太家”的，也就是寄往日本的羽太家族（羽太父母），懂得日语的人都知道“羽太家”是一个词，而不应该理解为“家信”。有的时候也写上羽太信子的弟弟羽太重九的名字。如果单凭浅薄的主观臆断，将其理解成是写给羽太信子的“家信”，不是不懂装懂的生拉硬套，就是别有用心的主观臆测。

五、可以用“文化差异说”来解释

所谓“文化差异说”，就是中日文化在这个家庭中发生了认知上的误解。说得通俗一点，就是鲁迅与羽太信子在这个中日结合的家庭中，认知上发生了错位。鲁迅是以日本人的思维方式看羽太信子，而羽太信子则以中国人的思维方式看鲁迅，于是由这个误解产生的矛盾便发生了。如果按上面说的例子来推论：鲁迅得到所筹措的钱或者有非常重要的事，必须马上去告诉羽太信子，而当时的羽太信子有可能正在洗澡，鲁迅就在这个场合对她说了这个事情。按日本人的生活习惯，这绝没有什么不妥的。因为，日本有男女混浴的民间习俗，何况是有紧要的事情说了就走，碰巧撞上对方洗澡也没有什么关系。我可以举出两个例子来证明。

郁达夫的成名作小说《沉沦》，写了留学生偷窥房东的女儿洗浴，被对方看见说了一句话，他就吓得跑掉，后来还为此搬了家，而人家并没有当回事，这就是两种文化的冲突。小说发表出来以后，保守派们暗地里偷着看表面上却谴责批判，一时间郁达夫的压力很大。因此，他写信给周作人，请他说几句公道话。郁达夫曾经说过："不曾在日本住过的人，未必能知这书的真价。对于文艺无真挚态度的人，没有批评这书的价值。"所以他请周作人看看这本书，周作人在日本住过，他了解日本人的生活习惯；周作人还是当时最有名的文学批评家，对文艺有真挚的态度。郁达夫当时给周写了一个明信片，说你给看看，如果认为不行的话，将来我就不写了。后来周作人写了一篇文章，对《沉沦》给予了肯定和正面评价，指出："作者在这个描写上实在是很成功了。所谓灵肉的冲突原只是说情欲与压迫的对抗，并不含有批判的意思，以为灵优而肉劣；老实说来超凡入圣的思想反于我们凡夫觉得稍远了，难得十分理解，譬如中古诗里的柏拉图的爱，我们如不将他解作性的崇拜，便不免要疑是自欺的饰词。我们要赏鉴这部小说的艺术地写出这个冲突，并不要他指点出那一面的胜利与其寓意。它的价值在于非意识地展览自己，艺术地写出升华的色情，这也就是真挚与普遍的寓意至于所谓猥亵部分，未必损伤文学的价值；即使或者人说太有东方气，但我以为倘在作者觉得非如此不能表现他的气氛，那么当然没有可以反对的地方。"周作人说《沉沦》"是一件艺术的作品"，是"受戒者的文学"。由于有了周作人的评论，郁达夫声名大振，《沉沦》在文坛上也站住了脚。

大家熟知的电视连续剧《阿信》，剧中老年阿信和已是壮年的孙子同浴，孙子在浴池中不是还给她搓背吗？所以，"看洗澡"对于日本人来说也不是不能理解的，真的没有什么。日本的"混堂"至今仍然保留着，这已经成了一种民族风俗。

对此，鲁迅当然是知道的，他并没有在意，因为对方是日本人，他觉得天色已晚说过事情就走了；鲁迅以为羽太信子当然也知道，因为她是日本人。事情还得反过来说，作为日本人的羽太信子，她嫁给了中国人，在北京的大家庭里她是少数，她不得不以中国人的习俗来要求自己，因为鲁迅周作人的妈妈鲁老太太也在，她要适应这个中国家庭，做好中国人的儿媳妇。所以，时常她会以中国人的思路来看问题。记得许多论者引用过羽太招待"苦雨斋"客人的回忆，说她时常心血来潮，有客人在上菜以后喝酒时，谈话提及天气冷吃饺子如何如何，这本是不可认真席间的随意言说。于是羽太信子立即叫人将菜肴撤下，赏给佣人，改包饺子的记载，结论是这个日本妇人持家太浪费。其实这里面也有一些热情好客的成分在，这应该是中国人的待客之道和大方习惯。另外她也应该知道，在中国大伯在弟媳妇面前是有很多规矩的，比如弟媳洗澡这样的场合大伯当然要回避。她以为鲁迅是中国人，羽太觉得鲁迅更是应该知道。于是，这就生成了认知上的错位和文化反差，两个国家的一家人都从对方的生活文化背景、民族习俗习惯的角度来考虑问题，矛盾和误解就这样发生了错位，各自从对方的认知中理解对方，一件不是问题的问题、不是大事的大事就发生了。后来，羽太信子癔病发作，她在歇斯底里中添油加醋一说，事情就严重了。说白了都是癔病惹的祸。文化差异是主因，癔病发作是导火索。

我以为“非礼说”只是个借口，“文化差异说”才是矛盾的主因，“经济说”仅仅是表面现象，或许是羽太信子真有全面掌控经济权的野心。试想如果羽太想得到全家的经济支配权，她赶走鲁迅虽然减少了有性格的明白人之监督，但在经济上，竟使得这个大家庭每月的总收入从五百四十块大洋，减少了一半儿以上（据许广平在书里说，鲁迅每月三百大洋、周作人每月二百四十大洋；也有说，他们兄弟加起来是六百大洋。），这样对她的挥霍又有什么好处呢？

六、周作人对此有不可推卸的责任

当然主要还是周作人糊涂，也就是鲁迅所说的“昏”，大家想想，八道湾大院子里住着那么多的人（全家共 13 口人加上几个佣人总计近 20 口），还有孩子，鲁迅又是那么忙，就是他打一下猫，母亲鲁瑞都能知道（见《鸭的喜剧》），只要仔细想一想我们都可以揣度出来。再说，羽太信子患有歇斯底里病（当然后期更重），周作人对此是早就知道的。据有关回忆说，羽太信子一犯病他就“服软”，而鲁迅不是这样，他是有性格的人。事情爆发的前四天，鲁迅已经“改在自室吃饭”了，此时正是羽太信子犯病的时候，几天后病越来越重，终于逼得周作人又一次服了软。平心而论，就是在日常生活中，羽太信子毕竟是日本人，在陈述、表意上会有问题，况且又是在病中，关于这一点周作人早就应该知道，但是就在这次癔病中胡言乱语内容的判断上，他出现了重大失误。许寿裳曾经说："作人则心地糊涂，轻信妇人之言，不加体察。我虽竭力解释开导，竟无效果。"[①]周作人的这次"服软"是以牺牲自己亲哥哥为代价的。

试想，如果鲁迅真有问题的话，他怎么会让这封绝交信流传到今天？这是文字证据，一般心里有鬼的人，收到后早就把它销毁了。再有，兄弟反目以后鲁迅曾经用过一个笔名叫"宴之敖者"，鲁迅解释说："宴从宀（家），从日，从女；敖从出，从放；我是被家里的日本女人赶出来的。"其中包含了许多的无奈、痛苦和辛酸。如果鲁迅真有问题的话，他怎么会起这样的一个笔名，怎么还会公开向人解释其中意？以这样的笔名写文章不是自取其辱，更加让人多想吗？

兄弟反目、鲁迅搬家以后，鲁老太太数次到鲁迅那里看望，还给鲁迅送过点心，请鲁迅带她去看病，鲁瑞在那一段时间里与大儿子联系甚多，这明显带有一种倾向性。试想如果真的在家庭中发生大儿子非礼的事，妈妈的立场绝对不会是这样的，母亲鲁瑞毕竟是个明白人。需要补充的是，鲁迅此时自己看病或者是带母亲看病，去的都是北京的日本诊所"山本医院"，所以关于孩子有病去日本医院是浪费的说法，很难自圆其说。可见，经济说导致兄弟反目并不是主要原因。

据周建人后来回忆，鲁迅评价周作人的就是一个"昏"字。作为次子，周作人长期以来，在家事当中从来就没有动过脑子，又经不住耳边风，唯独这件事居然就走了心思、轻信了，结果弄得兄弟反目。在这个大家庭中，原来的兄弟亲切交流中断，从而形成了心理上的"厚障壁"，气氛上的"风雨如磐"。从"大家都高兴"（《兔和猫》）的和谐大院，转瞬之间变成了女主人"天威莫测"的八道湾。

① 许寿裳：《亡友鲁迅印象记》，人民文学出版社 1977 年 12 月版。

严重失察的周作人对于这种局面的形成，看似理直气壮，又写信又叫喊；实则色厉内荏，他对兄弟失和有着不可推卸的责任。

现实生活中，有很多人看问题都是对别人明白，对自己糊涂。也就是我们常说的：人最难的是战胜自己。周作人能正确评论《沉沦》，却不能准确分析发生在自己家里的因文化差异而造成的误会。我们知道，文学家常以作品指导读者想象蔷薇色的生活梦；但是在现实生活里，他们中的很多人往往是很弱智的，尤其是像周作人这样养尊处优的文学家。

鲁迅因为中日文化差异的误会，失去了他最有文学作为的弟弟，他只能用努力创作来疗好伤痛。他在此期间写了一本只有他自己才懂得的奇书，这就是意外得到的《野草》。在这本散文诗集里，那种撕心裂肺的痛苦像地火和岩浆，那些连珠炮似的华丽语言，那些上天入地的追问和想象，都通过文学语言一股脑儿地迸发出来，使情绪宣泄得淋漓尽致。我们如果细读这本书，特别是以《风筝》《颓败新的颤动》《聪明人和傻子和奴才》《失掉的好地狱》等为代表的一些篇章，就会感觉到那种因“荃不察”而带来的深层次的痛苦，那种来自灵魂深处的挣扎与愤懑，那种情绪激进的文字展示得犹如暴风骤雨，进而形成了鲁迅文体中的另一种独特的表达方式。

后来，收在《彷徨》里的小说《兄弟》《伤逝》等，都有明暗隐约表达他兄弟情愫的成分，对此十分敏感的周作人当然会感觉得到。他说这些小说都有歌德的所谓“诗与真实”，读起来可以当作诗和文学看，寻求事实要花一些查考和分辨的功夫了。

还有一个材料，是周作人自己在《鲁迅的青年时代》中披露的：鲁迅曾经在周作人病重的时候对他说：“我怕的不是你会得死，乃是将来须得养你妻子的事。”这个意思鲁迅在小说《兄弟》中，通过主人公张沛君的心理活动表现了出来。说明他的私心是不想帮助弟弟照顾妻子，这个私心对于一般人来说当然是十分正常的。但是对于鲁迅来说，却实在是“别有一番滋味在心头”的。据俞芳回忆鲁迅母亲曾经对她说过：“这样要好的兄弟都忽然不和，弄得不能在一幢房子住下去，这真出于我的意料之外。我想来想去，也想不出个道理来。我只记得你们大先生对二太太（信子）当家，是有意见的。"一个人对另外一个人有意见，对方能够不知道吗？据许寿裳回忆说，羽太信子也很"讨厌她这位大伯哥"。这样两个互相讨厌的人，怎么会产生庸俗之人想象的事情呢？

对于这些小说的解读，周作人自成一家，他毕竟是鲁迅的弟弟，那种失落和反省多少年以后他才真正体会到。在解读《伤逝》的时候，他说这不是普通的恋爱小说，"乃是假借了男女的死亡来哀悼兄弟恩情的断绝的，我这样说，或者世人都要以我为妄吧，但是我有我的感受"，"对于鲁迅写作这些小说的动机，却是能够懂得"。

一种难以言说的苦闷和悲哀、自悔和失落，只有周作人一个人知道。正可谓"此情可待成追忆，只是当时已惘然"。等到他真正明白过来的时候，一切都已经太晚了。

2016 年初为纪念鲁迅诞辰 135 周年暨逝世 80 周年作，后略有修改。

鲁迅答徐懋庸公开信的前前后后

鲁迅晚年有一封非常最重要的信,这就是写给徐懋庸的公开信,发表时用的题目是《答徐懋庸并关于抗日统一战线问题》。这封公开信,无论在当时还是到后来都是争议不断、解读各异、述说不完。但无论怎样评价,这封信表达了鲁迅对于“左联”领导人宗派主义的愤怒,当是不争的事实。其实,此前鲁迅还在1936年5月2日,写了一封给徐懋庸的绝交信。由于后一封信影响太大,前一封信则被人们忽视了。

众所周知,20世纪30年代,世界经济大萧条,人心思变,知识分子群情激奋。左翼文学就成了世界流行的创作思潮,也是各国知识精英的主旋律。从苏联到日本再到欧美,一种亢奋的文学充斥着国际文化生态,成为公认的“红色三十年代”。当时以鲁迅为代表的一大批作家坚持反帝反封建的文学传统,在国际形势大背景的冲击下,担当起时代的重任又探寻文学的作用,成了他们的思想追求。“左联”的成立,代表了当时思想界主流意识和进步思潮,这是体制外的一种进步力量。与革命共同着生命的鲁迅,对于时代潮流总是顺流而上的。当时提出停止文学论争,团结在鲁迅周围,也是上海地下党组织遵循上级指示的决定,当然也符合形势发展的要求。

鲁迅当然不想和一些极端的作家论争下去,自从1928年的“革命文学论争”以后,有了一种与进步作家联合起来的思想。他甚至提前提出和他们结成一条战线,减少内耗,共同为中国文学的振兴做一点事。所以从“左联”开始成立他就拥护这个团体,愿意为它的出现呐喊,尽管这个团体中有一些他不喜欢的作家。任何人都不会想到,事情发展到后来,鲁迅有一种老战士被架空的感觉,青年作家与他的矛盾加深,也使得他产生了“荃不察”的无尽悲哀。

鲁迅参加了中国左翼作家联盟的成立大会，并且在这个成立大会上发表了讲话，后来这个讲话收入了《鲁迅全集》，就是著名的《对于左翼作家联盟的意见》。严格地说鲁迅还是很有预见性的，因为新成立的这个组织里面有他的学生，有当时的新进作家，也有他不喜欢的人，甚至还有他的论敌，这些人在一起“咸与维新”结果会怎样，以他的智慧不用细想也是知道的。因为，他“见过辛亥革命，见过二次革命，见过袁世凯称帝，见过张勋复辟……”[①]。说真的他见得多了，而这些青年作家并不真正了解中国。所以在左联的成立大会上，他说：青年作家们要和实际的社会斗争接触，要弄明白革命的实际情形，不要搞特殊化。他特别强调“对于旧社会和旧势力的斗争，必须坚决，持久不断，而且注重实力”，“我以为战线应该扩大”，“我们应当造出大群的新的战士”。他还补充说，不要因为敌方有了联合战线，我们为对立而成立战线、为团体而团体。他的这些有感而发的忠告，无论在当时还是在今天都是正确的；而当时的年轻干部们，听了是否记住和认同，就是另外一回事了。

其实在这个作家组织中，鲁迅和当时的青年作家特别是青年领导者之间，还是有许多不协调之处的。比如，有些内部的决定“左联”党团和青年作家都知道，但是鲁迅并不完全知道。他开始没有想到这个团体有着那么强烈的教条主义和宗派主义倾向，他更不知道一些人在背着他开会，他知道这个组织中有人在报纸上批评他，但是见面却又说他很好、没有错。他也不了解“左联”的组织形式，他只知道一些青年作家借他的名义，在背后做一些他所不知道的事情。这令他非常苦恼。这些不一致造成了思想和观念的隔阂，细细想来颇值深长思之。

一、鲁迅和青年作家之间，存在年龄和地位的差距

鲁迅是通过冯雪峰代表高层的邀请，以一个老战士和老作家的

① 鲁迅：《〈自选集〉自序》，《鲁迅全集》（第 4 卷），人民文学出版社 1981 年版，第 455 页。

身份参加“左联”的。他一贯在思想上追求新潮，也愿意和青年人在一起，他认为青年人身上有热情，是一种代表未来的力量。“左联”成立之初决定由鲁迅担任领导，据夏衍回忆想请鲁迅担任“委员长”或“主席”之类的职务。但被鲁迅拒绝了。他不愿意当“左联”的实际领导人，因为他知道自己方向尚不明了，怎么能指导别人？这也符合鲁迅的一贯性格，他对于“导师”和“首领”之类头衔，有着天然的警惕。但是为了负责，他只同意担任经过选举产生的执行委员和七名常委之一。至于苏雪林和一些研究者的揣摩，认为鲁迅要做盟主、要当思想界的权威等论断，纯属妄议不值一驳。鲁迅的原意是想给他们敲边鼓、“培养新的战士”，这是他的一贯风格。当时在上海乃至全国，他已经是名满天下的大作家，有着相当大的影响力，“左联”邀请他参加也正是利用其在文学上的名气。鲁迅当然知道这些人是在借他的名。他想只要能培养新的作家，就是自己被利用也在所不惜（他 1930 年 3 月 27 日在给章廷谦的书信中，明确表达了这个意思）。甘为人梯、为正义的事业呐喊助威符合他的一贯风格，就像他前期参加《新青年》的工作那样。他是以一名思想界战士兼作家的身份参加“左联”的，如果说是战士的话，他当然是身经百战的老战士。当时的鲁迅已经是中老年人了，况且他也是一名领导成员，中老年人最希望的是得到起码的尊重，领导成员对重大事情要有知情权，这是最起码的底线。况且像鲁迅这样个性很强的作家。然而事情的发展恰恰不是这样。

鲁迅最看不惯的就是年轻干部官气十足、颐指气使，在背后嘁嘁喳喳的坏毛病，也就是后来他所说的，青年领导者周扬他们的“态度轩昂”“特来教训我”的那种官僚态度。本来是冯雪峰代表党组织请鲁迅参加“左联”，是要借助他的老作家名誉来扩大这个团体的影响；而以周扬为代表的青年干部们（他们占据着最核心的实际领导职位）要按照规章制度、组织程序、组织纪律来要求鲁迅。这正好应了后来研究者的评论，“左联”是半个党组织，因此就产生了严重的不合拍。悖论的地方在于，“左联”内部设有党团组织，党团书记是最重要的职务，掌握着实际的领导权。最高领导层几乎都是由中青年人组成的地下党员，他们当中突出的是以作家身份出现的青年领袖（这些人后来真的成了实际的文艺官员，如周扬、夏衍等）。而当时的他们年轻气盛、有革命热情且不知天高地厚，当面背后都有一副官架子，他们根本就不知道怎样和党外人士打交道，特别是和像鲁迅这样的著名作家打交道，更不知道什么是统战工作。导致在接触中，不是虚假客气就是傲慢无礼，显出其不协调的状况。这就使得鲁迅陷入了深度的苦恼之中，他在给友人的信中写道："舍间交际之法，实亦令人生畏，即我在北京家居时，亦常惴惴不宁，时时进言而从来不蒙采纳，道尽援绝，一叹置之久矣。"①两边的深度误解，使鲁迅陷入了"道尽援绝"之境，其中的苦闷可想而知。但是青年指导者们其实不懂他的心。

二、在"左联"内部，鲁迅与年轻干部的关注点完全不同

鲁迅这边，希望青年作家踏踏地实实搞创作，多做文学和翻译的实事；在青年领袖们那边，工作也很辛苦，他们忙着传达上级指示，不间断地开会。其实早在 1928 年关于"革命文学"论争的时候。鲁迅就说过："我并不希望做文学的人去直接行动，我知道做文章的人是大概只能做文章的。"②关键一点在于对"左联"的理解，鲁迅与他们似乎也不尽相同。鲁迅所希望的"左联"是后者，即左翼"作家联盟"；而这些青年干部注重的是前者，即"左翼"作家联盟。

鲁迅急切渴望要写出显示斗争"实绩"的好作品，为对立面所没有的大创作；而"左联"的青年干部们热衷于组织飞行集会、贴传单、喊口号的实际斗争，甚至要求盟员参加"五一大游行"，提出"血光的五一"口号以产生社会影响、壮大革命声势，因为他们要向上级组织汇报工作成绩。而这些工作是要妨碍文学创作的，鲁迅焦急创作太少，他们热衷现实斗争，这就陷入了一个怪圈儿，也就是一个悖论。因为鲁迅钟情于创作生活，反抗社会的腐败制度——用

---

① 鲁迅：《致李秉中》，《鲁迅全集》（第 12 卷），人民文学出版社 1981 年版，第 87 页。

② 鲁迅：《"醉眼"中的朦胧》，《鲁迅全集》（第 4 卷），人民文学出版社 1981 年版，第 62 页。

笔；青年干部们也创作，更要坚持信念奋不顾身地投入实际斗争——用鲜血和生命。鲁迅希望团结大多数作家，而年轻干部们希望队伍纯洁。鲁迅觉得“左联”应该有开放的胸襟，吸收更多的作家，也就是“战线应该扩大”。他早就说过“革命还是多一点人的好”，他不喜欢搞小圈子，反对“左倾”关门主义；而“左联”的青年领导核心们并不这样看，他们把“左联”当成第二个党组织，严格审查身份，为了团体的所谓“纯洁性”，甚至开会发表决议把他们认为不革命的作家开除出去，这必然引起鲁迅的不理解甚至反感。著名作家郁达夫就是因为说过“我只是一个作家，而不是战士”，他还曾与所谓“左联的敌人”徐志摩见过面，就被开除出“左联”的。因为郁达夫最初是鲁迅顶着压力介绍参加进来的，当鲁迅得知青年干部会议的决定后极为愤怒。在那种极“左”的气氛下，还开除了非常“左倾”的革命作家蒋光慈。所以郁达夫深有体会地说，他们是“革命，革革命，革革革命”。由于极“左”思潮的影响，使得“左联”损失惨重，最突出的就是所办期刊不能持久，有的不到一年便要改名，还有的没出几期就被查封，更有甚者有的仅出一期就被停刊。其实，鲁迅和“左联”作家们对左翼文学的理解是差距极大的。鲁迅是在激进的文学思潮中追问文学的本质，而左翼作家中一部分人，甚至连沉下心来写激进文学的时间也没有。

“左联”刚刚成立的时候，鲁迅就指出在文学是“战线应该扩大”，两次提出“要造出大群的新的战士”，急切地强调现在在文学上“人手实在太少了”。因此在文学上要“韧”。他还提醒领导层和作家们：千万不要把文学当作“敲门砖”。

使鲁迅最为痛苦的就是，“左联”因为过分激烈的政治活动，牺牲了很有前途的青年作家，特别是“左联五烈士”的就义，对他的刺激极大。“忍看朋辈成新鬼，怒向刀丛觅小诗”[①]。就是他那时候的苦闷和悲哀表述，他感到自己失去了很好的朋友，中国失去了很

① 鲁迅：《为了忘却的记念》，《鲁迅全集》（第 4 卷），人民文学出版社 1981 年版，第 487 页。

有前途的作家，“悲愤总时时来袭击”他的心。值得注意的是，鲁迅还写了一篇题为《中国无产阶级革命文学和前驱的血》的文章，此文你无论怎么看，都像是一篇“左联”的政治声明，读过之后我们还能够说他不革命吗？从中可以想见鲁迅复杂的矛盾之心境。

三、鲁迅受到“左翼”作家化名的攻击批判

鲁迅对待论敌是讲究斗争方式的。在批判“第三种人”（以苏汶、胡秋原为代表）的时候，“左联”是一起发声。鲁迅也写了好几篇文章，他与“左联”青年作家取统一步调，共同并肩战斗。但当他读了同一阵营中署名“芸生”的150行诗《汉奸的自供状》时，感觉事情发生了变化，他对这首充满愤青味道的口号诗很是不以为然。因为，这不是鲁迅所希望的作品，尤其是诗中有这样的句子：

> 放屁，肏你的妈，你祖宗托洛茨基的话。
> 当心，你的脑袋一下就要变做剖开的西瓜！①

这样的诗使得鲁迅非常失望，他以为作为诗人用辱骂和恐吓甚至无聊的攻击大可不必，并不是革命者和无产阶级都要骂街，好的工农中并不随口骂人的多得很，只有上海的流氓才会这样骂人。再者用“剖西瓜”比喻杀头之类的恐吓也很是鲁莽，因为诗人不能随便用笔判定他人生死。这首诗与他所希望的作家作品相去甚远，他认为自己有责任指出来。出于好意鲁迅给《文学月报》的编辑周扬写了一封信，指出这不是左翼作家应该有的态度。革命也不是这样的革法。他的这封信后来以《辱骂和恐吓决不是战斗》为题发表在《文学杂志》上，在文中鲁迅善意地指出：“战斗的作者应该注重于‘论争’，倘在诗人则因为情不可遏而愤怒，而笑骂，自然也无不可。但必须止于嘲笑，止于热骂，而且要‘嬉笑怒骂，皆成文章’，使敌人因此受伤或致死，而自己并无卑劣的行为，观者也不以为污秽，

---

①《文学月报》第4号，1932年11月15日。

这才是战斗的作者的本领。”这是很中肯的意见，也可以说是对青年作家的一次创作指导。作为“左联”领导者之一的鲁迅，也应该对此表态，权当是对作者的批评也没有什么不对。这件事本该促进青年作家就此汲取教训、注意整改、提高自己。周扬当时也表态说“这是尊贵的指示”。但是表态归表态，心里怎么想、实际怎么做，只有他自己知道。

果然仅仅过了三个月左右，就有署名首甲、方萌、郭冰若和丘东平的人，写文章批判鲁迅，说鲁迅陷入了危险的“右倾机会主义的陷阱”，“带上了极浓厚的右倾机会主义的色彩”，是“和平革命论”和“戴白手套革命”，“将会走到动摇妥协的道路”（《对鲁迅先生的〈恐吓辱骂决不是战斗〉有言》见《现代文化》1933 年第 2 期）等等。这些都是“左联”内部的人，而且有些人和周扬的关系很好，除了丘东平以外其他人用的都是笔名，其中有一个署名“郭冰若”的，很容易让人想到是郭沫若名字的误排，鲁迅对此感到很是茫然。他曾经提出过质询，但都是不了了之，可见领导层里面有人保护这些愤青作家。试想在“左联”中担当领导职务的鲁迅，受到“左联”内部作家的恶意攻击，他以善意帮助青年作家而人家不但不领情，反而还给他乱扣帽子、恶意攻击，连鲁迅自己都没有办法搞清楚弄明白，这是多么吊诡的事。恰巧此时瞿秋白正好在上海养病，就住在鲁迅家里，瞿秋白写文章支持鲁迅。瞿秋白在文章中严肃地指出，敌人诬陷我们杀人放火，而芸生的诗和首甲等人的文章则起到了：“很像替敌人来证实那些诬陷”[①]。这是很严厉的批评，瞿秋白虽然那时已被撤职，但他毕竟是中央级的领导人，因为这些年轻领导人知道党的纪律是下级服从上级，他们可以不听鲁迅的话，但是对于瞿秋白的文章不能不重视，事情终于因瞿秋白的文章得以平息。

后来，还发生了廖沫沙化名“林默”攻击鲁迅写“花边文学”、田汉化名“绍伯”攻击鲁迅和批判对象杨邨人和解的文章等事件基本上都是无中生有、乱扣帽子，表现出年轻人身上的那种随意上纲

① 瞿秋白：《鬼脸的辩护》，《瞿秋白选集》，人民文学出版社 1959 年 4 月版，第 271 页。

上线、冲动浮躁和任性。从鲁迅这方面来看就是感到“愤慨”至极，他不知道这些左翼作家“战友”是什么意思，为什么处处和他过不去。此时的他除了和论敌用笔正面作战以外，还须时时防备这些口是心非的所谓“战友”，他在写给友人的信中说：“为了防后方，我就得横站，不能正对敌人，而且瞻前顾后，格外费力。”[①]鲁迅觉得自己枉费了许多力气，如果把这些精力用在创作的正事上，可以出很多的成绩。而现在的他搅在这里面，深感无奈和灰心。

于是乎他奉劝东北作家萧军先不要参加“左联”，因为在外面还能做些事，他自己也表示不再担任领导职务。看来乱扣帽子的极“左”思潮真是害死人。从各种资料来看，鲁迅参加“左联”以后，在心情上一直是不愉快的。

四、徐懋庸年轻任性对鲁迅不尊重把事情搞坏

在解散“左联”的问题上，鲁迅和领导层观点也完全不一样。像“左联”解散这么大的事，既没有提前征求作为盟主的鲁迅的意见，又没有开一个执委会，似不合常理；事后只是让一个普通成员来把决定告诉他，实在也有些说不过去。鲁迅说希望发表一个声明，体现做事有始有终，这本属正常。就是这样一个意见，也终于未获通过。鲁迅发表的是个人意见，而青年领导层要执行的却是上级的指示。孰轻孰重，作为领导者的周扬他们当然知道。“左联”内部后来是通过徐懋庸和鲁迅联系，因为他们都是浙江人，鲁迅还给徐懋庸的杂文《打杂集》写过序言，应该说还是可以说得上话的，但是在解散“左联”这件事上却没有处理好。

鲁迅在“左联”中，虽然表面受尊重，实际什么也决定不了，没有人听他的建议。“左联”要求所有成员上街他不能去，他建议青年作家多创作人家不听，因此产生的误解很多。鲁迅身为七名执委之一，当然是在领导层内，况且他的年龄最大、名分最高，理应受到尊重，但因为他不是党员，没有人听他的意见，“左联”内的青年

---

① 鲁迅：《致杨霁云》，《鲁迅全集》（第12卷），人民文学出版社1981年版，第606页。

干部们把这个作家联盟当成了第二个党，随心所欲独断专行。当时攻击、批判鲁迅的文章，出自“左联”内部的为最多。现在“左联”要解散了，这么大的事，主要领导人（鲁迅称他们为“指导者”）不出面告诉鲁迅，无论有什么理由似乎总是说不过去。在这个组织中，许多信息一般青年作家都知道了，而鲁迅还不知道，他成了挂名的领导和执委会中的多余人。因此，当他知道解散“左联”并改成立其他组织时，他对这样的团体已经完全失望了。况且解散决定并不是执委会开会议决的，而是由一个不是执委的年轻人来通知他这个执行委员的，此时他能怎么想？所以，当鲁迅又接到“左联”解散继而要创建新的“作家协会”（后改为“文艺家协会”）并要求他为《缘起》签名的信件时，他不愿意再次被利用。身心疲惫的鲁迅决定不参加了。在写给何家槐的回信中，他表达了自己心中的不快，还抱怨说：“我曾经加入过集团（指“左联”），虽然现在竟不知道这集团是否还在。”[①]

不知趣的徐懋庸自以为和鲁迅关系较近，又是“左联”和鲁迅的联系人，在看了这封信后当即给鲁迅写信澄清事实，说这件事是我和你接触的，你怎么能说不知道呢？这就是典型的不懂事，他不仅态度不对还步步紧逼，连鲁迅发句牢骚都不行，可见无论何时权力都会使人头脑膨胀。大权在握的周扬有事不找鲁迅，他本来就心有怨气、十分不满；此时连徐懋庸也觉得可以在鲁迅面前指手画脚，较真挑剔，这就犯了大忌。所以气愤至极的鲁迅收到信后，当即回信予以斥责。鲁迅说自己是听到了消息，但都不是正式的开会决定，“此后即无下文，亦无通知，似乎守着秘密”。他自己并没有任何发表意见的机会（因为他就是说了，年轻领导人也不会采纳的），都是别人的意见，如果按照正常的议事程序，事情不应该这么办。“倘是前者，是解散，若是后者，那是溃散。”[②]这封信可以说是给徐懋庸和“左联”领导层的绝交信，因为在信的结尾，鲁迅郑重地这样写

① 鲁迅：《致何家槐》，《鲁迅全集》（第13卷），人民文学出版社1981年版，第363页。

② 鲁迅：《致徐懋庸》，《鲁迅全集》（第13卷），人民文学出版社1981年版，第365页。

道："我希望这已是我最后的一封信，旧公事全都从此结束了。"这也就是说，我与你们再也没什么好谈了，我们从此没关系。事已至此，好像也就应该无声无息了。

当然徐懋庸也觉得很冤枉，他丝毫没有理解鲁迅的心，年轻人遇事总是先从自己的角度考虑问题。大约是读了鲁迅的信后他也很生气，徐懋庸居然不顾鲁迅正在生病且在气头上，为了把自己从中洗刷出来，1936 年 8 月 1 日再次写信，纠结小事来质问鲁迅，并且在信中上纲上线、帽子满天飞。此举只能再次证明，以他为代表的一些左翼青年真的不尊重鲁迅。见过任性的，还没见过像徐懋庸这么任性的。后来他竟又给鲁迅写信辩解，还发表文章，矫情得真是可以。

于是这封信点燃了鲁迅的愤怒之火，终于导致矛盾总爆发。徐懋庸 8 月 1 日的这封信，是激怒鲁迅写《答徐懋庸并关于抗日统一战线问题》的主要原因。

鲁迅这封公开信的影响自然是不言而喻的，对"左联"领导干部以及徐懋庸等人造成了负面影响，产生了很大的冲击，说得大一些甚至直接影响到他们的后半生命运。后果之严重可谓始料未及，当然是双方都不愿意看到的。这当然是一个吊诡事件，是自相矛盾的命题，由悖论产生的对抗，不是当事人自己可以左右的游戏，无论他们有多强，两方面的抉择都是不能控制的变数，一心想说服对方或者单方面以示好来寻求理解、解除困境，都无济于事。夏衍后来写的《懒寻旧梦录》，关于他们与鲁迅关系的段落没有人相信，就是最好的证明。

五、历史的严酷和教训的深刻

鲁迅参加"左联"是为了扩大左翼文学的实力，培养和造就大批的青年作家，希望中国在创作和翻译上有起色，以此追寻文学的本质。鲁迅希望"左联"能够继续写出茅盾《子夜》那样的大制作，希望不断产生柔石、丁玲、殷夫那样的作家和冯雪峰、胡风那样的评论家，但现实是严峻的，就是冯雪峰这样的领导人在其中也很难有所作为。像蒋光慈这样勤于创作的“极左”作家，也因为重视写作轻视运动而被开除出去。鲁迅曾经说过，茅盾的《子夜》是好作品，是对立面所不能及的；他还和茅盾一起帮助伊罗生编辑了一本现代中国短篇小说选《草鞋脚》，向西方介绍中国青年作家主要是左翼作家的作品；他把翻译看成是给起义的奴隶运送军火的工作，大力主张踏踏实实地做“硬译”的艰苦工作。他希望用文学这个特殊的武器，和青年左翼作家们一起向黑暗的旧势力和腐败的体制作斗争，借助翻译返回文学本质，给中国文坛留下一点永久的精品。他以自己的榜样影响“左联”，也确实为这个组织扶植和培养了一批青年作家。但同时鲁迅又是有个性的作家，从不迁就任何人，为了坚持正义保持起码的尊严，他不惜和看不惯的任何人决裂。

我们如果心平气静地分析，那些青年作家（包括周扬、徐懋庸等人）本质都不坏，他们离乡背井，来到上海，追求理想，投身革命，改变生活，也和今天的青年人一样，接受新鲜事物，有激情、有追求。但是社会对他们的吸引力太大，创作毕竟是一个短期不出风头的艰苦工作，鲁迅又是一个接近老年的作家，青年们的急功近利也是可以理解的，因此他们对于鲁迅的忠告不一定都放在心上。而改变生活最快的便是革命（从政），这些人在今天也并不少，他们遵循上级的指示也并没有错，可惜他们只对上负责，太注重个人的升迁得失，说得简单一点是阅历太浅、不知人间愁滋味。说得深刻一些就严重了，他们很有可能成为私心膨胀、依附权力、借革命以营私，有发展成腐败分子的思想潜质。鲁迅对于这一类的“青年”看得太多了，他气愤地把这些人称作“恶劣的青年”，这种人他在广州见过，在上海也见过。当年他曾经超前地指出，“左翼作家是很容易成为右翼作家的”，参加“左联”要努力创作，不要把文学当作“敲门砖”，不要把文学当作“做官的工具”。这是何等的高瞻远瞩啊。

从表面上看他们是对于鲁迅尊重不够，思想上于社会人生、人民大众都有不小的距离，好在那时这些人还不存在掌权和进入体制问题。鲁迅虽然多疑，但是他也能就事论事、理解但不迁就他们，以自己的方式来教育、批评他们。而青年领导者一旦大权在握，就会忘乎所以，不了解社会人生，当然就不会理解鲁迅。“左联”与鲁迅既是一个历史命题，同时也应该是一个现实命题。它留给我们的经验和教训是多方面的。“寄意寒星荃不察”，这是鲁迅的苦闷之所在，也是我们困惑之所在。正因为如此，研究才会有兴味。

本文原载《读书》杂志2016年第10期。

鲁迅批评怎样的中医中药

鲁迅对中医中药的评价，一直以来是负面的。他的说法到底怎样？这本来是一个不难解决的问题，因为有他的文章在，我们可以从中找出结论。但是，长期以来，因为有人看过某些鲁迅的文章，得出“鲁迅对中医中药的看法是错误的”这一结论，所以便形成了一种似乎“固定”的看法。

这本来是很值得商榷的。但是，近来当有人谈到鲁迅所骂过的人不一定都糟糕、鲁迅所赏识的人不一定好到底的时候，有的先生写文章说：“他老人家（指鲁迅——笔者注）对于中医中药的评价，至少是欠公允的。”[①]“欠公允”又是“至少”，看来作者是留有余地了；那么至多呢？作者没有说，我们也不便去推想。鉴于以上情况，笔者认为有必要查一下鲁迅的有关论述，看他在什么时候，针对怎样的中医中药，讲过哪些话。这样对于我们了解他对中医中药评价的全貌，无疑是有帮助的。

鲁迅在文章中谈到中医中药的地方很多，本文仅以论及较多的七篇文章为例，稍加分析。

鲁迅最早谈到中医中药的话，是在1922年底写的《〈呐喊〉自序》中。他说：“看到些木版的《全体新论》和《化学卫生论》之类了。我还记得先前的医生的议论和方药，和现在所知道的比较起来，便渐渐的悟得中医不过是一种有意的或无意的骗子，同时又很起了对于被骗的病人和他的家族的同情；而且从译出的历史上，又知道了日本的维新是大半发端于西方医学的事实。”这段话是他到南京水师学堂和路矿学堂，看了关于生理学和营养学的书，初步学到一些

① 秋耘：《权威和真理》，《光明日报》，1979年10月14日第4版。

医学知识，明白了他父亲的病是被庸医所误时说的。据鲁迅自己回忆，他的父亲周凤仪患病期间，自己曾有四年多经常出入于质铺（当铺）和药店。周作人在《知堂回想录》中有这样一段回忆：“伯宜公的病从吐血开始，当初说是肺痈，现在的说法便是肺结核；后来腿肿了，便当作臌胀治疗，也究竟不知道是哪里的病。到得病症严重起来了，请教的是当代的名医……名医自有他特别的地方，开方用药，外行人不懂得，只是用的‘药引’便自新鲜古怪。”关于使用的药引，鲁迅讲得很清楚，说：“因为开方的医生是最有名的，以此所用的药引也奇特：冬天的芦根，经霜三年的甘蔗，蟋蟀要原对的，结子的平地木……多不是容易办到的东西。然而我的父亲终于日重一日的亡故了。”[①]试想如此“药引”何处找寻？其实不过是为了炫奇骗人罢了，而骗人有术，一方面显示自己医道的高超，一方面也有意叫人家难于找到。这样，不但病情如何与医生当然无关，而且骗钱的目的又达到了。在这样的“治疗”中，鲁迅的父亲终于亡故了。他的家庭当时从小康之家坠入困顿。由于在南京的学堂里接触到了医学知识，明白了父亲的病实为庸医所误，鲁迅的思想感情受到了极大的刺激，他便在《〈呐喊〉自序》中的回忆里说了这番愤激的话。虽然有作小说的成分，但那情绪却是真挚的。很明显，这里所说的“中医”是指愚弄了他、耽误了他父亲的病、敲诈了他家钱财的庸医。我想每个读过《〈呐喊〉自序》的人，看到“中医不过是一种有意的或无意的骗子”这段话，是不会理解成鲁迅对我们今天的中医有看法。因为从前后文看没有这个意思，文章中有他的具体所指。我们还应注意到“有意的或无意的”这几个字，显然指的是那时中医里掺杂的一些封建迷信的糟粕部分。鲁迅还说过：“中国人的不敢正视各方面，用瞒和骗，造出奇妙的逃路来，而自以为正路。”[②]这里所说的“中国人”，我们能够理解成是当时的或现在的所有中国人民吗？回答当然是否定的，因为鲁迅有他当时的具体所指。所

① 鲁迅：《〈呐喊〉自序》，《鲁迅全集》（第 1 卷），人民文学出版社 1981 年版，第 415 页。

② 鲁迅：《论睁了眼看》，《鲁迅全集》（第 1 卷），人民文学出版社 1981 年版，第 240 页。

以，当时立志为民主、科学而战斗的鲁迅，由于他个人家庭中的某些特殊原因，使他过多地看到的是旧中医中药里面的封建迷信、保守落后的糟粕部分，这是可以理解的。但他的矛头所向绝不是整个中医界，而是那个象征着封建传统势力的“铁屋子”。

1925年初，鲁迅写了《忽然想到（一）》，对《内经》的作者确是见过人体肌肉构造，给予了肯定，同时又指出《内经》没有仔细考核与《洗冤录》中有不少胡说，以至乱成一片。在谈到治牙痛病时，他写道：“我幼时曾经牙痛，历试诸方，只有细辛者稍有效，但也不过麻痹片刻，不是对症药。至于拔牙的所谓‘离骨散’，乃是理想之谈，实际上并没有，西法的牙医一到，这才根本解决了；但在中国人手里一再传，又每每只学得镶补而忘了去腐杀菌，仍复渐渐地靠不住起来。牙痛了二千年，敷敷衍衍不想一个好方法，别人想出来了，却又不肯好好地学：这大约也可以算得天下奇事。”文章以实例说明中国当时医疗条件的落后、思想保守和不认真学习外国先进的科学技术，抨击了封建军阀统治下的黑暗社会。鲁迅的观点是社会不改革，就是非常先进的科学技术，在我们这个“特别国情”的大染缸里也会变坏，这和他对国民性的探索是一致的。

1925年10月，鲁迅写了《从胡须说到牙齿》一文。文中有这样一段话：“到现在，即使有人说中医怎样可靠，单方怎样灵，我都不信。自然其中大半是因为他们耽误了我的父亲的病的缘故罢，但怕也很挟带些切肤之痛的自己的私怨。”仅看此言，他对中医中药的批评不可谓不激烈。但从整篇文章看，鲁迅是在揭穿无聊报纸制造谣言，说他在游行中两颗门牙被打落，讽刺文化界的种种奇谈怪论，顺便也表示了他对庸医的反感。如果我们只摘出这段话，就得出鲁迅不相信中医学的结论，岂不是强加于鲁迅吗？

1926年7月，鲁迅写了日记体的杂文《马上支日记》，通过讽刺当时医药界的腐败、出版界的乱标点，暴露了封建军阀统治下的中国社会黑暗。在谈到中医时，文章中有这样的话：“中医，虽然有人说是玄妙无穷，内科尤为独步，我可总是不相信。”从上下文看，这段话是针对现代评论派的陈西滢等人说的。因为当时他们正在借梁启超手术事件大骂西医，鼓噪“中医了不得论”。这里所说的“有人”，显然就是指陈西滢。我们不能说这就是鲁迅对中医的总看法。他紧接着上面的那段话还说：“西医呢？有名的看资贵，事情忙，诊视也潦草，无名的自然便宜些，然而我总还是有些踌躕。”我们会不会根据这段话也推论鲁迅对西医的评价“欠公允”呢？当然不会。因为这仅仅是现象。鲁迅说：“我的本意是在设法推行新医学。”

同年10月，鲁迅写了回忆性的散文《父亲的病》，形象地叙述了他父亲的病因被庸医所误而致死的全过程，用事实揭露了庸医敲诈病人家中钱财的恶劣行径，从而揭示了社会的病根。鲁迅在文章中为我们勾画出了一个庸医陈莲河的形象，至于他开方所用的药引，与《〈呐喊〉自序》中鲁迅列举当时庸医为自己父亲开的药引大体是一样的，这里从略。他的诊费也算高得可以，鲁迅说“陈莲河的诊金也是一元四角”，“可是那时是一元四角已是巨款，很不容易张罗的了；又何况是隔日一次”。鲁迅在本文中对陈莲河的讽刺，是出于他对像江湖骗子一样的庸医的愤慨，表现了他对社会腐败现象的斗争精神。难道面对用封建迷信思想麻痹群众，鼓吹什么“医者，意也”“医能医病，不能医命”的诡辩言论，不应该表示一点不同的声音吗？因为水肿又名臌胀，于是便用打破的鼓皮制成所谓“败鼓皮丸”给病人消肿，这样荒唐的事难道不应该讽刺吗？

1929年7月，针对当时报纸登载，吹捧日本人应用我国古代医学原理治病的广告，鲁迅写了杂文《“皇汉医学”》，抨击了社会上的保存“国粹”、复古倒退行径。鲁迅在文章中写道：“我们‘皇汉’人实在有些怪脾气的；外国人论及我们缺点的不欲闻，说好处就相信，讲科学者不大提，有几个说神见鬼的便绍介。”他在本文中并没有说我国古代医学不应该继承，也没有说日本医生汤本的《皇汉医学》一书不好，而是尖锐地指出了当时社会上的腐败风气。“有些怪脾气”的皇汉人，显然是讽刺当时中国的上层阶级。因为当时政府部门正在鼓吹“国粹”“国术、国技、国花、国医闹得乌烟瘴气”。这些被主流势力所吹捧的东西，必然是鲁迅所批判、讽刺的目标，这应该是不难理解的。

1933 年 6 月，鲁迅写了杂文《经验》。文中高度评价了李时珍的鸿篇巨著——《本草纲目》，他指出“这一部书，是很普通的书，但里面却含有丰富的宝藏”，进而又写道：“人大抵已经知道一切文物，都是历来的无名氏所逐渐的造成。建筑，烹饪，渔猎，耕种，无不如此；医药也如此。”该文揭穿了社会上对于医书的神秘宣传，指出了一切经验都是来自千百万民众牺牲和实践的真理，而且对《本草纲目》也作了中肯的评价。

统观鲁迅对中医中药的评价，我们不难看出，他都不是孤立地就中医中药而谈中医中药的，而是从改革社会出发，借谈中医中药的糟粕部分，抨击腐朽与迷信、落后与守旧，以及令人窒息的僵化社会。不错，他是在文章中说了一些尖锐的活；但从整体看他的批判矛头，也绝非是中医中药本身。

中医中药是我国传统的一门科学，它是我国劳动人民创造的，是经过几千年的实践形成的。对我国中医学的伟大宝库，我们不但要发掘而且也应该继承和发扬。但是也应该看到，在几千年的封建社会中，中医与其他学科一样不可能不打上某些封建迷信的烙印；这些糟粕当然要和我们今天所说的中医学区分开来，因为今天的中医已排除了巫觋神鬼、封建迷信之类的东西。过去的庸医，当然也应和传统中医加以区别。至于鲁迅在文章中论及的“中医”，我认为有他具体的所指，很难说都是真正意义上的中医学科。

大家知道鲁迅是学过医学的，他以科学的眼光，看到旧中医中某些不科学的成分，尖锐地提出问题，催人猛醒，促进改革，这也是不难理解的。鉴于某些人笼统地说鲁迅对中医中药的评价是不正确的、是“欠公允”的等等，我以为实在有为鲁迅对中医中药的评价正名之必要。对此我们也可以展开研讨，在讨论中各抒己见，不但对学术民主风气的发扬有利，而且还能促使我们多看几本书，多学习一点知识。

鲁迅的著作是博大精深的。他曾说过，他的文章没有阅历的青年是不易看懂的。在研究问题时，我们应搞清楚各种资料、各篇文本以及写作时间、具体背景、主要针对性，既注重历史又顾及全篇才是。当然鲁迅不是神，他也有缺点和错误，他在论述中医中药的时候，不可能是全面的，我们没有必要、也不应该把他神化。

作于 1980 年 9 月，时在北京鲁迅博物馆鲁迅研究室进修中。

鲁迅怎样批评李四光

鲁迅与李四光都是中国现代史上的重要人物，他们一个是文学家，另一个是地质学家，并且都在自己的领域内取得了举世瞩目的成就。但谁能想到，他们之间曾经发生过一场小有名气的文字之争。

20 世纪 20 年代中期，在全国范围内掀起了一场反对封建军阀的倒段（北洋军阀政府的“执政”段祺瑞）运动，鲁迅与北京女子师范大学的学生们一起，站在这场斗争的最前列。当时任北大教授的李四光，在女师大风潮中站在校长杨荫榆一边，而且是“教育界公理维持会”的参加者之一，还在“现代评论派”的杂志上写文章，那时他们显然站在不同的阵线。

李四光曾经写过一篇文章，题为《在北京女师大观剧的经验》，发表在 1925 年 8 月的《现代评论》第 2 卷第 37 期上。文中对学生运动多有讽刺，很是不满，把解决学运、参观学校称之为看文明戏。一个月以后，鲁迅写文章进行批判，这篇文章题为《“碰壁”之余》。鲁迅说他们这些杨荫榆的辩护士，也是和当权者一样没有把学校当成学校。“陈西滢先生在《闲话》之间评为‘臭茅厕’，李仲揆先生的《在女师大观剧的经验》里则比作戏场。我很吃惊于同是人，而眼光竟有这么不同；但究竟同是人，所以意见也不无符合之点：都不将学校看做学校。这一点，也可以包括杨荫榆女士的‘学校优于家庭’和段祺瑞执政的‘先父兄之教’。”文章中鲁迅还引用了李四光的与杨荫榆“不过见过两次”的文字，讽刺说：“我真自恨福薄，一直活到现在，寿命已不可谓不长，而没有遇见过一个不大认识的女士来邀‘观剧’。”很显然，鲁迅是不相信李四光的这个说法的，因为李是“教育界公理维持会”的成员之一，杨荫榆请他来的目的当然是不言自明的；那么站在学生一边的鲁迅，对他进行讽刺批判也就理所应当了。

1926 年 1 月 3 日，鲁迅针对他的论敌陈西滢诬蔑爱国群众、为北洋军阀张目的帮闲语言，写了《杂论管闲事·做学问·灰色等》一文进行抨击。因李四光与“现代评论派”观点一致，被鲁迅在文章中顺便带上进行讽刺。鲁迅在谈及听说北京国立图书馆将要扩张时，这样写道：“馆长就必须学贯中西，世界闻名的学者。据说，这自然只有梁启超先生了，但可惜西学不大贯，所以配上一个北大教授李四光先生做副馆长，凑成一个中外兼通的完人。然而两位的薪水每月就要一千多，所以此后也似乎不大能够多买书籍。”很显然，这段话主要是针对当时政府运作以及腐败的社会制度而言的。随后鲁迅又写道，他略翻了一遍《现代评论增刊》，“翻下去时，不知怎的，我的眼睛却看见灰色了，于是乎抛开”。字里行间带着调侃，这是与鲁迅对“现代评论派”的反感有关的，这一期的《现代评论增刊》上，不仅有胡适的《译诗三首》、徐志摩的译诗、西林的剧作、陶孟和的论文，而且还有李四光的论文《生命的研究》。虽然李四光的这篇论文与文学没有什么关系，而且有一定的学术价值的，但由于发表在《现代评论增刊》上，所以鲁迅在激愤之下也一概说成“灰色”了，当然他的批判对象主要是“现代评论派”。

李四光看了鲁迅的这篇文章以后，自然是很不满意，于是就在 1926 年 2 月 1 日的《晨报副刊》上，发表了一封致该刊编者徐志摩的信，信中对图书馆副馆长的月薪一事提出声明，说他每月只领二百五十元月薪，剩下的那二百五十元捐图书馆买书。他在这封信的结尾处还这样写道：“我听说鲁迅先生是当代比较有名望的文士……暗中希望有一天他自己查清事实，知道天下人不尽像鲁迅先生的镜子里照出来的模样。到那个时候，也许这个小小的动机，可以促鲁迅先生作十年读书，十年养气的工夫。也许中国因此可以产生一种真正的文士。”直爽是够了，泄气的成分还是有的。

1926 年 2 月 8 日，鲁迅在《语丝》周刊第 65 期上发表了《不是信》一文，对陈西滢与徐志摩互相配合对他的人身攻击进行了驳斥。在该文中鲁迅也对李四光的“声明”，发表了自己的看法。

鲁迅说，李四光除了声明之外“还给了我许多忠告，这使我非常感谢，但愿奉还‘文士’的称号，我是不属于这一类的”。鲁迅接着写道，“我确信李教授现在每月只拿二百五十元的现钱，因为这是美国那面的庚子赔款”；至于“中国这面的一半，真说不定要拖欠到什么时候才有”。鲁迅以此事实揭露了当时欠薪严重的社会现象，抨击了北洋政府的腐败政治与不讲诚信。

写完这篇文章的两天之后，鲁迅又写了《我还不能“带住”》一文，继续戳穿政府帮闲文人陈西滢的阴谋，充分展现他不妥协的斗争精神。在这篇文章中，鲁迅又对李四光劝自己读十年书、养十年气的讽刺进行反批评，他在文章中很动感情地写道：“即以李教授的事为例罢：一，因为我知道李教授是科学家，不很‘打笔墨官司’的，所以只要可以不提，便不提；只是因为要回敬贵会友一杯酒，这才说出‘兼差’的事来。二，关于兼差和薪水一节，已在《语丝》（六五）上答复了，但也还没有‘写到露骨到底’。”可见鲁迅对李四光与陈西滢等人的批评还是有区别的。

李四光主要关心的是自然科学中的地质学，鲁迅后来的文章他看没看，我们无从知道，当然我们也没有再看到他的反驳文章。

将尽一个世纪过去了，重提鲁迅与李四光这场小小的争论，丝毫不会影响他们作为伟大的文学家与卓越的地质学家的一生的定论，但从中能使我们知道“人无完人，金无足赤”的道理。李四光与鲁迅的相互指责，并不能影响他们各自的光辉，被鲁迅批评的人，也并不一定就是有问题，这一点是需要特别注意和指出的。

作于 1980 年 9 月，时在北京鲁迅博物馆鲁迅研究室进修中。

鲁迅收集的福建民歌

鲁迅的遗物中，有一张珍贵的剪报，上面有他亲笔注明的日期和报刊名称："三三年六月二十日，申报自由谈。"鲁迅为什么会对这张剪报予以重视呢？因为它介绍了1927年至1933年间，在闽西人民当中广为流传的四首民歌。

剪报中有一首是：

住在山中怕猴哥，住在乡间怕土豪，
住在店中怕老板，住在家中怕阿婆。

在当时的中国社会，土豪劣绅横行乡里，贫苦农民无衣无食，家里孩子哭、老婆闹；上山无屋，住店无钱。在山高皇帝远的乡村里，弱势群体除了反抗之外，是没有其他活路的。

1927年，闽西农民在党的领导下举行了暴动，山歌成了有力的宣传工具。剪报中有一首这样的山歌：

我不讲来你不知，骚动时间已到哩！
建设我们的政府，斧头镰刀××旗！

这里的"××"系为"共产"。全诗对革命斗争充满了必胜的信念，读后可使人感受到当时的气氛。

还有一首表现劳动妇女憎恨反动地主武装"保卫团"的民歌：

半山岗上造凉亭，恋郎切莫恋团丁！
鸡牛猪鸭要抽税，油盐茶米过厘金！

恋郎切莫恋团丁，恋到团丁笑煞人！
×军未来先溜走，×军一走恶猩猩！

这里的“×军.”，系指“红军”。民歌反映出闽西广大妇女对横征暴敛、鱼肉人民的地主武装的憎恶与嘲弄，同时也反映出她们对红军的衷心爱戴和对红军战斗威力的热情赞颂。

当时鲁迅生活在白色恐怖笼罩的上海，不放过任何机会向跟他接触的共产党人了解革命根据地的情况，他还用自己多年积累的“正面文章反看法”的人生经验，从当时的报纸上积极寻找有关革命根据地的消息。1932 年夏秋之间，鲁迅趁红军指挥员陈赓将军来上海养伤的机会，兴致勃勃地邀请他来自己家中畅谈江西的情况。据张佳邻的文章回忆，从那时起，鲁迅曾想以革命根据地人民反“围剿”的斗争为题材，创作一部长篇小说，为了完成这一夙愿，他曾保存了陈赓将军为他画的一张草图，并留心收集这方面的材料。鲁迅对闽西民歌的保存，充分反映出他对当时人民斗争生活的密切关注。

鲁迅来天津住在哪儿?

鲁迅曾经在天津度过了三天两夜，那是他在教育部任公务员期间，专程来天津考察新剧，时间是1912年6月10日至12日。

鲁迅是从北京乘火车于10日下午到达天津的。作为教育部官员的他，时年31岁。“中华民国”成立后，设在南京的临时政府迁往北京，鲁迅随教育部北上，在教育部社会教育司任第一科科长，同时兼任教育部佥事。第一科科长职务实际上工作很杂，其中一项工作是考察民间艺术，天津的新剧（近代话剧）在全国影响很大，他来到这里就是受命考察天津的新剧情况。其时与他的好友兼同事齐宗颐（寿山）一起出差至此，代表教育部来天津做工作考察。鲁迅与齐宗颐同年进教育部，又同在社会教育司任职，彼此交往甚密互存好感。所以可以想见这次的天津之行，鲁迅应该是很高兴的。

这一年的夏天，洪水肆虐于中国北方地区，天津以及周边地区受灾严重。

在人们的印象中，鲁迅对戏剧似乎不感兴趣，他的祖父曾经立下家规，凡是周家子孙均不许看戏。他祖父认为孩子要有独立的思想，不能成为追星族，追戏子会让孩子们堕落，当然这里带着某种个人情绪。但鲁迅这次来津看戏可是为的工作。

从6月10日至12日，鲁迅先生在天津逗留了三个白天和两个夜晚，他住在什么地方呢？查《鲁迅日记》对来天津的记录是这样的：“6月10日，午后与齐君宗颐赴天津，寓其族人家。”由此可知鲁迅是住在了同在教育部工作的齐宗颐亲戚家中，那么鲁迅住的具体地点在哪里呢？日记中并没有明确记录。

大概是在20世纪80年代初，我正在南开大学鲁迅研究室工作，比较注意新发表的关于鲁迅的各种信息。记得我曾在天津市政协编的《天津文史资料选辑》上看到一篇署名穆子荆的文章，作者在文章中提到鲁迅的这次天津之行是住在他们家。

根据线索，我多方打听，终于得知穆子荆先生的家住在红桥区西北角。当时粉碎“四人帮”已经五年，又正值鲁迅诞辰100周年之际，穆子荆先生已经越来越引起文化界的重视。街道的墙壁上常有穆先生写的各种宣传标语，如“干干净净，迎接国庆”之类，那字体是遒劲有力而又雍容文雅的。穆子荆先生是当代著名书法家，原名家鼐，号炳炎；晚年则以“西园老人”“梯云山樵”自号。他曾任中国书法家协会会员、中国书法家协会天津分会副主席、天津市政协常委、天津市文史馆馆员。一生主攻楷书，初学欧阳询，后宗翁同龢，既得欧书之严谨凝重，又得翁书之运笔神采，因而独树一帜、自成一家。

他的家在大丰路先春园后面一个比较干净的四合院里，有几间平房，看得出来穆先生以前家境富裕。依稀记得我进去的那间好像不是正房。见到有人来访，穆先生是很热情的，因为他知道我已经读过了他的文章。当时我就问穆先生鲁迅来天津的情况，穆先生说当时他也就是十多岁的样子，我后来查了一下，那一年他已是12岁的少年。穆先生家的亲戚就是鲁迅的同事齐宗颐。在穆先生记忆中，鲁迅先生当时留着胡子，头发不长，衣着很朴素。为了招待从教育部来的客人，穆家特意准备了比较丰盛的晚餐。他还说鲁迅曾摸过他的头，看过他写的字。大概是因为行程安排非常紧的缘故，或许是习惯了南方饮食的鲁迅对天津菜不习惯，那一天鲁迅好像并没有在穆子荆家吃饭。

从《鲁迅日记》中得知当年鲁迅来津考察新剧的情况。6月10日，鲁迅第一天到达天津后，从穆子荆家中出来就去较近南市地区的广和楼看新剧。可惜当时天阴得很厉害，也许是怕下雨，观众来得少，广和楼没有新剧上演，于是鲁迅他们就转到丹桂园看了一出旧剧。这是鲁迅初次到天津的记录。

第二天上午，鲁迅到天津日租界的加藤洋行买了一个领结和一双皮鞋。下午大概是没有新剧上演，他们便到天乐园看了一出旧剧。

直到晚上，鲁迅和齐宗颐又执着地再到广和楼看话剧，这次看到了一出反映当时中国北方水灾情况的剧目《江北水灾记》，这出戏是以当时水灾为背景写民间苦难生活的，非常符合当时话剧反映时代的特点。演员主要是一些年轻学生。看完演出后，鲁迅觉得这出话剧“勇可嘉而识与技均不足”，这大约是对编剧、舞台、演员的综合评价吧。鲁迅是从日本留学回来的，虽然鲁迅祖训不允许看戏，但日本街头和剧场经常会演出各种话剧，耳濡目染，鲁迅对新兴话剧也有很高的欣赏品位。从《鲁迅日记》中的评价来看，可以得到这样的信息，当时中国的话剧正处在初创阶段，演员们对生活体验不足，在演出时对灾民没有体会，故模仿简单表面，再有就是仓促上阵临时编剧本，演员对剧情的理解也不是很充分。所以，鲁迅认为演员的演技和认识都没有到位。鲁迅对于这出新剧既有肯定又有批评，没有任何的个人偏见，今天看来他的意见还是很中肯的。这一天鲁迅他们接连看了两出戏，可谓尽职尽责地进行了考察。

第三天，鲁迅一行在天津逗留了一整天。当时天气是“微雨”，具体做了什么，《鲁迅日记》中没有记载。我估计呆在穆子荆先生家休息的可能性很大，因为他们要坐晚上的火车回京。也许正是此时鲁迅看了穆子荆的字，12 岁的少年几天来也熟悉了这个留着小胡子的陌生人，因此留下了一段难忘的记忆。当 81 岁的穆先生讲起这段少年时代的经历时，脸上充满了认真的神情。我们从文字材料中知道，鲁迅等是 12 日“晚自天津返北京”的。

这是鲁迅一生中唯一的一次天津之行，穆先生记下了并告诉给人们。

他当时知道我是在南开大学从事鲁迅研究的，提出要写一段关于鲁迅的话送给我。我当然是求之不得，非常高兴，就请他录一首鲁迅的诗。由于时间久远，旧日记始终没有找到，已经记不清是我二次到先生家取回，还是他在信中寄给我的了。

现在我的手头保存着穆先生的一件墨宝，是他书写的鲁迅的两首诗。第一首是鲁迅题赠日本友人高良富子的《无题》诗：“血沃中原肥劲草，寒凝大地发春华。英雄多故谋夫病，泪洒崇陵噪暮鸦。”

另外一首是题为《送O.E.君携兰归国》的："椒焚桂折佳人老，独托幽岩展素心。岂惜芳馨遗远者，故乡如醉有荆榛。"穆先生在落款中写道："恭录鲁迅先生遗作二章以应铁荣同志之嘱，八十一叟穆子荆。"这幅字二十年前就已经裱好，现在仍然挂在我的书房里。每每看到它，就会想起和蔼可亲的穆子荆先生，想起那次不寻常的访问。

穆先生是1985年8月20日去世的，现在算起来已经有32年了。

2017年3月10日改定于南开园文学院412研究室。

鲁迅在外国人面前

鲁迅十分重视中国人民与世界各国人民的友谊，他生前结交了许多国际友人。在外国人面前，他始终是热情友好、不卑不亢，充分表现出一个伟大爱国者的高尚人格。

早在留学日本时期,年轻的鲁迅就对日本人民怀有友好的感情。从仙台到东京，鲁迅曾分别在佐藤屋、宫川宅、伏见馆、中越馆、伍舍等处居住过，他与那里的人们友好相处。许多年以后，人们都还能记起他、怀念他。一次在日本乘火车的时候，鲁迅主动地把自己的座位让给一个老妇人。他并不因为自己是个留学生而自傲，而是用自己的行动使外国人看到了中国人民尊老爱幼的优秀品质。

鲁迅非常钦佩藤野先生认真执教的工作精神，他尊敬爱戴藤野先生的重要原因之一,是因为藤野先生对中国人民怀有友好的情谊。藤野严九郎少年时期曾学过中文，他觉得对中国人也要高看才是，这使鲁迅感到特别亲切。回国以后鲁迅写了《藤野先生》一文，感激他对自己不倦的教海。

鲁迅与他的同学在日本学习时，正值甲午战败不久，走在街上，常常遭到日本少年的辱骂，同学们听了非常气愤。鲁迅坚定地说："我们到日本来，不是来学虚伪的仪式的。这种辱骂，倒可以编在我们的民族歌曲里，鞭策我们发愤图强。"这表现出强烈的爱国主义思想。在仙台医专，鲁迅看了一部反映日俄战争的纪录影片，当演到日军把一中国人当作俄国侦探要杀头时，他的自尊心受到了强烈的刺激，在周围一片"万岁"的呼喊声中，鲁迅愤然退场，在外国人面前鲁迅保持了作为一个中国人的尊严。从此他便毅然放弃了自己的专业，为报效国家而弃医从文。"灵台无计逃神矢，风雨如磐暗故园。寄意寒星荃不察，我以我血荐轩辕。"这是一个身处异邦的爱国青年献给祖国与人民的誓词，也是鲁迅当时思想的真实写照。

鲁迅对待国外友人向来是热情友好、一视同仁，从不因为他们的地位不同而区别对待。山上正义、增田涉、长尾景和等人初访鲁迅的时候，他们都是当时日本的无名青年。鲁迅并没有因为这些人是小人物而冷落他们，而是抽出自己的宝贵工作时间，不厌其烦地解答他们提出的问题，给他们讲中国的历史与中国的文学，帮助他们理解自己的作品、了解中国的文化……如果说有区别的话，那就是看他们对中国、对中国人民的态度如何。

鲁迅从来是把祖国的利益放在高于一切的地位，为了维护祖国的尊严，他毫不顾及个人的得失。1935 年 10 月的一天，日本诗人野口米次郎来拜访鲁迅。野口虽然身为日本文学界的一个名流，但他同时又是一个军国主义思想的鼓吹者。谈话中野口突然提出这样一个问题：“鲁迅先生，中国的政客和军阀总不能使中国太平，而英国替印度管理军事政治倒还太平，中国不是也可以请日本来帮忙管理军事政治吗？”鲁迅面对这无理的挑衅冷笑了一下，立即严正地回答说：“这是个感情问题吧！同样是把财产弄光，与其让强盗抢走，还不如让败家子败光；同是让人杀，还是让自己人杀，不要让外国人来砍头！”几句义正辞严、铮铮作响的话，驳得野口面红耳赤，哑口无言。鲁迅当然也痛恨国内的统治者败家、杀人，他也警告过不要以为被国人杀就好，在中外反动派面前他一贯都是横眉冷对，绝不屈服的。

鲁迅是一个堂堂正正的中国人，在他的身上没有丝毫的奴颜媚骨。他曾对友人说，自己最讨厌那种“到外国去了一趟，学不到什么东西，回来高视阔步，假充斯文的人”。他鄙视那种认为中国样样不如人的买办文人，鄙视那种丧失民族自尊心、对外国人卑躬屈节的“西崽相”。一次鲁迅在上海某大饭店的电梯里受到了冷遇，目睹了那个电梯工人崇洋媚外的表现。鲁迅怀着沉痛的心情对内山完造说，他为这样的电梯工人感到“可怜”！内山写道：“如果用一句话描述鲁迅的形象，那可以说，鲁迅是古代武士的骨骼，添以中国的血肉。”在鲁迅的身上，体现着我们中华民族最可宝贵的品格。

鲁迅逝世前，曾出席了苏联驻上海领事馆的庆祝十月革命节招待会。苏联驻南京大使勃加莫洛夫也专程来到上海，会上放映了苏联新故事片《夏伯阳》。电影结束后，勃加莫洛夫面询鲁迅对影片的看法，当然他很希望听到鲁迅的赞扬，但鲁迅回答说："我们中国现在有数以千计的夏伯阳正在斗争。"鲁迅的话表现了一种气质，这是一种有着高度的民族自尊心与民族尊严感的、伟大爱国者的气质。

鲁迅在外国人面前的姿态，将永远成为我们的楷模。他深爱着我们这个国家，即使在"风雨如磐"的年代里，他也从来没有动摇过。

本文原是为《天津日报》所作，排出清样后未能刊载，后被《中国图书发行报》采用，时在1985年9月，特记之。

鲁迅与地质

鲁迅不仅是一位伟大的文学家，而且在许多方面都造诣颇深。对自然科学，他也有着强烈的学习欲望。鲁迅不仅写过地质学方面的专著，而且还亲自下矿井实习和考察过。

1899 年，鲁迅离开了陈腐的江南水师学堂，考进了南京江南陆师学堂附设的矿务铁路学堂，学习矿业。在矿路学堂的三年中，他曾于 1901 年 11 月 7 日至 19 日，到南京青龙山煤矿下矿井实习，历时 12 天。

青龙山煤矿位于南京的东南面，开采的时间也较早，有“江南第一矿”之称。据调查，原青龙山煤矿系今日的南京官塘煤矿象山矿区。鲁迅这次和同学们下矿实习，实地考察了矿藏情况、开采情况，目睹了矿工实际采矿操作的艰苦生活。实习归来，他还带回了一包矿石标本，其中有铁、铜、煤等矿石。

当时的中国，正是半封建半殖民地的昏暗年代，帝国主义列强铁蹄践踏，整个国家和民族处在临近被瓜分的危急关头。青年时代的鲁迅学习采矿，除了课程安排以外，他也有振兴祖国，用科学和实业来挽救民族危亡的理念。正因为有这种强烈的愿望，他在矿路学堂的学习是很用功的，听课笔记记得很认真，连教科书空白处，也密密麻麻地摘记了教师的讲解。为了打好基础，鲁迅认真学习地质学。他曾把英国著名地质学家赖尔的《地学浅说》中译本，用毛笔小楷工整抄完，还连同书中的地质构造图也描摹下来，亲手装订成两册线装书。

这次下矿井实习，给鲁迅留下了深刻的印象：当时中国采矿技术落后，产业不景气、经济萧条之景象，举目可见。鲁迅在回忆文章中曾这样写道：“我们下矿洞去看的时候，情形实在颇凄凉，抽水机当然还在转动，矿洞里积水却有半尺深，上面也点滴而下，几个矿工便在这里面鬼一般工作着。”鲁迅本指望学到开矿的知识和技能，为富强国家贡献自己的力量，但是落后、黑暗的现实使他极度失望。鲁迅曾这样说：“听了几年讲，下了几回矿洞，就能掘出金银铜铁锡来么？实在连自己也茫无把握，没有做《工欲善其事必先利其器论》的那么容易。爬上天空二十丈和钻下地面二十丈，结果还是一无所能，学问是‘上穷碧落下黄泉，两处茫茫皆不见’了。”

1903 年，鲁迅写了《中国地质略论》和《中国矿产志》（与顾琅合著）等地质学方面的专著。他们还根据在日本看到的教材，画描出了中国矿产分布图。这两部著作，是我国较早用近代自然科学理论，研究中国地质学的重要著作。《中国地质略论》介绍了我国丰富的矿产资源，对于帝国主义列强垂涎我国宝贵资源之侵略掠夺野心，似早有警觉。

他在文中严正地指出：“中国者，中国人之中国。可容外族之研究，不容外族之探险；可容外族之赞叹，不容外族之觊觎者也。”他赞美祖国说：“吾广漠美丽最可爱之中国兮！ 而实世界之天府，文明之鼻祖也。”

字里行间，表现了青年鲁迅强烈的爱国主义激情。

原载于 1986 年 10 月 19 日《地质报》。

文坛述往

鲁迅与宋庆龄

伟大的爱国者宋庆龄，为中国人民和中国革命奋斗了一生，回顾她所走过的历程，我们还可以看到她与鲁迅结下的友谊。

1932 年 12 月，中国民权保障同盟在上海成立。这是由宋庆龄、蔡元培、鲁迅、杨杏佛等人发起的社会团体，宋庆龄、蔡元培出任会长，鲁迅任执行委员。这个团体在反对国民党反动派的专制统治和白色恐怖，提倡人权保护，援助和营救被关押的革命者与被捕的进步学生，争取言论、出版、结社、集会自由等方面，做了很多工作，在国内外有很大的影响。据宋庆龄回忆说："鲁迅住在上海虹口区，处境困难，因为那里有很多国民党反动派的特务和警察监视他。中国民权保障同盟每次开会时，鲁迅和蔡元培二位都按时到会。"另据郁达夫回忆，在同盟活动期间，"对于平常的集会，总不出席的鲁迅，却于每次开会时一定先期而到；并且对于事务是一向不善处置的鲁迅，将分派给他的事务，也总办得井井有条"。因为鲁迅尊敬宋庆龄，在维护人权的正义事业中，他们建立了深厚的友谊。

1933 年 1 月 20 日的《鲁迅日记》中有："夜寄孙夫人（即宋庆龄）、蔡先生信。"这是一封致宋庆龄、蔡元培两人的信，原因是时任中华全国总工会书记的黄平（中共地下党员），在天津视察工作时被捕，民权保障同盟曾致电国民党中央抗议。鲁迅在信中说："倾闻此人仍在天津公安局，拟请即电该局，一面并在报端宣布电文，以免冥漠而死也。"一方面表现出对于国民党当局秘密杀害进步人士的警惕，同时也反映出维护人权的决心。

1933 年 2 月 17 日，英国作家萧伯纳乘周游世界的英国轮船经香港到达上海。宋庆龄为欢迎萧伯纳的到来，在家中举行午餐会，鲁迅等著名作家和民权保障同盟的几位会员也应邀作陪，查当天的

《鲁迅日记》中有这样一段记载："乘车赴宋庆龄夫人宅午餐，同席为萧伯纳、伊、斯沫特列女士、杨杏佛、林语堂、蔡先生、孙夫人，共七人，饭毕照相二枚。"这次会见，虽然主要是招待萧伯纳，但却留下来鲁迅与宋庆龄等人的一张珍贵合影。

同年5月13日，宋庆龄与鲁迅等人为抗议德国希特勒法西斯政府疯狂残杀和迫害进步文化人士、焚毁书籍报刊的罪行，联名签署了《为德国法西斯压迫民权摧残文化的抗议书》，并同赴德驻上海领事馆递交抗议文本。当天的《鲁迅日记》中有"上午往中央研究院，又至德国领事馆"的记载。

这一年的6月18日，民权保障同盟副会长兼总干事杨杏佛在上海法租界被国民党反动派特务暗杀了。消息传来使宋庆龄与鲁迅等人感到十分愤慨，鲁迅不顾社会谣言恐吓与国民党当局的威胁，毫不犹豫地去为杨杏佛送殓，并出门不带钥匙，以示牺牲决心。据冯雪峰回忆，鲁迅送殓回来与冯谈话时，流露出对宋庆龄的敬佩："他谈了送殓时的一些情形，对于孙夫人和蔡元培先生表示了感佩的意思，说：'……打死杨杏佛，原是对于孙夫人和蔡先生的警告，但他们两人是坚决的。'"

宋庆龄与鲁迅最后一次见面是1935年11月初，当时苏联驻上海领事馆为庆祝十月革命节，邀请宋庆龄、鲁迅、茅盾等人出席电影招待会，其间还放映了苏联新出产的故事片《夏伯阳》。宋庆龄回忆说："我最后一次见到鲁迅是在上海苏联领事馆。在那里从南京来的苏联大使勃加莫洛夫设宴请客，鲁迅亦在座。席散后放映苏联电影《夏伯阳》。电影完了后，勃加莫洛夫面询鲁迅对影片有何看法，当然他很希望鲁迅高度赞扬这部影片，但鲁迅回答说：'我们中国现在有数以千计的夏伯阳正在斗争。'嗣后，鲁迅因患肺结核而不能再出门了。"

宋庆龄对于病中的鲁迅十分关心，1936年3月23日，她给鲁迅写了一封信，并寄去了三种糖食和一匣茶叶，表现了她对鲁迅病情的关心。本日的《鲁迅日记》上有这样的记载："得孙夫人信并赠糖食三种，茗一匣。"同年6月5日，宋庆龄又给鲁迅写了一封信，力劝鲁迅为革命珍重身体，建议他立即住院治疗。她在信中写道：

周同志：

方才得到你病得很厉害的消息，十二分的耽心你的病状！我恨不能立刻来看看你，但我割治盲肠的伤口，至今尚未复原，仍不能够起床行走，迫得写这封信给你！

我恳求你立刻入医院医治！因为你延迟一天，便是说你的生命增加了一天的危险!!你的生命，并不是你个人的，而是属于中国和中国革命的!!! 为着中国和革命的前途，你有保存、珍重你身体的必要，因为中国需要你，革命需要你!!!

……

字里行间表达了宋庆龄对鲁迅的关切，也反映了这两位伟人的战友深情。

鲁迅逝世以后，宋庆龄是鲁迅治丧委员会的成员之一，她亲自参加了鲁迅的葬礼。在鲁迅墓前，宋庆龄不顾个人安危，历数政府和社会弊病，追怀鲁迅在文学和思想战线上的丰功伟绩，满怀深情地发表了讲话。

1949 年以后，宋庆龄担任着国家各方面的重要领导职务，但她一直十分关心鲁迅研究的工作，和许广平保持着经常的联系，她亲手撰写纪念鲁迅的文章，还亲自出席纪念鲁迅的活动。直到 1980 年 2 月，宋庆龄在病中还亲笔为《鲁迅研究》题词：“学习鲁迅，研究鲁迅，做人民大众的牛，同心同德，为建设社会主义现代化强国而奋斗!”宋庆龄是很早就认识到鲁迅价值的人，她认为中国需要有鲁迅这样的人为人民指路。

宋庆龄的题词，将永远载入鲁迅研究的史册；宋庆龄与鲁迅结下的深厚友谊，也将永远留在人民的记忆中。

鲁迅与李大钊

10 月 29 日，是中国共产主义运动的先驱者、伟大的无产阶级革命家李大钊同志诞辰纪念日。鲁迅对李大钊是十分崇敬的。他们在新文化运动中，是“站在同一战线上的伙伴”；在五四运动中，是共同为新文化呐喊奋斗的战友。李大钊被害以后，鲁迅非常悲痛，对这位新文化运动中的战友和《新青年》的同人表示深切的怀念。

1927 年 4 月，李大钊被捕不久，当时在广州的鲁迅即从香港的《循环日报》上知道了这一消息。时值广州正在庆祝北伐军克复沪宁，鲁迅写下了著名的杂文《庆祝沪宁克复的那一边》。他在文章中满怀深情地写道：“忽而又想到香港《循环日报》上所载李守常在北京被捕的消息，他的圆圆的脸和中国式的下垂的黑胡子便浮在眼前，不知道他现在怎么样。”这表达了他对李大钊安危的密切关切。

鲁迅自己说，他最初见到李大钊是在陈独秀召集的《新青年》编委会上，当时的鲁迅并不知道李大钊已经是共产主义者。他回忆说：“总之，给我的印象是很好的：诚实，谦和，不多说话。”鲁迅认为《新青年》同人中有喜欢明争暗斗、扶植自己势力的人，但李大钊“一直到后来，绝对的不是”。鲁迅将李大钊视为“站在同一战线上的伙伴”。

鲁迅一直记得 1926 年 3 月 18 日，段祺瑞政府向学生开枪的那一次惨案。他说当时李大钊就在请愿的学生队伍中，因为他的智慧才得以脱险。那次他是差一点儿就牺牲了的，足以想见他的英勇。但是这次他终于被张作霖害死了。在厦门的鲁迅听到消息以后，立即回想起李大钊的模样，他写道：“知道了这消息之后，椭圆的脸，细细的眼睛和胡子，蓝布袍，黑马褂，就时时出现在我眼前，其间还隐约看见绞首台。”

鲁迅说那时被将军们编排李大钊罪状的不外乎是“危害民国”，然而时至现在“事实就铁铸一般的证明了断送民国的四省的并非李大钊，却是杀戮了他的将军”！

1933 年 4 月，为了纪念李大钊逝世六周年，北京大学师生与李大钊生前友好，发起筹款活动，准备为李大钊举行公葬并抚恤遗孤。鲁迅在上海闻讯后，立即捐出现款五十元，寄往北京，托人转交。据有关人士回忆，其时鲁迅已被通缉，经济也很拮据。他不顾个人安危与生活急需，捐款纪念《新青年》时期的战友李大钊，表现了他对李大钊人格及其业绩的崇敬和怀念。

纪念一个人最好的方式就是出版他的著作，让他的精神弘扬开来。鲁迅说：“不过热血之外，还有遗文在。”他极力为出版李大钊的遗著《守常全集》想办法。李大钊牺牲后，他的遗稿曾由北平地下党组织搜集整理后，辗转送到上海。鲁迅于 1933 年 5 月底和 6 月初，曾连续三次致函与书局有关系的曹聚仁，为如何摆脱国民党当局的书刊审查，想办法、出主意。他在给曹聚仁的信上说：“李死在清党之前，还是国民党的朋友，给他留一个纪念，原是极应该的，然而中央的检察员。其低能也未必下于邮政检查员，他们已无人情，也不知历史，给碰一个大钉子，正是意中事。到那时候，倒令人更为难。所以我以为不如自由印卖”，“遗著上应该写一点什么”。因此，鲁迅特意为李大钊的遗著写了《〈守常全集〉题记》。他说自己“谊不容辞”，就是李大钊的书不能出版，他也要在自己的集子里存留，记此一件公案。鲁迅高度评价了李大钊的著作，说：“他的遗文却将永住，因为这是先驱者的遗产，革命史上的丰碑。”

为人民而献身的先烈们应该是永垂不朽的，人民将永远记住他们的英名。

鲁迅与邹韬奋

鲁迅与邹韬奋有过交往。他们于1933年1月17日，在中国民权保障同盟成立的大会上相识，共同的奋斗目标，使这两位著名的文学家与出版家走到了一起。

1933年5月9日，鲁迅从《生活周刊》上看到韬奋编译的《革命文豪高尔基》一书的广告后，立即写信给韬奋，信中说“这实在是给中国青年的很好赠品”。鲁迅还向韬奋建议，书中增加一些插图，并表示自己藏存的一本《高尔基画像集》可以奉借。韬奋接到鲁迅的信后，立即回信表示欢迎和感谢。该书出版时在卷首共采用了照片与漫画十一幅，其中有八幅是鲁迅提供的，每幅都有鲁迅亲自译的作者姓名。韬奋把鲁迅提供的这些画像放在自己搜集的三张照片之前，以表示对鲁迅的尊重。

韬奋是我国著名的出版家，自然十分关心鲁迅著作的出版情况。鲁迅与许广平的通信集《两地书》由青光书局出版后，韬奋很快就写文章给予介绍。

据《鲁迅日记》记载：鲁迅与韬奋之间相互通信共五次，寄书两次。可惜的是，目前我们只能看到鲁迅的一封信。韬奋主持的生活书店还负责出版茅盾主持、鲁迅任编委的《文学》杂志，出版鲁迅主持的《译文》杂志。可见他们的关系一直是很好的。

1936年10月19日，鲁迅在上海病逝。韬奋听到消息后悲痛万分。他在《生活星期刊》一卷二十二号上发表了题为《悼鲁迅先生》的文章，并以该杂志社的名义向鲁迅敬献了挽联，表示要发扬鲁迅的精神，踏着荆棘开辟新路。22日下午，韬奋参加了在虹桥万国公墓举行的鲁迅公祭大会。在鲁迅的灵柩安葬前，韬奋最后一个发表了演说，他沉痛而又激动地说：“今天天色不早，我愿用一句话来纪念鲁迅先生：许多人是不战而屈，鲁迅先生是战而不屈。”铮铮作响的话语表现出他对当时政治形势的失望与愤懑，同时表现出他对鲁迅的敬重和对鲁迅精神的深刻理解。

此后，韬奋写了《伟大的斗士》与《从心坎里》两篇文章，表达对鲁迅的怀念与敬仰。

鲁迅与冯玉祥

冯玉祥是一个有新思想的旧军人，按说他和鲁迅是没有什么关系的。在鲁迅的文章和书信中，曾经三次提到过他。

第一次是《记“杨树达”君的袭来》，文章写到一天的上午，有些病态和醉态的师大学生杨树达，来到鲁迅的家。他说起投稿的事情，语无伦次地举出了一连串的文人武人的名字，这其中就有冯玉祥。可见冯玉祥在当时的北京是很大的名人。此文完全纪实，很有小说的味道。后来，鲁迅听学生说杨树达真的有病，于是他又写了《关于杨君袭来事件的辩证》，还专门写了给孙伏园的信，表示就是自己出版面费也要给这个学生道歉。“由我造出来的酸酒，当然应该由我自己来喝干。”他检讨了自己的多疑，同时还表现出一种实事求是的精神。

书信中有两次提及冯玉祥。第一次是1926年10月14日写给许广平的信中，鲁迅从报纸上知道了北伐节节胜利的好消息，他向许广平叙说北伐军于双十节攻下武昌、九江、南昌等地，认为“天下事即大有可为”，接着鲁迅写道：“冯玉祥在库伦亦发通电，正式加入国民政府，遵守总理遗嘱，实行三民主义了。”这表现出他对形势发展的乐观，还流露出对冯玉祥追求进步的肯定。第二次谈到冯玉祥是第二年的7月，在给章廷谦的信中，鲁迅讲了他的学生荆有麟办报纸求鲁迅写文章，鲁迅写了《论中国人的脸》。荆有麟其实是在为冯玉祥办报，但是他没有告诉鲁迅。此时北京已经被张作霖占领，荆有麟逃到南京去了，于是鲁迅便想到该人是否对冯玉祥说是鲁迅主持这张报纸。鲁迅觉得荆有麟这件事做得不地道，他说幸亏自己不在北京，不然的话很有被请进“优待室”（即监狱）的可能。此信中涉及的人名除学生以外用的都是代称，比如称张作霖为“张胡”，冯玉祥为“马二”。读来很有意思。

被称为“丘八”诗人的冯玉祥将军对鲁迅十分崇敬。身为军人的他，十分仰慕文人的活动，据说在他的军队中，曾收留有不少文人。他虽然没遇见过鲁迅，但是曾参加过鲁迅的纪念活动。

1945 年 10 月，重庆文化界隆重集会纪念鲁迅逝世九周年。冯玉祥与周恩来、郭沫若、柳亚子、叶圣陶，冯雪峰、胡风、老舍、邵力子、茅盾、巴金等人都应邀出席了大会。《周报》记者力扬这样记载了冯玉祥出席会议的情况：“一阵掌声热烈地从会场中响起，原来冯玉祥将军也带着侍从来赴会了，他从屋前站满了人的阶梯上一步一步地踏下来，用感激的笑容答谢掌声，而那掌声多半是由于他体态的庞大而引起的，自然也含着尊敬与欢迎之意。”

这次大会由鲁迅生前好友许寿裳先生任主席，许寿裳致辞之后，大会首先邀请冯玉祥将军讲话。他说：“主席（指许寿裳——引者注）说鲁迅先生精神不死，我说鲁迅先生永远活着，他活在我们左右，活在我们的头上，身上，指导着我们……”冯玉祥说自己平生爱讲故事，这次要讲一个鲁迅文章里的故事给大家听。于是他有声有色地讲起鲁迅 1925 年写的《立论》，他的讲述激起了会场里阵阵会心的大笑。

1945 年 10 月的鲁迅纪念大会，正值抗战胜利国共和谈，发表“双十协定”之时。冯玉祥此时讲鲁迅的《立论》这篇文章，就是召唤人们要面对现实，向鲁迅学习讲真话、讲老实话，这在当时应该是很有意义的。充分表现了冯玉祥坚持团结、坚持进步和同国民党顽固派要条件的正气。

据《周报》记载，冯玉祥讲完故事以后，又着重地加了评断说：“现在的世界也还是一样，靠得住的话，偏有人不爱听……”他的话里反映出对国民党行政当局活动的某些不满，表现出一个坦荡之人的赤子之心。

会后冯玉祥还同与会的周恩来、郭沫若等人合影留念，充分表达了冯玉祥对鲁迅的无限深情。

鲁迅与顾琅

鲁迅与顾琅，是在江南矿路学堂和日本弘文学院学习期间的同学。顾琅原名芮体乾，后来改姓顾，名琅，号硕臣，也写作石臣，江苏南京人。

他们最早相识应在 1899 年初，那时鲁迅刚刚离开水师学堂，考入我国近代较早兴办的地质学校——江南矿路学堂。在矿路学堂的 3 年时间里，他们共同学习了地质学、矿务学等科学知识，接触了一些进步书刊，还一起到位于南京东南面的青龙山煤矿下井实习。

1902 年 4 月，鲁迅与顾琅等同被派往日本留学。据沈瓞民回忆，1901 年，清光绪南洋陆师学堂曾派 5 人到日本学地质，这批留学人员中就有鲁迅和顾琅。1903 年，鲁迅和顾琅出于对祖国的热爱，和对帝国主义列强掠夺我国矿藏资源的愤恨，再加上专业上的原因，他们利用学习之余合写了一本书，这就是《中国矿产志》。

这是一本论述当时中国矿产和地质分布情况的专著，这本书于 1952 年收入《鲁迅全集补遗续编》中。鲁迅研究专家唐弢先生把此书和《中国地质略论》进行过比较，曾认为这是鲁迅一人的作品。但据当时同是留日学生的目睹者沈瓞民先生回忆：“《中国矿产志》缩本，已在《浙江潮》上发表，可证此书确在弘文时所作。但据我在弘文时目睹，确是两人合作的。书中有一部分是顾琅所写。顾琅为人啰唆，文如其人，文笔不信达。再由鲁迅重抄，加以润色是有的。《浙江潮》发表署名仅一人这是当时风尚，署不署名，本无所谓。”

为了完成这部地质学专著，鲁迅与顾琅注意在研究中密切配合。一次，他们偶然在一位日本教师那里，意外地发现了一张《中国矿产全图》，这是日本农商省地质矿山调查局所掌握的秘本。他们立即借了出来，在宿舍里连夜描画复制完成，并编入这册书中。1912 年后顾琅任奉天本溪湖煤矿公司技师，可谓学以致用；而鲁迅由于受到辱华短片的刺激，弃医从文，走上了思想启蒙的道路。

留学回国以后，鲁迅与顾琅交往似乎不多。1912 年 5 月 21-22 日，顾琅两次来教育部找鲁迅。21 日上午鲁迅可能是因为忙“谢不见”，第二天 22 日晚上顾琅又来，在鲁迅那里坐了许久，鲁迅日记中记有：“晚顾石臣来，纠缠不已，良久始去。”估计是顾琅请求鲁迅帮助办什么事情，而鲁迅对于官场运作十分反感；另外，当时正是鲁迅创作和翻译的最旺盛时期，同时他还兼任北京大学的讲师，教授《中国小说史》课程，而晚上正是他写作的集中时间，所以对于顾琅此时的来访，鲁迅大约在心情上是十分烦躁的吧。

1925 年 11 月 20、21 日，鲁迅与顾琅还有两次接触。20 日晚为南京路矿学堂同学沈康伯将赴吉林任职，鲁迅等 6 位同学在韩家谭杏花春为其饯行，到场的同学中就有顾琅。第二天中午，顾琅又在陕西巷中华饭庄招待了原班人马，在座的也有鲁迅。

《中国矿产志》的完成，表现了他们高度的爱国热忱和双方的团结合作精神。这也是他们两位唯一的一次合作，后来由于兴趣各异基本就没有什么联系了。

鲁迅与茅盾

鲁迅与茅盾同是我国文坛上的伟大巨匠，这两位著名的文学家生前一直有着很多的交往。

早在 1922 年初，当鲁迅的小说《阿 Q 正传》在《晨报副刊》上开始连载时，茅盾就以《小说月报》编者的名义，对《阿 Q 正传》进行了很高的评价，称这部作品“实在是一部杰作……是中国人品性的结晶”。从此，茅盾一直十分重视鲁迅的作品，成为鲁迅作品的一个知音。

鲁迅的第一本小说集《呐喊》在北京出版后，茅盾便很快在同年 10 月的《文学周报》第九十一期上发表了《读〈呐喊〉》一文。他在这篇文章中，高度评价了鲁迅作品的思想意义，赞扬鲁迅小说的表现手法，茅盾这样写道：“在中国新文坛上，鲁迅君常常是创造‘新形式’的先锋……这些新形式又莫不给青年作者以极大的影响，必然有多数人跟上去试验。”此后，茅盾又写了长篇论文《鲁迅论》和其他一些文章，对鲁迅的生平及其作品进行深入的研究，并对当时对鲁迅作品的某些不公正的评论进行了批评。茅盾的一些评论对于今天的鲁迅研究工作，仍有重要的参考价值。

1927 年，鲁迅来到上海，对茅盾接编并革新《小说月报》的劳绩十分重视和赞赏，他说，中国人熟识保加利亚作家伐佐夫及巴尔干诸国的作家，了解世界弱小民族的文学作品，是在茅盾编辑《小说月报》的时候。对茅盾的长篇名著《子夜》，鲁迅也极为赞赏，他在致曹靖华的一封信里这样说：“国内文坛除我们仍受压迫及反对者趁势活动外，亦无甚新局。但我们这面，亦颇有新作家出现：茅盾作一小说曰《子夜》（此书将来当寄上），计三十余万字，是他们所不能及的。”此后，鲁迅在文章及致吴渤、萧三、胡风、萧军等人的书信中，曾多次谈到《子夜》，他说除了《子夜》以外，自己还没有见到更好的长篇作品出现。同时，鲁迅对国民党政府当局的书报审查官查禁《子夜》一书的行为极为愤慨。1933 年 7 月间《微言》周刊发表了茅盾被捕的消息，北京周刊也转载了。鲁迅看到以后立即致信《科学新闻》社，他说："茅盾被捕的消息，是不确的；他虽然已被编入该杀的名单中但现在还没有事。"接着鲁迅提供了这谣言的来源，并更正说："关心茅盾的人，在北平大约也不少，我想可以更正一下。"此外，他在给一些朋友的书信中多次谈到茅盾，请朋友在家吃饭时，也好几次由茅盾作陪，表现出他们之间的关系是很好的。

1934 年，鲁迅和茅盾还曾一起帮助美国作家伊罗生选编了一本中国作家短篇小说集《草鞋脚》。伊罗生是通过史沫特莱介绍认识鲁迅和茅盾的，他们二人对这个工作都是很热心的，在选本中大量介绍了中国左翼作家的作品，伊罗生给鲁迅的信，鲁迅都是当即传送给茅盾看。后来他们共同提出了一个选目，茅盾负责写作者和作品介绍，鲁迅负责写序言（小引）。在致伊罗生的往来书信中有一封是鲁迅、茅盾共同署名的。此信由茅盾执笔，鲁迅签名，最后一段则是鲁迅的毛笔笔迹。这已经成为非常重要的历史文物。可惜的是这本书因为种种原因，直到 40 年以后才在美国出版。

1935 年鲁迅印瞿秋白的遗文《海上述林》前，也曾和茅盾商量过，他们决定先印译文。他给友人写信或者谈编辑工作时，只要有茅盾负责的事情，鲁迅一直都是很尊重的。这一年年底，红军完成了举世闻名的二万五千里长征。消息传来，鲁迅与茅盾异常兴奋，他们经过研究，代表当时在上海的一些著名学者、作家联名致电中共中央，电文是："在你们身上，寄托着人类和中国的将来。"字里行间表达了他们对中国未来的期望。

鲁迅与茅盾特别是在后期的交往是很频繁的，据《鲁迅日记》统计，关于茅盾的记载就有 200 多处。但是由于他们性格各异，对解散"左联"的态度也不尽相同，特别是后来成立新的作家协会茅盾就参加了，而鲁迅则不参加。这是很值得研究的。

鲁迅与萧三

萧三是一位革命家、著名诗人，长期在苏联留学、任教。他担任过“中国左翼作家联盟”驻莫斯科的代表，他是在苏联期间，通过曹靖华的介绍与鲁迅建立通信联系的。

1932 年 7 月 15 日，萧三在苏联写信给鲁迅，委托鲁迅把他的信转交给“左联”，鲁迅收到信以后立即帮助转交了。萧三在信中极力劝鲁迅到苏联的南方黑海之滨去休养。鲁迅在 9 月 11 日的回信中说，自己自上个月底生了病，好得很慢，所以这回的旅行“能否来得及，殊不可知因为现在是不能走陆路了，坐船较慢，非赶早起身不可。至于旅费，我倒是有办法的”。萧三后来回忆说：“我们屡次请他出国，一以暂避凶猛的白色恐怖，二则藉以养病。但是国难一天危急一天，鲁迅先生终于不肯离开实际的斗争而出国。同时为病魔所缠，也不容易动身作此远道的旅行。”当时萧三任中国左翼作家联盟驻国际革命作家联盟的代表，并主编国际革命作家联盟机关刊物《国际文学》中文版。他与“中国左翼作家联盟”的联系，大都是通过鲁迅来进行的。

1933 年 11 月 24 日，鲁迅给在莫斯科的萧三寄去了《现代》与《文学》杂志及书籍共两包。他在同日写给萧三的信中说，以上那两种杂志是各派作品都收的刊物，其中的森堡、夏衍、沙汀、金丁、张天翼、周扬、郑伯奇、何谷天、白薇、茅盾、彭家煌等人“是我们这边的”。鲁迅通过萧三向国外介绍中国的革命作家和他们的战绩。

萧三在致鲁迅的信中，还曾附有致瞿秋白的信，托鲁迅转交，充分反映出他对鲁迅同志式的信任。苏联第一次作家代表大会召开前夕，大会邀请各国著名作家到会，鲁迅便是被邀请的一个。萧三在致鲁迅的信中劝他出国到新世界一游，参观一下苏联新社会的建设。并且说，至少可以记载许多最有意义的现象。鲁迅在1934年1月17日给萧三的复信中说："大会我早想看一看，不过以现在的情形而论，难以离家，一离家，即难以复返，更何况发表记载，那么，一切情形，只有我一个人知道，不能传给社会，不是失了意义了么？也许还是照旧的在这里写些文章好一点罢。" 萧三接到这封信后，他深刻体会到鲁迅之所谓"家"即指的是"国"。"难以离国，离国即难复返"可见当时压迫之重，也可见鲁迅行动之不自由。不久，《国际文学》社致函鲁迅，请他谈谈十月革命对自己的影响，鲁迅很快将答复寄给了萧三，这就是著名的《答国际文学社问》。在这篇文章中，鲁迅明确地表示"确切的相信无阶级社会一定要出现"。萧三将鲁迅的这篇答文译成俄文，登载在1934年7月5日的《真理报》上。

鲁迅在与萧三的通信中还互通情况。1934年3月4日，鲁迅在写给萧三的信中，讲述了国民党反动派禁书、烧书企图绞杀革命文学的罪恶行径。他写道："《子夜》，茅兄已送来一本，此书已被禁止了，今年开头就禁书一百四十九种，单是文学的。昨天大烧书，将柔石的《希望》，丁玲的《水》，全部烧掉了……" 鲁迅还将载有烧书消息的报纸剪下来，寄给萧三。一则让他了解国内情况，另外则反映了自己的愤怒与抗议。

据《鲁迅日记》记载，鲁迅与萧三通信期间相互寄书寄刊颇为繁多。在鲁迅的藏书中，至今还保存着萧三寄赠的《太平洋灯塔》《萧三的诗》《国际文学》等书刊。

1935年底，萧三在王明的威逼下，写了一封长信，以苏联解散"拉普"为例，建议解散"左联"。鲁迅虽然不赞成解散"左联"，但他还是将萧三的信转给了有关人员。鲁迅对于在统一战线中坚持无产阶级领导权的认识是十分坚定的，萧三后来在回忆文章中说："这不能不佩服鲁迅先生的伟大。"

鲁迅逝世的消息传到苏联，萧三即用萧爱梅的笔名写了《纪念苏联的朋友中国作家鲁迅》一文，发表在1936年10月23日的《真理报》上。他在文章的最后仿照鲁迅纪念高尔基的话写道:“鲁迅之死——不但是中国的损失，而且是全世界一切有正义感的人的损失。”他还在《救国时报》上发表了《鲁迅先生与中国文坛》《反对对于鲁迅的侮辱》等文章，在当时对于宣传鲁迅产生了一定的影响。

鲁迅逝世以后，萧三还同苏联作家法捷耶夫一起选编了一本包括小说、杂文在内的《鲁迅选集》，由苏联国家书店出版。

萧三在延安期间，一直是鲁迅的积极宣传者。他连续写了《鲁迅先生逝世三周年纪念》《鲁迅与中国青年》《鲁迅在苏联》《整风学习中读鲁迅》《学习七大路线——祭鲁迅六十五岁冥寿》等纪念文章，反映出他对于鲁迅的深情。

直到鲁迅百年诞辰纪念前夕，萧三在病中还应邀为北京鲁迅博物馆鲁迅研究室编的《鲁迅诞辰百年纪念集》一书，写了重要的研究论文《鲁迅——中外文化交流的先驱》。

萧三的一生可谓革命的一生、战斗的一生，同时也是了解鲁迅、宣传鲁迅的一生。

至此，以上七篇文章均发表于2016年10月《今晚报》的“星期文库”栏中。

读书偶得

《鲁迅与周作人》读后

鲁迅与周作人是一个永久说不尽的话题，长期以来，一直为研究界所注意。孙郁的《鲁迅与周作人》，是一部很有可读性的研究专著，最近由河北人民出版社出版。

这是一册很有水准的介绍与研究同步进行的著作，同时又是用散文笔法写给多数人看的书。全书在借鉴近年来研究新成果的基础上，又有深刻的个人思考，作者是以诗人的特质和将自己摆进去的方式，与鲁迅和周作人进行精神上的对话。

作者力图铲除历史沉积下的尘土，露出原本在中国文化史上的两个显赫异端，再现他们那活泼的灵魂，重温他们那桃色的云式的旧梦，体会他们那过去的生命。

舒芜先生曾精辟地指出:“鲁迅的存在也离不开和周作人的既矛盾又不可分割的密切关系，不了解周作人，也就不可能全面地认识鲁迅。”但是，至今有些人不这样看，他们总是简单地把研究对象与研究者等同起来。我记得自己曾在一篇文章中强调过，如果对研究对象不能进行科学的讨论与评价的话，真正受到损失的，并不一定是被否定的对象本身。孙郁是研究鲁迅出身，但同时也深涉周作人的研究，所以他能对研究对象做出比较客观准确的评价。他从周氏兄弟的三味书屋至水师学堂，从留学日本至北京生活，从兄弟失和至北周南鲁，从鲁迅逝世至知堂“下水”等，都做了重点突出而又各有特色的对比介绍。

本书的突出特点是：首次集中而鲜明地关照了周氏兄弟的读书情况，尤其是周氏兄弟留日期间，所接触的几册国外理论著作，以及他们终生受其影响的经纬。美国传教士亚瑟·亨·史密斯的《中国人气质》使鲁迅受到震撼并倍加推崇，他的小说、杂文创作都能从这本书中寻出来源；而英国性心理学家蔼理斯的《性心理学》等著作，对周作人影响甚大，他后来的女性观及一系列散文便是证明。这种研究是很深入的，由此生发开去，不但增加读者的阅读兴趣，而且还可以加强对周氏兄弟作品的理解。

另外，作者的突出点还在于，他使这本比较研究专著完全脱离了学院式的呆板，增加了可读性和吸引力。当然这也是在严格的史料根据基础上的创新，也是该书受到不少读者欢迎的原因；同时也会推动严肃的学术研究，更加接地气、接近现实。

通读全书后，我也感到有些不满足，这就是作者对鲁迅 1893 年“祖父入狱”事件的叙述太简缩了。那一事件使鲁迅的家庭“从小康堕入困顿”。外婆家的避难生活，使鲁迅产生了一个 12 岁的孩子所不应有的多疑性格，因为有人称他们为“乞食者”。四年后的 1897 年，当时已经 13 岁的周作人去杭州陪侍在狱中的祖父，在这近一年半的非常时期，他虽可以自由地取阅祖父的书籍，但路人的诧异和狱卒的白眼，对少年周作人不可能不产生性格上的影响。青少年时期的记忆有时是惊人的，青少年的积习是文化生命的源头。顺便说来，鲁迅除了深受史密斯的《中国人气质》的影响外，青少年时期的影响也颇大。没有家庭的变化，他就不可能那么接近闰土，那样讨厌衍太太、杨二嫂，及有那种对庸众与看客的憎恶。所以他在日本时，对国家、对故乡有“寄意寒星荃不察”的感慨，所以他绝望于孔夫子的国度。

周作人也是一个复杂的生命个体，他的身上有“两个鬼”，性格上也不能一概而论，我们知道他的软弱和次子情结以外，还要注意到他的“钢枪性格”，因为他毕竟是江南水师学堂出身的海军学生。

孙郁以理论的思辨力度和散文的诗化语言，加之将自己也溶进去的笔法，为我们写出了这册可读性很强的书。他的快意、惘然、感慨和痛苦，必将引起读者更深层次的思考。在这思考中，让我们更加深刻地体会到二周遗产的多样性、丰富性。

《鲁迅著作考辨》读后

刘运峰先生是鲁迅研究的有心人，多年来一直致力于搜集整理鲁迅佚文，成绩显著。他孜孜以求、千辛万苦，终于有《鲁迅佚文全集》和《鲁迅全集补遗》的出版。

这是一项填补空白的工作，我以为颇值得大书特书。此外，关于鲁迅的书他已编辑出版了《鲁迅序跋集》《鲁迅先生纪念集》《鲁迅自选集》《鲁迅书衣百影》等，并写出了《鲁海夜航》专著。他还在《中华读书报》《鲁迅研究月刊》等报刊上，发表了诸多研究论文。现在摆在读者面前的这本《鲁迅著作考辨》，就是他在搜集整理、研究鲁迅佚文和鲁迅著作过程中的副产品。

这本《鲁迅著作考辨》由天津人民出版社出版，是作者近十年来有关鲁迅研究的论文集。全书共分为四辑，即《鲁迅全集》评说、鲁迅佚文钩沉、鲁迅著作考订、鲁迅史实探寻等。我以为，本书的独特之处有二：

首先是扎实的功底和认真的精神。

第一至三辑中的主要文章，是刘运峰对于《鲁迅全集》编辑出版工作的独特贡献。早在2001年，他就针对1981年版《鲁迅全集》的校勘、注释等错讹问题，搜集了一百余万字的补正资料，编辑了将近60万字的鲁迅佚文，并且毫无保留地提供给人民文学出版社，为1981年版《鲁迅全集》的修订做了最为坚实的工作。为此他得到中宣部、新闻出版总署的特别邀请，出席了2001年6月在中宣部培训中心举行的“《鲁迅全集》出版座谈会”和2005年11月在人民大会堂召开的“《鲁迅全集》出版座谈会”。收在本书中的有关鲁迅著作评说、钩沉、考证的文章，显示了他扎实的学术功底。这与他所进行的资料准备有着直接的关系。他从多年前就广为搜集鲁迅著作的各种版本，直至非常昂贵的《鲁迅手稿全集》。

说他是有心人，绝非一般的评说。他经常对照鲁迅著作的各种版本进行比较阅读，当2005年的《鲁迅全集》出版以后，作为一个成熟的研究者的他，依旧认真比勘，不放过任何细节。功夫不负有心人，世界上的事情，怕就怕“认真”二字，刘运峰又在这个新版本里，发现了不少问题。收在本书中的《2005年版〈鲁迅全集〉编校刍议》一文，就是他的新成果。他提出了“文本比注释更重要”的观点，指出2005年版《鲁迅全集》的文本校勘水平，在提高的同时仍然存在着缺憾和不足；《新版〈鲁迅全集〉的“得”与“失”——2005年版〈鲁迅全集〉出版研究》是对2005年版《鲁迅全集》中的编辑体例、注释、校勘、排版等方面所进行的专题研究。在这方面他用力最深、最专，这种锲而不舍的较真儿精神，来源于他既是大学教授同时又做过编辑的双重身份。由此可以印证，就是经典文本的校勘，也应该是长期的工作，特别是在当前，要想保证一个版本的权威性，还是有许许多多的工作要做。

其次是注重资料和敢于创新的研究视野。

刘运峰是专家，但同时他也是杂家。他具有多方面的知识储备，熟悉他的人从其买书的种类就可以推想出来。他曾到过英国研修，同时也曾在香港的大学做过访问学者。多方面的知识修养和国际视野，验证了他的杂学，同时也成就了他的研究。收在本书第三、四辑中的文章都涉及了广泛的知识，如《“青皮”考》《释“颖”字》二文，既属于社会史和民俗史的范畴，同时也要有文字学的知识，当然主要还离不开对于鲁迅文本特殊体式的准确理解。《鲁迅和陈任中》一文，则是读书的互见互文，他从读曹聚仁的《听涛室人物谭》中对陈任中的介绍，想到鲁迅书信和日记对该人的论述，既说清了问题，行文自然流畅，引用恰到好处，还完成了对于鲁迅著作注释的有益补充。《鲁迅是“书法名家”而非“书法大家”——与江平先生商榷》《鲁迅与〈北平笺谱〉〈十竹斋笺谱〉的出版》《〈北平笺谱〉和〈北京笺谱〉区别何在》等，都是很专业的文章，尤其是后两文，细致入微地将《北平笺谱》和《北京笺谱》的种种区别，进行了比较研究，表现了作者对于笺纸、书画和编辑出版业的深刻理解。刘运峰是著名书法家孙伯翔先生的入室弟子，在书法理论和创作方面有着很深的造诣，他编辑出版了很多关于书法的论著和碑帖。他研习书法用力甚勤，因此对于文字的变迁和书体的演变，均有着独到的理解，并对书法理论有着精深的研究。所有这些都有助于他从多方面接近和理解鲁迅，刘运峰还出版过一册《文房清玩——笺纸》，可见他对笺纸的研究是非常专业的。

在鲁迅研究界以中文系出身的学院派为主流的一统天下里，刘运峰的知识积累就显得格外突出而独特，他在校读和文字辨析上，独具慧眼，纠正了许多似是而非的同题。在其他研究领域也做了许多填补空白的工作，把别人的终点作为自己的研究起点，在别人认为差不多中寻找问题之所在。收在这本书中的文章或是解决一个问题、或是纠正一种误传，但针对性是非常强的，文章也都是实实在在的，当然也是可以长久流传下去的。

刘运峰的这些成果，都是在注重资料的基础上深入研究，我可以冒昧地说，从初期的研究开始，刘运峰就是属于注重史实的资料派，这是和他注重史料的研究方法和曾经的编辑身份分不开的。然而，他也写出过不少洋洋洒洒的大块头论文，如《关于〈鲁迅全集〉的版本》就是很有说服力的好文章。

刘运峰对鲁迅研究界的贡献，在于追求文本的正确、资料的准确和注解的精当。如果我的臆断不错的话，他正是时刻朝着这个方向前进的，因此他的贡献是相当重要而又独特的。

本文曾经发表在《今晚报》上，原文被编辑删去的文字过多，殊觉可惜；现将原存稿检出重新整理，以表对于运峰兄大著的全面评价。

《鲁迅郭沫若与中国传统文化》读后

伟人之所以伟大绝对不是天生的，他们离不开历史的时空，离不开对民族文化的汲取，当然也离不开从历代先哲精英那里的承继。但伟人毕竟是伟人，他们以超凡的思考发现了历史的痼疾，找出了民族文化的缺憾，看到了圣贤精英的负面。于是他们便脱颖而出，成为启蒙者，成为超越同时代人的伟人和巨人。

鲁迅便是这样的伟人，在当时的思想界文学界有目共睹；郭沫若也算得文学界的巨人，他那狂飙突进的作品足以代表五四精神。将鲁迅和郭沫若进行比较研究，这本身就是个饶有意趣的课题；将这两位文化巨人放在中国传统文化大背景中进行研究，本身又表现出作者的聪明与胆识。因为这是一个无限庞大的课题。

初看题目时，我觉得作者王骏骥是在自讨苦吃，这么大的文章怎么能驾驭得了？传统文化囊括了多么丰富而繁杂的内容！通读了全书后，我感到他的功夫没有白下。他从两位作家的文化选择，道德规范，儒学观、道学观和墨学观的研究入手，分析了鲁迅与郭沫若在新旧世纪之交所面临的历史抉择，找出了他们评价历史人物的不同方法和观点，从而使我们看到了鲁迅与郭沫若在中国历史文化发展长河中的地位。他既宏观地概括了两位作家的历史闪光之处，又抓住了中国传统文化的重点；因此他成功了。

这本书的第一个特点是观念新。把这样的一个题目作得鲜活并不容易，观念新来源于对问题把握得准确，没有厚实的基础，要写出有新观念的东西谈何容易。作者首先抓住了传统文化的精髓——民族文化精神。而文化的本质是人，中国传统文化虽有兼容精神，虽也涉及人，但是在它和“五四”新文化的交汇和碰撞中，就显出了它是那么虚伪、那么丑恶、那么不人道！封建文化的致命点就是把人不当人。

鲁迅对传统文化的态度，是过多地发现它的糟粕成分，正是从挖封建文化的祖坟开始的，当然这与他对西方现代文化的深刻认识分不开的；正因为如此，鲁迅更多地看到的是传统文化的负面影响。而郭沫若则不然，他竭力张扬自我，近乎狂热地呼唤着个性自由；他尽力解释传统文化中的精华，并发扬其中的优秀精神，不惜用很大的力量去做将传统文化与西方现代文化接轨的工作。在这两种不同的方式中，骏骥兄从鲁、郭的不同个性，对中西文化的不同态度，在思想启蒙中的不同贡献，文学创作的不同动机、美学选择的不同风格等方面，详细地进行了比较研究。

我觉得"'呐喊'与'涅槃'的文化内涵"和"郭沫若道德观的系统工程"两节，写得最有新意。作者从"五四"这个历史嬗变期的大背景中，分析鲁迅与郭沫若所表现的那种活跃的生命个体的作用；鲁迅"呐喊"式的对历史陈迹的扫荡，郭沫若用诗去培养新的国人的"美的灵魂"，这两种完全不同的战斗方式，在历史嬗变这个大背景中得到了认同。骏骥兄认为他们都具有"启人自新、发人奋进的积极而深刻的人生哲学的哲学意蕴"。本书对郭沫若的分析是很精彩的。郭沫若的《蔡文姬》一剧，不但是正宗儒家道德风范的体现，而且也是他自己参与建国大业的行为方式。骏骥兄将此称为"纯粹道德修养的方式"，我想以此来概括郭沫若的全人和全部作品，大概也不会过分。

这本书的第二个特点是讲真话。当然这包括许多材料的引用都是实事求是的，分析是合情合理、自成一家的。而我在这里要特别提出的是，骏骥兄敢于面对历史和现实讲真话的勇气。比如对鲁迅与郭沫若在从政问题上的看法和比较。中国传统知识分子的使命意识，具体表现形式就是从政，也就是用儒家的"修身齐家治国平天下"来实现自己的抱负。

鲁迅经过了许多挫折和痛苦的经历后，理性而又清醒地把自己定位于文学战线上，以最具有现代意识的职业知识分子身份，坚韧不拔地从事思想文化启蒙工作。骏骥说："鲁迅在发掘古代传统和展现心灵的深度上堪称前无古人迄今尚无来者，他那高度理性的独立精神与人格至尊的力量在近现代知识分子中更无所匹。”

而郭沫若在“五四”大潮中投入文学活动时，远没有达到鲁迅那样的理性程度，中国传统文化的深刻影响、儒家的功利主义观念等，对他产生着很大的影响，1926年、1937年和1949年以后，他多次出任诸多要职，可谓文化人参政中的佼佼者。当然，为政治服务和坚持思想文化启蒙都是履行社会使命，只不过是文化人的不同职业选择罢了，骏骥兄并没有否定哪一方的意思。

但是，随着个人迷信和“左”倾思潮的不断泛滥，从政的文人只有跟着形势走；而且越跟越跟不上，传统文化的精神压力也越来越大。郭沫若后期的诗歌作品便是这种负面影响的证明。骏骥指出：“文化人参政，其重大作用是职业政治家所不能替代的，郭沫若一生在政治革命中的功绩自可彪炳史册，但是从文化人、文艺家的角度来说，与其相随的往往是一定程度的创作个性的丧失。”

他的这个结论是中肯的，又是沉重的，既尊重历史又尊重事实，从这个结论出发去分析郭沫若的作品，从中我们既可看出他那单纯的诗人的热忱，又可看出他的那种不遗余力的趋时，这才是一个活脱脱的真实的郭沫若。

骏骥兄是研究鲁迅出身，曾任中国社会科学院文学所《鲁迅研究》的编辑，后来又出任郭沫若纪念馆的馆长，因此他从工作经历和资料积累上，为本书的写作做了大量的准备。把鲁迅与郭沫若对待中国传统文化的基本观点和差异梳理出来，进行比较研究，这是非常不容易的；既有总论又有纵向比较、专题比较，做了十分艰苦的研究工作。

书中还有一些十分精当的研究颇值得称道。例如，在对中国旧思想、旧文化、旧道德所造成的危害和对国民性扭曲的认识上，为什么鲁迅比郭沫若有着更痛切的体会？骏骥不仅指出了当时鲁迅在国内特别是在新文化的发源地北京；而且根据周恩来的观点把鲁、郭视为两代人，指出他们之间不仅只是年龄的差异，而且是透过他们的思想、言论所显现的时代精神的差异。此外，作者在本书中提出了如何建设中国民族新文化的问题，而且关注现实生活中对于传统文化的要求和期待。作者令人信服地指出：在迎接21世纪的时候，在如何对待传统文化这一问题上，鲁迅、郭沫若等新文化运动倡导者的意见和看法、经验和教训值得我们很好地学习和记取，他们的观点和业绩依然是我们重要的参照系和座右铭。

这是一册理论性很强的书，因为题目太大，也难免有一些缺失。比如，鲁迅和郭沫若创作的文学体裁和题材不同，有些很难有可比性；再就是两个人的性格不同，在一些问题上的看法难免各异；还有就是，在30年代，他们还产生过文字争论，这方面没能展开也不能不说是个遗憾。

总之，这是一本好书，它带领我们走进文化名人的内心世界，感受两颗炽热的心的激烈碰撞，通过两种性格和文化传承的比较，加深了我们对于中国现代文学史的理解。

《鲁迅小说史学研究》读后

天津社会科学院出版社出版的鲍国华博士的新书《鲁迅小说史学研究》，是一本具有开创性的小说史研究专著。据我所知，关于鲁迅《中国小说史略》的研究专著，到目前为止仅出版过三部。该书的出版无疑强化了鲁迅研究的薄弱环节，是丰富 21 世纪鲁迅研究的一项新成果。

众所周知，关于鲁迅小说史学研究的专门论著历来较少，当然原因是多方面的。首先是研究者历来关注作家鲁迅，而对于学者鲁迅重视不够，大家一味地重史实、重作品；其次是多数鲁迅研究者的专业是中国现当代文学，对于中国古代文学知识欠缺，鲁迅与中国古代文学关系的研究涉及方方面面太多，许多人力不从心。鲍国华从选题开始，无疑就选择了一条艰辛的研究道路。但是他迎难而上、矢志不移，以“咬定青山不放松”的坚韧治学精神，十年磨一剑，终于获得了今天的成功。

首先，本书的主要特色是其扎实的资料功夫。

鲁迅曾经说撰写文学史要“先从做长编入手”，他根据自己的知识积累，很早就对 36 种唐前小说佚文进行过收集整理，还辑录了《古小说钩沉》一书，为五四时期的《中国小说史略》写作打下了坚实的基础。将鲁迅这些具体细节从资料中钩沉出来、厘清捋顺是非常细致繁杂的工作。鲍国华广泛阅读，做了大量的学术准备。他先是从鲁迅的小说史研究入手，进而找出鲁迅写作该书的学术准备，再考察版本流变。值得赞扬的是他在查找资料的同时，意外发现了《中国小说史略》1925 年 2 月北大新潮社的再版本，这个版本在迄今的各种研究成果中均未被提及。经过比照他发现再版本除了订正旧版的错字以外，在具体的小说史论述和材料征引上也存在若干修订。

于是乎国华以此本为主，对初版本进行了汇校。这是非常吃功夫的工作，据我的浅见，在《中国小说史略》研究的过程中，还从来没有人这么做过。通过鲍国华细致而卓有成效的工作，我们今天才得以看到鲁迅的严谨和细心，看到鲁迅是如何将一部课堂讲义变为学术著作所进行的苦心孤诣的努力，所有这些在本书的附录中都有全面的展示，读者可以借此来了解鲁迅的潜心研究过程。

其次，本书给予鲁迅“史识”的科学定位。

众所周知，小说在中国旧文学中历来是被视为不入流的，长期被排斥在国学的视野之外，是新文化运动才使得小说由边缘进入文学的主流，成为世界现代意义上的四大文体之一。鲁迅在北大的课堂上讲授中国小说史本身，就是非常具有挑战性的除旧革新之举，同时也使得具有西学背景的学者型作家有了用武之地。鲁迅说：“中国之小说自来无史；有之，则先见于外国人所作之中国文学史中，而后中国人所作者中亦有之，然其量皆不及全书之什一，故于小说仍不详。”鲁迅写小说史开中国人治小说史学之先河，表现了“五四”学人将新的文学理念贯穿到学术中去的实践。鲁迅登北大讲台，是因为他在中国小说史研究领域中有非凡的造诣，他在讲授这门课以前已经研究了许多年。鲍国华在书中说，鲁迅的小说史讲义最突出的贡献在于，有丰富的史料和独特的学术“史识”眼光。

比如，鲁迅根据中国小说的特点创造了“谴责小说”这一学术概念，他还根据文学作品现象提出了“拟”和“末流”的小说史论断，“拟”就是中断后又盛行的小说创作现象，和缺乏独创精神的模拟前人趋向；“末流”就是模仿他人作品，并因袭其创作态度，且失去原来之精神优长者。这些都成为小说史研究理论的重要支柱。指出这些仅仅还是初期的工作，鲍国华还有他的精神感悟。比如在这本书中，他就向我们揭示了鲁迅在小说分类定位上的转换过程。最初鲁迅是将《儒林外史》定位为“谴责小说”，而将《孽海花》归类为“狭邪小说”的；后来他将《儒林外史》从“谴责小说”中分离，作为“讽刺小说”独立成编，而将《孽海花》归入了“谴责小说”。这些表面上看来是概念的界定，而实际上则表现出鲁迅小说史学研究的概括力和科学性。从鲍国华的论述中，我们也可以清晰地看出概念的流变过程。这就是所谓“史识”，从中我们可以更深切地体会出，鲁迅对于那种“恃孤本秘籍，为惊人之具”的不屑。鲍国华总结说鲁迅研究中国小说，有他的价值判断和历史判断，我以为“史识”就是鲁迅这方面最为经典、独特的小说史观。

第三，本书具备全方位多角度的研究视野。

要研究鲁迅的小说史观，必须将其关于小说史的全部资料掌握完整，在这方面鲍国华做了大量艰难的工作，也就是走乾嘉学派的苦路子，扎扎实实地收集整理第一手资料。他认真撰写了鲁迅中国小说史研究的系年，考察了鲁迅清末民初的小说观，此外还重点分析了鲁迅的《魏晋风度及文章与药及酒之关系》一文的学术史意义。进而全面研究了鲁迅的《中国小说史略》与中国小说史学的发生。值得注意的是国华的研究视野是全方位的，他在研究鲁迅小说史观的时候，同时还注意到，鲁迅本人就是当时新文学的著名小说家，鲁迅的创作经验和其对中国古代小说的自家真实感悟体会，在当时大概是无人能够望其项背的。这个提示，对于我们研究鲁迅的这部特定作品，无疑有非常重要的作用。

因此，我们顺着国华的分析，可以理解为什么《中国小说史略》从最初计划发给学生的油印本讲义，后来经过鲁迅的反复修改，一跃成为重要的学术著作；并由此奠定了中国小说史研究的基本格局。同时，这也奠定了他在中国文学和中国小说史研究领域中的崇高地位，这样的一个过程是意味深长的。

《中国小说史略》是学者鲁迅的最初形态的著作，也是具有开创性的国学名著。因而研究鲁迅的小说史观，需要具备中国古典文学的深厚基础和对鲁迅的宏观了解，二者缺一不可。作为学院派的年轻学者鲍国华博士，用了十年的努力，以他的耐心和韧性进行着与鲁迅小说史学的不间断对话，终于成就了这本具有重要学术价值的研究著作。

纵观鲍国华的学术道路，我深感他这一代学者是幸运的。他的硕士研究生导师是资料严谨的王国绥，博士研究生导师是思想深刻的王富仁，博士后的指导教师是视野开阔的陈平原，期间还得到了鲁迅研究老一辈专家王德厚（得后）的帮助和教诲。扎实的积累宽广的视野，再加上自己不懈的努力，成就了鲍国华的学术道路。在评论这部研究著作的时候，我由衷地向国华祝贺，希望他不断精进，奋发图强，将来有更多的、好的研究成果问世。

《籍海探珍》读后

《籍海探珍》是赵英老师的一本书，专门研究鲁迅在整理古籍工作方面的贡献，由中国文史出版社出版。记得纪念鲁迅诞辰110周年的时候，此书曾经在日本发行。我当时就是在日本读到的，买过之后不久又接到了赵英老师的寄书，印象颇为深刻。我觉得这是一部力作，它填补了我国鲁迅研究界的一项空白。

众所周知，鲁迅从日本留学归国到参加新文化运动，有将近10年的“回到古代”的“消磨”时期。历来的研究者们都说，那是他思想消极彷徨的时期，而他很快就克服了彷徨又继续前进了……云云。读了赵英先生的书，我们知道了一些惊人的数字：此时的鲁迅辑录、校勘过整册的古籍有22部；编制、校订各种目录近20种；抄录各种古籍40余种；抄录碑文近千种……这些被埋没了70多年的重要情况，经过赵英先生十数年孜孜矻矻的认真研究，首次在鲁迅研究界公布，并传到世界各地。

通过这本书我们可以更清楚地知道，鲁迅的学问何以如此博大精深。一般人都知道，鲁迅是中国传统文化的批判者，他参加新文学阵营后的创作“实绩”便是最好的证明；但是赵英先生的著作又一次有力地证明了，鲁迅还是中国文化的整理者和重建者，他用自己扎扎实实的切实工作，完成了对大量古籍的收集和整理、比较和编校。这对于后来在北京大学讲授《中国小说史》进行了非常重要的资料准备，也是学者鲁迅的重要文化积淀。赵英先生是《鲁迅研究资料》的资深编辑，她在做好编辑的同时，进入研究的深海之中探底撷珠。从大量的鲁迅手稿中，清理出许许多多的被埋没了半个多世纪的宝贵资料，并用文字把这方面的信息公布于世。《籍海探珍》中的第10节“关于近年来发表和尚未发表的其他古籍”，是一个新的亮点，相信一定会引起研究者的关注和极大研究兴趣。

研究的大弊是知其然而不知其所以然。人们都知道鲁迅曾经研究过佛经，但是他研读的是何种佛经，他是怎样研读的？另外就是他抄校过古碑，但他抄的是哪些碑文？过程和结果是怎样的？所有这些在“叩击佛门”和“涉足金石”两章中，都有较为详尽的介绍和令人信服的说明，特别是那些精确认真的统计数字，更是反映出研究者的严谨与细心。“辑录杂俎”一章中的论文，有些近10年来单独发表过，此次重读更感严谨、厚实。而且放在一起亦给人自然、贴切、浑然一体的感觉。“整理古籍与兄弟之谊”一节，可能会引起诸多周作人研究者的兴味。这是一个严肃的课题，正是因为鲁迅和周作人从“兄弟怡怡”到“互为参商”，那么他们在失和前的种种资料，对于研究者来说，都是不应忽视的。

再有，此书附有鲁迅整理古籍的编年资料，这对于研究者无疑带来不少的方便，这是很有用的检索资料，尤其是对此有兴趣的读者来说，就显得更为方便和重要。

通读此书后，我们对于“叩击佛门”和“涉足金石”两章，尚有意犹未尽之感，作者似乎还应向我们多讲一些的。有些地方似乎还应更为展开。因为，鲁迅本人在这两方面的研究，与整理古籍比较起来，后者更为突出也说不定。

赵英老师为鲁迅研究打开另外一扇新的大门，她带领我们走进了一个为我们以前知之不多的世界。这对于我们更全面地认识鲁迅的博大精深，了解鲁迅在整理我国文化遗产方面的贡献，实在是意义非凡。

这是当年在日本写的一篇文章，发表在《光明日报》主办的《博览群书》上。赵英老师原名赵淑英，初期在南开大学现代文学教研室任教，后调北京鲁迅博物馆鲁迅研究室任研究员和《鲁迅研究资料》编辑。她已经逝世多年了，现在将小文重新检出收入此书，以示对她的纪念。

附录：我的鲁迅研究情结

——《比较文化研究中的鲁迅》初版序和跋

序

鲁迅是 20 世纪最具时代意义和代表性的作家，从某种意义上说，如果不了解鲁迅，就难以理解上一个 100 年时代思潮所达到的深度。作为 20 世纪中国最伟大的文学家，鲁迅始终采取的是开放的文化态度，既吸纳异域文化营养，又培植本国文学新人，同时也成就了东西文化撞击下的文学大师。

我深切地感到自己是幸运的，在有意和无意中竟然以鲁迅为工作对象，一干就是几十年；在讲台上讲述他的思想和作品，在文章中解读和破译他留给我们的文化资源。通过他了解到许多的经验和教训，以他为职业结交了诸多的海内外朋友。可以说，我是属于喝着鲁迅的乳汁长大的那一代人中间的一员。所以每当有人介绍说我是“研究周作人的”之时，我总是解释说我是研究鲁迅出身的。因为，我深切地知道自己是从鲁迅这里出发的，从鲁迅这里出发无论是研究谁，大约都不会出现偏差。

鲁迅研究是中国现代文学研究中的显学，这门学科为中国现当代文学研究培养了一大批专门的人才。1979 年初春，我从南开大学来到北京鲁迅研究室进修。想到能够师从李何林先生并在他的身边学习鲁迅，我那时的激动心情是不言而喻的。李何林先生那时任鲁迅研究室主任兼鲁迅博物馆的馆长，他的工作非常之多。然而在我抵京后不久，他就认真地审阅了我的进修计划，告诉我要通读《鲁迅全集》，还给我开列了一个参考书的书单，我们几个进修的老师，都参加了由人民文学出版社后来出版的《鲁迅年谱》的修改和定稿工作。几乎每次的定稿讨论会李先生都出席，听他的发言，使我得到很多的教益。

每当遇到一些疑难或争论不休的问题时，我们便直接向李先生请教，不论是在他的办公室，还是在他的家里，我们总是能够得到满意的答复。当时自己太年轻，思想自然活跃，有时还提一些现在想来很是幼稚的问题，先生从来不以为怪，他十分能够包容年轻人，有时还很固执地和我们争论。李先生非常注意学术动态，时常把一些新的研究文章推荐给我们，遇到不同观点的文章，他也鼓励我们去争鸣。我的第一篇文章写成后，是怀着忐忑的心情把稿子交给他看的，生怕因为自己的浅薄而耽误先生的宝贵时间。不久文章退回来了，原稿上面有不少经他修改过的文字，甚至连标点符号他也不放过。他那工整清楚的字迹至今还留在我的原稿上，同时也深深地印在我的记忆里。在他的身上体现着一种认真、严谨的鲁迅精神。由于在他的身边，我得以知道先生是每信必复的（除个别情况外），李先生有硬的骨头、软的心肠。说句心里话，我尊敬李先生并不完全因为他曾是南开大学中文系的主任，主要还是因为李先生是鲁迅所指导下的未名社的成员，还是参加过北伐战争和南昌起义的老革命；他一生坚持真理，保卫鲁迅，不畏权贵，赢得了众多学者的敬仰。至今我还这样认为：无论是在什么形势下，先生对周扬的看法都被事实证明是正确的。

在鲁迅研究室和李先生身边学习和工作的那两年，对我来说是难以忘怀的，使得我有机会较为系统地翻阅了“五四”以来的多种期刊，阅读了“五四”至 20 世纪 30 年代不少的现代文学老版本的图书。每天是紧张的，学习是自觉的，日子是充实的。读书至夜深人静，我们几个进修教师和当时的单身研究人员，便相约去西四买点东西来填肚子，然后回来再工作一会儿。生活是清贫的，但那时候的精神却始终是饱满的，用当时我们之间彼此听得懂的话来说，就是“几条汉子念真经”。如果说我对于鲁迅有所了解的话，大部分的基础都是在那个时候打成的。我怀念那些日子。

首先，收在这本书中的文章有一部分就是在那个时候写成的，今天看来由于资料性强，所以还觉得并不过时。需要说明的是，《鲁迅广州时期的研究》是我和陈漱渝老师合作写成的，当然这篇文章主要归功于他的策划和劳作；《鲁迅的编辑学阐释》是应青岛大学的友人之邀，为山东教育出版社的《多维视野中的鲁迅》所写的一部分，是在孙继国先生原稿基础上由我重新写成的。我把这两篇文章收进来，是为了记住那些难忘的日子，记住曾经有过的愉快合作，同时对读者有一个说明。

其次，本书中的不少文章多与鲁迅和中外作家的比较研究有关，这是我在出席中国社会科学院主办的一次学术会议时得到的灵感，于是就有意识地找资料，有意识地分别写出来，好在随着时间的推移也都得以发表了。这使我坚信当时的想法是正确的。我把这本书定名为《比较文化研究中的鲁迅》，其中也有这一层意思。

世界的变化太快了，光阴似箭，日月如梭。稍微一不留神，我们这些当时的青年小伙子随着现在的年轻人一股脑地进入了 21 世纪，在自己还没有完全适应过来的时候，仿佛一夜之间就被人推进了老年人的行列。然而我并不后悔，通过文字，历史毕竟留下了我们奋斗的足迹。我一直都想出版一本关于鲁迅研究的书，因为这是我多年的梦想，以此来证明我自己也曾经在这块园地里学习过、耕耘过。我不敢说自己是第几代的研究者，但是自己忝为中国鲁迅研究学会的理事，有不少的合作项目和研究文章，因此总想有一册鲁迅研究的书出版，现在这个愿望终于实现了。

我把这本小书献给我最尊敬的李何林先生，并以此来纪念先生诞辰 100 周年。如果没有他的指导和期望，绝不会有今天的我。现在有些人不再提他了，甚至还有个别学者说他保守，然而李先生的诚信正直、与时俱进和高风亮节不是一般平庸者所能理解的。先生自有他的伟大，因为先生始终是属于我们大家的。

同时，我还要把它献给我的同时代的朋友们，感谢大家对我的期望和激励，你们每出版一本新书送给我的时候，就犹如在我的心头点燃一把火，灼烤着我的懒散，催促着我奋然前行。

2003 年 1 月 23 日

跋

我自 20 世纪 70 年代开始研读鲁迅，1979 年开始发表鲁迅研究文章，曾经有幸参加了人民文学出版社出版的《鲁迅年谱》的修订工作。本来在鲁迅研究的道路上是可以走下去的，因为这是当时我自己最崇高的理想。但是中间出现了许多的变化，在那些变化中我看到了自己的不足，同时也看到了世人的真感情，使我成熟了许多，至今想来还深感时间和机遇的深不可测。做人、做事我始终遵循“顺天意，尽人力”的古训，同时我还坚信功夫不负有心人。于是在做许多杂事、接触许多其他学问之中，我始终也没有放弃过对鲁迅的研习。因为，只有在鲁迅这里，我才能进行心灵的沟通和情感的宣泄，才能找到我精神的家园。

面对现在的所谓成果，我不敢抱有较高的期望值，因为我知道这里面的有些东西是跳跃和断代的，虽然它浸透着我的汗水，在个别处还颇有一些独家资料，但是其中的理论水准还是有欠缺的；我知道我自己，我总是感到这方面的压力，因此心中总是充满着危机感。当诸位翻阅这本书的时候，不论是从中得到启发，还是找到缺憾，我都会感到欣慰；因为一本书犹如一块砖，如果扔出去的时候水面上毫无涟漪，作者会感到有些寂寞。

能在南开大学出版社出版一册书，是我多年的理想。我在南开三十年，心里有一种挥之不去的南开情结，更是把能在南开出书视为非常神圣的事情。现在这个愿望终于得以实现了，在此我要感谢大力支持此事的肖占鹏社长，感谢本书的责任编辑和焦静宜老师、封面设计丁沙铃老师、出版部门的陈岩老师以及那些为此书付出辛勤劳作的编辑们，据悉出版社还委托我的研究生王义杰君为此书校对了部分引文，也是辛苦异常，功不可没。

这是一个开始，许多新的课题还在吸引着我。通过现代中国文学史的教学，特别是和青年学生们的交流，我从新世纪的年轻人身上学到一些新的理念，对于以鲁迅为代表的“五四”那批作家有了一些新的体会，我知道我的教学就是在鲁迅等“五四”作家和现代青年之间架一座桥，通过讲授和研究，让现代青年和先贤们产生一种精神对话，达到某种沟通。我喜欢我的工作，我将在学习和教学中不断努力，进行新的耕耘。

2003 年 4 月 5 日